Les Rivières pourpres

Jean-Christophe Grangé

Les Rivières pourpres

ROMAN

FRANCE LOISIRS
23, boulevard de Grenelle, Paris

Une édition du Club France Loisirs, Paris,
réalisée avec l'autorisation des Éditions Albin Michel

22, rue Huyghens, 75014 Paris

ISBN : 2-7441-1857-5

Pour Virginie

I

1

« GA-NA-MOS ! *Ga-na-mos !* »

Pierre Niémans, doigts crispés sur l'émetteur VHF, regardait en contrebas la foule descendre les rampes de béton du parc des Princes. Des milliers de crânes en feu, de chapeaux blancs, d'écharpes criardes, formant un ruban bigarré et délirant. Une explosion de confettis. Ou une légion de démons hallucinés. Et les trois notes, toujours, lentes et lancinantes : « *Ga-na-mos !* »

Le policier, debout sur le toit de l'école maternelle qui faisait face au Parc, cadra les manœuvres des troisième et quatrième brigades des compagnies républicaines de sécurité. Les hommes en bleu sombre couraient sous leurs casques noirs, protégés par leurs boucliers de polycarbonate. La méthode classique. Deux cents hommes de part et d'autre de chaque série de portes, et des commandos « écrans », chargés d'éviter que les supporteurs des deux équipes ne se croisent, ne s'approchent, ne s'aperçoivent même...

Ce soir, pour la rencontre Saragosse-Arsenal, finale de la Coupe des Coupes 96, le seul match de l'année où deux équipes non françaises s'affrontaient à Paris, plus de mille quatre cents policiers et gendarmes avaient été mobilisés. Contrôles d'identité, fouilles au corps, et encadrement des quarante mille supporteurs venus des deux pays. Le commissaire principal Pierre Niémans était l'un des responsables de ces manœuvres. Ce type d'opérations ne correspondait pas à ses fonctions habituelles, mais le policier coiffé en brosse appréciait ces exercices. De la surveillance et de l'affrontement purs. Sans enquête ni procédure. D'une certaine façon, une telle gratuité le reposait. Et il aimait l'aspect militaire de cette armée en marche.

Les supporteurs parvenaient au premier niveau – on pouvait les apercevoir, entre les fuselages bétonnés de la construction, au-dessus des portes H et G. Niémans regarda sa montre. Dans quatre minutes, ils seraient dehors, se déversant sur la chaussée. Alors commenceraient les risques de contacts, de dérapages, de ruptures. Le policier gonfla ses poumons à bloc. La nuit d'octobre était chargée de tension.

Deux minutes. Par réflexe, Niémans se tourna et aperçut au loin la place de la Porte-de-Saint-Cloud. Parfaitement déserte. Les trois fontaines se dressaient dans la nuit, comme des totems d'inquiétude. Le long de l'avenue, les cars de CRS se serraient en file indienne. Devant, des hommes roulaient des épaules, casques bouclés à la ceinture et matraques cognant la jambe. Les brigades de réserve.

Le brouhaha monta. La foule se déployait entre les grilles hérissées de pieux. Niémans ne put réprimer un sourire. C'était cela qu'il était venu chercher. Il y eut une houle. Des trompettes déchirèrent le vacarme. Un grondement fit vibrer le moindre interstice du ciment. *« Ga-na-mos ! Ga-na-mos ! »* Niémans pressa le bouton de l'émetteur et parla à Joachim, le chef de la compagnie est. « Ici, Niémans. Ils sortent. Canalisez-les vers les cars, boulevard Murat, les parkings, les bouches de métro. »

De ses hauteurs, le policier évalua la situation : les risques de ce côté-là étaient minimes. Ce soir, les supporteurs espagnols étaient les vainqueurs, donc les moins dangereux.

Les Anglais étaient en train de sortir à l'opposé, portes A et K, vers la tribune de Boulogne – la tribune des bêtes féroces. Niémans irait jeter un cil, dès que cette opération serait bien engagée.

Soudain, dans la lueur des réverbères, au-dessus de la foule, une bouteille de verre vola. Le policier vit s'abattre une matraque, des rangs serrés reculer, des hommes tomber. Il hurla dans l'émetteur : « Joachim, putain ! Tenez vos hommes ! »

Niémans s'engouffra dans l'escalier de service et dévala les huit étages à pied. Lorsqu'il sortit sur l'avenue, deux lignes de CRS accouraient déjà, prêts à maîtriser les hooligans. Niémans courut au-devant des hommes en armes et agita ses bras, en longs balayages circulaires. Les matraques étaient à quelques mètres de son visage quand Joachim jaillit sur sa droite, le casque vissé sur le crâne. Il leva sa visière et décocha un regard de fureur :

– Bon Dieu, Niémans, vous êtes dingue ou quoi ? En civil, vous allez vous faire...

Le policier ignora la question.

– Qu'est-ce que c'est que cette merde ? Maîtrisez vos hommes, Joachim ! Sinon, dans trois minutes nous aurons une émeute.

Rond, rubicond, le capitaine haletait. Sa petite moustache, modèle début du siècle, vibrait au fil de sa respiration saccadée. La VHF retentit : « A... Appel à toutes les unités... Appel à toutes les unités... Le virage de Boulogne... Rue du Commandant-Guilbaud... Je... Nous avons un problème ! » Niémans fixa Joachim comme s'il était le seul responsable du chaos général. Ses doigts pressèrent l'émetteur : « Niémans, ici. Nous arrivons. » Puis il ordonna au capitaine, d'une voix maîtrisée :

– J'y vais. Envoyez là-bas le maximum d'hommes. Et verrouillez la situation ici.

Sans attendre la réponse de l'officier, le commissaire courut à la recherche du stagiaire qui lui servait de chauffeur. Il traversa la place à longues enjambées, aperçut au loin les serveurs de la Brasserie des Princes qui baissaient à la hâte leur rideau de fer. L'air était saturé d'angoisse.

Il repéra enfin le petit brun en blouson de cuir, qui battait la semelle, près d'une berline noire. Niémans hurla, en cognant le capot de la voiture :

– Vite ! Le virage de Boulogne !

Les deux hommes montèrent à la même seconde. Les roues fumèrent au démarrage. Le stagiaire braqua à gauche du stade, afin de rejoindre la porte K au plus vite, le long d'une route ménagée pour la sécurité. Niémans eut une intuition :

– Non, souffla-t-il, fais le tour. La baston va remonter vers nous.

La voiture effectua un tête-à-queue, glissant dans les flaques des camions à eau, déjà prêts pour les représailles. Puis elle sillonna l'avenue du Parc-des-Princes, le long d'un couloir étroit formé par les cars gris de la garde mobile. Les hommes casqués qui couraient dans le même sens s'écartèrent sans leur jeter un regard. Niémans avait plaqué le gyrophare magnétique sur le toit. Le stagiaire braqua à gauche aux abords du lycée Claude-Bernard et fit le tour du rond-point, afin de suivre le troisième pan du stade. Ils venaient de dépasser la tribune d'Auteuil.

Quand Niémans vit les premières nappes de gaz planer dans l'air, il sut qu'il avait eu raison : l'affrontement était déjà parvenu place de l'Europe.

La voiture traversa le brouillard blanchâtre et dut piler sur les premières victimes, qui fuyaient à toutes jambes. La bataille avait explosé juste devant la tribune présidentielle. Des hommes en cravate, des femmes scintillantes couraient et trébuchaient, le visage ruisselant de larmes. Certains cherchaient une faille vers les rues, d'autres remontaient au contraire les marches, vers les portiques du stade.

Niémans jaillit du véhicule. Sur la place, des corps entremêlés se tabassaient à bras raccourcis. On distinguait vaguement les couleurs criardes de l'équipe anglaise et les silhouettes sombres des CRS. Certains de ces derniers rampaient à terre – sortes de limaces ensanglantées – tandis que d'autres, à distance, hésitaient à utiliser leurs fusils anti-émeutes, à cause de leurs collègues blessés.

Le commissaire rangea ses lunettes et s'attacha un foulard autour du visage. Il repéra le CRS le plus proche et lui arracha sa matraque en tendant dans le même geste sa carte tricolore. L'homme était stupéfait ; la buée brouillait la visière translucide de son casque.

Pierre Niémans courut vers l'affrontement. Les supporteurs d'Arsenal frappaient à coups de poing, de barres, de talons ferrés et les CRS ripostaient en reculant, tentant de défendre les leurs, déjà au tapis. Des corps gesticulaient, des visages se froissaient, des mâchoires percutaient l'asphalte. Les bâtons se levaient et s'abattaient, se retroussant sous la violence des coups.

L'officier se rua dans la mêlée.

Il joua du poing, de la matraque. Il faucha un gros type puis lui balança une série de directs. Dans les côtes, dans le bas-ventre, dans la figure. Soudain il amortit un coup de pied, surgi sur sa droite, puis se redressa en hurlant. Son bâton se plia sur la gorge de l'agresseur. Le sang lui bourdonnait dans la tête, un goût de métal anesthésiait sa bouche. Il ne pensait plus à rien, n'éprouvait plus rien. Il était à la guerre, il le savait.

Tout à coup il aperçut une scène étrange. A cent mètres de là, un homme en civil, passablement amoché, se débattait, tenu par deux autres hooligans. Niémans scruta les marbrures de sang sur le visage du supporteur, les gestes mécaniques des deux autres, secoués de haine. Une seconde encore, et Niémans comprit : le blessé et les deux autres arboraient sur leurs blousons des insignes de clubs rivaux.

Un règlement de comptes.

Le temps qu'il comprenne, la victime avait déjà échappé à ses assaillants et s'échappait dans une rue transversale – la rue Nungesser-et-Coli. Les deux tabasseurs lui emboîtèrent le pas. Niémans jeta sa matraque, se fraya un passage et suivit le mouvement.

La poursuite s'engagea.

Niémans courait, souffle régulier, gagnant du terrain sur les deux poursuivants, qui eux-mêmes rattrapaient leur proie, le long de la rue silencieuse.

Ils tournèrent à droite encore et accédèrent bientôt à la piscine Molitor, entièrement murée. Cette fois, les salopards venaient d'attraper leur victime. Niémans parvint en vue de la place de la Porte-Molitor, qui surplombe le boulevard périphérique, et n'en crut pas ses yeux : un des assaillants venait de sortir une machette.

Sous les lumières glauques de l'artère, Niémans discerna la lame qui coupait sans trêve l'homme à genoux, absorbant les coups dans de petits tressautements. Les agresseurs soulevèrent le corps et le balancèrent par-dessus la rambarde.

– NON !

Le policier avait hurlé et dégainé son revolver dans le même instant. Il prit appui contre une voiture, cala son poing droit dans sa paume gauche et visa en retenant son souffle. Premier coup de feu. Manqué. Le tueur à la machette se retourna, stupéfait. Second coup de feu. Manqué encore.

Niémans reprit sa course, arme au poing plaquée contre la cuisse, en position de combat. La colère lui broyait le cœur : sans ses lunettes, par deux fois il avait raté sa cible. Il parvint à son tour sur le pont. L'homme à la machette fuyait déjà dans les taillis qui bordent le boulevard périphérique. Son complice restait immobile, hagard. L'officier de police abattit sa crosse sur la gorge de l'homme et le traîna par les cheveux jusqu'à un panneau de signalisation. D'une main, il le menotta. Alors seulement il se pencha vers la circulation.

Le corps de la victime s'était écrasé sur la chaussée et plusieurs voitures lui avaient roulé dessus avant que le carambolage n'enraye totalement le trafic. Des voitures en épis chaotiques, des tôles fracassées... L'embouteillage lançait maintenant son chant frénétique de klaxons. Dans la lumière des phares, Niémans aperçut un des conducteurs qui titubait près de son véhicule en se tenant le visage.

Le commissaire tendit son regard au-delà du périphérique. Il aperçut l'assassin, brassard coloré, qui traversait les feuillages. Niémans repartit aussitôt, tout en rengainant son arme.

A travers les arbres, le tueur lui jetait maintenant de brefs regards. Le policier ne se cachait pas : l'homme devait savoir que le commissaire principal Pierre Niémans allait lui faire la peau. Soudain le hooligan enjamba un talus et disparut. Le bruit des pas qui s'écrasaient sur les graviers renseigna Niémans sur sa direction : les jardins d'Auteuil.

Le policier le suivit et vit la nuit se refléter sur les cailloux gris des jardins. En longeant les serres, il aperçut la silhouette qui escaladait un mur. Il s'élança et découvrit les courts de Roland-Garros.

Les portes grillagées n'étaient pas verrouillées : le tueur passait sans difficulté de court en court. Niémans agrippa une porte, pénétra sur le terrain rouge et sauta un premier filet. Cinquante mètres plus loin, l'homme ralentissait déjà, marquant des signes de fatigue. Il parvint encore à enjamber un filet et à monter des escaliers entre les gradins. A sa suite, Niémans gravit les marches, souple, délié, à peine essoufflé. Il n'était plus qu'à quelques mètres quand, au sommet de la tribune, l'ombre sauta dans le vide.

Le fuyard venait d'atteindre le toit d'une demeure particulière. Il disparut d'un coup, à l'autre extrémité. Le commissaire recula et se lança à son tour. Il atterrit sur la plateforme de gravier. En bas, des pelouses, des arbres, le silence.

Nulle trace du tueur.

Le policier se laissa tomber et roula dans l'herbe humide. Il n'y avait que deux possibilités : le bâtiment principal, du toit duquel il venait de sauter, et un vaste édifice en bois, au fond du jardin. Il dégaina son MR 73 et s'adossa contre la porte qui se dressait derrière lui. Elle n'offrit aucune résistance.

Le commissaire esquissa quelques pas puis s'arrêta, stupéfait. Il se trouvait dans un hall de marbre, surplombé par une plaque de pierre circulaire, gravée de lettres inconnues. Une rampe dorée s'élevait dans les ténèbres des étages supérieurs. Des tentures de velours, rouge impérial, s'étiraient dans l'ombre, des vases hiératiques brillaient... Niémans comprit qu'il venait de pénétrer dans une ambassade asiatique.

Tout à coup un bruit résonna dehors. Le tueur était dans l'autre bâtisse. Le policier traversa le parc en rasant la pelouse et atteignit le bâtiment de lattes de bois. La porte pivotait encore. Il entra, ombre dans l'ombre. Et la magie se resserra d'un cran. C'était une écurie, divisée en boxes ciselés, occupés par des petits chevaux à la crinière en brosse.

Croupes frémissantes. Pailles voletantes. Pierre Niémans avança, arme au poing. Il dépassa un box, deux, trois... Un bruit sourd à sa droite. Le policier se tourna. Rien d'autre qu'un sabot qui claquait. Un feulement à gauche. Nouvelle volte-face. Trop tard. La lame s'abattit. Niémans s'écarta au dernier moment. La machette frôla son épaule et se planta dans la croupe d'un cheval. La ruade fut fulgurante : le fer du sabot sauta au visage du tueur. Le policier profita de l'avantage, se jeta sur l'homme, retourna son arme et l'utilisa comme un marteau.

Il cogna, cogna, puis s'arrêta soudainement, fixant les traits ensanglantés du hooligan. Des saillies d'os pointaient sous les chairs déchiquetées. Un globe oculaire pendait au bout d'un treillis de fibres. Le meurtrier ne bougeait plus, toujours coiffé de son bob aux couleurs d'Arsenal. Niémans réempoigna son arme et enserra la crosse sanglante à deux mains, en enfonçant le canon dans la bouche éclatée de l'homme. Il leva le chien et ferma les yeux. Il allait tirer... quand un bruit strident surgit.

Son téléphone cellulaire sonnait dans sa poche.

2

TROIS heures plus tard, le long des rues trop neuves et trop symétriques du quartier de Nanterre-Préfecture, une petite lueur brillait dans le bâtiment de la Direction centrale de la police judiciaire du ministère de l'Intérieur. Une sorte d'éclat de lumière, à la puissance diffuse et concentrée, qui scintillait très bas, presque au ras du bureau d'Antoine Rheims, assis dans l'ombre. Face à lui, derrière le halo, se dressait la haute silhouette de Pierre Niémans. Il venait de résumer, laconiquement, le rapport qu'il avait rédigé sur la course-poursuite de Boulogne. Rheims demanda, sceptique :

– Comment est l'homme ?

– L'Anglais ? Coma. Fractures faciales multiples. Je viens d'appeler l'Hôtel-Dieu : ils tentent une greffe de peau, pour le visage.

– Et la victime ?

– Broyée sous les voitures, sur le périph'. Porte Molitor.

– Bon Dieu. Que s'est-il passé ?

– Un règlement de comptes entre hooligans. Parmi les supporteurs d'Arsenal, il y avait des hommes du club de Chelsea. A la faveur de la bagarre, les deux hooligans à la machette ont abattu leur ennemi.

Rheims acquiesçait, incrédule. Après un silence, il reprit :

– Et le tien ? Tu es vraiment sûr que c'est un coup de sabot qui l'a mis dans cet état ?

Niémans ne répondit pas et se tourna vers la fenêtre. Sous la lune de craie, on discernait les étranges motifs pastel qui couvraient les façades des cités voisines : des nuages, des arcs-en-ciel, qui planaient au-dessus des collines vert sombre du parc de Nanterre. La voix de Rheims s'éleva encore :

– Je ne te comprends pas, Pierre. Pourquoi te colleter avec des histoires pareilles ? De la surveillance de stade, vraiment, je...

Sa voix s'éteignit. Niémans gardait le silence.

– Ce n'est plus de ton âge, reprit Rheims. Ni de ta compétence. Notre contrat était clair : plus de terrain, plus d'actes de violence...

Niémans se retourna et marcha vers son supérieur hiérarchique.

– Viens-en au fait, Antoine. Pourquoi m'as-tu appelé ici, en pleine nuit ? Quand tu m'as téléphoné, tu ne pouvais pas être au courant, pour le Parc. Alors quoi ?

L'ombre de Rheims ne bougeait pas. Épaules larges, cheveux gris frisottants, visage en flanc de rocaille. Un physique de gardien de phare. Le commissaire divisionnaire dirigeait depuis plusieurs années l'Office central pour la répression de la traite des êtres humains – l'OCRTEH –, un nom compliqué pour désigner simplement une instance supérieure de la brigade des mœurs. Niémans l'avait connu bien avant qu'il ne règne sur cette planque administrative, lorsqu'ils étaient tous deux des flics des rues, des arpenteurs de pluie, rapides et efficaces. Le policier coiffé en brosse se pencha et répéta :

– Alors quoi ?

Rheims souffla :

– Il s'agit d'un meurtre.

– A Paris ?

– Non, à Guernon. Une petite ville dans l'Isère, près de Grenoble. Une ville universitaire.

Niémans empoigna un siège et s'assit face au divisionnaire.

– Je t'écoute.

– Ils ont retrouvé le corps hier, en fin d'après-midi. Encastré entre des rochers, au-dessus d'une rivière qui borde le campus. Tout porte à croire qu'il s'agit d'un crime de maniaque.

– Que sais-tu sur le corps ? C'est une femme ?

– Non. Un homme. Un jeune type. Le bibliothécaire de la fac, paraît-il. Le corps était nu. Il portait des traces de torture : entailles, lacérations, brûlures... On m'a parlé aussi de strangulation.

Niémans planta ses coudes sur le bureau. Il manipulait un cendrier.

– Pourquoi me racontes-tu tout ça ?

– Parce que je compte t'envoyer là-bas.

– Quoi ? Sur ce meurtre ? Mais les types du SRPJ de Grenoble vont arrêter l'assassin dans la semaine et...

– Pierre, ne joue pas au con. Tu sais très bien que ce n'est jamais aussi simple. Jamais. J'ai parlé au juge. Il veut un spécialiste.

– Un spécialiste de quoi ?

– De meurtres. Et de mœurs. Il soupçonne un mobile sexuel. Enfin, quelque chose de ce genre.

Niémans tendit son cou vers la lumière et sentit la brûlure âcre de la lampe halogène.

– Antoine, tu ne me dis pas tout.

– Le juge, c'est Bernard Terpentes. Un vieux pote. On vient des Pyrénées, lui et moi. Il flippe, tu piges ? Et il veut régler ça au plus vite. Éviter les vagues, les médias, toutes ces conneries. Dans quelques semaines, c'est la rentrée universitaire : il faut boucler l'affaire avant cette date. Je ne te fais pas un dessin.

Le commissaire principal se leva et retourna vers la fenêtre. Il scruta les têtes d'épingle lumineuses des réverbères, les sombres dômes du parc. La violence des dernières heures lui battait encore aux tempes : les coups de machette, le périphérique, la course à travers Roland-Garros. Il songea, pour la millième fois, que l'appel téléphonique de Rheims lui avait sans doute évité de tuer un homme. Il songea à ces accès de violence incontrôlables qui aveuglaient sa conscience, déchirant le temps et l'espace, au point de lui faire commettre le pire.

– Alors ? demanda Rheims.

Niémans se retourna et s'appuya sur le chambranle de la fenêtre.

– Cela fait quatre ans que je ne mène plus ce genre d'enquête. Pourquoi me proposer cette affaire ?

– J'ai besoin d'un homme efficace. Et tu sais que les offices centraux peuvent saisir l'un de leurs hommes pour l'envoyer n'importe où en France. (Ses larges mains pianotèrent dans l'obscurité.) J'exploite mon petit pouvoir.

Le policier aux lunettes de fer sourit.

– Tu sors le loup de sa tanière ?

– Je sors le loup de sa tanière. Pour toi, c'est un coup d'air frais. Pour moi, c'est un service que je rends à un vieil ami. Au moins, pendant ce temps-là, tu ne tabasseras personne...

Rheims saisit les feuilles d'un fax qui brillaient sur son bureau :

– Les premières conclusions des gendarmes. Tu prends ou non ?

Niémans marcha vers le bureau et froissa le papier thermique.

– Je t'appellerai. Pour avoir des nouvelles de l'Hôtel-Dieu.

Le policier quitta aussitôt la rue des Trois-Fontanot et gagna son domicile, rue La-Bruyère, dans le neuvième arrondissement. Un vaste appartement quasiment vide, aux parquets cirés de vieille dame. Il prit une douche, soigna ses plaies – superficielles – et s'observa dans la glace. Des traits osseux, ridés. Une coupe en brosse, luisante et grise. Des lunettes cerclées de métal. Niémans sourit à sa propre image. Il n'aurait pas aimé croiser cette gueule-là dans une rue déserte.

Il fourra quelques vêtements dans un sac de sport, glissa, entre chemises et chaussettes, un fusil à pompe Remington, calibre 12, ainsi que des boîtes de cartouches et des *speed-loader* pour son Manhurin. Enfin il empoigna sa housse de costume et plia à l'intérieur deux complets d'hiver et quelques cravates aux arabesques fauves.

Sur la route de la porte de la Chapelle, Niémans s'arrêta au McDonald du boulevard de Clichy, ouvert toute la nuit. Il engloutit rapidement deux Royal Cheese, sans quitter des yeux sa voiture, garée en double file. Trois heures du matin. Sous les néons blanchâtres, quelques fantômes familiers arpentaient la salle crasseuse. Des Noirs aux frusques trop amples. Des prostituées aux longues nattes jamaïcaines. Des drogués, des sans-abri, des ivrognes. Tous ces êtres appartenaient à son univers de jadis : celui de la rue. Cet univers que Niémans avait dû quitter pour un travail de bureau, bien payé et respectable. Pour n'importe quel autre flic, accéder aux offices centraux était un avancement. Pour lui, cela avait été une mise au rancart – un rancart doré, mais qui l'avait tout de même mortifié. Il regarda encore les créatures crépusculaires qui l'entouraient. Ces apparitions avaient été les arbres de *sa* forêt, celle où il avançait autrefois, dans la peau du chasseur.

Niémans roula d'une seule traite, pleins phares, au mépris des radars et des limitations de vitesse. A huit heures du matin, il empruntait la sortie de l'autoroute en direction de Grenoble. Il traversa Saint-Martin-d'Hères, Saint-Martin-d'Uriage et se dirigea vers Guernon, au pied du Grand Pic de Belledonne. Le long de la route en S, les forêts de conifères et les zones industrielles alternaient. Il régnait ici une atmosphère légèrement morbide, comme toujours à la campagne lorsque le paysage ne parvient plus à masquer sa solitude profonde par la seule beauté de ses sites.

Le commissaire croisa les premiers panneaux indiquant la direction de la faculté. Au loin, les hauts sommets se dessinaient dans la lumière ouatée de la matinée orageuse. Au détour d'un virage, il aperçut, au fond de la vallée, l'université : des grands bâtiments modernes, des blocs striés de béton, cernés de toutes parts par de longues pelouses. Niémans songea à un sanatorium, qui aurait eu la taille d'une ville administrative.

Il quitta la nationale et s'orienta vers la vallée. Il discerna, à l'ouest, les rivières verticales qui s'entremêlaient, écorchant les flancs sombres des montagnes de leur cliquetis d'argent. Le policier ralentit : il frissonna en scrutant ces eaux glacées qui tombaient à pic, se cachant sous des bouillons de broussailles pour réapparaître aussitôt, blanches et éclatantes, puis disparaître encore...

Niémans se décida pour un petit détour. Il bifurqua, roula sous une voûte de mélèzes et de sapins, éclaboussés par la rosée matinale, puis découvrit une longue plaine, bordée de hautes murailles noires.

L'officier stoppa. Il sortit de sa voiture et saisit ses jumelles. Il scruta longuement le paysage : il avait perdu de vue la rivière. Bientôt, il comprit que le torrent, parvenu au creux de la vallée, filait juste derrière le mur de roches. Il pouvait même l'apercevoir, à la faveur de quelques V de pierres.

Soudain il remarqua un autre détail et fit le point avec ses jumelles. Non, il ne s'était pas trompé. Il retourna à sa voiture, démarra en trombe en direction de la ravine. Il venait de repérer, dans l'une des failles de rocaille, le cordon jaune fluorescent, spécifique à la gendarmerie nationale :

FRANCHISSEMENT INTERDIT

3

NIÉMANS descendit dans la faille de roche où se dessinaient les virages d'un étroit sentier. Bientôt il dut stopper, l'espace n'étant plus assez large pour la berline. Il sortit du véhicule, passa sous le cordon plastifié et accéda à la rivière.

Le cours des eaux était ici stoppé par un barrage naturel. Le torrent, que Niémans s'attendait à découvrir bouillonnant d'écume, se transformait en un petit lac, clair et lénifiant. Comme un visage d'où toute colère aurait subitement disparu. Plus loin, à droite, il repartait et traversait sans doute la ville qui apparaissait, grisâtre, dans le lit de la vallée.

Mais Niémans s'arrêta net. Sur sa gauche, un homme était déjà là, accroupi au-dessus de l'eau. D'un geste réflexe, Niémans souleva la sangle velcro de son baudrier. Le geste fit cliqueter légèrement ses menottes. L'homme se tourna vers lui et sourit aussitôt.

– Qu'est-ce que vous faites là ? demanda brutalement Niémans.

L'inconnu sourit encore, sans répondre, et se releva, s'époussetant les mains. C'était un jeune homme au visage frêle et aux cheveux blonds en poils de pinceau. Blouson de daim et pantalon à pinces. Il rétorqua, d'une voix claire :

– Et vous ?

Cette marque d'insolence désarma Niémans. Il déclara, d'un ton bourru :

– Police. Vous n'avez pas vu le cordon ? J'espère que vous avez une bonne raison d'avoir franchi la limite parce que...

– Éric Joisneau, SRPJ de Grenoble. Je suis venu en éclaireur. Trois autres OPJ vont arriver dans la journée.

Niémans le rejoignit sur la rive étroite.

– Où sont les plantons ? demanda-t-il.

– Je leur ai donné une demi-heure. Pour le petit déjeuner. (Il haussa les épaules, avec insouciance.) J'avais à travailler ici. Je voulais être tranquille... commissaire Niémans.

Le policier aux cheveux gris tiqua. Le jeune homme reprit, sur un ton d'évidence :

– Je vous ai tout de suite reconnu. Pierre Niémans. Ex-gloire du RAID. Ex-commissaire de la BRB. Ex-chasseur de tueurs et de dealers. Ex-beaucoup de choses, en somme...

– L'insolence est au programme des inspecteurs, maintenant ?

Joisneau s'inclina, dans une posture ironique :

– Excusez-moi, commissaire. J'essaie simplement de désacraliser la star. Vous savez bien que vous êtes une vedette, le « superflic » qui nourrit les rêves de tous les jeunes inspecteurs. Vous êtes ici pour le meurtre ?

– A ton avis ?

Le policier s'inclina de nouveau.

– Ça sera un honneur de travailler à vos côtés.

Niémans scrutait à ses pieds la surface miroitante des eaux lisses, comme vitrifiées par la lumière matinale. Une luminescence de jade semblait se lever des fonds.

– Dis-moi ce que tu sais sur l'affaire.

Joisneau leva les yeux vers la muraille de roc.

– Le corps était encastré là-haut.

– Là-haut ? répéta Niémans en observant la paroi où des reliefs agressifs jetaient des ombres abruptes.

– Oui. A quinze mètres de hauteur. Le tueur a enfoncé le corps dans une des failles de la paroi. Il lui a imprimé une posture bizarre.

– Quelle posture ?

Joisneau fléchit les jambes, remonta les genoux et croisa les bras contre son torse.

– La position « fœtus ».

– Pas banal.

– Rien n'est banal sur ce coup.

– On m'a parlé de blessures, de brûlures, reprit Niémans.

– Je n'ai pas encore vu le corps. Mais il paraît, en effet, qu'il y a de nombreuses traces de tortures.

– La victime est morte à la suite de ces tortures ?

– Il n'y a aucune certitude pour l'instant. La gorge porte aussi des entailles profondes. Des marques de strangulation.

Niémans se tourna de nouveau vers le petit lac. Il vit sa silhouette – coupe rasée et manteau bleu – se refléter distinctement.

– Et ici ? Tu as trouvé quelque chose ?

– Non. Ça fait une heure que je cherche un détail, un

indice. Mais il n'y a rien. A mon avis, la victime n'a pas été tuée ici. Le tueur l'a seulement suspendue là-haut.

– Tu es monté jusqu'à la faille ?

– Oui. Rien à signaler. Le tueur est sans doute monté au sommet de la muraille, par l'autre côté, puis il a descendu le corps au bout d'une corde. Il est descendu à son tour, à l'aide d'une autre corde, et a encastré sa victime. Il s'est donné beaucoup de mal pour lui donner cette posture théâtrale. C'est incompréhensible.

Niémans regardait de nouveau la paroi, hérissée d'arêtes, creusée d'aspérités. D'où il était, il ne pouvait évaluer clairement les distances, mais il lui semblait que la niche où le corps avait été découvert était à mi-hauteur de la paroi, aussi éloignée du sol que du sommet de la falaise. Il pivota brutalement.

– Allons-y.

– Où ?

– A l'hôpital. Je veux voir le corps.

Dévoilé seulement jusqu'aux épaules, l'homme était nu, posé de profil sur la table scintillante. Sa posture était recroquevillée, comme s'il avait craint que la foudre le frappe au visage. Épaules rentrées, nuque baissée, le corps conservait ses deux poings serrés sous le menton, entre ses genoux repliés. La peau blanchâtre, les muscles saillants, l'épiderme creusé de plaies donnaient une présence, une réalité quasi insoutenable au cadavre. Le cou portait de longues lacérations, comme si on avait cherché à cisailler la gorge. Les veines diffuses se déployaient sous les tempes, tels des fleuves gonflés.

Niémans leva le regard vers les autres hommes présents dans la morgue. Il y avait le juge d'instruction Bernard Terpentes, silhouette étroite et brève moustache, le capitaine Roger Barnes, colossal, oscillant comme un cargo, qui dirigeait la brigade de gendarmerie de Guernon, et le capitaine René Vermont, délégué par la section de recherche de gendarmerie, un petit homme déplumé, au visage couperosé et aux yeux en mèches de vrille. Joisneau se tenait en retrait et affichait une mine de stagiaire zélé.

– On connaît son identité ? demanda Niémans à la cantonade.

Barnes avança d'un pas, très militaire, et se racla la gorge.

– La victime s'appelle Rémy Caillois, monsieur le commissaire. Il était âgé de vingt-cinq ans. Il exerçait l'activité de chef-bibliothécaire depuis trois années, à l'université de Guernon. Le corps a été identifié par son épouse, Sophie Caillois, ce matin.

– Elle avait signalé sa disparition ?

– Hier, dimanche, en fin d'après-midi. Son mari était parti la veille en randonnée dans la montagne, vers la pointe du Muret. Seul, comme il le faisait chaque week-end. Parfois il dormait dans l'un des refuges. C'est pourquoi elle ne s'est pas inquiétée. Jusqu'à hier après-midi et...

Barnes s'arrêta. Niémans venait de dénuder le torse du cadavre.

Il y eut une sorte d'effroi silencieux, un cri blanc qui resta bloqué dans les gorges. L'abdomen et le thorax de la victime étaient criblés de plaies noirâtres, variant les formes, les reliefs. Des coupures aux lèvres violacées, des brûlures irisées, des sortes de nuages de suie. On discernait aussi des lacérations, moins profondes, qui s'étiraient autour des bras et des poignets, comme si l'on avait ligoté l'homme avec du câble.

– Qui a découvert le corps ?

– Une jeune femme... (Barnes jeta un regard à son dossier et reprit :) Fanny Ferreira. Une professeur, à l'université.

– Comment l'a-t-elle découvert ?

Barnes se racla de nouveau la gorge.

– C'est une sportive qui pratique la nage en eau vive. Vous savez : on descend les rapides sur un flotteur, en combinaison et en palmes. C'est un sport très dangereux et...

– Et alors ?

– Elle a terminé sa course au-delà du barrage naturel de la rivière, au pied de la muraille qui clôt le campus. En montant sur le parapet, elle a aperçu le corps, niché dans la paroi.

– C'est ce qu'elle vous a dit ?

Barnes lança un regard incertain autour de lui.

– Eh bien, oui, je...

Le commissaire dévoila totalement le corps. Il tourna autour de la créature blanchâtre, recroquevillée, dont le crâne aux cheveux très courts pointait comme une flèche de pierre.

Niémans attrapa les feuillets du certificat de décès que Barnes lui tendait. Il parcourut les lignes dactylographiées. Le document avait été rédigé par le directeur de l'hôpital en personne. Le praticien ne se prononçait pas sur l'heure du décès. Il se contentait de décrire les plaies visibles et concluait à une mort par strangulation. Pour en savoir plus, il allait falloir déplier le corps et pratiquer l'autopsie.

– Quand arrive le légiste ?

– On l'attend d'une minute à l'autre.

Le commissaire s'approcha de la victime. Il se pencha, observa ses traits. Plutôt un beau visage, jeune, aux yeux fermés, et surtout sans aucune trace de coups ou de sévices.

– Personne n'a touché au visage ?

– Personne, commissaire.

– Il avait les yeux fermés ?

Barnes acquiesça. Du pouce et de l'index, Niémans écarta légèrement les paupières de la victime. Alors se passa l'impossible : une larme, lente et claire, coula de l'œil droit. Le commissaire eut un sursaut révulsé : ce visage pleurait.

Niémans braqua son regard sur les autres hommes : personne n'avait remarqué ce détail stupéfiant. Il conserva son sang-froid et recommença son geste, toujours invisible pour les autres. Ce qu'il vit lui prouva qu'il n'était pas fou, mais que ce meurtre était sans doute ce que tout flic redoute ou espère, tout au long de sa carrière, selon sa personnalité.

Il se redressa et recouvrit le corps, d'un geste sec. Il murmura à l'attention du juge :

– Parlez-nous de la procédure d'enquête.

Bernard Terpentes se dressa.

– Messieurs, vous comprendrez que cette affaire risque d'être difficile et... inhabituelle. C'est pourquoi le procureur et moi avons décidé de cosaisir le SRPJ de Grenoble et la SR de gendarmerie nationale. J'ai également appelé le commissaire principal Pierre Niémans, ici présent, qui vient de Paris. Vous connaissez sans doute son nom. Le commissaire appartient aujourd'hui à une instance supérieure de la BRP, la Brigade de répression du proxénétisme, à Paris. Nous ne savons rien pour l'instant des motivations du meurtre, mais il s'agit peut-être d'un crime à motivation sexuelle. D'un maniaque, en tous les cas. Et l'expérience de M. Niémans nous sera très utile. C'est pourquoi je vous propose que le commissaire prenne la direction des opérations...

Barnes acquiesça d'un bref signe de tête, Vermont l'imita, mais dans une version moins empressée. Quant à Joisneau, il répondit :

– Pour moi, il n'y a pas de problèmes. Mais mes collègues du SRPJ vont arriver et...

– Je leur expliquerai, trancha Terpentes. (Il se tourna vers Niémans.) Commissaire, nous vous écoutons.

L'emphase de cette scène pesait à Niémans. Il avait hâte d'être dehors, dans l'enquête, et surtout seul.

– Capitaine Barnes, demanda-t-il, combien d'hommes avez-vous ?

– Huit. Non... Excusez-moi, neuf.

– Sont-ils habitués à interroger des témoins, à relever des indices, à organiser des barrages routiers ?

– Eh bien... Ce n'est pas vraiment le genre de choses que nous...

– Et vous, capitaine Vermont, combien d'hommes avez-vous ?

La voix du gendarme claqua comme un tir d'honneur :

– Vingt. Des hommes d'expérience. Ils vont quadriller les terrains qui entourent les lieux de la découverte et...

– Très bien. Je suggère qu'ils interrogent aussi toutes les personnes qui habitent près des routes menant à la rivière, qu'ils visitent aussi les stations-service, les gares, les maisons voisines des arrêts de car... Le jeune Caillois, pendant ses randonnées, dormait parfois dans les refuges. Repérez-les et fouillez-les. La victime a peut-être été surprise dans l'un d'eux.

Niémans se tourna vers Barnes.

– Capitaine, je veux que vous lanciez des demandes d'informations dans toute la région. Je veux obtenir, avant midi, la liste des rôdeurs, maraudeurs et autres clochards du département. Je veux que vous vérifiiez les récentes sorties de prison, dans un rayon de trois cents kilomètres. Les vols de voiture et les vols tout court. Je veux que vous interrogiez tous les hôtels, les restaurants. Envoyez des questionnaires par fax. Je veux connaître le moindre fait singulier, la moindre arrivée suspecte, le moindre signe. Je veux aussi la liste des faits divers survenus ici, à Guernon, depuis vingt ans et plus, qui pourraient rappeler, de près ou de loin, notre affaire.

Barnes notait chaque exigence sur un carnet. Niémans s'adressa à Joisneau :

– Contacte les Renseignements généraux. Demande-leur la liste des sectes, des mages et de tous les frappadingues recensés dans la région.

Joisneau acquiesça. Terpentes opinait aussi du chef, en signe d'assentiment supérieur, comme si on lui ôtait les idées de la tête.

– Voilà de quoi vous occuper en attendant les résultats de l'autopsie, conclut Niémans. Inutile de vous signaler que nous devons garder le silence absolu sur tout ça. Pas un mot à la presse locale. Pas un mot à quiconque.

Les hommes se quittèrent sur le perron du CHRU – le Centre hospitalier régional universitaire –, accélérant le pas sous la bruine matinale. Sous l'ombre du haut édifice, qui semblait dater d'au moins deux siècles, ils rejoignirent chacun leur véhicule, visage baissé, épaules rentrées, sans un mot ni un regard.

La chasse commençait.

4

PIERRE Niémans et Éric Joisneau se rendirent aussitôt à l'université, aux portes de la ville. Le commissaire demanda au lieutenant de l'attendre dans la bibliothèque, située dans le bâtiment principal, tandis qu'il rendait visite au recteur de la faculté, dont les bureaux occupaient le dernier étage de l'édifice administratif, cent mètres plus loin.

Le policier pénétra dans une vaste construction des années soixante-dix, déjà rénovée, au plafond très haut, dont chaque mur portait une couleur pastel distincte. Au dernier étage, dans une sorte d'antichambre occupée par une secrétaire et son petit bureau, Niémans se présenta et demanda à voir M. Vincent Luyse.

Il patienta quelques minutes et put contempler, sur les murs, des photographies d'étudiants triomphants, brandissant des coupes et des médailles, le long de pistes de ski ou de torrents furieux.

Quelques minutes plus tard, Pierre Niémans se tenait debout face au recteur. Un homme aux cheveux crépus et au nez épaté, mais au teint de talc. Le visage de Vincent Luyse était un curieux mélange de traits négroïdes et de pâleur anémique. Dans la pénombre orageuse, quelques rayons de soleil dardaient, découpant des copeaux de lumière. Le recteur proposa au policier de s'asseoir et commença à se masser nerveusement les poignets.

– Alors ? demanda-t-il d'une voix sèche.

– Alors quoi ?

– Vous avez découvert des indices ?

Niémans étendit les jambes.

– Je viens d'arriver, monsieur le recteur. Laissez-moi le temps de prendre mes marques. Répondez plutôt à mes questions.

Luyse se raidit sur son siège. Tout son bureau était construit en bois ocre, ponctué de mobiles métalliques qui rappelaient des tiges de fleurs sur une planète d'acier.

– Y a-t-il déjà eu des histoires suspectes dans votre fac ? demanda Niémans, sur un ton calme.

– Suspectes ? Pas du tout.

– Pas d'histoires de drogue ? Pas de vols ? Pas de bagarres ?

– Non.

– Il n'y a pas non plus de bandes, de clans ? Des jeunes qui se seraient monté la tête ?

– Je ne vois pas ce que vous voulez dire.

– Je pense par exemple aux jeux de rôles. Vous savez, ces jeux pleins de cérémonies, de rituels...

– Non. Il n'y a pas de ça chez nous. Nos étudiants ont l'esprit clair.

Niémans garda le silence. Le recteur toisa son allure : cheveux en brosse, haute carrure, crosse du MR 73 dépassant du manteau. Luyse se passa la main sur le visage puis déclara, comme s'il cherchait à s'en convaincre lui-même :

– On m'a dit que vous étiez un excellent policier.

Niémans n'ajouta rien et fixa le recteur. Luyse détourna les yeux et reprit :

– Je ne souhaite qu'une chose, commissaire, c'est que vous découvriez l'assassin au plus vite. La rentrée va bientôt survenir et...

– Pour l'instant, aucun étudiant n'a mis les pieds sur le campus ?

– Seulement quelques internes. Ils s'installent là-haut, sous les combles du bâtiment principal. Il y a aussi quelques professeurs, qui préparent leurs cours.

– Je peux avoir leur liste ?

– Mais... (il hésita) aucun problème...

– Et Rémy Caillois, comment était-il ?

– C'était un bibliothécaire très discret. Solitaire.

– Était-il aimé des étudiants ?

– Mais oui... Bien sûr.

– Où vivait-il ? A Guernon ?

– Ici même, sur le campus. Au dernier étage du bâtiment principal, avec son épouse. L'étage des internes.

– Rémy Caillois était âgé de vingt-cinq ans. De nos jours, c'est plutôt jeune pour se marier, non ?

– Rémy et Sophie Caillois sont d'anciens étudiants de notre faculté. Avant cela, ils s'étaient connus, je crois, au collège du campus, réservé aux enfants de nos professeurs. Ce sont... c'étaient des amis d'enfance.

Niémans se leva brutalement :

– Très bien, monsieur le recteur. Je vous remercie.

Le commissaire s'éclipsa aussitôt, fuyant l'odeur de peur qui régnait ici.

Des livres.

Partout, dans la grande bibliothèque de l'université, de multiples rangées de livres se déployaient sous la lumière des néons. Les rayonnages ajourés en métal soutenaient de véritables murailles de papier, parfaitement disposées. Des tranches de couleur sombre. Des ciselures or ou argent. Des étiquettes portant toujours le sigle de l'université de Guernon. Au centre de la salle déserte se dressaient des tables plastifiées, séparées en de petits compartiments vitrés. Lorsque Niémans était entré dans la pièce, il avait aussitôt pensé à un parloir de prison.

L'atmosphère était à la fois lumineuse et retranchée, spacieuse et confinée.

– Les meilleurs professeurs enseignent dans cette université, expliqua Éric Joisneau. Le gratin du sud-est de la France. Droit, économie, lettres, psychologie, sociologie, physique... Et surtout médecine – tous les cracks de l'Isère enseignent ici et consultent à l'hôpital : le CHRU. Ce sont en fait les anciens bâtiments de la faculté. Les locaux ont été entièrement rénovés. La moitié du département vient se faire soigner ici, et tous les habitants des montagnes sont nés dans cette maternité.

Niémans l'écoutait, bras croisés, appuyé sur l'une des tables de lecture.

– Tu parles en connaisseur.

Joisneau saisit un livre, au hasard.

– J'ai suivi mes études dans cette fac. J'avais commencé mon droit... Je voulais être avocat.

– Et tu es devenu policier ?

Le lieutenant regarda Niémans. Ses yeux brillaient sous les lumières blanches.

– Quand je suis parvenu en licence, j'ai eu peur tout d'un coup de m'emmerder. Alors je me suis inscrit à l'école des inspecteurs de Toulouse. Je me suis dit que flic, c'était un métier d'action, de risques. Un métier qui me réserverait des surprises...

– Et tu es déçu ?

Le lieutenant replaça le livre dans le rayon. Son sourire léger disparut.

– Pas aujourd'hui, non. Surtout pas aujourd'hui. (Il fixa Niémans.) Ce corps... Comment peut-on faire ça ?

Niémans éluda la question.

– Comment était l'atmosphère de l'université ? Rien de particulier ?

– Non. Beaucoup de mômes de bourgeois, la tête pleine de clichés sur la vie, sur l'époque, sur les idées qu'il fallait avoir... Des enfants de paysans aussi, d'ouvriers. Plus idéalistes encore. Et plus agressifs. De toute façon, nous avions tous rendez-vous avec le chômage, alors...

– Il n'y avait pas d'histoires bizarres ? Des groupuscules ?

– Non. Rien. Enfin, si. Je me souviens qu'il existait une sorte d'élite à la fac. Un microcosme composé par les enfants des professeurs de l'université elle-même. Certains d'entre eux étaient hyperdoués. Ils raflaient chaque année toutes les places d'honneur. Même dans les domaines sportifs. On l'avait plutôt mauvaise.

Niémans se souvint des portraits de champions dans l'antichambre du bureau de Luyse. Il demanda :

– Ces étudiants forment-ils un clan à part entière ? Pourraient-ils s'être ligués autour d'un projet tordu ?

Joisneau éclata de rire.

– Vous pensez à quoi ? A un genre de... conspiration ?

Ce fut au tour de Niémans de se lever et de longer les rayons.

– Un bibliothécaire, dans une fac, est au centre de tous les regards. C'est une cible idéale. Imagine un groupe d'étudiants, versés dans je ne sais quel délire. Un sacrifice, un rituel... Au moment de choisir leur victime, ils auraient pu penser, tout naturellement, à Caillois.

– Oubliez alors les surdoués dont je vous parle. Ils sont bien trop occupés à gratter tout le monde aux examens pour se mêler de quoi que ce soit d'autre.

Niémans se glissa entre les parois de livres, brunes et mordorées. Joisneau lui emboîta le pas.

– Un bibliothécaire, reprit-il, c'est aussi celui qui prête les livres... Celui qui sait ce que chacun lit, ce que chacun étudie... Peut-être savait-il quelque chose qu'il n'aurait pas dû savoir.

– On ne tue pas quelqu'un de cette façon pour... Et quel secret voulez-vous que des étudiants cachent derrière leurs lectures ?

Niémans se retourna brutalement.

– Je ne sais pas. Je me méfie des intellectuels.

– Vous avez déjà une idée ? Un soupçon ?

– Au contraire. Pour l'instant, tout est possible. Une bagarre. Une vengeance. Un truc d'intellos. Ou d'homosexuels. Ou tout simplement un rôdeur, un maniaque, qui est tombé sur Caillois par hasard, dans la montagne.

Le commissaire décocha une chiquenaude sur la tranche des ouvrages.

– Tu vois : je ne suis pas sectaire. Mais nous allons commencer ici. Passer au crible les bouquins qui pourraient avoir un rapport avec le meurtre.

– Quel genre de rapport ?

Niémans traversa de nouveau le couloir de livres et jaillit dans la grande salle. Il s'achemina vers le bureau du bibliothécaire, situé à l'autre bout, sur une estrade, surplombant les tables de lecture. Un ordinateur trônait sur le pupitre, des cahiers à spirale étaient rangés dans les tiroirs. Niémans tapota l'écran noir.

– Il doit y avoir là-dedans la liste de tous les livres consultés, empruntés chaque jour. Je veux que tu mettes là-dessus des OPJ. Les plus littéraires que tu pourras trouver, s'ils existent. Demande aussi de l'aide aux internes. Je veux qu'ils relèvent tous les livres qui parlent du mal, de la violence, de la torture et aussi des sacrifices, des immolations religieuses. Qu'ils regardent par exemple les bouquins d'ethnologie. Je veux aussi qu'ils notent les noms des étudiants qui ont souvent consulté ce genre d'ouvrages. Qu'on trouve également la thèse de Caillois.

– Et... moi ?

– Tu interroges les internes. Seul à seul. Ils vivent ici jour et nuit, ils doivent connaître l'université en profondeur. Les habitudes, l'état d'esprit, les mômes originaux... Je veux savoir comment était considéré Caillois par les autres. Je veux aussi que tu te renseignes sur ses balades en montagne. Trouve ses compagnons de randonnée. Découvre qui connaissait ses périples. Qui aurait pu le rejoindre là-haut...

Joisneau lança un regard sceptique au commissaire. Niémans se rapprocha. Il parlait maintenant à voix basse :

– Je vais te dire ce que nous avons. Nous avons un meurtre stupéfiant, un cadavre pâle, lisse, recroquevillé, exhibant les signes d'une souffrance sans limite. Un truc qui pue la folie à cent kilomètres. Pour l'instant, c'est notre secret. Nous avons quelques heures, j'espère un peu plus, pour résoudre l'affaire. Après ça, les médias vont s'en mêler, les pressions commencer, les passions se déchaîner. Concentre-toi. Plonge dans le cauchemar. Donne ce que tu as de meilleur. C'est comme ça que nous dévoilerons le visage du mal.

Le lieutenant paraissait effrayé.

– Vous croyez vraiment qu'en quelques heures nous...

– Tu veux travailler avec moi, oui ou non ? coupa Niémans. Alors je vais t'expliquer ma façon de voir les choses. Quand un meurtre est commis, il faut considérer chaque élément environnant comme un miroir. Le corps de la victime, les gens qui la connaissaient, le lieu du crime... Tout cela reflète une vérité, un aspect particulier du crime, tu comprends ?

Il cogna l'écran de l'ordinateur.

– Cet écran, par exemple. Quand il sera allumé, il deviendra le miroir du quotidien de Rémy Caillois. Le miroir de son activité journalière, de ses propres pensées. Il y a là-dedans des détails, des reflets qui peuvent nous intéresser. Il faut s'y plonger. Passer de l'autre côté.

Il se redressa et ouvrit les bras.

– Nous sommes dans un palais des glaces, Joisneau, un labyrinthe de reflets ! Alors regarde bien. Regarde tout. Parce que, quelque part le long de ces miroirs, dans un angle mort, il y a l'assassin.

Joisneau restait bouche bée.

– Pour un homme de terrain, je vous trouve plutôt cérébral...

Le commissaire lui tapota le torse du revers de la main.

– Ce n'est pas de la philo, Joisneau. C'est de la pratique.

– Et vous ? Qui... qui allez-vous interroger ?

– Moi ? Je vais interroger notre témoin, Fanny Ferreira. Et aussi Sophie Caillois, la femme de la victime.

Niémans cligna de l'œil.

– Rien que des gonzesses, Joisneau. C'est ça, la pratique.

5

Sous le ciel morne, la route d'asphalte serpentait à travers le campus et desservait chacun des bâtiments grisâtres, aux fenêtres bleues et rouillées. Niémans roulait au pas – il s'était procuré un plan de l'université – et suivait la voie d'un gymnase isolé. Il atteignit un nouvel édifice de béton strié qui tenait plutôt du bunker que du bâtiment sportif. Il sortit de sa voiture et respira à fond. Il tombait une pluie fine et gracile.

Il scruta le campus et les édifices qui se déployaient, à quelques centaines de mètres de là. Ses parents aussi avaient été enseignants, mais dans des petits collèges de la banlieue de Lyon. Il ne se souvenait de rien, ou presque. Très vite le cocon familial lui était apparu comme une faiblesse, un mensonge. Très vite il avait pressenti qu'il devrait lutter en solitaire et qu'en conséquence le plus tôt serait le mieux. Dès l'âge de treize ans il avait demandé à suivre sa scolarité en pension. On n'avait osé lui refuser cet exil volontaire, mais il se souvenait encore des sanglots de sa mère, derrière la cloison de sa chambre : c'était un son dans sa tête, et en même temps une sensation physique, quelque chose d'humide, de chaud, sur sa peau. Il avait détalé.

Quatre années d'internat. Quatre années de solitude et d'entraînement physique, parallèlement aux cours. Tous ses espoirs étaient alors rivés vers un seul but, une seule date : l'armée. A dix-sept ans, Pierre Niémans, brillant bachelier, avait effectué ses trois jours et demandé à intégrer l'école des officiers. Lorsque le médecin-major lui avait annoncé qu'il était réformé et lui avait expliqué la raison du verdict, le jeune Niémans avait compris. Ses angoisses étaient si manifestes qu'elles l'avaient trahi, jusqu'au plus profond de son ambition. Il sut que son destin serait toujours ce long couloir, sans faille, tapissé de sang, avec, tout au bout, des chiens hurlant dans les ténèbres...

D'autres adolescents auraient abandonné, écoutant docilement le jugement des psychiatres. Pas Pierre Niémans. Il s'obstina, reprit ses activités physiques, redoubla de rage et de volonté. Le jeune Pierre ne serait jamais un militaire. Il choisirait donc un autre combat : celui des rues, la lutte anonyme contre le mal ordinaire. Il allait plonger ses forces, son âme, dans une guerre sans gloire ni drapeau, mais qu'il assumerait jusqu'au bout. Niémans deviendrait policier. Dans ce but, il s'entraîna de longs mois à répondre aux tests psychiques. Il intégra ensuite l'école de police de Cannes-Écluse. Commença alors l'ère de la violence : l'entraînement au tir, les résultats d'exception. Niémans ne cessait de s'améliorer, de se fortifier. Il devint un policier hors pair. Tenace, violent, vicieux.

Il intégra d'abord des commissariats de quartier puis devint tireur d'élite dans la brigade qui allait devenir la BRI (Brigade de recherche et d'intervention). Les opérations spéciales commencèrent. Il tua son premier homme. En cet instant il conclut un pacte avec lui-même et envisagea une dernière fois sa propre malédiction. Non, il ne serait jamais un soldat d'orgueil, un officier valeureux. Mais il serait un combattant des villes, fébrile, obstiné, qui noierait ses propres peurs dans la violence et la rage de l'asphalte.

Niémans respira à fond l'éther de la montagne. Il songea à sa mère, morte depuis des années. Il songea au temps passé, qui avait pris l'allure d'un canyon déferlant, et aux souvenirs, qui s'étaient fissurés puis effacés, battant en brèche face à l'oubli.

Brusquement, Niémans perçut un petit trot, comme dans

un rêve. Le chien était tout en muscles, son poil ras luisait sous la bruine. Ses yeux, deux boules de laque sombre, fixaient le policier. Il s'approchait, en dodelinant du derrière. L'officier s'immobilisa. Le chien s'approcha encore, à quelques pas. Sa truffe humide frémissait. Soudain il se mit à grogner. Ses yeux brillèrent. Il avait senti la peur. La peur qui exsudait de l'homme.

Niémans était pétrifié.

Ses membres lui semblaient battus par une force inconnue. Son sang le fuyait par un siphon invisible, quelque part dans son ventre. Le chien aboya, retroussa ses babines. Niémans connaissait le processus. La peur produisait des molécules olfactives que le chien sentait et qui déclenchaient chez lui crainte et hostilité. La peur engendrait la peur. Le chien aboya puis roula de la gorge, crissa des dents. Le flic dégaina.

– Clarisse ! Clarisse ! Reviens, Clarisse !

Niémans sortit de la parenthèse de glace. Il aperçut, au-delà d'un voile rouge, un homme gris en pull camionneur. Il s'approchait à pas rapides.

– Z'êtes fou ou quoi ?

Niémans marmonna :

– Police. Tirez-vous. Emmenez votre clebs.

L'homme était sidéré.

– Bon sang, j'le crois pas, ça. Viens, Clarisse, viens, petite mère...

Le maître et son cabot s'éclipsèrent. Niémans tenta d'avaler sa salive. Il sentit les aspérités de sa gorge, sèche comme un four. Il secoua la tête, rengaina et contourna le bâtiment. En tournant sur la gauche, il s'efforça de réfléchir : depuis combien de temps n'avait-il pas vu son psy ?

Dès le deuxième angle du gymnase, le commissaire découvrit la femme.

Fanny Ferreira se tenait debout, près d'un portail ouvert, et ponçait avec du papier de verre une planche de mousse de couleur rouge. Le flic supposa qu'il s'agissait du flotteur sur lequel la femme dévalait les torrents.

– Bonjour, fit-il en s'inclinant.

Il avait retrouvé chaleur et assurance.

Fanny leva les yeux. Elle devait avoir à peine vingt ans. Sa peau était mate et ses cheveux bouclés virevoltaient, minces frisettes autour des tempes, lourdes cascades sur les épaules. Son visage était sombre, velouté, mais ses yeux étaient d'une clarté blessante, presque indécente.

– Je suis Pierre Niémans, commissaire de police. J'enquête sur le meurtre de Rémy Caillois.

– Pierre Niémans ? répéta-t-elle, incrédule. Merde alors. C'est incroyable.

– Quoi ?

Elle désigna, d'un signe de tête, une petite radio posée par terre.

– On vient de parler de vous, aux infos. Ils disent que vous avez arrêté deux assassins, cette nuit, près du parc des Princes. Et que c'est plutôt bien. Ils disent aussi que vous avez défiguré l'un d'entre eux, et que c'est plutôt mal. Vous êtes doué du don d'ubiquité ou quoi ?

– J'ai simplement roulé toute la nuit.

– Que faites-vous chez nous ? Les flics d'ici ne sont donc pas suffisants ?

– Disons que je suis là en renfort.

Fanny reprit son travail – elle humidifiait la surface oblongue de la planche, puis elle appuyait de ses deux paumes, écrasant le papier de verre replié. Son corps paraissait trapu, solide. Elle était vêtue sans élégance – fuseau de plongée, en néoprène, chasuble de marin, chaussures montantes de cuir clair, lacées de près. La lumière voilée lançait des douceurs irisées sur toute la scène.

– Vous semblez bien encaisser le choc, reprit Niémans.

– Quel choc ?

– Eh bien... la découverte du...

– J'évite d'y penser.

– Et ça ne vous gêne pas d'en reparler ?

– Vous êtes là pour ça, non ?

Elle ne regardait pas le policier. Ses mains ne cessaient de monter et de descendre le long du flotteur. Ses gestes étaient secs, brutaux.

– Dans quelles circonstances avez-vous découvert le corps ?

– Chaque week-end je descends les rapides... (elle désigna son embarcation renversée)... sur ce genre de truc. Je venais de finir une de mes virées. Aux alentours du campus, il y a un mur de rochers, un barrage naturel, qui stoppe le courant de la rivière et permet d'accoster sans problème. Je remontais mon flotteur quand je l'ai aperçu...

– Dans la roche ?

– Ouais, dans la roche.

– C'est faux. Je suis allé là-bas. J'ai remarqué qu'il n'y avait aucun recul. Il est impossible de remarquer quelque chose, le long de la paroi, à quinze mètres de hauteur...

Fanny lança sa feuille de papier de verre dans le gobelet, s'essuya les mains et alluma une cigarette. Ces simples gestes suscitèrent brutalement chez Niémans un désir violent.

La jeune femme expira une longue bouffée bleutée.

– Le corps était dans la muraille. Mais je ne l'ai pas vu dans la muraille.

– Où ?

– Je l'ai remarqué dans les eaux de la rivière. Grâce à son reflet. Une tache blanche à la surface du lac.

Les traits de Niémans se détendirent.

– C'est exactement ce que je pensais.

– C'est important pour votre enquête ?

– Non. Mais j'aime les choses claires.

Niémans marqua un temps, puis reprit :

– Vous faites de l'alpinisme ?

– Comment le savez-vous ?

– Je ne sais pas... La région. Et puis, vous paraissez très... sportive.

Elle se retourna et ouvrit ses bras vers les montagnes, qui

surplombaient la vallée. C'était la première fois qu'elle souriait.

– Voici mon fief, commissaire ! Du Grand Pic de Belledonne aux Grandes Rousses, je connais par cœur toutes ces montagnes. Quand je ne dévale pas les ruisseaux, j'escalade les sommets.

– Selon vous, pour placer le corps le long de la muraille, il fallait être alpiniste ?

Fanny redevint sérieuse – elle observait l'extrémité incandescente de sa cigarette.

– Pas nécessairement, non. Les rochers forment pratiquement des marches naturelles. Par contre, il fallait être sacrément costaud pour porter un tel poids sans perdre l'équilibre.

– Un de mes inspecteurs pense que le tueur a plutôt grimpé de l'autre côté, où la pente est moins abrupte, puis a descendu le corps au bout d'une corde.

– Cela ferait un sacré détour. (La femme hésita puis reprit :) En fait, il y a une troisième solution, toute simple, à condition de connaître un peu les techniques de grimpe.

– Je vous écoute.

Fanny Ferreira éteignit sa cigarette sous sa chaussure et la lança d'une chiquenaude.

– Venez avec moi, ordonna-t-elle.

Ils pénétrèrent à l'intérieur du gymnase. Dans la pénombre, Niémans aperçut des tapis de sol entassés, les ombres rectilignes de barres parallèles, de perches, de cordes à nœuds. Fanny commenta, en se dirigeant vers le mur de droite :

– C'est mon repaire. Pendant l'été, personne ne fout les pieds ici. Je peux entreposer mon matos.

Elle alluma une lampe-tempête, suspendue au-dessus d'une sorte d'établi. Sur la table se déployaient de nombreux instruments, des pièces métalliques, variant les pointes et les crans, décochant des reflets argentés ou des tons vifs. Fanny alluma une nouvelle cigarette. Niémans demanda :

– Qu'est-ce que c'est ?

– Des broches, des mousquetons, des triangles, des poignées : du matériel d'alpinisme.

– Et alors ?

Fanny expira une nouvelle fois de la fumée, mais en simulant un hoquet à répétition.

– Et alors, monsieur le commissaire, un tueur qui posséderait ce genre de trucs et qui saurait s'en servir aurait pu monter le corps sans problème de la berge de la rivière.

Niémans croisa les bras et s'appuya contre le mur. Fanny garda sa cigarette aux lèvres et manipula les ustensiles. Ce geste anodin renforça le désir du policier. Cette fille lui plaisait en profondeur.

– Je vous l'ai dit, attaqua-t-elle : la paroi à cet endroit comporte des marches naturelles. Pour une personne connaissant l'alpinisme, ou même habituée au trekking, ce serait un jeu d'enfant de monter une première fois, sans le corps.

– Ensuite ?

Fanny saisit une poulie verte et fluorescente, constellée de petits orifices.

– Ensuite, vous fixez ça dans la roche, au-dessus de la niche.

– Dans la roche ! Comment ? Avec un marteau ? Ça doit prendre un temps fou, non ?

La femme déclara à travers les volutes de sa cigarette :

– Vos connaissances en alpinisme avoisinent le degré zéro, commissaire. (Elle saisit des pitons filetés sur le comptoir.) Voici des *spits* – des broches pour les rochers. Avec un perforateur comme celui-là (elle désignait une sorte de perceuse, noire et graisseuse), vous pouvez planter plusieurs spits dans n'importe quelle rocaille, en quelques secondes. Vous fixez vos poulies et vous n'avez plus qu'à hisser votre corps. C'est la technique qu'on utilise pour faire monter les sacs dans des endroits étroits ou difficiles.

Niémans fit une moue sceptique.

– Je ne suis pas monté là-haut mais, à mon avis, la niche est très étroite. Je ne vois pas comment le tueur aurait pu, arc-bouté dans cette faille, tirer le corps à la seule force de ses bras, sans aucun recul. Ou bien alors on revient au même profil de suspect : un colosse.

– Qui vous parle de le tirer de là-haut ? Pour hisser sa victime, l'alpiniste n'avait plus qu'une seule chose à faire : se laisser redescendre, de l'autre côté des poulies, pour faire contrepoids. Le corps serait monté tout seul.

Le policier comprit soudain la technique et sourit, face à l'évidence.

– Mais il faudrait que le tueur soit plus lourd que le mort, non ?

– Ou d'un poids égal : en vous lançant dans le vide, votre poids se renforce. Une fois le corps hissé, votre assassin aurait pu remonter rapidement, toujours le long des aspérités, pour encastrer sa victime dans cette faille théâtrale.

Le commissaire regarda encore une fois tous les pitons, vis et anneaux qui reposaient sur l'établi. Il songea au matériel d'un cambrioleur, mais un cambrioleur particulier : un perceur d'altitudes et de gravités.

– Combien de temps prendrait une telle opération ?

– Pour quelqu'un comme moi : moins de dix minutes.

Niémans acquiesça : un profil d'assassin se dessinait. Les deux interlocuteurs ressortirent. Le soleil filtrait à travers les nuages, frappant les cimes d'une clarté de cristal. Le policier demanda :

– Vous êtes professeur dans cette faculté ?

– Géologie.

– Mais encore ?

– J'enseigne plusieurs disciplines : la taxinomie des pierres, les dislocations tectoniques, la glaciologie aussi – l'évolution des glaciers.

– Vous paraissez très jeune.

– J'ai passé mon doctorat à vingt ans. Et j'étais déjà maître-assistante. Je suis la plus jeune diplômée de France. J'ai vingt-cinq ans aujourd'hui et je suis professeur titulaire.

– Une véritable bête de fac.

– C'est ça. Une bête de fac. Fille et petite-fille de professeurs émérites, ici, à Guernon.

– Vous appartenez donc à la confrérie ?

– Quelle confrérie ?

– Un de mes lieutenants a suivi ses études à Guernon. Il m'a expliqué que l'université possédait une élite à part, composée par les enfants des professeurs de la faculté...

Fanny oscilla de la tête dans un geste malicieux.

– Je dirais plutôt une grande famille. Les enfants dont vous parlez grandissent à la fac, dans l'enseignement, la culture. Ils obtiennent ensuite d'excellents résultats. Ça semble naturel, non ?

– Même dans les domaines sportifs ?

Elle haussa les sourcils.

– Ça, c'est l'air de la montagne.

Niémans poursuivit :

– Vous connaissiez sans doute Rémy Caillois. Comment était-il ?

Fanny répondit sans hésiter :

– Solitaire. Renfermé. Renfrogné même. Mais très brillant. Cultivé jusqu'au vertige. Une rumeur courait ici... On disait qu'il avait lu tous les livres de la bibliothèque.

– Vous pensez que cette rumeur était fondée ?

– Je ne sais pas. Mais il connaissait sa bibliothèque à fond. C'était son antre, son refuge, son terrier.

– Il était très jeune, lui aussi, non ?

– Il avait grandi dans cette bibliothèque. Son père était déjà le chef-bibliothécaire de la fac.

Niémans esquissa quelques pas.

– Je ne savais pas. Les Caillois appartenaient aussi à votre « grande famille » ?

– Certainement pas. Rémy était au contraire hostile. Malgré sa culture, il n'avait jamais obtenu les résultats qu'il escomptait. Je pense... enfin, je suppose qu'il nous jalousait.

– Quelle était sa spécialité ?

– Philosophie, je crois. Il achevait sa thèse.

– Sur quel sujet ?

– Aucune idée.

Le commissaire se tut. Il scruta les montagnes, de plus en plus ensoleillées. Elles ressemblaient à des géants éblouis.

– Son père, reprit-il, il est toujours vivant ?

– Non. Disparu, il y a quelques années. Un accident d'alpinisme.

– Rien de suspect de ce côté-là ?

– Qu'allez-vous chercher ? Il est mort dans une avalanche. Celle de la Grande Lance d'Allemond, en 93. Vous êtes bien un flic.

– Nous avons deux bibliothécaires alpinistes. Un père et un fils. Morts tous les deux dans les montagnes. La coïncidence mérite d'être soulignée, non ?

– Rien ne dit que Rémy a été tué dans les montagnes.

– C'est vrai. Mais il est parti le samedi matin pour une randonnée. Il a dû être surpris par le tueur dans les hauteurs. Peut-être que l'assassin connaissait son itinéraire et...

– Rémy n'était pas du genre à suivre un itinéraire classique. Ni à le révéler à d'autres. C'était un homme très... secret.

Niémans s'inclina.

– Je vous remercie, mademoiselle. Vous connaissez la formule : s'il vous revient un détail... Vous pouvez me contacter à l'un de ces numéros.

Niémans nota les coordonnées de son portable et d'une salle que le recteur lui avait allouée dans l'université – le policier préférait s'installer dans la faculté plutôt qu'à la gendarmerie. Il murmura :

– A bientôt.

La jeune femme ne leva pas les yeux. Le policier partait lorsqu'elle demanda :

– Je peux vous poser une question ?

Elle le fixait de ses pupilles cristallines. Niémans en éprouva une sorte de malaise. Ces iris étaient trop clairs. Ils étaient en verre, en eau vive, coupants comme du givre.

– Je vous écoute, répondit-il.

– A la radio, ils disaient... Enfin, c'est vrai que vous étiez de l'équipe qui a tué Jacques Mesrine ?

– J'étais jeune. Mais c'est vrai, oui.

– Je me demandais... Que ressent-on après ?

– Après quoi ?

– Après un truc pareil.

Niémans fit quelques pas vers la jeune femme. Elle eut un recul instinctif. Mais elle dressa vaillamment son regard, avec arrogance.

– J'aurai toujours plaisir à converser avec vous, Fanny. Mais jamais vous ne m'entendrez parler de ça. Ni de ce que j'ai perdu ce jour-là.

Son interlocutrice baissa les yeux. Elle dit d'une voix sourde :

– Je vois.

– Non, vous ne voyez pas. Et c'est toute votre chance.

6

Les ruissellements de l'eau cliquetaient dans son dos. Niémans avait emprunté des chaussures de marche à la gendarmerie et gravissait maintenant les marches naturelles de la paroi, relativement aisées à escalader. Parvenu à la hauteur de la faille, le policier observa l'orifice étroit où le corps avait été découvert. Il scruta la paroi rocheuse avec attention, tout autour. Les mains protégées par des gants de gore-tex, il cherchait les traces éventuelles de spits dans la muraille.

Des trous dans la pierre.

Le vent chargé de gouttes d'eau glacée lui fouettait le

visage et Niémans aimait cette sensation. Malgré les circonstances, en parvenant auprès du petit lac, il avait éprouvé une puissante impression de plénitude. Le tueur avait peut-être choisi ce site pour cette raison : c'était un lieu de calme, de sérénité, sans scories, sans rupture. Un lieu où les eaux de jade apportaient la paix aux esprits de violence.

Le commissaire ne trouvait rien. Il poursuivit sa recherche autour de la niche : aucune trace de pitons. Il posa un genou sur le rebord et palpa les parois intérieures de la cavité. Soudain ses doigts surprirent un orifice, net et précis, juste au centre du plafond de la grotte. Le policier eut une brève pensée pour Fanny Ferreira. Elle avait vu juste : le tueur, muni de pitons et de poulies, avait hissé le corps en jouant sans doute de son propre poids.

Il plongea son bras, palpa encore et découvrit au total trois cavités, crantées et filetées, d'une profondeur de vingt centimètres, disposées en triangle – les trois empreintes des spits qui avaient soutenu les poulies. Les circonstances du crime se précisaient. Rémy Caillois avait été surpris lors de sa randonnée. L'assassin l'avait ligoté, torturé, mutilé et tué dans les hauteurs solitaires, puis il était descendu dans la vallée, avec le corps de sa victime. Comment ? Niémans jeta un regard quinze mètres plus bas, là où les eaux se figeaient en un miroir de laque. Par le torrent. Le tueur avait sans doute sillonné la rivière à bord d'un canoë ou d'une embarcation de ce genre.

Mais pourquoi s'être donné tant de mal ? Pourquoi n'avoir pas abandonné le cadavre sur les lieux du crime ?

Le policier redescendit avec précaution. Parvenu en bas, il ôta ses gants, tourna le dos aux rochers et scruta cette fois l'ombre de la faille dans les eaux parfaitement lisses. Le reflet était aussi fixe qu'un tableau. Il éprouva cette conviction : ce lieu était un sanctuaire. De calme et de pureté. Et l'assassin l'avait peut-être choisi pour cette raison. Dans tous les cas, l'enquêteur tenait désormais une certitude.

Son tueur était un alpiniste confirmé.

La berline de Niémans était équipée d'un transmetteur VHF, mais le policier ne l'utilisait jamais. Pas plus qu'il n'utilisait, pour les communications confidentielles, son téléphone cellulaire, qui était moins discret encore. Il usait plutôt, depuis quelques années, d'un *pager*, un récepteur de radiomessages, dont il variait les marques et les modèles. Personne ne pouvait capter ce genre de système qui ne fonctionnait qu'avec l'aide d'un mot de passe. Il tenait cette astuce des dealers parisiens qui avaient tout de suite perçu l'extrême discrétion des radiomessageries. Le commissaire avait donné le numéro et le nom de code à Joisneau, Barnes et Vermont. En montant dans sa voiture, il sortit le boîtier de sa poche et cliqua sur le cadre. Pas de message.

Il démarra et retourna à l'université.

Il était maintenant onze heures du matin ; de rares silhouettes traversaient l'esplanade verdoyante. Quelques étudiants couraient sur la piste du stade, légèrement excentré par rapport au groupe des blocs bétonnés.

Le policier emprunta une route transversale et se dirigea de nouveau vers le bâtiment principal. L'immense bunker se déployait sur huit étages et six cents mètres de longueur. Il se gara et consulta son plan. Hormis la bibliothèque, cet édifice immense regroupait les amphithéâtres de médecine et de sciences physiques. Dans les étages se déployaient les salles de travaux pratiques. Au dernier niveau, on trouvait les chambres des internes. Le gardien du campus avait noté au feutre rouge le numéro de l'appartement occupé par Rémy Caillois et sa jeune épouse.

Pierre Niémans dépassa les portes de la bibliothèque qui jouxtait l'entrée principale et pénétra dans le hall de l'édifice : un espace d'un seul tenant, éclairé par de larges baies vitrées. Les murs portaient des fresques naïves, qui brillaient sous la clarté matinale, et l'extrémité du hall se perdait, à plusieurs centaines de mètres de là, dans une sorte de pulvérulence minérale. Les dimensions du lieu étaient plutôt staliniennes – rien à voir avec l'atmosphère de marbre clair et de bois brun des universités parisiennes. C'était du moins ce que supposait Niémans : il n'avait jamais mis les pieds dans aucune faculté. Ni à Paris ni ailleurs.

Il emprunta un escalier aux marches de granit suspendues, dont chaque tronçon partait en épingle à cheveux et était séparé par des lames verticales. Une fantaisie d'architecte, dans le même style écrasant que le reste. Un néon sur deux ne fonctionnait pas et Niémans traversait des zones d'ombre totale pour resurgir sous une lumière trop forte.

Enfin il accéda à un couloir étroit, ponctué de petites portes. Il sillonna le boyau sombre – les lampes avaient ici toutes rendu l'âme – en quête du nº 34, l'appartement des Caillois.

La porte était entrouverte.

De deux doigts, le policier poussa la mince paroi de contreplaqué.

Le silence et la pénombre l'accueillirent. Niémans se trouvait dans un petit vestibule. Au fond, un bandeau lumineux traversait l'étroit couloir. La légère clarté permit au policier d'observer les cadres suspendus aux murs. C'étaient des photographies en noir et blanc, qui semblaient dater des années trente ou quarante. Des athlètes olympiques en plein effort vrillaient le ciel ou talonnaient la terre, dans un hiératisme d'orgueil. Les visages, les silhouettes, les postures distillaient une sorte de perfection inquiétante, une pureté de statues, inhumaine. Niémans songea à l'architecture de l'université : tout cela formait un ensemble cohérent, et pas forcément réjouissant.

Sous ces cadres, il repéra un portrait de Rémy Caillois. Il le décrocha pour mieux le regarder. La victime avait été un beau jeune homme souriant, aux cheveux courts et aux traits crispés. Le regard brillait d'une lueur particulièrement alerte.

– Qui êtes-vous ?

Niémans tourna la tête. Une silhouette féminine, drapée dans un imperméable, se découpait au fond du couloir. Le commissaire s'approcha. Encore une môme. Elle devait être âgée, elle aussi, de moins de vingt-cinq ans. Ses cheveux mi-longs et clairs encadraient son visage étroit, creusé, dont la pâleur accentuait les cernes autour des yeux. Ses traits étaient osseux, mais délicats. La beauté de cette femme n'apparaissait qu'à contretemps, comme en écho à une première impression de malaise.

– Je suis Pierre Niémans, déclara-t-il. Commissaire principal.

– Et vous entrez chez moi sans sonner ?

– Excusez-moi. La porte était ouverte. Vous êtes l'épouse de Rémy Caillois ?

En guise de réponse, la femme arracha le cadre des mains de Niémans et l'ajusta de nouveau contre le mur. Elle ôta ensuite son imper en reculant dans la pièce de gauche. Subrepticement, Niémans entrevit une poitrine pâle et décharnée, dans l'entrebâillement d'un pull fatigué. Il frissonna.

– Entrez, fit la femme à contrecœur.

Niémans découvrit un salon exigu, décoré avec soin et austérité. Des peintures modernes étaient suspendues aux murs. Des lignes symétriques, des couleurs angoissantes, des trucs incompréhensibles. Le policier n'y prit pas garde. En revanche, un détail le frappa : il planait dans cette pièce une forte odeur chimique. Une odeur de colle. Les Caillois avaient tout récemment tapissé les murs de nouveaux papiers peints. Ce détail lui serra le cœur. Pour la première fois il tressaillit en songeant au destin anéanti du couple, aux cendres de bonheur qui devaient grésiller au fond du chagrin de cette femme. Il attaqua d'un ton grave :

– Madame, je viens de Paris. J'ai été appelé par le juge d'instruction, en renfort sur l'enquête qui concerne la disparition de votre mari. Je...

– Vous avez une piste ?

Le commissaire l'observa et eut soudain envie de casser

un objet, une vitre, n'importe quoi. Cette femme était transie de chagrin, mais plus encore de haine contre la police.

– Nous n'avons rien pour l'instant, concéda-t-il. Mais j'ai bon espoir que l'enquête...

– Posez vos questions.

Niémans s'assit sur le convertible, en face de la femme qui venait de choisir une petite chaise, comme à bonne distance de lui. Par contenance, il saisit un coussin qu'il tripota durant quelques secondes.

– J'ai lu votre témoignage, reprit-il. Je voulais juste obtenir quelques informations supplémentaires. Beaucoup de gens effectuent dans cette région des randonnées, non ?

– Vous croyez qu'il y a tant de distractions à Guernon ? Tout le monde fait de la marche ou de l'alpinisme.

– Les autres randonneurs connaissaient-ils les itinéraires de Rémy ?

– Non. Il n'en parlait jamais. Et il partait dans des directions qui lui étaient propres...

– S'agissait-il de simples promenades ou de courses ?

– Cela dépendait. Samedi, Rémy était parti à pied, à moins de deux mille mètres d'altitude. Il n'avait pas emporté de matériel.

Niémans marqua un temps puis entra dans le vif de ses questions :

– Votre mari avait-il des ennemis ?

– Non.

Le ton équivoque de cette réponse l'incita à poser une autre question, qui l'étonna lui-même :

– Avait-il des amis ?

– Non plus. Rémy était un homme solitaire.

– Quel type de relations entretenait-il avec les étudiants, ceux qui fréquentaient la bibliothèque ?

– Ses contacts avec eux se limitaient aux fiches de sortie des livres.

– Rien de bizarre, ces derniers temps ?

La femme ne répondit pas. Niémans insista :

– Votre mari n'était pas spécialement nerveux, tendu ?

– Non.

– Parlez-moi de la disparition de son père.

Sophie Caillois leva les yeux. La couleur des pupilles était terne, mais le dessin des cils et des sourcils splendide. Elle esquissa un haussement d'épaules.

– Il est mort sous une avalanche, en 93. Nous n'étions pas encore mariés. Je ne sais rien de précis là-dessus. Rémy n'en parlait jamais. Où voulez-vous en venir ?

Le policier garda le silence et scruta la petite pièce, avec ses meubles placés au cordeau. Il connaissait par cœur ce genre de lieu. Il savait qu'il n'était pas seul ici avec Sophie Caillois. La mémoire du mort planait encore, comme si son âme était en train de préparer ses valises, quelque part, dans la chambre voisine. Le commissaire désigna les tableaux aux murs.

– Votre mari ne conservait aucun livre ici ?

– Pourquoi en aurait-il conservé ? Il travaillait toute la journée à la bibliothèque.

– C'est là-bas qu'il préparait sa thèse ?

La femme acquiesça d'un bref signe de tête. Niémans ne cessait d'observer ce visage beau et dur. Il était surpris de croiser en moins d'une heure deux femmes aussi séduisantes.

– Sur quoi portait sa thèse ?

– Les jeux Olympiques.

– Ce n'est pas très intellectuel.

Sophie Caillois adopta une expression méprisante.

– Sa thèse portait sur les relations de l'épreuve et du sacré. Du corps et de la pensée. Il étudiait le mythe de l'*athlon*, l'homme originel qui assurait la fécondité de la Terre par sa propre force, par les limites transgressées de son propre corps.

– Excusez-moi, souffla Niémans. Je connais mal les questions philosophiques... Cela a-t-il un rapport avec les photographies dans votre couloir ?

– Oui et non. Ce sont des clichés extraits d'un film de Leni Riefenstahl, sur les jeux Olympiques de 1938, à Berlin.

– Ces images sont impressionnantes.

– Rémy disait que ces Jeux avaient retrouvé la coïncidence profonde des jeux d'Olympie, fondée sur l'union du corps et de la pensée, l'épreuve physique et l'expression philosophique.

– Dans ce cas précis, il s'agissait de l'idéologie nazie, non ?

– Mon mari se moquait de la nature de la pensée exprimée. Il était fasciné par cette seule fusion : l'idée et la force, l'esprit et le corps.

Niémans ne comprenait rien à ce genre de charabia. La femme se pencha et dit soudain avec violence :

– Pourquoi vous a-t-on envoyé ici ? Pourquoi un homme comme vous ?

Il ignora l'agressivité de la remarque. Lors de ses interrogatoires, il usait toujours de la même technique, inhumaine et froide, fondée sur l'intimidation. Il était inutile, lorsqu'on était policier – et surtout quand on avait sa gueule – de jouer aux sentiments ou à la psychologie de bazar. Il demanda, d'une voix autoritaire :

– A votre avis, existait-il une raison d'en vouloir à votre mari ?

– Vous délirez ou quoi ? articula-t-elle. Vous n'avez pas vu le corps ? Vous ne comprenez pas que c'est un maniaque qui a tué mon mari ? Que Rémy a été surpris par un dingue ? Un taré qui s'est acharné sur lui, l'a frappé, torturé, mutilé jusqu'au bout ?

Le policier respira profondément. Il songeait en fait à ce bibliothécaire silencieux, désincarné, et à cette femme agressive. Un couple à glacer le sang. Il questionna :

– Comment marchait votre foyer ?

– Qu'est-ce que ça peut vous foutre ?

– Je vous en prie, répondez.

– Je suis suspecte ?

– Vous savez bien que non. S'il vous plaît, répondez-moi.

La jeune femme lui lança un regard lapidaire.

– Vous voulez savoir combien de fois nous baisions par semaine ?

Niémans sentit la chair de poule saisir sa nuque.

– Coopérez, madame. Je fais mon boulot.

– Tirez-vous, sale ordure de flic.

Ses dents n'étaient pas blanches, et pourtant le contour de ses lèvres était ravissant, émouvant. Niémans fixa cette bouche, les contours aigus des pommettes, des sourcils, qui rayonnaient à travers la pâleur terne du visage. Peu importaient l'éclat du teint, la couleur des yeux, toutes ces illusions de lumières et de tons. La beauté était une affaire de ligne. D'esquisse. De pureté incorruptible. Le policier ne bougeait pas.

– Tirez-vous ! hurla la femme.

– Une dernière question. Rémy a toujours vécu à l'université. Quand a-t-il effectué son service militaire ?

Sophie Caillois s'immobilisa, décontenancée par la question. Elle enserra ses bras, comme si elle était brutalement saisie par un froid intérieur.

– Il ne l'a pas fait.

– Réformé ?

Elle acquiesça en inclinant la tête.

– Pour quel motif ?

Les yeux de la femme se braquèrent de nouveau sur le commissaire.

– Que cherchez-vous ?

– Pour quel motif ?

– Psychiatrie, je crois.

– Il souffrait de troubles mentaux ?

– Mais d'où sortez-vous ? Tout le monde se fait réformer pour des raisons psychiatriques. Ça ne veut rien dire. Vous simulez, vous dites n'importe quoi, vous êtes réformé.

Niémans n'ajouta rien, mais tout son être devait exprimer une sourde désapprobation. La femme toisa tout à coup sa coupe en brosse, son élégance stricte, et ses lèvres s'arquèrent en une grimace de dégoût.

– Putain de Dieu, tirez-vous.

Il se leva et murmura :

– Je vais m'en aller. Mais je veux que vous sachiez une chose.

– Quoi ? cracha-t-elle.

– Que cela vous plaise ou non, ce sont des gens comme moi qui attrapent les assassins. Ce sont des gens comme moi qui peuvent venger votre mari.

Durant quelques secondes, les traits de la femme se pétrifièrent, puis son menton se troubla. Elle fondit en sanglots. Niémans tourna les talons.

– Je l'attraperai, dit-il.

Dans l'encadrement de la porte, il cogna le mur et jeta par-dessus son épaule :

– Bon Dieu, je vous le jure : j'attraperai le fils de pute qui a tué votre mari.

Dehors, une clarté de mercure lui sauta à la face. Des taches noires dansaient sous ses paupières. Niémans vacilla quelques secondes. Il s'efforça de marcher calmement jusqu'à sa voiture, alors que les halos sombres se transformaient peu à peu en visages de femme. Fanny Ferreira, la brune. Sophie Caillois, la blonde. Deux femmes fortes, intelligentes et agressives. Des femmes telles que le policier n'en tiendrait sans doute jamais dans ses bras.

Il donna un violent coup de pied dans une corbeille de ferraille obstruée, fixée à un pylône, puis il regarda son pager, comme par réflexe.

L'écran clignotait : le médecin légiste venait de terminer l'autopsie.

II

II

7

A l'aube du même jour, à deux cent cinquante kilomètres de là, plein ouest, le lieutenant de police Karim Abdouf achevait la lecture d'une thèse de criminologie sur l'utilisation des empreintes génétiques dans les affaires de viol et de meurtre. Le pavé de six cents pages l'avait tenu en éveil pratiquement toute la nuit. Il fixait maintenant les chiffres du réveil à quartz qui sonnait : 07:00.

Karim soupira, balança la thèse à l'autre bout de la pièce, puis partit dans la cuisine se préparer du thé noir. Il revint dans le salon – qui était aussi sa salle à manger et sa chambre à coucher – et scruta les ténèbres à travers la baie vitrée. Front contre le verre, il évalua ses chances d'effectuer un jour une enquête génétique dans le bled infâme où il avait été muté. Elles étaient nulles.

Le jeune Beur observait les réverbères qui clouaient encore les ailes brunâtres de la nuit. Un noyau d'amertume lui bloquait la gorge. Même au plus fort de ses activités criminelles, il avait toujours su éviter la prison. Et voilà qu'à vingt-neuf ans, devenu flic, on l'enfermait dans une prison plus merdique encore : une petite ville de province, écrasée d'ennui, au cœur d'un lit de rocailles. Une prison sans murs ni barreaux. Une prison psychologique, qui le consumait à petit feu.

Karim se prit à rêver. Il se vit en train de coffrer des tueurs en série, grâce à des analyses d'ADN et des logiciels spécialisés, comme dans les films américains. Il s'imagina à la tête d'une équipe de scientifiques étudiant la cartographie génétique des criminels. A force de recherches, de statistiques, les spécialistes isolaient une sorte de rupture, de faille, quelque part dans la chaîne chromosomique et identifiaient cette fêlure comme la clé même de la pulsion criminelle. A une certaine époque, on avait déjà parlé d'un double chromosome Y qui aurait caractérisé les meurtriers, mais cette piste s'était révélée fausse. Dans le rêve de Karim pourtant, une nouvelle « faute d'orthographe » était mise en évidence dans l'assemblage des lettres du cycle génétique. Et c'était Karim lui-même qui permettait cette découverte, grâce à ses arrestations sans trêve. Soudain le jeune flic ne put réprimer un frisson.

Il savait que, si cette « faute » existait, elle courait également dans ses veines.

Pour Karim, le mot « orphelin » n'avait jamais rien signifié. On ne pouvait regretter que ce qu'on avait connu et le Maghrébin n'avait jamais rien vécu qui ressemblât, de près ou de loin, à une vie de famille. Ses premiers souvenirs consistaient en un coin de linoléum et une télévision noir et blanc, dans le foyer de la rue Maurice-Thorez, à Nanterre. Karim avait grandi au cœur d'un quartier sans grâce et sans couleur. Des pavillons côtoyaient des tours, des terrains vagues se muaient progressivement en cités. Et il se souvenait encore de ses parties de cache-cache avec les chantiers, qui gagnaient peu à peu du terrain sur les chiendents de son enfance.

Karim était un môme oublié. Ou trouvé. Tout dépendait du point de vue où on se plaçait. Dans tous les cas, il n'avait jamais connu ses parents et rien, dans l'éducation qu'on lui avait ensuite dispensée, n'était jamais venu lui rappeler ses origines. Il ne parlait pas très bien l'arabe, ne possédait que quelques vagues notions de l'islam. Rapidement, l'adolescent s'était affranchi de ses tuteurs – les éducateurs du foyer, dont la bonne volonté et la simplicité lui donnaient envie de gerber – et s'était livré à la ville.

Il avait alors découvert Nanterre, un territoire sans limites, strié de larges avenues, ponctuées de cités colossales, d'usines, de bâtiments administratifs, où circulaient des passants inquiets, fripés, vêtus de sales frusques et familiers des lendemains qui ne chantaient jamais. Mais la misère ne choquait que les riches. Et Karim ne remarquait pas la pauvreté qui poissait tout dans cette ville, du plus infime matériau jusqu'aux rides ravinées des visages.

Il gardait au contraire des souvenirs émus de son adolescence. Le temps de la punkitude, du *No Future.* Treize ans. Les premiers potes. Les premières meufs. Paradoxalement, Karim surprit, dans la solitude et la tourmente de la puberté, des raisons d'aimer et de partager. Après son enfance orpheline, la période du mal-être adolescent fut pour lui comme une seconde chance de rencontre, où il put s'ouvrir aux autres, au monde extérieur. Aujourd'hui encore, Karim se souvenait de cette époque avec une netteté de cristal. Les longues heures dans les brasseries, à jouer des coudes près des flippers en ricanant avec les potes. Les rêveries infinies, la gorge en tresse, à songer à quelque nana aperçue sur les marches du lycée.

Mais la banlieue cachait aussi son jeu. Abdouf avait toujours su que Nanterre était triste et sans retour. Il découvrit que la ville était aussi violente et mortelle.

Un vendredi soir, une bande avait surgi dans la cafétéria de la piscine, qui faisait alors nocturne. Sans un mot, ils avaient fracassé le visage du patron à coups de pied et de canettes. Une vieille histoire d'accès refusé, de bière non payée, on ne savait plus. Personne n'avait bougé. Mais les cris étouffés de l'homme, sous son comptoir, s'étaient inscrits en lignes de résonance dans les nerfs de Karim. Cette nuit-là, on lui avait expliqué. Des noms, des lieux, des rumeurs. Le Beur avait alors entrevu un autre monde, qu'il ne soupçonnait pas. Un monde peuplé d'êtres surviolents, de cités inaccessibles, de caves meurtrières. Une autre fois, juste avant un concert, rue de l'Ancienne-Mairie, une bagarre avait tourné au massacre. De nouveau, des clans avaient déferlé. Karim avait vu des mecs au visage éclaté roulant contre l'asphalte, des filles aux cheveux collés de sang se protégeant sous les voitures.

Le Beur grandissait et il ne reconnaissait plus sa ville. Une lame de fond se levait. On parlait avec admiration de Victor, un Camerounais qui se shootait sur les toits des cités. De Marcel, une gouape au visage vérolé, au grain de beauté bleu tatoué sur le front, à l'indienne, condamné plusieurs fois pour voies de fait sur des flics. De Jamel, de Saïd, qui avaient braqué la Caisse d'épargne. Parfois, Karim apercevait ces types à la sortie du bahut. Il était frappé par leur morgue, leur noblesse. Ce n'étaient pas des êtres vulgaires, incultes et grossiers, mais des mecs racés, élégants, au regard fiévreux, aux gestes étudiés.

Il choisit son camp. Il commença par voler des autoradios, puis des voitures, et accéda à une réelle indépendance financière. Il fréquenta le Noir opiomane, les « frères » casseurs, et surtout Marcel. Un être errant, effrayant, brutal, qui se défonçait du matin jusqu'au soir mais qui possédait aussi un regard, une distance vis-à-vis de la banlieue qui fascinait Karim. Marcel, coupé ras et oxygéné, portait des débardeurs de fourrure et écoutait les *Rhapsodies hongroises* de Liszt. Il vivait dans des squats et lisait Blaise Cendrars. Il appelait Nanterre la « pieuvre » et s'inventait, Karim le savait, tout un réseau d'alibis et d'analyses pour expliquer sa déchéance à venir, inéluctable. Paradoxalement, cet être des cités démontrait à Karim qu'il existait une autre vie, au-delà de la banlieue.

Le Beur se jura alors d'y accéder.

Tout en poursuivant ses vols, il mit les bouchées doubles

au lycée, ce que personne ne comprit. Il s'inscrivit au cours de boxe thaïe – pour se protéger des autres et de lui-même, car des accès de fureur le transperçaient parfois, stupéfiants et incontrôlables. Désormais, son destin était une corde raide, sur laquelle il marchait en équilibre. Autour, les fanges noires de la délinquance et de la défonce absorbaient tout. Karim avait dix-sept ans. Ce fut, de nouveau, la solitude. Le silence autour de lui, quand il traversait le hall du foyer associatif, ou quand il prenait son café, à la brasserie du lycée, près des flippers. Personne n'osait l'emmerder. A cette époque, il avait déjà été sélectionné pour les championnats régionaux de boxe thaïe. Chacun savait que Karim Abdouf était capable de vous briser le nez, d'un coup de talon, sans quitter des mains le comptoir de zinc. On murmurait aussi d'autres histoires : des casses, des deals, des bastons inouïes...

La plupart de ces rumeurs étaient fausses, mais assuraient une relative tranquillité à Karim. Le jeune lycéen passa son bac et obtint une mention « bien ». Il eut droit aux félicitations du proviseur et comprit, avec surprise, que l'homme autoritaire avait aussi peur de lui. Le Beur s'inscrivit à la faculté, en droit. Nanterre, toujours. A ce moment, il volait deux voitures par mois. Il disposait de plusieurs filières, qu'il interchangeait constamment. Il était sans doute le seul Beur de la cité à n'avoir jamais été arrêté, ni même inquiété par les flics. Et il n'avait toujours pas pris une dose de drogue, quelle qu'elle soit.

A vingt et un ans, Karim obtint sa licence de droit. Que faire maintenant ? Aucun avocat ne donnerait même un stage de coursier à un jeune Beur d'un mètre quatre-vingt-cinq, mince comme un cric, portant le bouc, des nattes de rasta et une filée de boucles d'oreilles. D'une façon ou d'une autre, Karim allait devoir pointer au chômage et se retrouver à la case départ. Plutôt crever. Continuer à voler des voitures ? Karim aimait plus que tout les heures secrètes de la nuit, le silence des parkings, les flambées d'adrénaline qui l'assaillaient quand il anéantissait les systèmes de sécurité des BMW. Il savait qu'il ne pourrait jamais renoncer à cette existence occulte, aiguë, tissée de risques et de mystère. Il savait aussi qu'un jour ou l'autre la chance finirait par tourner.

Il eut alors une révélation : il allait devenir flic. Il évoluerait dans le même univers occulte, mais à l'abri de lois qu'il méprisait, à l'ombre d'un pays sur lequel il crachait de toutes ses forces. De ses jeunes années, Karim avait retenu la leçon : il n'avait ni origine, ni patrie, ni famille. Ses lois étaient ses propres lois, son pays était son propre espace vital.

A son retour de l'armée, il s'inscrivit à l'école supérieure des inspecteurs de la police nationale de Cannes-Écluse, près de Montereau, et devint interne. Pour la première fois il quittait son fief de Nanterre. Ses résultats furent tout de suite exceptionnels. Karim possédait des aptitudes intellectuelles au-dessus de la moyenne et, surtout, il connaissait comme personne le comportement des délinquants, les lois des bandes, de la zone. Il devint aussi un tireur hors pair et sa maîtrise du combat à mains nues s'approfondit. Il passa maître dans l'art du té – une quintessence du close-combat qui regroupait ce qui existait de plus dangereux au sein des arts martiaux et des sports d'affrontement de tous crins. Dans les rangs des apprentis flics, on le détesta, d'instinct. Il était arabe. Il était fier. Il savait se battre et s'exprimait mieux que la plupart de ses collègues qui n'étaient que des paumés indécis, inscrits dans les rangs de la police pour échapper au chômage.

Un an plus tard, Karim acheva sa formation par des stages au sein de plusieurs commissariats parisiens. Toujours la même zone, la même misère, mais cette fois à Paris. Le jeune stagiaire s'installa dans une petite piaule, dans le quartier des Abbesses. Confusément, il comprit qu'il était sauvé.

Pourtant il n'avait pas coupé les ponts avec ses origines. Régulièrement il retournait à Nanterre et prenait des nouvelles. La débâcle était en marche. On avait retrouvé Victor, sur le toit d'un immeuble de dix-huit étages, recroquevillé comme un fétiche de marabout, une seringue plantée dans le scrotum. Overdose. Hassan, un batteur kabyle, blond et immense, s'était fait sauter la tête au fusil de chasse. Les « frères casseurs » étaient incarcérés à Fleury-Mérogis. Et Marcel était définitivement tombé dans l'héroïne.

Karim regardait dériver ses amis et voyait surgir, avec terreur, l'ultime lame de fond. Le sida accélérait maintenant le processus de destruction. Les hôpitaux, jadis peuplés d'ouvriers usés, de vieillards grabataires, se remplissaient de mômes condamnés, aux gencives noires, à la peau tavelée, aux organes rongés. Il vit ainsi la plupart de ses potes disparaître. Il vit le mal gagner en puissance, en étendue, puis s'allier à l'hépatite C pour décimer les rangs de sa génération. Karim recula, la peur aux tripes.

Sa ville se mourait.

En juin 1992, il obtint son diplôme. Avec les félicitations du jury – des beaufs à chevalière qui ne lui inspiraient que pitié et condescendance. Mais il fallait fêter ça. Le Beur acheta du champagne et se rendit aux Fontenelles, la cité de Marcel. Encore aujourd'hui il se souvenait du moindre détail de cette fin d'après-midi. Il avait sonné à sa porte. Personne. Il avait interrogé les gosses, en bas, puis sillonné les halls d'immeuble, les terrains de foot, les décharges de vieux papiers... Personne. Il avait couru ainsi jusqu'au soir. En vain. A vingt-deux heures Karim s'était rendu à l'hôpital de la Maison de Nanterre, service de sérologie – Marcel était séropositif depuis deux ans. Il avait traversé les tempêtes d'éther, affronté les visages malades, interrogé les docteurs. Il avait vu la mort au travail, contemplé les progrès atroces de l'infection.

Mais il n'avait pas trouvé Marcel.

Cinq jours plus tard, il apprit qu'on avait retrouvé le corps de son ami au fond d'une cave, les mains grillées, le visage tailladé, les ongles vrillés à la perceuse. Marcel avait été torturé à mort, avant d'être achevé d'un coup de *shotgun* dans la gorge. Karim ne fut pas étonné par la nouvelle.

Son ami consommait trop et étiolait les doses qu'il vendait. Son commerce était devenu une course contre la mort. Coup de hasard, le même jour, le flic reçut sa carte d'inspecteur, tricolore et flamboyante. Il vit, dans cette coïncidence, un signe. Il recula dans l'ombre et sourit en songeant aux assassins de Marcel. Ces salopards ne pouvaient prévoir que Marcel avait un pote policier. Ils ne pouvaient prévoir non plus que ce flic n'hésiterait pas à les tuer, au nom d'un passé révolu et de la conviction profonde que, putain, non, la vie ne pouvait être aussi dégueulasse.

Karim se mit en quête.

En quelques jours il obtint le nom des tueurs. On les avait vus avec Marcel, peu de temps avant le moment présumé du meurtre. Thierry Kalder, Éric Masuro, Antonio Donato. Le Beur fut déçu : il s'agissait de trois camés aux petits bras qui avaient sans doute voulu arracher à Marcel le lieu où il planquait sa came. Karim s'informa avec plus de précision : ni Kalder ni Masuro n'avaient pu torturer Marcel. Pas assez givrés. Donato était le coupable. Rackets et violences sur des mômes. Proxénétisme de mineures sur fond de chantiers. Camé jusqu'à l'os.

Karim décida que son sacrifice suffirait à sa vengeance.

Il devait agir vite : les flics de Nanterre qui lui avaient livré ces renseignements recherchaient aussi les fils de pute. Karim se jeta dans les rues. Il était de Nanterre, il connaissait les cités, il parlait le langage des gosses. En une journée seulement il localisa les trois drogués. Ils étaient installés dans un immeuble dévasté, près d'un des ponts autoroutiers de Nanterre-Université. Un lieu qui attendait d'être détruit en vibrant sous les fracas des voitures qui passaient à quelques mètres des fenêtres.

Il se rendit à midi dans l'immeuble en ruine, ignorant le vacarme de l'autoroute, le soleil brûlant de juin. Des enfants jouaient dans la poussière. Ils fixèrent le grand mec aux allures de rasta qui pénétrait dans le bâtiment ravagé.

Karim franchit le hall aux boîtes aux lettres éventrées, grimpa les escaliers quatre à quatre et perçut, à travers le grondement des voitures, les battements significatifs de la musique rap. Il sourit en reconnaissant *A Tribe Called Quest*, un album qu'il écoutait déjà depuis plusieurs mois. Il écrasa la porte d'un coup de pied et dit simplement : « Police ». Une décharge d'adrénaline déferla dans ses veines. C'était la première fois qu'il jouait au flic sans peur.

Les trois mecs restèrent frappés de stupeur. L'appartement était empli de gravats, les cloisons étaient arrachées, des canalisations se dressaient de toutes parts, une télé trônait sur un matelas éventré. Un modèle Sony, dernier cri, sans doute braqué la nuit précédente. A l'écran, un film porno déployait ses chairs blafardes. Le *blaster* vrombissait dans un coin, secouant la poussière de plâtre.

Karim sentit son corps se dédoubler et flotter dans la pièce. Il vit du coin de l'œil des autoradios posés en vrac au fond de la pièce. Il vit les sachets de poudre déchirés sur un carton retourné. Il vit un fusil à pompe parmi des boîtes de cartouches. Il cadra aussitôt Donato, d'après la photo anthropométrique qu'il tenait dans sa poche, une figure pâle aux yeux clairs, saillante d'os et de cicatrices. Puis les deux autres, recroquevillés dans leur effort pour sortir de leurs rêves chimiques. Karim n'avait toujours pas dégainé son arme.

– Kalder, Masuro, disparaissez.

Les deux hommes tressaillirent en entendant leur nom. Ils hésitèrent, se lancèrent un regard dilaté, puis se glissèrent vers la porte. Restait Donato, qui tremblait comme une aile d'insecte. Soudain il se rua sur le fusil. Karim écrasa sa main, au moment où elle agrippait la crosse, lui balança un coup de pied dans le visage – il portait des chaussures à bouts ferrés – sans lâcher sa prise de son autre talon. La jointure du bras craqua. Donato poussa un cri rauque. Le flic empoigna l'homme et l'accula contre un vieux matelas. Le rythme sourd de *A Tribe Called Quest* continuait.

Karim dégaina son automatique, qu'il portait dans un baudrier à sangle velcro, côté gauche, et enveloppa sa main armée dans un sac en plastique transparent – un polymère spécifique, ininflammable, qu'il avait apporté. Il serra ses doigts sur la crosse quadrillée. Le type leva les yeux.

– Qu'est-ce... putain... qu'est-ce que tu fous ?

Karim fit monter une balle dans le canon et sourit.

– Les douilles, mec. T'as jamais vu ça dans les téléfilms ? C'est essentiel de pas laisser traîner les douilles...

– Mais qu'est-ce que tu veux ? T'es un flic ? T'es sûr que t'es un flic ?

Karim marquait la cadence avec la tête. Il dit enfin :

– Je viens de la part de Marcel.

– Qui ?

Le flic lut dans le regard du mec l'incompréhension. Il saisit que le Rital ne se souvenait pas de l'homme qu'il avait torturé à mort. Il saisit que Marcel, dans la mémoire du camé, n'existait pas, n'avait jamais existé.

– Demande-lui pardon.

– Qu... quoi ?

La lumière du soleil dégoulinait sur le visage luisant de Donato. Karim braqua son arme enveloppée de plastique.

– Demande pardon à Marcel ! haleta-t-il.

L'homme sut qu'il allait mourir et hurla :

– Pardon ! Pardon, Marcel ! Bordel de merde ! Je te demande pardon, Marcel ! Je...

Karim lui tira deux fois dans le visage.

Il récupéra les balles dans les fibres calcinées du matelas, enfourna les douilles brûlantes dans sa poche puis sortit sans se retourner.

Il pressentait que les deux autres types allaient rappliquer, avec du renfort. Il attendit quelques minutes dans le hall d'entrée puis aperçut Kalder et Masuro, accompagnés de trois autres zombies, arrivant au pas de charge. Ils s'engouffrèrent dans l'immeuble par les portes branlantes. Avant qu'ils n'aient pu réagir, Karim se dressa devant eux et plaqua Kalder contre les boîtes aux lettres. Il brandit son arme et hurla :

– Tu parles, tu es mort. Tu me cherches, tu es mort. Tu

me tues, et c'est perpèt'. Je suis flic, putain d'enculé ! Flic, tu comprends ça ?

Il balança l'homme à terre et sortit dans le soleil, écrasant sous ses pas des tessons de verre.

C'est ainsi que Karim dit adieu à Nanterre, la ville qui lui avait tout appris.

Quelques semaines plus tard le jeune Beur téléphona au commissariat de la place de la Boule à propos de l'enquête. On lui expliqua ce qu'il savait déjà. Donato avait été tué, à priori par deux balles de calibre 9 mm parabellum, mais on n'avait retrouvé ni les balles ni les douilles. Quant aux deux comparses, ils avaient disparu. Affaire classée. Pour les flics. Pour Karim.

L'Arabe avait demandé à être intégré à la BRI, quai des Orfèvres, spécialisée en filatures, flagrants délits et « saute-dessus ». Mais ses résultats jouèrent contre lui. On lui proposa plutôt la Sixième Division – la brigade antiterroriste – afin d'infiltrer les intégristes islamistes des banlieues chaudes. Les flics beurs étaient trop rares pour ne pas profiter de celui-là. Il refusa. Pas question de jouer les indics, même chez des assassins fanatiques. Karim voulait arpenter le royaume de la nuit, traquer les tueurs, les affronter sur leur propre terrain et sillonner ce monde parallèle auquel il appartenait. On n'apprécia pas son refus. Quelques mois plus tard, Karim Abdouf, sorti major de l'école de police de Cannes-Écluse, meurtrier inconnu d'un camé psychopathe, fut muté à Sarzac, dans le département du Lot.

Le Lot. Une région où les trains ne s'arrêtaient plus. Une région où les villages fantômes surgissaient, au détour d'une route, comme des fleurs de pierre. Un pays de cavernes, où même le tourisme était destiné aux troglodytes : des gorges, des gouffres, des peintures rupestres... Cette région était une insulte à l'identité de Karim. Il était un Beur, un homme des rues, et rien ne pouvait être plus éloigné de lui que cette putain de ville de province.

Dès lors, un quotidien pitoyable commença. Karim dut affronter des journées mortelles, ponctuées de missions dérisoires. Constater un accident de la route, arrêter un voleur à la sauvette dans les zones commerciales, coincer un resquilleur sur les sites touristiques...

Le jeune Beur avait alors commencé à vivre dans ses rêves. Il s'était procuré les biographies des grands flics. Il se rendait, dès qu'il le pouvait, dans les bibliothèques de Figeac ou de Cahors, afin de collecter des articles de journaux retraçant des enquêtes, des faits divers, n'importe quoi qui lui rappelât son vrai métier de policier. Il se procurait aussi de vieux best-sellers, les mémoires de gangsters... Il était abonné aux revues professionnelles de la police, aux magazines spécialisés en armes, en balistique, en nouvelles technologies. Tout un monde de papiers, dans lequel Karim s'était englouti peu à peu.

Il vivait seul, dormait seul, travaillait seul. Au commissariat, sans doute l'un des plus petits de France, on le craignait et on le détestait à la fois. Ses collègues l'appelaient « Cléopâtre » à cause de ses nattes. On le croyait intégriste, parce qu'il ne buvait pas d'alcool. On lui prêtait des mœurs bizarres, parce qu'il avait toujours refusé, lors des patrouilles de nuit, le détour obligé chez Sylvie.

Muré dans sa solitude, Karim comptait les jours, les heures, les secondes, et il pouvait passer des week-ends entiers sans ouvrir la bouche.

Ce lundi matin, il sortait d'une de ces cures de silence vécues presque entièrement dans son studio, à l'exception de son entraînement en forêt, où il répétait inlassablement les gestes et les mouvements meurtriers du té, avant de brûler quelques chargeurs contre des arbres centenaires.

On sonna à sa porte. Par réflexe, Karim regarda sa montre. 07 h 45. Il alla ouvrir.

C'était Sélier, un des flics de garde. Il affichait une expression glauque, entre inquiétude et sommeil. Karim ne lui proposa pas de thé. Ni même de s'asseoir. Il demanda :

– Qu'est-ce qu'il y a ?

L'homme ouvrit la bouche, mais ne dit rien. Une sueur grasse collait ses cheveux, sous sa casquette. Enfin il balbutia :

– C'est... l'école. La petite école.

– Quoi ?

– L'école Jean-Jaurès. On l'a cambriolée... cette nuit.

Karim sourit. La semaine commençait sur les chapeaux de roues. Des loubards de la cité voisine avaient sans doute foutu le bordel dans une école primaire, pour le seul plaisir d'emmerder le monde.

– Beaucoup de grabuge ? demanda Karim en s'habillant.

Le policier en uniforme grimaça en regardant les vêtements que Karim enfilait. Sweat-shirt, jean, veste de jogging à capuche, puis veste de cuir brune, modèle éboueur des années cinquante. Il balbutia :

– Non, justement. C't'un truc de pro...

Karim laça ses chaussures montantes.

– Un truc de pro ? Qu'est-ce que tu veux dire ?

– C'est pas des jeunes qu'ont fait les cons... Y sont entrés dans l'école avec des passes. Et y z'ont pris pas mal de précautions. C'est juste la directrice qu'a remarqué quelques détails qui clochaient, sinon...

Le Beur se leva.

– Qu'est-ce qu'ils ont volé ?

Sélier souffla et passa l'index sous son col :

– C'est ça qu'est encore plus bizarre. Y z'ont rien volé.

– Vraiment ?

– Vraiment. Y sont juste entrés dans une salle et puis pffft... Y z'ont l'air d'être partis comme ça...

Un bref instant, Karim s'observa à travers les vitres. Ses nattes tombaient à l'oblique des deux côtés de ses tempes, son visage étroit et sombre était aiguisé par un bouc. Il ajusta son bonnet tissé aux couleurs jamaïcaines et sourit à son image. Un Diable. Un Diable jailli des Caraïbes. Il se tourna vers Sélier.

– Et pourquoi viens-tu me chercher, moi ?

– Crozier est pas encore rentré de week-end. Alors Dussard et moi... on a pensé que... enfin, que tu... Faut qu'tu voies ça, Karim, je...

– Ça va. On y va.

8

LE soleil se levait sur Sarzac. Un soleil d'octobre, tiède et blafard comme une mauvaise convalescence. Karim suivit, dans son vieux break Peugeot, l'estafette de la patrouille. Ils traversèrent la ville morte qui affichait encore à cette heure des lueurs blanchâtres de feux follets.

Sarzac n'était ni une bourgade ancienne ni une ville moderne. Elle se déployait sur une longue plaine, déroulant ses immeubles ou ses bâtisses entre deux âges, sans signe particulier. Seul le centre-ville affichait une légère spécificité : un petit tramway le traversait de part en part, longeant des rues de vieilles pierres. A chaque fois qu'il y passait, Karim songeait à la Suisse ou l'Italie, sans savoir trop pourquoi. Il ne connaissait ni l'un ni l'autre de ces deux pays.

L'école Jean-Jaurès était située plein est, dans le quartier des cités pauvres, près de la zone industrielle de la ville. Karim accéda à un ensemble d'immeubles bleus et bruns, tout en laideur, qui lui rappelaient les cités de son enfance. L'école se dressait au bout d'une rampe de béton qui surplombait une route d'asphalte fissurée.

Sur le perron, une femme les attendait, noyée dans un cardigan sombre. La directrice. Karim la salua et se présenta. La femme l'accueillit avec un sourire sincère et il en fut surpris. D'ordinaire, il déclenchait plutôt une onde de méfiance. Karim remercia mentalement cette femme de sa spontanéité et la détailla quelques secondes. Son visage était plat comme un étang, avec de grands yeux verts posés dessus, tels deux nénuphars.

Sans commentaire, la directrice lui demanda de la suivre. Le bâtiment pseudo-moderne semblait n'avoir jamais été achevé. Ou bien alors il était dans une phase de rénovation indéfinie. Les couloirs, très bas de plafond, étaient constitués de panneaux de polystyrène, dont certains étaient mal ajustés. La plupart étaient recouverts de dessins d'enfants, punaisés ou peints à même le mur. Des petits portemanteaux s'égrenaient à hauteur de mômes. Tout était de travers. Karim avait le sentiment d'évoluer dans une boîte à chaussures qu'on aurait écrasée avec le pied.

La directrice s'arrêta devant une porte entrebâillée. Elle murmura d'une voix mystérieuse :

– C'est la seule pièce où ils sont entrés.

Elle poussa la porte avec précaution. Ils pénétrèrent dans un bureau qui tenait plutôt de la salle d'attente. Des meubles à vitrine abritaient de nombreux registres et des livres scolaires. Un petit frigidaire supportait une machine à café. Un bureau, imitation bois de chêne, était englouti sous des plantes vertes, baignant dans des assiettes emplies d'eau. Il planait dans toute la pièce une odeur de terre détrempée.

– Vous voyez, dit la femme en désignant une des vitrines, ils ont ouvert cette armoire. Ce sont nos archives. Mais à première vue ils n'ont rien volé. Ni même rien touché.

Karim s'agenouilla et observa la serrure de la vitrine. Dix ans de casses et de vols de voitures lui avaient forgé une solide expérience en matière de cambriolage. Sans aucun doute, l'intrus qui avait manipulé cette serrure disposait de véritables connaissances dans le domaine. Karim était stupéfait : pourquoi un pro serait-il venu cambrioler une école primaire, à Sarzac ? Il saisit un des registres, le feuilleta brièvement. Des listes de noms, des commentaires d'enseignants, des lettres administratives... Chaque volume correspondait à une année distincte. Le lieutenant se releva.

– Personne n'a rien entendu ?

La femme répondit :

– Vous savez, l'école n'est pas vraiment surveillée. Il y a bien une gardienne, mais franchement...

Karim observait toujours l'armoire vitrée, forcée en douceur.

– Vous pensez que l'effraction a eu lieu dans la nuit de samedi ou de dimanche ?

– N'importe quelle nuit, ou même la journée. Encore une fois, durant le week-end, notre petite école est un vrai moulin. Il n'y a rien à voler ici.

– Très bien, conclut-il. Il faudra que vous passiez au poste central, pour votre déposition.

– Vous êtes infiltré, non ?

– Pardon ?

La directrice observait Karim d'un œil attentif. Elle reprit :

– Je veux dire : votre habillement, votre allure. Vous vous mélangez aux gangs des cités et...

Karim éclata de rire.

– Les gangs ne courent pas les champs, par ici.

La directrice ignora la remarque et poursuivit, d'un ton expert :

– Je sais comment ça se passe. J'ai vu un documentaire là-dessus. Les types comme vous portent des vestes réversibles, marquées au sigle de la Police nationale et...

– Madame..., intervint Karim. Vraiment, vous surestimez votre petite ville.

Il tourna les talons et s'achemina vers la porte. La directrice le rattrapa :

– Vous ne relevez pas les indices ? Les empreintes ?

Karim rétorqua :

– Je crois que, compte tenu de la gravité de l'affaire, nous allons nous contenter de recueillir votre témoignage et d'effectuer un petit tour de piste dans le quartier.

La femme parut déçue. Elle regarda de nouveau Karim avec attention.

– Vous n'êtes pas de la région, n'est-ce pas ?

– Non.

– Qu'avez-vous fait pour vous retrouver ici ?

– C'est une longue histoire. Un de ces quatre, je repasserai peut-être pour vous la raconter.

Dehors, Karim rejoignit les policiers en uniforme qui fumaient dans leur poing serré, avec des regards traqués d'écoliers. Sélier jaillit du fourgon.

– Lieutenant, bon sang, y a un nouveau truc.

– Quoi ?

– Un aut' cambriolage. Depuis que j'suis là, j'ai jamais...

– Où ?

Sélier hésita, regarda ses collègues. Son souffle raclait sous ses moustaches.

– Je... Au cimetière. On est entré dans un caveau.

Les tombes et les croix se déployaient sur une pente légère, variant les gris et les verts, comme des ciselures de lichen brillant sous le soleil. Derrière la grille, le jeune Arabe respira le parfum de rosée et de fleurs fanées.

– Attendez-moi ici, marmonna-t-il à l'attention des flics.

Karim enfila des gants de latex en se disant que Sarzac se souviendrait longtemps d'un tel lundi.

Il était cette fois repassé à son studio pour prendre son équipement « scientifique » : un kit comprenant des poudres d'aluminium et de granit, des adhésifs et de la nynhidrine pour déceler les empreintes digitales latentes, ainsi que des élastomères pour mouler d'éventuelles traces de pas... Il était décidé à relever le moindre indice avec précaution.

Il suivit les allées de gravier rejoignant le caveau profané dont on lui avait indiqué l'emplacement. Un bref instant, il avait craint une véritable profanation, dans le goût de celles qui survenaient en France depuis plusieurs années, selon une mode macabre. Crânes de morts et macchabées mutilés. Mais non : tout était ici parfaitement en ordre. Les profanateurs n'avaient visiblement rien touché, excepté le caveau. Karim parvint au pied du bloc de granit : un monument en forme de chapelle.

La porte était seulement entrouverte. Il s'agenouilla et observa la serrure. Comme dans la petite école, les cambrioleurs avaient apporté un soin particulier à l'ouverture du sépulcre. Le policier caressa l'arête de la paroi et décida qu'il s'agissait, une nouvelle fois, de pros. Les mêmes ?

Il ouvrit plus largement la porte et tenta d'imaginer la scène. Pourquoi les intrus avaient-ils pris tant de précautions pour ouvrir une sépulture et étaient-ils repartis sans refermer la paroi ? Le lieutenant actionna plusieurs fois le pan de pierre et comprit : des gravillons s'étaient glissés sous l'arête et avaient fait jouer le chambranle. Impossible désormais de verrouiller le caveau. C'étaient ces petits éclats minéraux qui avaient trahi le passage des profanateurs.

Le flic scruta ensuite le système de goupillons de pierre qui composaient la serrure. Une structure spécifique, sans doute habituelle pour ce genre d'édifice, mais que seuls des spécialistes pouvaient connaître. Le policier réprima un frisson : des spécialistes ? Une nouvelle fois, Karim se demanda si c'était réellement la même équipe qui avait cambriolé l'école primaire et le cimetière. Quel pouvait être le lien entre ces deux intrusions ?

C'est la stèle qui lui livra un début de réponse. L'inscription funéraire indiquait : « Jude Itero. 23 mai 1972-14 août 1982 ». Karim réfléchit. Peut-être ce petit garçon avait-il suivi sa scolarité à l'école Jean-Jaurès. Il regarda de nouveau la plaque funéraire : aucune épitaphe, aucune prière. Seul un petit cadre ovale, en argent vieilli, était cloué sur le marbre. Mais il n'y avait aucun portrait à l'intérieur.

– C'est un prénom de nana, non ?

Karim se retourna : Sélier se tenait debout, avec ses croquenots et son air effaré. Le lieutenant répondit du bout des lèvres :

– Non, c'est masculin.

– Mais c'est anglais ?

– Non, juif.

Sélier s'essuya le front.

– Bon sang, c'est une profanation comme à Carpentras ? Un truc d'extrême droite ?

Karim se releva et frotta l'une contre l'autre ses mains gantées.

– Non, je ne crois pas. Sois gentil. Va m'attendre au portail, avec les autres.

Sélier partit en maugréant, casquette relevée. Karim le regarda s'éloigner puis observa de nouveau la porte entrouverte.

Il se décida pour une petite plongée sous terre. Il s'avança, voûté sous la niche, tout en allumant sa torche. Il descendit les marches tandis que la poussière crissait sous ses pas. Il avait le sentiment de violer un tabou ancestral. Il songea qu'il n'avait aucune conviction religieuse et, sur l'instant, s'en félicita. Le faisceau halogène tranchait déjà l'obscurité. Karim avança encore puis s'arrêta net. Le petit cercueil de bois clair, posé sur deux tréteaux, se découpait dans le rai de sa torche.

La gorge sèche, Karim s'approcha et détailla le cercueil. Il mesurait environ un mètre soixante. Ses coins étaient surmontés de torsades, d'arabesques d'argent. L'ensemble paraissait en bon état, malgré les écoulements. Il palpa les jointures tout en songeant que, sans ses gants, jamais il n'aurait osé toucher ce cercueil. Il s'en voulait d'éprouver une telle crainte. A première vue, le couvercle n'avait pas été ouvert. Il carra sa lampe entre ses dents pour attaquer un examen plus approfondi des vis. Mais une voix résonna au-dessus de lui :

– Qu'est-c'vous foutez là ?

Karim sursauta. Il ouvrit la bouche, sa lampe tomba, roula sur le bois du cercueil. Les ténèbres s'abattirent sur lui alors qu'il se retournait. Un homme se penchait – épaules basses et bonnet ras – par l'ouverture. Le Beur tâtonna, cherchant sa torche par terre. Il souffla :

– Police. Je suis lieutenant de police.

L'homme, en haut, ne dit rien, puis grogna soudain :

– Vous avez pas l'droit d'être ici.

Le policier éclaira le sol et revint vers les escaliers. Il fixa le gros type renfrogné, encadré par le rideau de clarté. Sans doute le gardien du cimetière. Karim savait qu'il était en infraction. Même dans un tel cas, il fallait une autorisation écrite, signée par la famille, ou un mandat spécifique pour pénétrer dans une sépulture. Il enjamba les marches et dit :

– Poussez-vous. Je remonte.

L'homme s'écarta. Karim but la lumière comme un élixir de vie. Il présenta sa carte tricolore et déclara :

– Karim Abdouf. Commissariat de Sarzac. C'est vous qui avez découvert la profanation ?

L'homme gardait le silence. Il scrutait l'Arabe de ses pupilles incolores : des bulles d'air dans de l'eau grise.

– Vous avez pas l'droit d'être ici.

Karim acquiesça distraitement. L'air matinal balayait son malaise.

– Ça va, mon vieux. Ne discutez pas. Les flics ont toujours raison.

Le vieux ourla ses lèvres hérissées d'échardes de barbe. Il puait l'alcool, la glaise humide. Karim reprit :

– OK, dites-moi ce que vous savez. A quelle heure avez-vous découvert ça ?

Le vieux soupira :

– J'suis venu à six heures. On a un enterrement, ce matin.

– La dernière fois que vous êtes passé, c'était quand ?

– Vendredi.

– On a donc pu ouvrir le caveau n'importe quand durant ce week-end ?

– Ouais. Sauf que je penche pour cette nuit même.

– Pourquoi ?

– Pas'qu'il a plu dimanche après-midi et qu'y a aucune

trace d'humidité dans le caveau... La porte devait donc être encore fermée.

Karim demanda :

– Vous habitez près d'ici ?

– Personne n'habite près d'ici.

L'Arabe lança un regard circulaire sur le petit cimetière qui respirait le calme et la sérénité.

– Des traînards sont-ils déjà venus dans les parages ? reprit-il.

– Non.

– Jamais de visiteurs suspects ? Du vandalisme ? Des cérémonies occultes ?

– Non.

– Parlez-moi de cette tombe.

Le gardien cracha dans les graviers.

– Y a rien à en dire.

– Un caveau pour un seul enfant, c'est bizarre, non ?

– Ouais, c'est bizarre.

– Vous connaissez les parents ?

– Non. Jamais vu.

– En 1982, vous n'étiez pas là ?

– Non. Et le mec avant moi est mort. (L'homme ricana.) Faut bien qu'on y passe, nous aussi...

– Le caveau paraît entretenu.

– J'ai pas dit que personne venait. J'ai dit que je connaissais pas. J'ai l'expérience. Je sais à quelle vitesse s'usent les pierres. J'connais la durée de vie des fleurs, même quand elles sont en plastique. J'sais comment viennent les ronces, les mauvaises herbes, toutes ces saletés. J'peux dire qu'on vient souvent le soigner, c'caveau. Mais moi, j'ai jamais vu personne.

Karim réfléchit encore. Il s'agenouilla de nouveau et observa le petit cadre en forme de camée. Il s'adressa au gardien sans lever les yeux :

– J'ai l'impression que les pilleurs ont volé le portrait du môme.

– Ah ? P't'être, ouais.

– Vous vous souvenez de son visage ? Du visage de l'enfant ?

– Non.

Karim se redressa et conclut, en retirant ses gants :

– Une équipe scientifique va venir dans la journée, pour relever les empreintes, les éventuels indices. Alors vous annulez la cérémonie de ce matin. Vous dites qu'il y a des travaux, un dégât des eaux, n'importe quoi. Je ne veux personne ici aujourd'hui, compris ? Et surtout pas de journalistes.

Le vieux fit oui de la tête, alors que Karim marchait déjà vers le portail.

Au loin, une cloche lancinante sonnait neuf heures.

9

AVANT de gagner le commissariat et de rédiger son rapport, Karim opta pour un nouveau détour par l'établissement scolaire. Le soleil lançait maintenant des rais de cuivre sur les arêtes des maisons. Une nouvelle fois, le flic se dit que la journée allait être superbe, et cette pensée banale lui colla un haut-le-cœur.

Parvenu à l'école, il interrogea la directrice :

– Un petit garçon du nom de Jude Itero a-t-il suivi sa scolarité ici, dans les années quatre-vingt ?

La femme minauda, jouant avec les manches amples de son cardigan :

– Vous avez déjà une piste, inspecteur ?

– S'il vous plaît, répondez-moi.

– Eh bien... il faudrait aller voir dans nos archives.

– Allons-y. Tout de suite.

La directrice emmena de nouveau Karim dans le petit bureau aux plantes vertes.

– Les années quatre-vingt, vous dites ? demanda-t-elle en passant un doigt le long des registres tassés derrière la vitre.

– 1982, 1981 et ainsi de suite, répondit Karim.

Soudain il perçut une hésitation chez la femme.

– Qu'est-ce qu'il y a ?

– C'est étrange. Je n'avais pas remarqué ce matin...

– Quoi ?

– Les registres... Ceux de 81 et 82... Ils ont disparu.

Karim écarta la femme et scruta la tranche des livres bruns, empilés à la verticale. Chaque livre portait la mention d'une année. 1979, 1980... Les deux suivants, en effet, manquaient.

– Dans ces bouquins, qu'est-ce qu'il y a exactement ? demanda Karim en feuilletant un des exemplaires.

– La composition des classes. Les remarques des enseignants. Ce sont les journaux de bord de l'école...

Il saisit le registre de 1980 et consulta la composition des classes.

– Si l'enfant avait huit ans en 1980, en quelle classe était-il ?

– Cours élémentaire 2. Ou même cours moyen 1.

Karim lut les listes correspondantes : pas de Jude Itero. Il demanda :

– Y a-t-il d'autres documents dans l'école qui concerneraient les classes des années 81 et 82 ?

La directrice réfléchit.

– Eh bien... Il faudrait voir là-haut... Les registres de cantine, par exemple. Ou les rapports des visites médicales. Tout est rangé sous les combles, suivez-moi. Personne n'y va jamais.

Ils montèrent quatre à quatre les escaliers recouverts de linoléum. La femme semblait surexcitée par toute cette affaire. Ils longèrent un couloir étroit et accédèrent à une porte en fer devant laquelle la directrice resta interdite.

– Ce... C'est incroyable, dit-elle. Cette porte a été forcée, elle aussi...

Karim observa la serrure. Ouverte, mais toujours avec précaution. Le policier fit quelques pas à l'intérieur. C'était une grande pièce mansardée sans fenêtre, à l'exception d'une lucarne grillagée. Sur des structures en ferraille, des liasses et des dossiers étaient entassés. L'odeur du papier sec et poussiéreux frappa Karim.

– Où sont les dossiers de 81 et 82 ? demanda-t-il.

Sans répondre, la directrice se dirigea vers un portique et s'affaira dans les liasses épaisses, les registres compressés. L'opération ne dura que quelques minutes, mais la femme fut formelle :

– Ils ont disparu eux aussi.

Karim se sentit des fourmis dans les membres. L'école. Le cimetière. Les années 81/82. Le nom d'un petit garçon : Jude Itero. Ces éléments formaient un ensemble. Il reprit :

– Vous étiez déjà dans cette école, en 1981 ?

La femme minauda avec coquetterie.

– Voyons, inspecteur, murmura-t-elle. J'étais encore étudiante...

– Il ne s'est rien passé de particulier dans cette école à cette époque ? Quelque chose de grave, dont vous auriez entendu parler ?

– Non. Que voulez-vous dire ?

– La mort d'un élève.

– Non. Jamais entendu parler d'une telle histoire. Mais je pourrais me renseigner.

– Où ?

– A l'académie de notre région. Je...

– Vous serait-il possible aussi de savoir si un petit garçon du nom de Jude Itero était dans votre école durant ces deux années-là ?

Le souffle de la directrice était oppressé.

– Mais... pas de problème, inspecteur. Je vais...

– Faites vite. Je repasserai tout à l'heure.

Karim dévala les escaliers mais s'arrêta à mi-course et se retourna.

– Juste une chose, pour votre culture policière. Aujourd'hui, chez les flics, on ne dit plus « inspecteur », mais « lieutenant ». Comme chez les Américains.

La directrice ouvrit ses grands yeux sur l'ombre qui disparaissait.

De tous les flics du poste, le chef Crozier était celui que Karim détestait le moins. Non parce qu'il était son supérieur hiérarchique, mais parce qu'il possédait une profonde expérience du terrain et faisait souvent preuve d'une véritable intuition policière.

Originaire du Lot, ancien militaire, Henri Crozier, cinquante-quatre ans, appartenait à la police française depuis une vingtaine d'années. Nez en patate, mèche gominée, comme coiffée au râteau, il respirait la rigueur et la dureté, mais son humeur pouvait aussi s'ouvrir sur une bonhomie déconcertante. Crozier était une tête solitaire. Il n'avait ni femme ni enfants et l'imaginer au cœur d'un foyer relevait de la science-fiction. Cette solitude le rapprochait de Karim, mais c'était leur seul point commun. A part cela, le chef avait tous les traits du flic borné et franchouillard. Le genre de limier qui aurait aimé se réincarner en berger allemand.

Karim frappa et pénétra dans le bureau. Ordex en ferraille. Odeur de tabac parfumé. Posters à la gloire de la police française, silhouettes figées et mal photographiées. Le Beur ressentit une nouvelle nausée.

– Qu'est-ce que c'est que ce bordel ? demanda Crozier, assis derrière son bureau.

– Un cambriolage et une profanation. Deux trucs très discrets, très appliqués. Et très étranges.

Crozier grimaça :

– Qu'est-ce qui a été volé ?

– A l'école, quelques registres d'archives. Au cimetière,

je ne sais pas. Il faudrait mener une fouille attentive à l'intérieur du caveau où...

– Tu penses que les deux coups sont liés ?

– Comment ne pas le penser ? Deux cambriolages, le même week-end, à Sarzac. C'est un coup à faire exploser les statistiques.

– Mais tu as découvert des liens entre les deux affaires ?

Crozier récura le fond d'une pipe noirâtre. Karim sourit en lui-même : la caricature du commissaire, dans les séries noires des années cinquante.

– J'ai peut-être un lien, ouais, murmura-t-il. Un lien ténu mais...

– Je t'écoute.

– Le caveau profané est celui d'un petit môme qui porte un nom original, Jude Itero. Il a disparu à l'âge de dix ans, en 1982. Peut-être que vous vous en souvenez ?

– Non. Continue.

– Eh bien, les registres que les cambrioleurs ont piqués concernent les années 81 et 82. Je me suis dit que, peut-être, le petit Jude avait suivi sa scolarité dans cet établissement et qu'il s'agissait justement des années où...

– Tu as des éléments pour étayer cette hypothèse ?

– Non.

– Et tu as vérifié dans les autres écoles ?

– Pas encore.

Crozier souffla dans sa pipe à la manière de Popeye. Karim s'approcha et prit son ton le plus doux :

– Laissez-moi mener cette enquête, commissaire. Je sens là-dessous quelque chose d'obscur. Un lien entre ces éléments. Ça semble incroyable, mais j'ai l'impression que ce sont des pros qui ont fait le coup. Ils cherchaient quelque chose. Retrouvons d'abord les parents du môme, puis je mènerai une fouille approfondie du caveau. Je... Vous n'êtes pas d'accord ?

Le commissaire, les yeux baissés, bourrait maintenant avec application son creuset sombre. Il marmonna :

– C'est un coup des skins.

– Quoi ?

Crozier leva les yeux vers Karim.

– Je dis : le cimetière, c'est un coup des crânes rasés.

– Quels crânes rasés ?

Le commissaire éclata de rire et croisa les bras.

– Tu vois, tu as encore beaucoup à apprendre sur notre petite région. Ils sont une trentaine. Ils vivent dans un entrepôt désaffecté, près de Caylus. Un ancien hangar d'eaux minérales. A vingt kilomètres d'ici.

Abdouf réfléchit tout en cadrant Crozier. Le soleil brillait sur sa coiffure huileuse.

– Je crois que vous faites erreur.

– Sélier m'a dit que la tombe était juive.

– Mais pas du tout ! Je lui ai simplement dit que Jude était un prénom d'origine juive. Ça ne signifie rien. Le caveau ne porte aucun symbole de la religion hébraïque et les juifs préfèrent être inhumés là où leur famille est enterrée. Commissaire, cet enfant est mort à l'âge de dix ans. Sur les tombes hébraïques, dans de tels cas, il y a toujours un dessin, un motif, qui illustre ce destin interrompu. Comme un pilier incomplet ou un arbre abattu. Cette sépulture est une sépulture chrétienne.

– Un vrai spécialiste. Comment tu sais tout ça ?

– Je l'ai lu.

Crozier répéta, imperturbable :

– C'est un coup des skins.

– C'est absurde. Ce n'est pas un acte raciste. Ce n'est même pas du vandalisme. Les pilleurs cherchaient autre chose...

– Karim, trancha Crozier sur un ton amical où planait une légère tension, j'apprécie toujours tes jugements et tes conseils. Mais c'est encore moi qui commande. Fais confiance au vieux fauve. Il faut creuser la piste des crânes rasés. Je crois qu'une petite visite de ta part nous permettrait d'être édifiés.

Karim se redressa et déglutit.

– Seul ?

– Ne me dis pas que tu crains quelques jeunes coupés un peu court.

Karim ne répondit pas. Crozier goûtait ce genre d'épreuves. Dans son esprit, c'était à la fois une vacherie et une marque d'estime. Le lieutenant empoigna les rebords du bureau. Si Crozier voulait jouer, alors il jouerait le jeu à fond :

– Je vous propose un marché, commissaire.

– Tiens donc.

– J'interroge les skins, en solitaire. Je les secoue un peu et je vous rédige un rapport avant treize heures. En échange, vous m'obtenez l'autorisation d'entrer dans le caveau et de mener une fouille en règle. Je veux aussi interroger les parents du petit. Aujourd'hui.

– Et si ce sont les skins qui ont fait le coup ?

– Ce ne sont pas les skins.

Crozier alluma sa pipe. Son tabac grésilla comme un bouquet de luzerne.

– C'est d'accord, souffla Crozier.

– Après Caylus, je mène l'enquête ?

– Seulement si j'ai ton rapport avant treize heures. De toute façon, on aura très vite les mecs du SRPJ sur le dos.

Le jeune flic s'achemina vers la porte. Ses doigts serraient la poignée quand le commissaire le rappela :

– Tu verras : je suis sûr que les skins vont adorer ton style.

Karim claqua la porte sous l'éclat de rire du vieux briscard.

10

Un bon flic se devait de connaître l'ennemi en profondeur. Tous ses visages, tous ses aspects. Et Karim était incollable sur le sujet des skins. Du temps de Nanterre, il les avait affrontés plusieurs fois, lors de combats sans merci. Du temps de l'école des inspecteurs, il leur avait consacré un rapport détaillé. En roulant à fond en direction de Caylus, l'Arabe passa en revue ses connaissances. Une façon pour lui d'évaluer ses chances face aux salopards.

Il se remémorait surtout les uniformes des deux tendances. Tous les skins n'étaient pas d'extrême droite. Il y avait aussi les Red Skins, constitués en front d'extrême gauche. Multiraciaux, surentraînés, privilégiant un code d'honneur, ils étaient tout autant dangereux que les néo-nazis, sinon plus. Mais face à eux, Karim avait quelque chance de s'en sortir. Il récapitula brièvement les attributs de chacun. Les fachos portaient leur bomber, le blouson de l'armée de l'air anglaise, à l'endroit : côté vert luisant. Les Reds au contraire le portaient à l'envers, côté orange fluo. Les fafs bouclaient leurs chaussures de docker avec des lacets blancs ou rouges. Les gauchos avec des jaunes.

Aux environs de onze heures, Karim stoppa devant le hangar désaffecté « Les eaux de la vallée ». L'entrepôt se mêlait au bleu du ciel pur, avec ses hautes parois de plastique ondulé. Une DS noire était garée devant la porte. Le temps de quelques préparatifs et Karim jaillit dehors. Les affreux devaient être à l'intérieur, à cuver leur bière.

Il marcha jusqu'au hangar, s'efforçant de respirer lentement, en scandant les sentences de sa réalité immédiate.

Blousons verts et lacets blancs ou rouges : des fafs. Blousons orange et lacets jaunes : des rouges.

Alors seulement il aurait une chance de s'en tirer sans dégâts.

Il inspira à fond et fit coulisser la porte sur son rail. Il n'eut pas besoin de regarder les lacets pour savoir où il venait de pénétrer. Sur les murs, des croix gammées se dressaient, bombées à la peinture rouge. Des sigles nazis côtoyaient des images de camps de concentration et des photos agrandies d'Algériens torturés. Dessous, une horde de tondus en blousons verts l'observaient. Leurs Doc Martin's à coques de fer luisaient dans l'ombre. Extrême droite, tendance dure. Karim savait que tous ces mecs portaient, tatouées à l'intérieur de la lèvre inférieure, les lettres SKIN.

Karim se concentra sur lui-même, position de lynx, et chercha leurs armes du regard. Il connaissait l'arsenal de ce genre de tarés : coups-de-poing américains, battes de base-ball et pistolets d'autodéfense à double charge de grenaille. Les salopards devaient aussi cacher quelque part des fusils à pompe, chargés de « gomme-cogne » – des chevrotines en caoutchouc.

Ce qu'il aperçut lui parut bien pire.

Des birds. Des skins au féminin, arborant des têtes tondues, excepté des choupettes qui éclataient sur le front et des longues mèches qui dégoulinaient sur les joues. Des oiseaux bien gras, saturés d'alcool, sans doute plus violentes encore que leurs mecs. Karim déglutit. Il comprit qu'il n'avait pas affaire à quelques chômeurs désœuvrés, mais à une véritable bande, sans doute en planque ici, à attendre quelque contrat de tabassage. Il voyait ses chances de s'en sortir s'amenuiser à grande vitesse.

L'une des femmes but une lampée de mousse, ouvrit toute grande la gueule pour roter. A l'attention de Karim. Les autres éclatèrent de rire. Ils étaient tous de la taille du policier.

Le Beur se concentra pour parler haut et ferme :

– OK les mecs. Je suis flic. Je suis venu vous poser quelques questions.

Les types approchaient. Flic ou pas flic, Karim était avant tout arabe. Et que valait la peau d'un Arabe dans un hangar bourré de tels enfoirés ? Et même aux yeux d'un Crozier et des autres policiers ? Le jeune lieutenant frémit. Un dixième de seconde il sentit l'univers faillir sous ses pas. Il eut le sentiment d'avoir contre lui toute une ville, un pays, le monde peut-être.

Karim dégaina et brandit son automatique vers le plafond. Le geste stoppa les assaillants.

– Je répète : je suis flic et je veux la jouer réglo avec vous.

Lentement, il posa son arme sur un baril rouillé. Les crânes rasés l'observaient.

– Je laisse le flingue ici. Personne n'y touche pendant que nous parlons.

L'automatique de Karim était un Glock 21 – un de ces nouveaux modèles à 70 % en polymère, ultraléger. Quinze balles dans la crosse plus une dans le canon et viseur phosphorescent. Il savait que les mecs n'en avaient jamais vu. Il les tenait.

– Qui est le chef ?

Le silence pour toute réponse. Karim fit quelques pas et répéta :

– Le chef, bon sang. Ne perdons pas de temps.

Le plus grand s'avança, tout son corps prêt à partir en une ruade de violence. Il avait l'accent rocailleux de la région.

– Qu'est-ce qu'y nous veut, le raton, là ?

– J'oublie que tu m'as appelé comme ça, mec. Et on parle juste un moment.

Le skin approchait, en hochant la tête. Il était plus grand et plus large que Karim. Le Beur songea à ses nattes et au handicap qu'elles constituaient : ses dreadlocks offraient une prise idéale en cas d'affrontement. Le skin avançait toujours. Les mains ouvertes, tels des poulpes de métal.

Karim ne cédait pas d'un millimètre. Un coup d'œil sur la droite : les autres se rapprochaient de son arme.

– Alors, le bougnoule, qu'est-ce que tu...

Le coup de tête partit comme un obus. Le nez du skin s'encastra dans son visage. L'homme se plia en deux, Karim pivota sur lui-même et lui décocha un coup de talon sur la glotte. Le voyou s'arracha du sol pour retomber deux mètres plus loin, dans une cambrure de douleur.

L'un des skins se rua sur le flingue et écrasa la détente. Rien. Juste un déclic. Il tenta d'armer la culasse mais le chargeur était vide. Karim dégaina un second automatique, un Beretta, glissé dans son dos. Il braqua les crânes rasés, à deux mains, bloquant sa victime sous son talon, et hurla :

– Vous avez vraiment cru que j'allais laisser un flingue chargé à des tarés dans votre genre ?

Les skins étaient pétrifiés. L'homme à terre gémit, asphyxié :

– Enculé... « Réglo », hein ?...

Karim lui balança un coup de pied dans l'entrejambe. Le type hurla. Le flic s'agenouilla et lui tordit l'oreille. Les cartilages craquèrent sous ses doigts.

– Réglo ? Avec des ordures comme vous ? (Karim éclata d'un rire nerveux.) Je meurs... Tournez-vous là-bas ! Les mains contre le mur, putains de connards ! Vous aussi, les pouffiasses !

Le flic tira dans les néons. Une lueur bleutée jaillit, la rampe de tôle ricocha contre le plafond avant de se décrocher et de s'écraser au sol dans une explosion de flammèches. Les « terreurs » trottinèrent dans tous les sens. Lamentables. Karim hurlait à se fêler les cordes vocales :

– Videz vos poches ! Un geste, et je vous fais sauter les rotules !

Karim voyait la pièce à travers des battements sombres. Il planta son canon dans les côtes du chef et demanda plus bas :

– A quoi vous vous défoncez ?

L'homme crachait du sang.

– Qu... quoi ?

Karim enfonça encore le canon.

– Qu'est-ce que vous prenez pour vous déchirer ?

– Amphét'... speed... colle...

– Quelle colle ?

– La Di... la Dissoplastine...

– La colle à rustine ?

Le tondu acquiesça sans comprendre.

– Où est-elle ? reprit Karim.

Le crâne rasé roulait des yeux injectés.

– Dans le sac poubelle, près du frigo...

– Tu bouges, je te tue.

Karim partit à reculons, balayant la salle du regard, braquant son arme à la fois sur le skin blessé et sur les silhouettes immobiles, qui lui tournaient le dos. De la main gauche, il retourna le sac : des milliers de pilules se répandirent à terre, ainsi que des tubes de colle. Il ramassa les tubes, les ouvrit et traversa la salle. Il dessina des serpentins visqueux sur le sol, juste derrière les skins acculés. Au passage, il leur balançait des coups de pied dans les jambes, dans les reins, tout en envoyant à bonne distance leurs couteaux et autres ustensiles.

– Tournez-vous.

Les crânes rasés traînaient des Docs.

– Vous allez faire des pompes à ma santé, les mecs. Vous aussi, les poufs. Et vous visez les traînées de colle.

Toutes les mains s'écrasèrent sur la Dissoplaste qui gicla entre les doigts serrés. A la troisième traction, les paumes étaient collées définitivement. Les skins se laissèrent tomber, poitrine contre le sol, se tordant les poignets en s'écrasant sur le bitume.

Karim rejoignit son premier adversaire. Il s'assit en tailleur, position du lotus, et inspira profondément pour se calmer. Sa voix se fit plus posée :

– Où étiez-vous hier soir ?

– C'est... c'est pas nous.

Karim dressa l'oreille. Il avait humilié les skins par bravade et posait maintenant ses questions pour la forme. Il était certain que ces connards n'avaient rien à voir avec la profanation du cimetière. Pourtant ce skin semblait déjà savoir. Le Beur se pencha :

– De quoi parles-tu ?

Le crâne rasé s'appuya sur un coude.

– Le cimetière... C'est pas nous.

– Comment es-tu au courant ?

– Nous... nous sommes passés là-bas...

Une idée surgit dans l'esprit de Karim. Crozier avait un témoin. Quelqu'un, ce matin, l'avait prévenu : les skins avaient rôdé près du cimetière et ils avaient été vus. Le commissaire l'avait donc envoyé au carton, sans rien lui dire. Karim réglerait ses comptes plus tard.

– Raconte-moi.

– On zonait dans c'coin-là...

– A quelle heure ?

– J'sais pas... Deux heures, p't'être...

– Pourquoi ?

– J'sais pas... on voulait déconner... foutre la merde... On cherchait les baraquements des chantiers pour casser du crouille...

Karim frémit.

– Et alors ?

– On est passés près du cimetière... Putain... La grille était ouverte... On a vu des ombres... des mecs qui sortaient du caveau...

– Combien étaient-ils ?

– D... Deux, j'crois...

– Tu pourrais les décrire ?

Le blessé ricana.

– Mec, on était raides...

Karim lui donna une claque sur l'oreille broyée. Le skin étouffa un cri, qui s'acheva en un sifflement de serpent.

– Tu pourrais donner leur signalement ?

– Non ! C'était la nuit noire...

Karim réfléchit. Une certitude lui revint en tête, à propos des casseurs : des pros.

– Et ensuite ?

– Putain... Ça nous a foutu les j'tons... on s'est tirés... On s'est dit qu'on allait nous coller ça sur le dos... à... à cause de Carpentras...

– C'est tout ? Vous n'avez rien remarqué d'autre ? Un détail ?

– Non... rien... A deux heures du mat', dans ce bled... c'est la mort...

Karim imagina la solitude de la petite route, avec l'unique réverbère, une griffe blanche au-dessus de la nuit envoûtant les papillons nocturnes. Et la bande de crânes rasés jouant des coudes, défoncés jusqu'aux yeux, hurlant des hymnes nazis. Il répéta :

– Réfléchis encore.

– Ce... C'est un peu plus tard... J'crois qu'on a vu une bagnole de l'Est, une Lada ou un truc dans l'genre, qui fonçait dans l'aut'sens... Elle v'nait du cimetière... Sur la D143...

– Quelle couleur ?

– Bl... Blanche...

– Rien de particulier ?

– Elle... Elle était couverte de boue...

– Tu as relevé la plaque ?

– Putain... On est pas des flics, ducon, je...

Karim lui balança un coup de talon dans la rate. L'homme se tordit, émettant un gargouillis sanglant. Le lieutenant se releva et épousseta son jean. Il n'y avait plus rien à glaner ici. Il entendait les autres gémir derrière lui. Leurs mains étaient sans doute brûlées au troisième ou quatrième degré. Karim conclut :

– Tu vas gentiment aller au poste de Sarzac. Aujourd'hui. Pour signer ta déclaration. Dis que tu viens de ma part, tu auras un traitement de faveur.

Le skin acquiesça de sa tête pantelante, puis leva des yeux de bête terrassée.

– Pourquoi... pourquoi tu... fais ça, mec ?

– Pour que tu te souviennes, murmura Karim. Un flic, c'est toujours un problème. Mais un flic arabe, c'est un putain de sacré problème. Essaie encore de casser du crouille et tu feras connaissance avec le problème. (Karim lui balança un dernier coup de pied.) En profondeur.

Le Beur partit à reculons et récupéra son Glock 21 au passage.

Karim démarra en trombe et s'arrêta quelques kilomètres plus loin, dans un sous-bois, pour laisser le calme revenir dans ses veines et réfléchir. La profanation s'était donc déroulée avant deux heures du matin. Les pilleurs étaient deux et conduisaient – peut-être – une bagnole de l'Est. Il regarda sa montre : il avait juste le temps de consigner tout ça par écrit. L'enquête allait pouvoir démarrer sérieusement. Il fallait lancer un avis de recherche, appeler les cartes grises, interroger les gens qui vivaient le long de la D143...

Mais il avait déjà l'esprit ailleurs. Il s'était acquitté de sa mission. Crozier allait maintenant lui lâcher la bride. Il allait pouvoir mener l'investigation à sa façon : fouiner, par exemple, du côté d'un petit garçon, disparu en 1982.

III

11

« ... L'EXAMEN de la face antérieure du thorax révèle de longues entailles longitudinales, réalisées sans doute avec un instrument tranchant. Nous relevons également d'autres lacérations, effectuées avec le même instrument, sur les épaules, les bras... »

Le médecin légiste portait un treillis fripé et des petites lunettes. Il s'appelait Marc Costes. C'était un homme jeune, aux traits affûtés et aux yeux vagues. Au premier coup d'œil, il avait plu à Niémans, qui avait reconnu en lui un passionné, un véritable enquêteur, manquant sans doute d'expérience, mais certainement pas de rage. Il lisait son rapport d'une voix méthodique :

« ... Multiples brûlures : sur le torse, les épaules, les flancs, les bras. Nous comptons environ vingt-cinq traces de ce type, dont de nombreuses se confondant avec les entailles précédemment décrites... »

Niémans intervint :
– Qu'est-ce que ça veut dire ?

Le docteur leva un regard timide au-dessus de ses lunettes.

– Je pense que le tueur cautérisait les plaies au feu. Il semble avoir aspergé les blessures avec de faibles quantités d'essence pour les enflammer ensuite. Je dirais qu'il a utilisé un aérosol trafiqué, peut-être un Kärcher.

Niémans arpenta une nouvelle fois la salle de travaux pratiques où il avait installé son quartier général, au premier étage du bâtiment « psychologie/sociologie ». C'était dans cette pièce discrète qu'il avait souhaité rencontrer le médecin légiste. Le capitaine Barnes et le lieutenant Joisneau étaient également présents, bien sages sur leurs chaises d'étudiants.

– Continuez, ordonna-t-il.

« ... Nous constatons également de nombreux hématomes, œdèmes, fractures. Rien que sur le torse, nous avons pu constater dix-huit hématomes. Quatre côtes sont brisées. Les deux clavicules réduites en miettes. Trois doigts de la main gauche, deux de la droite, sont broyés. Les parties génitales sont violacées à force de coups.

» L'arme utilisée est sans doute une barre de fer, ou de plomb, d'une épaisseur d'environ sept centimètres. Il faut bien sûr discerner les blessures causées ensuite par le transport du corps et son "encastrement" dans la roche, mais les œdèmes ne réagissent pas de la même manière, post mortem... »

Niémans scruta brièvement l'assistance : regards fuyants et tempes luisantes.

« ... Concernant la partie supérieure du corps. Visage intact. Pas de signes visibles d'ecchymoses sur la nuque... »

Le policier demanda :

– Pas de coups au visage ?

– Non. Il semble même que le tueur ait évité d'y toucher.

Costes baissa les yeux sur son rapport et reprit sa lecture, mais Niémans intervint encore :

– Attendez. Je suppose que ça continue comme ça pendant longtemps.

Le médecin battit nerveusement des cils, en feuilletant son rapport.

– Plusieurs pages...

– OK. Nous lirons tout ça chacun de notre côté. Donnez-nous plutôt la cause du décès. Ces blessures ont-elles provoqué la mort de la victime ?

– Non. L'homme a été tué par strangulation. Aucun doute possible. Avec un filin métallique, d'un diamètre d'environ deux millimètres. Je dirais : câble de frein de vélo, corde de piano, un filin de ce genre. Le câble a entaillé les chairs sur une longueur de quinze centimètres, broyé la glotte, tranché les muscles du larynx et déchiré l'aorte, provoquant l'hémorragie.

– L'heure du meurtre ?

– Difficile à dire. A cause de la position recroquevillée du corps. Le processus de la raideur cadavérique a été perturbé par cette gymnastique et...

– Donnez-moi une heure approximative.

– Je dirais... à la tombée du jour, samedi soir, entre vingt heures et vingt-quatre heures.

– Caillois se serait fait surprendre lorsqu'il rentrait de son expédition ?

– Pas nécessairement. Les tortures, selon moi, ont duré un bon moment. Je pense plutôt que Caillois s'est fait cueillir dans la matinée. Et que son calvaire s'est prolongé toute la journée.

– A votre avis, la victime s'est-elle défendue ?

– Impossible à dire, compte tenu des multiples blessures. Une chose est sûre : l'homme n'a pas été assommé. Et il était ligoté, et conscient, durant la séance de tortures : les marques de liens sur les bras et les poignets sont évidentes. D'autre part, dans la mesure où la victime ne porte aucun signe de bâillon, on peut supposer que son bourreau ne craignait pas qu'on entende ses cris.

Niémans s'assit sur le rebord d'une des fenêtres.

– Que diriez-vous de ces tortures ? Sont-elles professionnelles ?

– Professionnelles ?

– S'agit-il de techniques de guerre ? De méthodes connues ?

– Je ne suis pas un spécialiste mais non, je ne pense pas. Je dirais plutôt qu'il s'agit des manières de... d'un enragé. D'un fêlé, qui voulait obtenir les vraies réponses à ses questions.

– Pourquoi dites-vous ça ?

– Le tueur cherchait à faire parler Caillois. Et Caillois a parlé.

– Comment le savez-vous ?

Costes s'inclina avec humilité. Malgré la chaleur de la salle, il n'avait pas ôté sa parka.

– Si le tueur avait voulu faire souffrir Rémy Caillois seulement pour son plaisir, il l'aurait torturé jusqu'au bout. Or, comme je l'ai dit, il a fini par le tuer d'une autre façon. Avec le filin.

– Pas de traces de sévices sexuels ?

– Non. Rien à signaler de ce type. Ce n'est pas son univers. Pas du tout.

Niémans fit encore quelques pas, le long de la tablée. Il se força à imaginer un monstre capable d'infliger de tels sévices. Il visualisa la scène, de l'extérieur. Il ne vit rien. Ni visage ni silhouette. Il songea alors au supplicié, à ce qu'il pouvait voir, lui, alors qu'il était aux prises avec la mort et la souffrance. Il vit des gestes fauves, des couleurs brunes, ocre, rouges. Une tempête insupportable de coups, de feu, de sang. Quelles pouvaient avoir été les dernières pensées de Caillois ? Il articula distinctement :

– Parlez-nous des yeux.

– Des yeux ?

C'était Barnes qui avait posé la question. Sous le coup

de la surprise, sa voix était montée d'un cran. Niémans daigna lui répondre :

– Oui, les yeux. C'est ce que j'ai remarqué tout à l'heure, à l'hôpital. L'assassin a volé les yeux de sa victime. Les orbites semblaient même remplies d'eau...

– Tout à fait, intervint Costes.

– Reprenez par le début, ordonna Niémans.

Costes plongea dans ses notes.

– Le tueur a travaillé sous les paupières. Il a glissé un instrument tranchant, sectionné les muscles oculomoteurs et le nerf optique, puis il a extirpé les globes oculaires. Il a ensuite soigneusement gratté, récuré l'intérieur des cavités osseuses.

– Lors de cette opération, la victime était-elle déjà morte ?

– On ne peut pas savoir. Mais j'ai détecté des signes d'hémorragie dans cette région qui pourraient démontrer au contraire que Caillois était encore vivant.

Le silence se referma sur ses paroles. Barnes était livide, Joisneau comme cristallisé sur sa terreur.

– Ensuite ? demanda Niémans pour enrayer cette angoisse, qui se resserrait à chaque seconde.

– Plus tard, alors que la victime était morte, le tueur a empli les orbites avec de l'eau. De l'eau de la rivière, je suppose. Puis il a délicatement refermé les paupières. C'est pourquoi les yeux étaient fermés, et gonflés, comme s'ils n'avaient subi aucune mutilation.

– Revenons à l'ablation. Le tueur possède-t-il selon vous des notions de chirurgie ?

– Non. Ou alors des notions très vagues. Je dirais que, comme pour les tortures, il s'applique.

– Quels instruments a-t-il utilisés ? Les mêmes que pour les entailles ?

– La même famille, en tout cas.

– Quelle famille ?

– Des instruments industriels. Des cutters.

Niémans se planta face au médecin.

– C'est tout ce que vous pouvez nous dire ? Aucun indice ? Aucune orientation ne se dessine, d'après votre rapport ?

– Rien, malheureusement. Le corps a été complètement rincé avant d'être encastré dans la falaise. Ce cadavre ne peut rien nous apprendre sur le lieu du crime. Encore moins sur l'identité du tueur. Tout juste pouvons-nous supposer qu'il s'agit d'un homme fort, et habile. C'est tout.

– C'est peu, bougonna Niémans.

Costes marqua un temps et revint sur son rapport :

– Il y a juste un détail dont nous n'avons pas parlé... Un détail qui n'a rien à voir avec le meurtre en lui-même.

Le commissaire se redressa.

– Quoi ?

– Rémy Caillois n'avait pas d'empreintes digitales.

– C'est-à-dire ?

– Il avait les mains corrodées, usées au point qu'il n'apparaissait plus sur ses doigts aucun sillon, aucune empreinte. Il s'est peut-être brûlé dans un accident. Mais c'est un accident qui remonte à loin.

Niémans interrogea du regard Barnes, qui haussa les sourcils en signe d'ignorance.

– On verra ça, grommela le commissaire.

Il se rapprocha du médecin, jusqu'à frôler sa parka.

– Que pensez-vous de ce meurtre, vous, personnellement ? Comment le ressentez-vous ? Quelle est votre intuition profonde de toubib, face à ce supplice ?

Costes ôta ses lunettes et se massa les paupières. Quand il replaça ses verres, son regard semblait plus clair, comme astiqué. Et sa voix plus ferme :

– Le meurtrier suit un rite obscur. Un rite qui devait s'achever dans cette position de fœtus, au creux de la roche. Tout cela semble très précis, très mûri. Ainsi, la mutilation des yeux doit être essentielle. Il y a aussi l'eau. Cette eau sous les paupières, à la place des yeux. Comme si le tueur avait voulu rincer les orbites, les purifier. Nous sommes en train d'analyser cette eau. On ne sait jamais. Peut-être contient-elle un indice... Un indice chimique.

Niémans balaya ces derniers mots d'un geste vague. Costes parlait d'un rôle purificateur. Le commissaire, depuis sa visite au petit lac, songeait lui aussi à une opération de catharsis, d'apaisement. Les deux hommes se rejoignaient sur ce terrain. Au-dessus du lac, le tueur avait voulu laver la souillure – peut-être simplement purifier son propre crime ?

Les minutes s'écoulèrent. Personne n'osait plus bouger. Niémans murmura enfin, en ouvrant la porte de la salle :

– Retournons au boulot. Le temps presse. Je ne sais pas ce que Rémy Caillois avait à avouer. J'espère simplement que cela ne va pas déclencher d'autres meurtres.

12

De nouveau, Niémans et Joisneau rejoignirent la bibliothèque. Avant d'entrer, le commissaire jeta un bref regard au lieutenant : ses traits étaient décomposés. Le policier lui frappa dans le dos, en soufflant comme un sportif. Le jeune Éric répondit par un sourire sans conviction.

Les deux hommes pénétrèrent dans la grande salle des livres. Un spectacle étonnant les attendait. Deux officiers de police judiciaire, mine tracassée, ainsi qu'une escouade de gardiens de la paix en bras de chemise, avaient investi la bibliothèque et se livraient à une fouille approfondie. Des centaines de livres étaient déployés devant eux, en blocs, en colonnes. Interloqué, Joisneau demanda :

– Qu'est-ce que c'est que ça ?

Un des officiers lui répondit :

– Eh ben, on fait comme on a dit... On recherche tous les livres qui parlent du mal, des rites religieux et...

Joisneau lança un coup d'œil à Niémans. Il paraissait ulcéré par les allures incertaines de cette opération. Il hurla contre l'OPJ :

– Mais je vous avais dit de consulter l'ordinateur ! Pas de chercher des livres dans les rayonnages !

– Nous avons lancé une recherche informatique, par titre et par thème. Maintenant, nous parcourons les livres en quête d'indices, de points de ressemblance avec le meurtre...

Niémans intervint :

– Vous avez demandé conseil aux internes ?

L'officier afficha une expression dépitée.

– Ce sont des philosophes. Ils nous ont abreuvés de discours. Le premier nous a répondu que la notion de mal était une valeur bourgeoise, qu'il fallait revisiter tout ça sous un angle social et plutôt marxiste. Nous avons laissé tomber avec lui. Le deuxième nous a parlé de frontière et de transgression. Mais il a ajouté que la frontière était en nous... que notre conscience ne cessait de négocier avec un censeur supérieur et... Enfin, on n'a rien compris. Le troisième nous a branchés sur l'absolu et la quête de l'impossible... Il nous a parlé d'expérience mystique, qui pouvait se réaliser dans le bien comme dans le mal, en tant qu'aspiration. Alors... Je... Enfin, on s'en sort pas vraiment, lieutenant...

Niémans éclata de rire.

– Je te l'avais dit, souffla-t-il à Joisneau, il faut se méfier des intellectuels.

Il s'adressa directement au policier éberlué :

– Continuez vos recherches. Aux mots clés « mal », « violence », « tortures » et « rites », ajoutez « eau », « yeux » et « pureté ». Consultez l'ordinateur. Cherchez surtout les noms des étudiants qui ont consulté ces livres, qui travaillaient sur ce genre de thèmes, par exemple en thèse de doctorat. Qui bosse sur l'ordinateur central ?

Un gars râblé, qui jouait des épaules dans son blouson, répondit :

– C'est moi, commissaire.

– Qu'avez-vous trouvé d'autre dans les fichiers de Caillois ?

– Il y a les listes des livres endommagés, commandés, etc. Les listes des étudiants qui viennent consulter des bouquins et leur place dans la salle.

– Leur place ?

– Ouais. Le boulot de Caillois consistait à les placer... (d'un signe de tête, le lieutenant désigna les compartiments vitrés)... dans les petits boxes, là. Il mémorisait chaque place dans son programme.

– Vous n'avez pas trouvé ses travaux de thèse, à lui ?

– Si. Un document de mille pages sur l'Antiquité et... (il regarda une feuille de papier qu'il avait gribouillée) l'Olympie. Ça parle des premiers jeux Olympiques et des rites sacrés organisés autour de tout ça... Un truc cossu, j'peux vous l'dire.

– Éditez une sortie papier et lisez-le.

– Hein ?

Niémans ajouta, sur un ton ironique :

– En diagonale, bien sûr.

L'homme paraissait décontenancé. Le commissaire enchaîna aussitôt :

– Rien d'autre dans la bécane ? Pas de jeux vidéo ? Pas de boîte aux lettres électronique ?

L'OPJ fit non de la tête. Cette nouvelle n'étonna pas Niémans. Il pressentait que Caillois n'avait vécu que dans les livres. Un bibliothécaire strict qui n'admettait qu'une seule distraction à ses fonctions professionnelles : la rédaction de sa propre thèse. Que pouvait-on faire avouer à un tel ascète ?

Pierre Niémans s'adressa à Joisneau :

– Viens par ici. Je veux le point sur ton enquête.

Ils s'isolèrent dans une des allées tapissées de livres. Au bout du passage, un agent à casquette compulsait un livre. Le commissaire éprouvait quelques difficultés à rester sérieux face à une telle scène. Le lieutenant ouvrit son carnet.

– J'ai interrogé plusieurs internes, et les deux collègues de Caillois à la bibliothèque. Rémy n'était pas très apprécié, mais enfin, il était respecté.

– Que lui reprochait-on ?

– Rien de particulier. J'ai l'impression qu'il déclenchait un malaise. C'était un type secret, renfermé. Il ne faisait aucun effort pour communiquer avec les autres. En un sens, ça collait avec son boulot. (Joisneau lança un regard aux alentours, presque effrayé.) Vous pensez... dans cette bibliothèque, toute la journée à garder le silence...

– On t'a parlé de son père ?

– Vous saviez qu'il avait été aussi bibliothécaire ? Ouais, on m'en a parlé. Le même genre de type. Silencieux, impénétrable. Cette ambiance de confessionnal, à la longue, ça doit taper sur le système.

Niémans s'adossa aux livres.

– Est-ce qu'on t'a dit qu'il était mort dans la montagne ?

– Bien sûr. Mais il n'y a rien de suspect là-dedans. Le vieux bonhomme a été surpris par une avalanche et...

– Je sais. Selon toi, personne ne pouvait en vouloir aux Caillois, ni au père ni au fils ?

– Commissaire, la victime allait chercher des livres dans la réserve, remplissait des fiches et donnait aux étudiants un numéro de pupitre. Qu'est-ce que vous voulez qu'il s'attire, comme type de vengeance ? Celle d'un étudiant à qui on n'a pas filé la bonne édition ?

– OK. Côté alpinisme ?

Joisneau feuilleta encore son carnet.

– Caillois était à la fois un alpiniste et un marcheur hors pair. Samedi dernier, selon les témoins qui l'ont vu partir, il a plutôt effectué une expédition à pied, à deux mille mètres environ. Sans matériel.

– Des compagnons de marche ?

– Jamais. Même sa femme ne l'accompagnait pas. Caillois était un solitaire. A la limite de l'autisme.

Niémans lâcha son information :

– Je suis retourné près de la rivière. J'ai découvert des traces de pitons dans la roche. Je pense que le tueur a utilisé une technique d'escalade pour hisser le corps.

Les traits de Joisneau se crispèrent.

– Merde, je suis monté moi aussi et...

– Les cavités sont à l'intérieur de la faille. Le tueur a fixé des poulies dans la niche, puis il s'est laissé redescendre, pour faire contrepoids avec sa victime.

– Merde.

Son visage était partagé entre le dépit et l'admiration. Niémans sourit.

– Je n'ai pas de mérite : j'ai été guidé par mon témoin. Fanny Ferreira. Une vraie pro. (Il cligna de l'œil.) Et un petit canon... Je veux que tu grattes encore dans cette direction. Dresse la liste exhaustive des alpinistes confirmés et de tous ceux qui ont accès à ce genre de matériel.

– Mais nous allons obtenir des milliers de personnes !

– Demande à tes collègues. Demande à Barnes. On ne sait jamais. Une vérité va peut-être sortir de cette recherche. Je veux aussi que tu t'occupes des yeux.

– Des yeux ?

– Tu as entendu le légiste, non ? Le tueur a volé ces organes, avec un soin particulier. Je n'ai pas la moindre idée de ce que ça signifie. Peut-être du fétichisme. Peut-être une volonté de purification particulière. Ces yeux rappellent peut-être à l'assassin une scène qu'aurait vue la victime. Ou le poids d'un regard, que l'assassin aurait toujours vécu comme une obsession. Je ne sais pas. C'est plutôt vaseux, et je n'aime pas ce genre de bla-bla psychologique. Mais je veux que tu secoues la ville et que tu collectes tout ce qui pourrait se rapporter aux yeux.

– Par exemple ?

– Par exemple, chercher s'il n'y a jamais eu dans cette

fac ou dans la ville des accidents concernant cette partie du corps. Gratte aussi du côté des procès-verbaux des dernières années, à la brigade, et des faits divers, dans les journaux du coin. Des bagarres où quelqu'un aurait été blessé. Ou au contraire des mutilations sur des animaux. Je ne sais pas : cherche. Vois aussi s'il n'y a pas des problèmes de cécité, des affections touchant les yeux dans la région.

– Vous pensez vraiment que je peux trouver...

– Je ne pense rien, souffla Niémans. Fais-le.

Au bout de l'allée, le policier en uniforme lançait toujours des regards de biais. Enfin il laissa tomber ses livres et disparut. Niémans poursuivit à voix basse :

– Je veux aussi l'emploi du temps exact des dernières semaines de Caillois. Je veux savoir qui il a rencontré, à qui il a parlé. Je veux la liste de ses appels téléphoniques, personnels et à la fac. Je veux la liste des lettres qu'il a reçues, tout. Caillois connaissait peut-être son meurtrier. Peut-être même avait-il rendez-vous là-haut.

– Et sa femme, ça n'a rien donné ?

Niémans ne répondit pas. Joisneau ajouta :

– Paraît qu'elle n'est pas commode.

Joisneau rangea son carnet. Il avait retrouvé ses couleurs.

– Je ne sais pas si je devrais vous dire ça... Avec ce corps mutilé... et ce tueur déjanté qui rôde quelque part...

– Mais ?

– Mais, bon sang, j'ai l'impression d'apprendre des trucs avec vous.

Niémans feuilletait un livre du rayonnage : *Topographie et relief du département de l'Isère.* Il lança le volume dans les mains du lieutenant et conclut :

– Eh bien, prie pour qu'on en apprenne autant sur le tueur.

13

Le profil de la victime arc-boutée. Muscles tordus sous la peau, comme des cordes. Plaies noires, violacées, lacérant la chair pâle et bleuâtre par endroits.

De retour dans la salle où il travaillait, Niémans observait les photos polaroïd du corps de Rémy Caillois.

Le visage de face. Paupières entrouvertes sur les trous noirs des orbites.

Toujours en manteau, il songeait aux souffrances de l'homme. A la violence d'effroi qui venait de surgir dans cette région innocente. Sans se l'avouer, le policier redoutait le pire. Un autre meurtre, peut-être. Ou un crime impuni, balayé par les jours et la peur, qui aideraient chacun à oublier. Bien plus qu'à se souvenir.

Les mains de la victime. Photographiées de dessus, puis de dessous. De belles mains fines, entrouvertes sur leurs extrémités anonymes. Pas l'ombre d'une empreinte. Des traces de cisaille aux poignets. Granuleuses. Sombres. Minérales.

Niémans renversa sa chaise, s'adossant contre le mur. Il croisa ses mains derrière la nuque et réfléchit à ses propres sentences : « Chaque élément d'une enquête est un miroir. Et le tueur se cache dans l'un des angles morts. » Il ne parvenait pas à s'ôter de l'esprit cette certitude : Caillois n'avait pas été choisi par hasard. Sa mort était liée à son passé. A une personne qu'il avait connue. A un acte qu'il avait commis. Ou à un secret qu'il avait percé.

Quoi ?

Depuis son enfance, Caillois passait son existence dans la bibliothèque de l'université. Et il disparaissait chaque week-end dans les solitudes éthérées qui surplombaient la vallée. Qu'avait-il pu faire ou découvrir, pour mériter son exécution ?

Niémans se décida pour une brève enquête sur le passé de la victime. Par réflexe, ou par obsession personnelle, il attaqua par un détail qui l'avait frappé lors de sa rencontre avec Sophie Caillois.

Après quelques coups de téléphone, il joignit enfin le 14e régiment d'infanterie, situé dans les environs de Lyon, où tous les jeunes appelés de la région de l'Isère effectuaient alors leurs trois jours. Après avoir décliné son identité et donné la raison de son appel, il obtint le service des archives et fit exhumer le dossier informatique du jeune Rémy Caillois, qui avait été réformé dans les années quatre-vingt-dix.

Niémans perçut le claquement furtif des touches du clavier, les pas lointains dans la salle, puis le bruissement des feuilles de papier. Il demanda à l'archiviste :

– Lisez-moi les conclusions du dossier.

– Je ne sais pas si... Qui me prouve que vous êtes bien commissaire ?

Niémans soupira.

– Appelez la brigade de gendarmerie de Guernon. Vous demanderez le capitaine Barnes et...

– D'accord. Ça va. Je vous le lis. (Il feuilleta les pages.) Je passe sur les détails, les réponses aux tests et tout ça. La conclusion est que votre type a été réformé P4, pour « schizophrénie aiguë ». Le psychiatre a ajouté une note manuscrite dans la marge... Il a écrit : « Injonctions thérapeutiques » et il a souligné ces mots-là. Ensuite il a noté : « Contacter le CHRU de Guernon. » A mon avis, votre type en tenait une sacrée couche parce que d'habitude on...

– Vous avez le nom du docteur ?
– Bien sûr, c'est le médecin-major Yvens.
– Il travaille toujours dans votre garnison ?
– Oui. Il est là-haut.
– Passez-le-moi.
– Je... Bon. Ne quittez pas.
Une musique de fanfare synthétique jaillit dans le combiné, puis une voix très grave, comme posée sur une clé de fa, retentit. Niémans se présenta, reprit ses explications. Le Dr Yvens était sceptique. Il demanda enfin :
– Quel est le nom de l'appelé ?
– Caillois Rémy. Vous l'avez réformé P4, il y a cinq ans. Schizophrénie aiguë. Y a-t-il une chance pour que vous vous en souveniez ? Si oui, je voudrais savoir s'il simulait ou non, à votre avis, sa folie.
La voix objecta :
– Ces documents sont confidentiels.
– On vient de retrouver son corps encastré dans un rocher. Gorge ouverte. Globes oculaires volés. Tortures multiples. Le juge d'instruction Bernard Terpentes m'a fait venir de Paris pour enquêter sur ce meurtre. Il peut vous contacter lui-même mais nous pouvons gagner du temps. Vous souvenez-vous de...
– Je m'en souviens, coupa Yvens. Un malade. Un dément. Sans aucun doute possible.
Sans se l'avouer, c'est ce qu'attendait Niémans, mais il était pourtant surpris par la réponse. Il répéta :
– Il ne simulait pas ?
– Non. Je vois toute l'année des simulateurs. Les sains d'esprit ont beaucoup plus d'imagination que les vrais déments. Ils disent n'importe quoi, inventent des délires incroyables. Les véritables malades sont aisément repérables. Ils sont rivés à leur folie. Obsédés, rongés par elle. Même la démence a sa logique... rationnelle. Rémy Caillois était un malade. Un cas d'école.
– Quels étaient les signes de sa folie ?
– Ambivalence de pensées. Perte de contact avec le

monde extérieur. Mutisme. Les symptômes classiques pour une schizophrénie.

– Docteur, cet homme était bibliothécaire à l'université de Guernon. Il avait chaque jour des contacts avec des centaines d'étudiants et...

Le médecin ricana.

– La folie est fugace, commissaire. Elle sait souvent se cacher aux yeux des autres, se glisser sous une apparence anodine. Vous devez savoir ça mieux que moi.

– Mais vous venez de me dire que cette démence vous avait sauté aux yeux.

– J'ai l'expérience. Et Caillois a peut-être appris, depuis, à se contrôler.

– Pourquoi avez-vous noté « injonctions thérapeutiques » ?

– Je lui ai conseillé de se faire soigner. C'est tout.

– De votre côté, vous avez contacté le CHRU de Guernon ?

– Franchement, je ne m'en souviens plus. Le cas était intéressant, mais je ne pense pas avoir prévenu l'hôpital. Vous savez, si le sujet...

– « Intéressant », j'ai bien entendu ?

Le docteur souffla.

– Ce type vivait dans un monde cloisonné, un monde de rigueur extrême, où sa propre personnalité se multipliait. Il simulait sans doute une certaine souplesse, aux yeux des autres, mais il était littéralement obsédé par l'ordre, par la précision. Chacun de ses sentiments se cristallisait en une figure concrète, une personnalité à part. Il était une armée à lui tout seul. C'était un cas... fascinant.

– Était-il dangereux ?

– Sans aucun doute.

– Et vous l'avez laissé repartir ?

Il y eut un silence, puis :

– Vous savez, les fous en liberté...

– Docteur, reprit enfin Niémans un ton plus bas, cet homme était marié.

– Eh bien... je plains son épouse.

Le policier raccrocha. Ces révélations lui ouvraient de nouveaux horizons. Et approfondissaient son trouble.

Niémans se décida pour une nouvelle visite.

– Vous m'avez menti !

Sophie Caillois tenta de refermer la porte, mais le commissaire coinça son coude dans le chambranle.

– Pourquoi ne m'avez-vous pas dit que votre mari était malade ?

– Malade ?

– Schizophrène. Selon les spécialistes, il était bon à enfermer.

– Salopard.

Lèvres serrées, la jeune femme tenta encore de fermer sa porte, mais Niémans tint bon, sans difficulté. Malgré ses cheveux plats, malgré son pull aux mailles lâches, cette femme lui semblait plus belle que jamais.

– Vous ne comprenez donc pas ? hurla-t-il. Nous cherchons un tueur. Nous cherchons un mobile. Peut-être que Rémy Caillois avait commis un acte, un geste qui pourrait expliquer l'atrocité de sa mort. Un geste dont il ne se souvenait même plus. Je vous en prie... vous seule pouvez m'aider !

Sophie Caillois ouvrait des yeux exorbités. Toute la beauté de son visage se nouait en de subtils réseaux, tressautant nerveusement. Ses sourcils surtout, au dessin parfait, s'étaient figés en un accent splendide, pathétique.

– Vous êtes fou.

– Je dois connaître son passé...

– Vous êtes fou.

La femme tremblait. Malgré lui, Niémans baissa les yeux. Il scruta le relief de ses clavicules, qui tendaient les mailles du pull-over. Il aperçut, à travers la laine, la bretelle tortillée, comme racornie, du soutien-gorge. Soudain, sur une impulsion, il lui saisit le poignet et releva sa manche. Des marbrures bleuâtres striaient son avant-bras. Niémans rugit :

– Il vous frappait.

Le commissaire arracha son regard des marques sombres et fixa les yeux de Sophie Caillois.

– Il vous frappait ! Votre mari était un malade. Il aimait faire le mal. J'en suis certain. Il a commis un acte coupable. Je suis sûr que vous avez des soupçons. Vous ne dites pas le dixième de ce que vous savez !

La femme lui cracha au visage. Niémans recula, chancelant.

Elle en profita pour claquer la porte. Les verrous se scellèrent en une cascade de déclics alors que Niémans se ruait de nouveau contre la paroi. Dans le couloir, les internes pointaient des regards inquiets par les portes entrebâillées. Le policier flanqua un coup de talon dans le chambranle.

– Je reviendrai ! brailla-t-il.

Le silence s'abattit.

Niémans assena un dernier coup de poing, provoquant un écho grave, et resta quelques secondes immobile.

La voix de la femme, entrecoupée de sanglots, résonnait derrière la porte, comme dans le plus sombre des caveaux. « Vous êtes fou. »

14

– Je veux un flic en civil à ses basques. Appelez d'autres OPJ, à Grenoble.

– Sophie Caillois ? Mais... pourquoi ?

Niémans regarda Barnes. Ils se tenaient tous deux dans la salle principale de la gendarmerie de Guernon. Le capitaine portait le pull réglementaire : bleu marine, traversé d'une rayure blanche latérale. Il ressemblait à un matelot.

– Cette femme nous cache quelque chose, expliqua Niémans.

– Vous ne pensez tout de même pas que c'est elle qui...

– Non. Mais elle ne nous dit pas ce qu'elle sait.

Barnes acquiesça, sans conviction, puis il planta dans les bras de Niémans un gros dossier cartonné, rempli de fax, de paperasses, bruissant de carbones.

– Les premiers résultats de l'enquête générale, déclara-t-il. Pour l'instant, ce n'est pas folichon.

Indifférent au brouhaha du lieu, où des gendarmes jouaient des coudes, Niémans parcourut aussitôt le dossier, tout en marchant lentement vers un bureau isolé. Il passa en revue les liasses carbonées qui résumaient les investigations menées par Barnes et Vermont. Malgré le nombre de rapports et de témoignages, il n'y avait pas là de quoi aligner la moindre remarque constructive. Les dispositifs, les auditions, les recherches, les enquêtes de terrain... tout cela n'avait rien donné. Niémans bougonna en pénétrant dans le bureau aux parois vitrées. Dans une si petite ville, un crime aussi spectaculaire : le commissaire ne pouvait se résoudre à n'avoir glané encore aucun indice, aucune piste.

Il s'empara d'une chaise, derrière un bureau en ferraille, et lut cette fois avec attention.

La voie des maraudeurs s'était révélée nulle. Les requêtes aux prisons, aux préfectures, aux tribunaux avaient abouti à autant d'impasses. Quant aux vols de voitures commis lors des dernières quarante-huit heures, aucun ne pouvait non plus être rattaché au meurtre. Les recherches sur les crimes, les faits divers des vingt dernières années s'étaient montrées tout autant stériles. Personne n'avait souvenir d'un crime aussi atroce, aussi étrange, ou du moindre acte qui s'y serait apparenté. Dans la ville même, la liste des procès-verbaux rédigés en vingt ans se résumait à quelques sauvetages en montagne, à des vols infimes, des accidents, des incendies...

Niémans feuilleta la chemise suivante. Les interrogatoires systématiques aux hôtels, par fax interposés, n'avaient pas livré la moindre information utile.

Il passa aux dossiers de Vermont. Ses hommes continuaient d'arpenter les terrains autour de la rivière. Ils n'avaient visité pour l'heure que cinq refuges, et la carte de la région en signalait dix-sept, dont certains cramponnés à la montagne, à plus de trois mille mètres d'altitude. Un meurtre effectué sur de telles hauteurs avait-il un sens ? Les hommes avaient aussi interrogé les paysans des alentours. Certaines auditions étaient déjà tapées dans le jargon habituel des gendarmes. Niémans les feuilleta et sourit : si les fautes d'orthographe et les tournures étaient comparables à celles des policiers, d'autres termes fleuraient bon le langage militaire. Des hommes avaient visité les stations-service, les gares, les arrêts de cars. Rien à signaler. Mais on commençait à jaser dans les rues, dans les chalets. Pourquoi toutes ces questions ? Pourquoi tant de gendarmes ?

Niémans posa le dossier sur le bureau. Par la vitre, il aperçut une patrouille qui venait de rentrer, les joues vermeilles, les yeux lustrés de froid. Il interrogea de la tête le capitaine Vermont qui lui répondit par un signe sans ambiguïté : rien.

Le commissaire fixa encore quelques secondes les uniformes mais ses pensées dérivaient déjà ailleurs. Il songeait aux deux femmes. L'une était forte et sombre comme l'écorce. Elle devait avoir les muscles amples, la peau mate, veloutée. Un goût de résine et d'herbes froissées. L'autre était frêle et aigre. Elle respirait un malaise, une agressivité mêlée de frayeur, qui fascinait tout autant Niémans. Que cachait ce visage osseux, à la beauté si troublante ? Son mari la battait-il réellement ? Quel était son secret ? Et quelle pouvait être la mesure de son chagrin face à un mari énucléé, dont le corps décrivait tant de souffrances ?

Niémans se leva et se tourna vers l'une des fenêtres. Derrière les nuages, au-dessus des montagnes, le soleil lançait des lignes de clarté, qui ressemblaient à de longues blessures creusées dans la chair noire et renflée de l'orage. Dessous, le policier apercevait les maisons grises et identiques de Guernon. Les toits polygonaux qui empêchaient que la neige ne s'agglutine. Les fenêtres obscures, petites et carrées comme des tableaux noyés de pénombre. La rivière qui traversait la ville et longeait la brigade.

L'image des deux femmes s'imposa de nouveau. A chaque enquête, la même sensation le tenaillait. La pression de l'investigation éveillait ses sens, lui intimait une sorte de chasse amoureuse, brûlante, fébrile. Il ne tombait amoureux que dans cette urgence criminelle : des témoins, des suspects, des putes, des serveuses...

La brune ou la blonde ?

Son téléphone cellulaire sonna. C'était Antoine Rheims.

– Je reviens de l'Hôtel-Dieu.

Niémans avait laissé filer la matinée sans même appeler Paris. L'affaire du parc des Princes allait maintenant lui revenir en boomerang explosif. Le directeur continuait :

– Les toubibs tentent une cinquième greffe pour sauver son visage. Le type n'a pratiquement plus de peau sur les cuisses, à force de prélèvements. Ce n'est pas tout. Trois traumatismes crâniens. Un œil perdu. Sept fractures au visage. Sept, Niémans. La mâchoire inférieure est profondément enfoncée dans les tissus du larynx. Des esquilles d'os ont déchiré les cordes vocales. L'homme est dans le coma mais, quoi qu'il arrive, il ne parlera plus. Selon les toubibs, même un accident de bagnole n'aurait pas pu causer autant de dégâts. Tu as une idée de ce que je peux leur raconter ? Ainsi qu'à l'ambassade du Royaume-Uni ? Ou aux médias ? Nous nous connaissons depuis longtemps, toi et moi. Et je crois que nous sommes amis. Mais je crois aussi que tu es une brute cinglée.

Les mains de Niémans tremblaient par à-coups.

– Ce type était un tueur, rétorqua-t-il.

– Bordel, crois-tu être autre chose ?

Le flic ne répondit pas. Il fit passer le combiné, brillant de sueur, dans sa main gauche. Rheims reprit :

– Comment avance ton enquête ?

– Lentement. Pas d'indices. Pas de témoins. Cela se révèle beaucoup plus compliqué que prévu.

– Je te l'avais dit ! Quand les médias sauront que tu es à Guernon, ils vont te tomber dessus, comme la gale sur un chien chauve. Quelle idée j'ai eue de t'envoyer là-bas !

Rheims raccrocha brutalement. Niémans resta plusieurs minutes, les yeux fixes, à court de salive. En flashes aveuglants, il revit les violences de la nuit précédente. Ses nerfs avaient lâché. Il avait tabassé le meurtrier dans un excès de rage qui l'avait submergé et qui avait anéanti toute autre volonté que celle de détruire ce qu'il tenait entre ses mains, à cette seconde.

Pierre Niémans avait toujours vécu dans un monde de violence, un univers de dépravation, aux frontières cruelles et sauvages, et il ne craignait pas l'imminence du danger. Au contraire, il l'avait toujours cherché, flatté, pour mieux l'affronter, mieux le contrôler. Mais il n'était maintenant plus capable d'assurer ce contrôle. Cette violence avait fini par l'envahir, l'investir en profondeur. Il n'était plus que faiblesse, crépuscule. Et il n'avait pas vaincu ses propres peurs. Les chiens hurlaient toujours, quelque part, dans un coin de sa tête.

Soudain il sursauta : son portable sonnait à nouveau. C'était Marc Costes, le médecin légiste, la voix triomphale.

– J'ai du nouveau, commissaire. Nous tenons un indice. Solide. C'est à propos de l'eau sous les paupières. Je viens de recevoir les résultats des analyses.

– Eh bien ?

– Ce n'est pas l'eau de la rivière. C'est incroyable mais c'est comme ça. Je travaille là-dessus avec un chimiste de la police scientifique de Grenoble, Patrick Astier. Un vrai crack. Selon lui, les traces de pollution dans l'eau des orbites ne sont pas les mêmes que dans celle du torrent. Pas du tout.

– Sois plus précis.

– La flotte des cavités oculaires contient de l'H_2SO_4 et du

HNO_3, c'est-à-dire de l'acide sulfurique et de l'acide nitrique. Son pH est de 3, c'est-à-dire une acidité très élevée. Quasiment du vinaigre. Un chiffre pareil constitue une information précieuse.

– Je ne comprends rien. Qu'est-ce que ça veut dire ?

– Je ne veux pas vous parler technique, mais l'acide sulfurique et l'acide nitrique sont des dérivés du SO_2, dioxyde de soufre, et du NO_2, dioxyde d'azote. Selon Astier, un seul type d'industrie produit un tel mélange de dioxydes : les centrales thermiques qui brûlent de la lignite. Des centrales d'un type très ancien. La conclusion d'Astier est que la victime a été tuée ou transportée près d'un lieu de ce genre. Trouvez une centrale de lignite dans la région et vous aurez débusqué le lieu du crime.

Niémans fixait le ciel, dont les écailles sombres brillaient sous le soleil persistant, comme un immense saumon d'argent. Il tenait peut-être enfin un élément. Il ordonna :

– Faxe-moi la composition de cette flotte, sur le télécopieur de Barnes.

Le commissaire ouvrait la porte du bureau lorsque Éric Joisneau apparut.

– Je vous cherche partout. J'ai peut-être une information importante.

Se pouvait-il que l'enquête trouve son rythme ? Les deux policiers reculèrent, Niémans referma la porte. Joisneau compulsait nerveusement son carnet.

– J'ai découvert qu'il y avait, près des Sept-Laux, un institut pour jeunes aveugles. Il semblerait que beaucoup de ses pensionnaires viennent de Guernon. Ces enfants souffrent de problèmes divers. Cataracte. Rétinite pigmentaire. Cécité aux couleurs. Le nombre de ces affections à Guernon est très au-dessus de la moyenne.

– Continue. Quelle est l'origine de ces problèmes ?

Joisneau joignit ses deux mains en forme de vasque.

– La vallée. L'isolement de la vallée. Ce sont des maladies génétiques, m'a expliqué un toubib. Elles se transmettent, de génération en génération, à cause d'une certaine consanguinité. Il paraît que c'est fréquent dans les lieux isolés. Un genre de contamination, mais par voie génétique.

Le lieutenant arracha une page de son bloc.

– Tenez, c'est l'adresse de l'institut. Son directeur, le Dr Champelaz, a étudié ce phénomène avec précision. J'ai pensé que...

Niémans dressa son index vers Joisneau.

– C'est toi qui y vas.

Le visage du jeune policier s'éclaira.

– Vous me faites confiance ?

– Je te fais confiance. File.

Joisneau tourna les talons mais se ravisa, sourcils froncés.

– Commissaire... Excusez-moi, mais... pourquoi n'allez-vous pas vous-même interroger ce directeur ? C'est peut-être une piste intéressante. Vous avez trouvé mieux de votre côté ? Vous pensez que mes questions seront meilleures parce que je suis de la région ? Je ne pige pas.

Niémans s'accouda au chambranle.

– C'est vrai, je suis sur une autre piste. Mais je te livre aussi une petite leçon annexe, Joisneau. Il y a parfois des motivations extérieures à l'enquête.

– Quelles motivations ?

– Des motivations personnelles. Je n'irai pas dans cet institut parce que je souffre d'une phobie.

– De quoi ? Des aveugles ?

– Non. Des chiens.

Les traits du lieutenant exprimaient l'incrédulité.

– Je ne comprends pas.

– Réfléchis. Qui dit aveugles, dit clébards. (Niémans mima la silhouette cambrée d'un aveugle, guidé par un canidé imaginaire.) Des chiens pour non-voyants, tu comprends ? Alors pas question que je foute les pieds là-bas.

Le commissaire planta là le lieutenant interloqué.

Il frappa à la porte du bureau du capitaine Barnes et l'ouvrit dans le même geste. Le colosse dressait des piles distinctes de fax : des réponses d'hôtels, de restaurants, de garages, qui tombaient encore. Il ressemblait à un épicier répartissant ses stocks.

– Commissaire ? (Barnes leva un sourcil.) Tenez. Je viens de recevoir...

– Je sais.

Niémans saisit la télécopie de Costes et la parcourut brièvement. C'était une liste de chiffres et de noms complexes, la composition chimique de l'eau des orbites.

– Capitaine, demanda le policier, connaissez-vous dans la région une centrale thermique ? Une centrale qui brûlerait de la lignite ?

Barnes esquissa une moue incertaine.

– Non, ça ne me dit rien. Peut-être plus à l'ouest... Les zones industrielles se multiplient en allant sur Grenoble...

– Où pourrais-je me renseigner ?

– Il y a bien la Fédération des activités industrielles de l'Isère, reprit Barnes, mais... attendez. J'ai beaucoup mieux. Votre centrale, là, ça doit polluer un max, non ?

Niémans sourit et dressa le fax constellé de chiffres.

– De l'acidité en puissance.

Barnes notait déjà.

– Alors allez trouver ce type. Alain Derteaux. Un horticulteur qui possède des serres tropicales à la sortie de Guernon. C'est notre spécialiste ès pollutions. Un militant écologiste. Il n'y a pas un gaz, pas une émanation dans la région dont il ne connaisse la provenance, la composition, et ses conséquences pour l'environnement.

Niémans partait lorsque le gendarme le rappela. Il dressa ses deux mains, paumes tendues vers le commissaire. Des paluches énormes, de croque-mitaine.

– Au fait, je me suis renseigné pour le problème des empreintes... Vous savez, les mains de Caillois. C'est un accident, survenu quand il était môme. Il aidait son père à retaper le petit voilier familial, sur le lac d'Annecy. Il s'est brûlé les deux mains avec un bac de détergent très corrosif. J'ai contacté la capitainerie, ils se souvenaient de l'accident.

Samu, hôpital et tout le bazar... On peut vérifier mais, à mon avis, il n'y a rien de plus à gratter là-dessus.

Niémans pivota et serra la poignée.

– Merci, capitaine. (Il désigna les fax.) Bon courage.

– Bon courage à vous, répliqua Barnes. L'écologiste, là, Derteaux, c'est un sacré emmerdeur.

15

– ... TOUTE notre région est moribonde, empoisonnée, condamnée ! Les zones industrielles sont apparues partout dans les vallées, sur les flancs des montagnes, dans les forêts, contaminant les nappes phréatiques, infectant les terres, intoxiquant l'air que nous respirons... L'Isère : gaz et poison à toutes les altitudes !

Alain Derteaux était un homme sec, au visage étroit et raviné. Il portait un collier de barbe, des lunettes métalliques qui lui donnaient l'air d'un mormon en cavale. Enfoui dans l'une de ses serres, il manipulait des petits bocaux qui contenaient du coton et de la terre meuble. Niémans interrompit le discours de l'homme, qui avait commencé aussitôt les présentations effectuées.

– Excusez-moi. J'ai besoin d'une information... urgente.

– Quoi ? Ah oui, bien sûr... (Il prit un ton condescendant.) Vous êtes de la police...

– Connaissez-vous dans la région une centrale thermique qui consommerait de la lignite ?

– La lignite ? Un charbon naturel... Un poison à l'état pur...

– Connaissez-vous un site industriel de ce genre ?

Derteaux nia de la tête, tout en introduisant de minuscules branches dans l'un des bocaux.

– Non. Pas de lignite dans la région, Dieu merci. Depuis les années soixante-dix, ces industries sont en net recul en France et dans les pays limitrophes. Beaucoup trop polluantes. Des émanations acides qui grimpent directement dans le ciel, transformant chaque nuage en bombe chimique...

Niémans fouilla dans sa poche et tendit le fax de Marc Costes.

– Pourriez-vous jeter un œil sur ces constituants chimiques ? C'est l'analyse d'un échantillon d'eau découverte tout près d'ici.

Derteaux lut avec attention la feuille de papier pendant que le policier regardait distraitement le lieu où ils se trouvaient : une vaste serre, dont les surfaces vitrées étaient embuées, fissurées, et maculées de longues traînées noirâtres. Des feuilles larges comme des fenêtres, des pousses balbutiantes, minuscules comme des rébus, des lianes langoureuses, tordues et enlacées, tout cela ressemblait à une lutte pour gagner la moindre parcelle de terrain. Derteaux releva la tête, perplexe.

– Et vous dites que cet échantillon provient de la région ?

– Absolument.

Derteaux réajusta ses lunettes.

– Puis-je vous demander où ? Je veux dire : exactement ?

– Nous l'avons trouvé sur un cadavre. Un homme assassiné.

– Oh, bien sûr... J'aurais dû y penser... puisque vous êtes de la police. (Il réfléchit encore, de plus en plus dubitatif.) Un cadavre, ici, à Guernon ?

Le commissaire ignora la question.

– Confirmez-vous que cette composition évoque une pollution liée à la combustion de la lignite ?

– En tout cas, une pollution fortement acide, oui. J'ai suivi des séminaires sur ce sujet. (Il lut encore le bilan.) Les taux de H_2SO_4 et de HNO_3 sont... exceptionnels. Mais je vous le répète : il n'existe plus de centrale de ce type dans la région. Ni ici, ni en France, ni en Europe occidentale.

– Cet empoisonnement pourrait-il venir d'une autre activité industrielle ?

– Non, je ne pense pas.

– Où pourrait-on trouver alors une activité industrielle qui génère une telle pollution ?

– A plus de huit cents kilomètres d'ici, dans les pays de l'Est.

Niémans serra les mâchoires : il ne pouvait admettre que sa première piste tourne court aussi rapidement.

– Il y a peut-être une autre solution..., murmura Derteaux.

– Laquelle ?

– Cette eau provient peut-être en effet d'ailleurs. Elle aurait voyagé jusqu'ici de la République tchèque, de Slovaquie, de Roumanie, de Bulgarie... (Il susurra, sur le ton de la confidence :) De véritables barbares, en matière d'environnement.

– Vous voulez dire dans des conteneurs ? Un camion de passage qui...

Derteaux éclata de rire, sans la moindre étincelle de joie.

– Je pense à un transport beaucoup plus simple. Cette eau a pu parvenir jusqu'à nous par les nuages.

– S'il vous plaît, déclara Niémans, expliquez-vous.

Alain Derteaux ouvrit les bras et les leva lentement vers le plafond.

– Imaginez une centrale thermique, située quelque part en Europe de l'Est. Imaginez de grosses cheminées qui crachent du dioxyde de soufre et du dioxyde d'azote toute la sainte journée... Ces cheminées s'élèvent parfois jusqu'à trois cents mètres de hauteur. Les épais bouillons de fumée montent, montent, puis se mêlent aux nuages...

» S'il n'y a pas de vent, les poisons restent sur le territoire. Mais si le vent souffle, par exemple vers l'ouest, alors les dioxydes voyagent, portés par les nuages qui viennent bientôt s'écorcher sur nos montagnes et se transforment en pluies diluviennes. C'est ce qu'on appelle les pluies acides, qui détruisent nos forêts. Comme si nous ne produisions pas assez de poisons comme ça, nos arbres crèvent aussi des poisons des autres ! Mais je vous rassure, nous-mêmes balançons pas mal de produits toxiques, via nos propres nuages...

Une scène, nette et précise, vint se graver dans l'esprit de Niémans, comme au scalpel. Le tueur sacrifiait sa victime à ciel ouvert, quelque part dans les montagnes. Il torturait, tuait, mutilait, pendant qu'une averse s'abattait sur le champ du carnage. Les orbites vides, ouvertes au ciel, s'emplissaient alors de pluie. De cette pluie empoisonnée. L'assassin refermait les paupières, verrouillant son opération macabre sur ces petits réservoirs d'eau acide. C'était la seule explication.

Il avait plu pendant que le monstre perpétrait son meurtre.

– Quel temps faisait-il ici samedi ? demanda soudain Niémans.

– Je vous demande pardon ?

– Vous souvenez-vous s'il a plu dans la région, samedi en fin de journée ou dans la nuit ?

– Je ne crois pas, non. Il faisait un temps radieux. Un vrai soleil de mois d'août et...

Une chance contre mille. Si le ciel était resté sec durant la période supposée du crime, Niémans pouvait peut-être découvrir une zone – une seule – où une averse avait éclaté. Une averse acide qui délimiterait précisément la zone du meurtre, aussi clairement qu'un cercle de craie. Le policier comprenait cette vérité singulière : pour trouver le lieu du crime, il n'avait qu'à remonter le cours des nuages.

– Où est la station météorologique la plus proche ? demanda-t-il d'une voix précipitée.

Derteaux réfléchit puis répondit :

– A trente kilomètres d'ici, près du col de la Mine-de-Fer. Vous voulez vérifier s'il a plu ? C'est une idée intéressante.

Moi-même j'aimerais savoir si ces barbares nous envoient encore de telles bombes toxiques. C'est une véritable guerre chimique qui se poursuit, monsieur le commissaire, dans l'indifférence générale !

Derteaux s'arrêta. Niémans lui tendait un papier.

– Le numéro de mon portable. S'il vous vient une idée, n'importe quoi à ce sujet, appelez-moi.

Niémans tourna les talons et traversa la serre, le visage fouetté par des feuilles d'ébénier.

16

Le commissaire roulait à pleine vitesse. Malgré le ciel lourd, le beau temps semblait prêt d'émerger. Une lumière de mercure ne cessait de virevolter à travers les nuages. Entre noir et vert, les frondaisons des sapins se résolvaient en extrémités fugaces, brillantes, secouées par un vent entêté. Au fil des virages, Niémans jouissait de cette allégresse secrète et profonde de la forêt, comme propulsée, emportée, enluminée par le vent ensoleillé.

Le commissaire songea à des nuages qui véhiculaient un poison, retrouvé au fond d'orbites orphelines. Lorsqu'il était parti de Paris, cette nuit, il n'imaginait pas une telle enquête.

Quarante minutes plus tard, le policier parvenait au col de la Mine-de-Fer. Il n'eut aucun mal à repérer la station météorologique, qui pointait son dôme à flanc de montagne. Niémans emprunta le sentier qui menait au bâtiment scientifique, découvrant peu à peu un spectacle surprenant. A cent mètres du laboratoire, des hommes s'efforçaient de gonfler un colossal ballon en matière plastique transparente. Il se gara et dévala la pente, s'approcha des hommes en parka, aux visages rougeoyants, et tendit sa carte officielle. Les météorologistes le regardèrent sans comprendre. Les longs pans froissés du ballon ressemblaient à une rivière d'argent. Dessous, un jet de feu bleuté gonflait lentement les toiles. Toute la scène revêtait un caractère d'enchantement, de sortilège.

– Commissaire Niémans, hurla le policier pour couvrir le fracas de la flamme. (Il désigna le dôme de ciment.) J'ai besoin que l'un de vous m'accompagne à la station.

Un homme se redressa, à l'évidence le responsable.

– Quoi ?

– J'ai besoin de savoir où il a plu samedi dernier. Pour une enquête criminelle.

Le météorologiste était debout, tirant ouvertement la gueule. Sa capuche-tempête lui fouettait le visage. Il désigna l'immense cloche qui s'enflait progressivement. Niémans s'inclina, mimant un signe d'excuse.

– Le ballon attendra.

Le scientifique prit la direction du laboratoire en marmonnant :

– Il n'a pas plu samedi.

– Nous allons voir ça.

L'homme avait raison. Lorsqu'ils consultèrent, dans l'un des bureaux, le poste central météorologique, ils ne trouvèrent pas l'ombre d'une turbulence, d'une précipitation ou d'un orage au-dessus de Guernon durant ces heures d'octobre. Les cartes-satellite, qui se dessinaient sur l'écran, étaient sans équivoque : ni dans la journée ni dans la nuit du samedi au dimanche une goutte de pluie n'était tombée dans la région. D'autres éléments apparaissaient dans un coin de l'écran : le taux d'humidité de l'air, la pression atmosphérique, la température... Le scientifique daigna livrer quelques explications, du bout des lèvres : un anticyclone avait imposé une certaine stabilité aux mouvements du ciel durant près de quarante-huit heures.

Niémans demanda pourtant à l'ingénieur d'élargir la

recherche au dimanche matin, puis au dimanche après-midi. Aucun orage, aucune averse. Il fit développer l'investigation à un rayon de cent kilomètres. Rien. Deux cents kilomètres. Toujours rien. Le commissaire frappa le bureau.

– Ce n'est pas possible, rumina-t-il. Il a plu quelque part, j'en ai la preuve. Au creux d'une vallée. Au sommet d'une colline. Quelque part, dans les alentours, il y a eu un orage.

Le météorologiste haussa les épaules, en cliquant sur sa souris, tandis que des ombres irisées, des tracés ondulés, des spirales légères voyageaient sur l'écran, au-dessus d'une carte des montagnes, remontant ainsi la genèse d'une journée pure et sans nuages, au cœur de l'Isère.

– Il doit y avoir une explication, marmonna Niémans. Bon sang, je...

Son téléphone cellulaire sonna.

– Monsieur le commissaire ? Alain Derteaux à l'appareil. J'ai réfléchi à votre histoire de lignite. J'ai moi-même mené ma petite enquête. Je suis désolé, mais je me suis trompé.

– Trompé ?

– Oui. Il est impossible qu'une pluie d'une telle acidité soit tombée ici durant le week-end. Ni même à n'importe quel autre moment.

– Pourquoi ?

– Je me suis renseigné sur les industries de la lignite. Même dans les pays de l'Est, les cheminées qui brûlent ce combustible portent aujourd'hui des filtres spécifiques. Ou bien alors les minerais sont désulfurisés. Bref, cette pollution a beaucoup baissé depuis les années soixante. Des pluies aussi polluantes ne tombent plus nulle part depuis trente-cinq ans. Heureusement ! Je vous ai induit en erreur : excusez-moi.

Niémans gardait le silence. L'écologiste reprit, sur un ton incrédule :

– Vous êtes sûr que votre corps porte ces traces d'eau ?

– Certain, répliqua Niémans.

– Alors c'est incroyable, mais votre cadavre provient du

passé. Il a essuyé une pluie qui est tombée voici plus de trente ans et...

Le policier raccrocha en esquissant un vague « au revoir ».

Les épaules lasses, il regagna sa voiture. Un bref instant il avait cru tenir une piste. Mais elle s'était diluée entre ses mains, comme cette eau chargée d'acidité, qui aboutissait à une complète absurdité.

Niémans leva une dernière fois les yeux vers l'horizon.

Le soleil dardait maintenant ses rayons transversaux, auréolant les arabesques ouatées des nuages. L'éclat de la lumière venait ricocher sur les cimes du Grand Pic de Belledonne, se réfractant sur les neiges éternelles. Comment avait-il pu, lui, un policier de métier, un homme rationnel, croire un instant que quelques nuages allaient lui indiquer la direction du lieu du crime ?

Comment avait-il pu...

Soudain il ouvrit les bras en direction du paysage flamboyant, imitant le geste de Fanny Ferreira, la jeune alpiniste. Il venait de comprendre où Rémy Caillois avait été tué. Il venait de saisir où l'on pouvait trouver de l'eau qui datait de plus de trente-cinq années.

Ce n'était pas sur la terre.

Ce n'était pas dans le ciel.

C'était dans les glaces.

Rémy Caillois avait été tué bien au-dessus de deux mille mètres de hauteur. Il avait été exécuté dans les glaciers, à trois mille mètres d'altitude. Là où les pluies de chaque année se cristallisent et demeurent dans l'éternité transparente de la glace.

Tel était le lieu du crime. Et ça, c'était du concret.

IV

17

TREIZE heures. Karim Abdouf pénétra dans le bureau d'Henri Crozier et posa son rapport face à lui. L'homme, concentré sur une lettre qu'il écrivait, ne jeta pas un regard sur la liasse et demanda :

– Alors ?

– Les skins n'ont pas fait le coup, mais ils ont aperçu deux silhouettes sortir du caveau. Cette nuit même.

– Ils t'ont donné leur signalement ?

– Non. Il faisait trop sombre.

Crozier daigna lever les yeux.

– Ils mentent peut-être.

– Ils ne mentent pas. Et ce ne sont pas eux qui ont profané la tombe.

Karim se tut. Le silence s'étira entre les deux hommes. Le lieutenant reprit :

– Vous aviez un témoin, commissaire. (Il braqua son index sur l'homme assis.) Vous aviez un témoin et vous ne me l'avez pas dit. « On » vous a averti que les skins avaient rôdé près du cimetière, cette nuit, et vous en avez conclu que c'étaient eux les coupables. Mais la réalité est plus complexe. Et si vous m'aviez laissé interroger votre témoin, je...

Crozier leva lentement la main, en signe d'apaisement.

– Calme-toi, petit. Les gens d'ici se confient aux anciens. A ceux de leur ville. On ne t'aurait jamais dit le dixième de ce qu'on est venu me déballer, spontanément. C'est tout ce que t'ont révélé les tondus ?

Karim contempla les affiches à la gloire des « agents de la paix ». Sur un des meubles de fer brillaient les coupes que Crozier avait gagnées dans différents concours de tir. Il déclara :

– Les skins ont vu aussi une bagnole blanche partir de ce coin-là aux environs de deux heures du matin. Elle filait sur la D143.

– Quel genre de bagnole ?

– Une Lada. Ou une autre marque de l'Est. Il faut mettre quelqu'un là-dessus. Les bagnoles de ce type ne doivent pas courir la région et...

– Pourquoi pas toi ?

– Commissaire, vous savez ce que je veux. J'ai interrogé les skins. Maintenant, je veux fouiller le caveau en profondeur.

– Le gardien m'a dit que tu étais déjà entré à l'intérieur.

Karim ignora la remarque.

– Où en est l'enquête, au cimetière ?

– Le zéro absolu. Aucune empreinte digitale. Pas le moindre indice. Nous allons étendre le ratissage aux alentours. S'il s'agit de vandales, ils ont pris de sacrées précautions.

– Ce ne sont pas des vandales. Ce sont des professionnels. En tout cas, des mecs qui savaient ce qu'ils cherchaient. Ce caveau abrite un secret, qu'ils sont venus percer. Vous avez prévenu la famille ? Que disent les parents ? Seraient-ils d'accord pour que nous...

Karim s'arrêta. La trogne de Crozier exprimait un malaise. Le lieutenant plaqua ses deux mains sur le bureau et attendit la réponse du commissaire. L'homme murmura :

– Nous n'avons pas retrouvé la famille. Personne de ce nom dans la ville. Ni dans les communes du département.

– Les obsèques datent de 1982, il y a forcément des documents, de la paperasse.

– Pour l'instant, nous n'avons rien.

– Le certificat de décès ?

– Pas de certificat de décès. Pas à Sarzac.

Le visage de Karim s'éclaira. Il pivota et esquissa quelques pas.

– Il y a un problème avec cette sépulture, avec ce môme. J'en suis sûr. Et ce problème est lié au cambriolage de l'école primaire.

– Karim, tu as trop d'imagination. Il existe mille façons d'expliquer ce mystère. Le petit Jude est peut-être mort dans un accident de la route. Il a peut-être été hospitalisé dans une ville voisine et enterré ici, parce que c'était la solution la plus pratique. Peut-être que sa mère vit toujours ici, mais qu'elle ne porte pas le même nom. Peut-être...

– J'ai parlé au gardien du cimetière. Le caveau est parfaitement entretenu mais il n'a jamais aperçu personne le visiter.

Crozier ne répondit pas. Il ouvrit un tiroir de fer et en extirpa une bouteille d'alcool aux lueurs mordorées. En un seul geste, il se versa un petit verre, pas plus haut qu'un pouce.

– Si on ne retrouve pas cette famille, reprit Karim, peut-on obtenir l'autorisation de pénétrer dans le caveau ?

– Non.

– Alors laissez-moi chercher ses parents.

– Et la voiture blanche ? Le relevé des indices, autour du cimetière ?

– Des renforts vont arriver. Les types du SRPJ feront ça très bien. Donnez-moi quelques heures, commissaire. Pour mener cette partie de l'enquête. En solo.

Crozier dressa son verre devant Karim.

–Je ne t'en propose pas ?

Karim refusa de la tête. Crozier vida son verre cul sec et claqua de la langue.

– Tu as jusqu'à dix-huit heures, rapport rédigé inclus.

Le Beur partit dans un froissement de cuir.

18

KARIM téléphona de nouveau à la directrice de l'établissement Jean-Jaurès, afin de savoir si elle avait collecté quelques informations sur Jude Itero à l'académie de tutelle. La femme avait effectué la recherche mais n'avait rien obtenu : pas une fiche, pas une mention. Pas l'ombre d'une présence dans les archives de tout le département. « Vous faites peut-être fausse route, risqua-t-elle. L'enfant que vous cherchez n'a peut-être pas vécu dans notre région. »

Karim raccrocha et consulta sa montre. Quatorze heures. Il se donna deux heures pour visiter les archives des autres écoles et vérifier la composition des classes qui correspondaient à l'âge de l'enfant.

En moins d'une heure et quinze minutes, il avait achevé son tour des groupes scolaires et n'avait pas rencontré la trace de Jude Itero. Il retourna encore une fois à l'école Jean-Jaurès. En feuilletant toutes ces archives, une idée lui était venue. La femme aux yeux larges l'accueillit avec fébrilité.

–J'ai encore travaillé pour vous, lieutenant.

–Je vous écoute.

–J'ai cherché les noms et adresses des enseignants qui exerçaient ici à l'époque qui vous intéresse.

– Et alors ?

– Nous jouons de malchance. L'ancienne directrice a pris sa retraite.

– Le petit Jude avait neuf et dix ans durant les années 81 et 82. Pouvons-nous retrouver les institutrices de ces classes ?

La femme plongea dans ses notes.

– Tout à fait. D'autant que le hasard fait que le CM1 de 81 et le CM2 de 82 ont été supervisés par la même institutrice. C'est une chose assez fréquente qu'une enseignante « grimpe » d'une classe, d'une année sur l'autre...

– Où est-elle maintenant ?

– Je ne sais pas. Elle a quitté l'établissement à la fin de l'année scolaire 81-82.

Karim grogna. La directrice prit une expression grave.

– J'ai réfléchi, moi aussi. Il y a une chose que nous n'avons pas regardée.

– Quoi ?

– Les photographies scolaires. Nous gardons un exemplaire de chaque portrait, vous savez. Pour toutes les classes.

Le lieutenant se mordit la lèvre : comment n'y avait-il pas pensé ? La directrice poursuivait :

– Je suis allée consulter nos archives photographiques. Les clichés du CM1 et du CM2 qui vous intéressent ont été volés eux aussi. C'est incroyable...

La révélation se diluait dans la conscience du policier, telle une nappe de lumière. Il songeait au cadre ovale, cloué sur la stèle du caveau. Il comprit qu'on avait « effacé » le petit garçon, en ôtant son nom, en volant son visage. La femme intervint :

– Pourquoi souriez-vous ?

Karim répliqua :

– Excusez-moi. J'attends ça depuis trop longtemps. Je tiens une affaire, vous comprenez ? (Le lieutenant marqua un temps et se concentra.) Moi aussi, il m'est venu une idée. Gardez-vous les cahiers de textes des années précédentes ?

– Les cahiers de textes ?

– A mon époque, chaque classe possédait une sorte de registre journalier, où l'on consignait à la fois les absents et les devoirs à effectuer pour le lendemain...

– Cela se passe comme ça ici aussi.

– Vous les gardez ?

– Oui. Mais ces cahiers ne contiennent pas les listes des élèves.

– Je sais, seulement le nom des absents.

Le visage de la femme s'éclaira. Ses yeux brillaient comme des miroirs.

– Vous espérez que le petit Jude ait été un jour absent ?

– J'espère surtout que les intrus n'ont pas eu la même idée que moi.

La directrice ouvrit de nouveau la vitrine qui abritait les archives. Karim passa son doigt sur les tranches vert sombre et s'empara des cahiers correspondant aux années cruciales. Ce fut une déception : pas une fois le nom de Jude Itero n'apparut.

Il faisait décidément fausse route : malgré sa conviction profonde, rien n'indiquait que l'enfant avait suivi sa scolarité ici. Pourtant, Karim passa et repassa les pages, en quête d'un détail qui lui confirmerait qu'il était tout de même sur la bonne voie.

Le signe lui jaillit au visage, au travers de l'écriture ronde et enfantine qui avait numéroté les pages du cahier, en haut, à droite. Il manquait des pages. Le flic ouvrit largement le cahier et découvrit auprès des fils de reliure les peluches de papier significatives. Du 8 au 15 juin 1982, dans l'album du CM2, on avait arraché les pages. Ces dates ressemblaient à des tenailles, enserrant un lambeau de néant. Il sembla à Karim qu'il « voyait » le nom du petit, écrit avec la même écriture ronde, à travers ces pages manquantes...

Le lieutenant murmura à la femme :

– Trouvez-moi un annuaire.

Quelques minutes plus tard, Karim appelait tous les

médecins de Sarzac, avec cette certitude battue par son sang : Jude Itero avait été absent du 8 au 15 juin 1982. Sans doute avait-il été malade.

Il interrogea chaque toubib, leur ordonnant de consulter leur fichier, épelant, à chaque fois, le nom de l'enfant. Aucun d'entre eux ne se souvenait de ce patronyme. Le flic jura. Il attaqua les communes voisines : Cailhac, Thiermons, Valuc. C'est à Cambuse, une ville située à trente kilomètres de là, qu'un médecin répondit sur un ton neutre :

– Jude Itero. Oui, bien sûr. Je me souviens très bien.

Karim n'en croyait pas ses oreilles.

– Quatorze ans après, vous vous souvenez très bien ?

– Passez à mon cabinet. Je vais vous expliquer.

19

Le Dr Stéphane Macé était une version actualisée et élégante du médecin de campagne. Des traits aérés, de longues mains pâles, un costume de prix : un parfait spécimen de docteur alerte et compréhensif, bourgeois et raffiné. D'entrée de jeu, Karim détesta ce toubib et ses manières affables. Il était parfois effrayé par ces blocs de fureur qui se détachaient de lui comme des icebergs dans une mer de Béring personnelle.

Il s'assit sur un coin de fauteuil, sans ôter sa veste de cuir. Un bureau de bois vernis se déployait entre eux. Quelques bibelots, vaguement précieux, un ordinateur, un dictionnaire des médicaments... Le cabinet du médecin était sobre, strict, de bon aloi.

– Racontez-moi, docteur, ordonna Karim sans préambule.

– Vous pourriez peut-être me dire dans quel cadre votre enquête se...

– Non. (Karim atténua sa brutalité d'un sourire.) Je suis désolé. Mais non.

Le docteur pianota sur le rebord de son bureau puis se leva. Visiblement, cet Arabe à bonnet coloré le surprenait. Au téléphone, il ne s'était pas attendu à cela.

– C'était en juin 82. Un appel comme un autre. Pour un petit garçon... une forte fièvre. C'était ma première tournée. J'avais vingt-huit ans.

– C'est pour ça que vous vous souvenez de cette visite ?

Le médecin sourit. Un sourire large comme un hamac, qui acheva d'exaspérer Karim.

– Non. Vous allez voir... J'avais reçu l'appel par un standard collectif et noté l'adresse sans savoir où j'allais. Il s'agissait en fait d'une petite maison, perdue dans une plaine rocailleuse, à quinze kilomètres d'ici... J'ai l'adresse... Je vous la donnerai.

Le lieutenant acquiesça en silence.

– Bref, reprit le médecin, j'ai découvert une masure de pierre, complètement isolée. La chaleur était terrible, des insectes grinçaient dans les buissons arides... Lorsque la femme m'a ouvert, j'ai ressenti aussitôt une curieuse impression. Comme si la femme n'était pas à sa place dans ce décor de paysans...

– Pourquoi ?

– Je ne sais pas. Un piano brillait dans la pièce principale et...

– Les paysans ne peuvent pas aimer la musique ?

– Je n'ai pas dit ça...

Le docteur s'arrêta.

– On dirait que je ne vous suis pas très sympathique...

Karim leva les yeux.

– Quelle importance ?

Le médecin approuva d'un air entendu, toujours affable.

Son sourire ne lâchait pas ses lèvres, mais ses yeux exprimaient maintenant la crainte. Il venait de remarquer la crosse quadrillée du Glock 21, calé dans son holster velcro. Et peut-être les traces de sang séché, sur la manche de cuir de Karim. Il repartit pour ses cent pas, de plus en plus mal à l'aise.

– Je suis entré dans la chambre de l'enfant et les choses sont devenues franchement bizarres.

– Pourquoi ?

Le docteur haussa les épaules.

– La chambre était vide. Pas un jouet, pas un dessin, rien.

– Comment était le petit ? Quel visage avait-il ?

– Je ne sais pas.

– Vous ne savez pas ?

– Non. C'était ça le plus étrange. La femme m'avait accueilli dans l'obscurité. Tous les volets étaient clos. Il n'y avait pas une source de lumière dans toute la maison. En entrant, j'ai cru que la femme recherchait simplement de l'ombre, de la fraîcheur, mais des draps recouvraient aussi chaque meuble. C'était... très mystérieux.

– Que vous a-t-elle dit ?

– Que son enfant était malade. Que la lumière lui blessait les yeux.

– Et vous avez pu l'ausculter... normalement ?

– Oui. Dans la pénombre.

– Qu'avait-il ?

– Une simple angine. D'ailleurs, je me souviens...

Le docteur se courba et dressa son index sur ses lèvres – un geste sec, doctoral, compassé, conçu sans doute pour impressionner la clientèle. Mais Karim n'était pas impressionné.

– C'est à cet instant que j'ai compris... Lorsque j'ai sorti ma lampe-stylo pour éclairer la gorge du petit, la femme m'a saisi le poignet... Ce geste était d'une violence... Elle ne voulait pas que je voie le visage de son enfant.

Karim réfléchit. Une de ses jambes trépidait. Il songeait

toujours au cadre vide, cloué sur la tombe. Au vol des photos.

– Lorsque vous parlez de violence, que voulez-vous dire ?

– Je devrais plutôt parler de force. La femme avait une force... anormale. Il faut dire qu'elle devait mesurer plus d'un mètre quatre-vingts. Un vrai colosse.

– Avez-vous vu son visage, à elle ?

– Non. Je vous répète que tout s'est passé dans une semi-obscurité.

– Et ensuite ?

– J'ai rédigé mon ordonnance et je suis parti.

– Comment la femme se comportait-elle ? Je veux dire : avec son enfant ?

– Elle semblait à la fois très attentionnée et distante... Plus j'y pense... rien ne cadrait dans cette visite...

– Vous n'êtes jamais retourné les voir ?

Le médecin arpentait toujours la pièce. Il lança un coup d'œil grave à Karim. Toute jovialité avait disparu de son visage. Le policier comprit soudain pourquoi Macé se souvenait si bien de cette visite. Deux mois après ce rendez-vous, le petit Jude était mort. Et le docteur devait le savoir.

– Il y a eu les vacances, reprit-il, et... enfin... Je suis retourné dans la maison au début du mois de septembre. La famille n'y était plus. Par un voisin éloigné, j'ai appris qu'ils étaient partis...

– Partis ? Personne ne vous a dit que le môme était mort ?

Le médecin nia de la tête.

– Non. Les voisins ne savaient rien. Je l'ai appris plus tard encore, par hasard.

– Comment ?

– Par le cimetière de Sarzac, en allant à des obsèques.

– Un autre de vos patients ?

– Vous devenez désagréable, inspecteur, je...

Karim se leva. Le médecin recula.

– Depuis cette époque, dit le flic, vous vous demandez si les signes d'une affection, d'une maladie plus grave ne vous ont pas échappé ce jour-là. Depuis cette époque, vous vivez avec ce remords latent. Vous avez dû mener votre propre enquête. Savez-vous comment est mort le gosse ?

Le médecin glissa un index dans le col de sa chemise et l'ouvrit. Ses tempes perlaient de sueur.

– Non. C'est vrai, je... j'ai mené mon enquête, mais je n'ai rien trouvé. J'ai contacté mes confrères, les hôpitaux... Rien. Cette histoire m'obsédait, vous comprenez ?

Karim tourna les talons.

– Et vous n'avez pas fini d'en apprendre.

– Quoi ?

Le médecin était aussi pâle qu'une compresse.

– Vous le saurez bien assez vite, rétorqua Karim.

– Bon sang, mais qu'est-ce que je vous ai fait ?

– Rien. Mais j'ai passé ma jeunesse à voler les bagnoles de mecs dans votre genre...

– Mais d'où sortez-vous ? Qui êtes-vous ? Vous... Vous ne m'avez même pas montré de documents officiels, je...

Karim esquissa un sourire.

– Rassurez-vous, je plaisante.

Il se glissa dans le couloir. La salle d'attente était pleine à craquer. Le docteur le rattrapa.

– Attendez, haleta-t-il. Y a-t-il un élément que vous connaissez et que j'ignore ? Je veux dire... sur la cause du décès...

– Malheureusement, non.

Le flic tourna la poignée. Le médecin écrasa sa main sur la porte. Son costard tremblait comme une voilure.

– Que se passe-t-il ? Pourquoi cette enquête, si longtemps après ?

– On a visité le caveau du gamin, cette nuit. Et cambriolé son école.

– Qui... Qui a fait ça, à votre avis ?

Le lieutenant déclara :

– Je ne sais pas. Mais une chose est sûre : les délits de cette nuit, ce sont les arbres qui cachent la forêt.

20

Il roula longtemps, sur des voies absolument désertes. Dans cette région, les nationales ressemblaient à des départementales, et les départementales à des sentiers vicinaux. Sous le ciel bleu et duveteux, des champs s'étendaient, sans culture ni bétail. Parfois, des pitons rocheux se dressaient dans le paysage et toisaient des vallons argentés, aussi accueillants que des pièges à loup. Traverser ce département, cela signifiait remonter le temps. Un temps où l'agriculture n'existait pas encore.

Karim était d'abord parti visiter la petite maison de la famille de Jude, dont Macé lui avait donné l'adresse. La masure n'existait plus. A sa place, un tas de ruines et de rocailles émergeait à peine d'un lit d'herbes grises. Le flic aurait pu alors se rendre au cadastre, chercher le nom du propriétaire, mais il avait préféré rejoindre Cahors, dans l'intention d'interroger Jean-Pierre Cau, le photographe attitré de l'école Jean-Jaurès, celui qui avait effectué les clichés scolaires disparus.

Il espérait examiner chez Cau, via les négatifs, les photos de classe qui l'intéressaient. Parmi les visages anonymes, il y aurait forcément celui de l'enfant, et Karim éprouvait maintenant un besoin oppressant de voir ce visage, même s'il n'y avait aucune raison pour qu'il le reconnaisse. Secrètement, il espérait capter un frémissement, un signe, en filigrane, à l'instant de la découverte des clichés.

Aux environs de quinze heures, il gara sa voiture à l'entrée du quartier piétonnier de Cahors. Porches de pierre, balcons de fer forgé et gargouilles. Toute la beauté altière d'un centre-ville historique, et de quoi filer la gerbe à Karim, l'enfant suburbain.

Il longea les murs et trouva enfin l'échoppe de Jean-Pierre Cau, spécialiste de « mariages et de baptêmes ».

Le photographe était au premier étage, dans son studio.

Karim grimpa une volée de marches. La pièce était vide et plongée dans la pénombre. Le policier pouvait tout juste apercevoir de larges cadres suspendus, où souriaient des couples endimanchés. Le bonheur réglementaire, sur papier glacé.

Karim regretta aussitôt l'onde de mépris qui le traversait. Qui était-il pour juger ces gens ? Qu'avait-il à offrir à la place, lui, le flic en exil, qui n'avait jamais su lire sous les cils des jeunes filles et avait transformé tout l'amour qu'il portait en lui en un noyau fossilisé, à l'abri des regards et de toute chaleur ? Pour lui, les sentiments impliquaient une humilité, une vulnérabilité qu'il avait toujours refusées, tel un lézard d'orgueil. Mais, sur ce terrain, il avait toujours péché par trop de fierté. Et maintenant, dans sa conque de solitude, il se desséchait à vue.

– Vous allez vous marier ?

Karim se tourna vers la voix.

Jean-Pierre Cau était gris et vérolé comme une pierre ponce. Il portait de larges favoris ébouriffés qui semblaient frétiller d'impatience, contrastant avec ses yeux pochés et fatigués. L'homme alluma la lumière.

– Non, vous n'allez pas vous marier, ajouta-t-il en toisant Karim.

La voix grasseyait, comme celle d'un fumeur au long cours. Cau s'approcha. Derrière les lunettes, sous les paupières flétries, le regard oscillait entre lassitude et méfiance. Karim sourit. Il n'avait ni mandat ni aucune autorité dans cette ville. Il devait jouer cette rencontre en douceur.

– Je m'appelle Karim Abdouf, déclara-t-il. Je suis lieutenant de police. J'ai besoin de quelques informations, dans le cadre d'une enquête...

– Vous êtes de Cahors ? demanda le photographe, plus intrigué qu'inquiet.

– Sarzac.

– Vous avez une carte, quelque chose ?

Karim plongea sous sa veste puis tendit son document officiel. Le photographe l'observa durant plusieurs secondes. Le Beur soupira. Il savait que l'homme n'avait jamais vu d'aussi près une carte de flic, mais cela ne l'empêchait pas de jouer les limiers. Cau la lui rendit avec un sourire contraint. Des plis barraient son front.

– Que me voulez-vous ?

– Je cherche des photos de classe.

– Quelle école ?

– Jean-Jaurès, à Sarzac. Je cherche les portraits des classes de CM1 en 1981 et de CM2 en 1982, ainsi que les listes des noms d'élèves, si elles sont, par chance, avec les photos. Gardez-vous ce type de documents ?

L'homme sourit de nouveau.

– Je garde tout.

– On peut jeter un œil ? demanda le policier du ton le plus doux qu'il put cueillir au fond de sa gorge.

Cau désigna la pièce voisine : un rai de lumière se découpait dans la pénombre.

– Aucun problème, suivez-moi.

La seconde salle était plus vaste encore que le studio. Une machine noire et alambiquée, sorte d'écheveau d'optiques et de structures réglables, était fixée au-dessus d'un long comptoir. Sur les murs, de larges clichés de baptême se déployaient. Du blanc, toujours. Des sourires, des nouveau-nés.

Karim suivit le photographe jusqu'aux meubles de rangement – des Ordex. L'homme se pencha, lisant les étiquettes au-dessus des poignées métalliques, puis ouvrit un tiroir massif. Il compulsa des liasses d'enveloppes kraft.

– Jean-Jaurès. Voilà.

Cau extirpa une enveloppe qui contenait plusieurs chemises de papier cristal. Il les passa en revue, puis les feuilleta à nouveau. Les plis de son front se multiplièrent.

– Vous dites CM1 en 81 et CM2 en 82 ?

– C'est ça.

Les paupières épuisées se relevèrent.

– C'est étrange. Je... Ils n'y sont pas.

Karim tressaillit. Se pouvait-il que les pilleurs aient eu la même idée que lui ? Il demanda :

– En arrivant ce matin, vous n'avez rien remarqué ?

– Qu'est-ce que vous voulez dire ?

– Quelque chose comme un cambriolage.

Cau éclata de rire en désignant des capteurs infrarouges aux quatre coins du studio.

– Ceux qui pénétreront ici, ils seront pas à la fête, croyez-moi. J'ai investi, côté sécurité...

Karim esquissa un léger sourire et déclara :

– Vérifions tout de même. Je connais pas mal de mecs pour qui votre système ne serait pas plus gênant qu'un paillasson. Vous gardez vos négatifs, non ?

Cau changea d'expression.

– Mes négatifs ? Pourquoi ?

– Peut-être avez-vous conservé ceux qui m'intéressent...

– Non. Désolé, c'est confidentiel...

Le flic observait une veine qui cognait dans la gorge du photographe. Il était temps de changer de ton.

– Tes négatifs, papa. Ou je m'énerve.

L'homme fixa le regard de Karim, hésita, puis acquiesça, tout en reculant. Ils gagnèrent un autre meuble de fer, bouclé cette fois par une serrure à mollette. Cau l'ouvrit puis tira l'un des tiroirs. Ses mains tremblaient. Le lieutenant s'accouda et fit face au photographe. Plus les minutes passaient, plus il sentait monter chez cet homme une inquiétude, une angoisse inexplicables. Comme si Cau, à mesure qu'il cherchait, se souvenait d'un fait particulier, d'un détail qui lui empoisonnait maintenant l'esprit.

Le photographe plongea de nouveau dans les enveloppes. Les secondes passèrent. Enfin il leva les yeux. Son visage tressautait de tics.

– Je... Non, vraiment. Je ne les ai pas non plus.

Karim ramena violemment le tiroir vers lui. Le photographe hurla, les deux mains écrasées dans le piège de ferraille. Pour la douceur, Karim allait devoir repasser. Il serra la gorge de l'homme et le souleva de terre. Sa voix était toujours calme :

– Sois raisonnable, Cau. Est-ce qu'on t'a cambriolé, oui ou non ?

– N... Non... Je vous jure...

– Alors qu'as-tu fait de ces putains d'images ?

Cau balbutia :

– Je... je les ai vendues...

Frappé de stupeur, Karim relâcha sa prise. L'homme gémissait, tout en se massant les poignets. Le flic murmura dans sa gorge :

– Vendues ? Mais... quand ?

L'homme répondit :

– Bon Dieu... C'est une vieille histoire... J'ai le droit de faire ce que je veux avec mes...

– Quand les as-tu vendues ?

– Je ne sais plus... Y a environ quinze ans...

L'esprit de Karim caracolait de stupeur en stupeur. Il poussa encore le photographe contre le meuble. Des chemises cristal voletèrent autour d'eux.

– Reprends par le début, papa. Parce que tout ça n'est vraiment pas très clair.

Cau grimaça :

– C'était un soir, en été... Une femme est venue... Elle voulait les photos... Les mêmes que vous... Je m'en souviens maintenant...

Ces nouvelles données bouleversaient totalement les convictions de Karim. Dès 1982, « on » cherchait les photographies du petit Jude.

– T'a-t-elle parlé de Jude ? Jude Itero ? T'a-t-elle donné ce nom ?

– Non. Elle a juste pris les photos et les négatifs.
– Elle t'a filé du fric ?
L'homme acquiesça.
– Combien ?
– Vingt mille francs... Une fortune pour l'époque... pour quelques clichés de mômes...
– Pourquoi voulait-elle ces photos ?
– Je ne sais pas. Je n'ai pas discuté.
– Ces photos, tu as dû les regarder... Y avait-il un môme qui avait un truc particulier au visage ? Un truc qu'on aurait pu vouloir cacher ?
– Non. Je n'ai rien vu... Je ne sais pas... Je ne sais plus.
– Et la femme ? Comment était-elle ? C'était une grande femme baraquée ? C'était sa mère ?
Soudain le vieux s'immobilisa, puis il éclata de rire. Un grand rire grave, raclant des miasmes du tréfonds. Il grinça :
– Ça risquait pas.
Karim empoigna l'homme de ses deux poings, le propulsant au-dessus des Ordex.
– POURQUOI ?
Les yeux de Cau roulèrent sous ses paupières froissées.
– C'était une sœur. Une putain de sœur catholique !

21

Il y avait trois églises à Sarzac. L'une était en réfection, l'autre sous la tutelle d'un vieux prêtre moribond, la troisième dirigée par un jeune curé, sur lequel couraient les bruits les plus obscurs. On murmurait qu'il buvait en compagnie de sa mère, dans le secret du presbytère. Le lieutenant, qui détestait globalement tous les habitants de Sarzac et plus encore leur passion de la rumeur, devait pourtant admettre qu'ils avaient cette fois raison : lui-même avait été appelé une fois en renfort, pour séparer la mère et le fils, au terme d'une bagarre d'apocalypse.

C'était ce prêtre que Karim avait choisi pour obtenir ses informations.

Il pila devant le presbytère. Une maison de ciment sans grâce, à un étage, qui jouxtait une église moderne aux vitraux asymétriques. La petite plaque indiquait : « Ma paroisse ». Des ronces et des orties se disputaient le pas de la porte. Il sonna. Des minutes s'écoulèrent. Karim entendit des cris étouffés. Il jura intérieurement ; il n'avait pas besoin de ça.

Enfin, on ouvrit.

Karim eut l'impression de contempler un naufrage. A midi, le prêtre empestait déjà l'alcool. Son visage de vache maigre était dévoré par une barbe irrégulière et des cheveux hirsutes, comme voilés de cendres. Ses yeux avaient la couleur de la nicotine. Sa veste piquait du col. Des taches luisaient sur son plastron. En tant que prêtre, cet homme était fini, brûlé, rétamé. Son destin religieux n'aurait duré que ce que durent les feuilles d'encens brûlant leur parfum obsédant.

– Que voulez-vous, mon fils ?

La voix était râpeuse, mais ferme.

– Karim Abdouf, lieutenant de police. Nous nous connaissons.

L'homme réajusta son col grisâtre.

– Ah oui, il me semble... (Il lança des regards traqués, de droite à gauche.) Ce sont les voisins qui vous ont appelé ?

Karim sourit.

– Non. J'ai besoin de votre aide. Pour une enquête.

– Ah ? Bon. Entrez.

Le flic pénétra dans la maison et sentit aussitôt ses

semelles poisser. Il baissa les yeux : des traînées brillantes maculaient le linoléum.

– C'est ma mère, souffla le prêtre. Elle ne fait plus rien. Elle salit tout avec ses confitures. (Il se frotta les cheveux, défait.) C'est fou, elle ne mange plus que ça.

La décoration était chaotique. Des lambeaux d'adhésif, collés de travers, imitaient le bois, la céramique, le tissu. Par l'embrasure d'une porte, le policier aperçut des rectangles de mousse jaune, découpés au cutter, des coussins mal assortis, qui esquissaient la caricature d'un salon. Un fatras d'outils de jardinage traînait par terre. En face, une autre pièce abritait une table de formica, supportant des assiettes sales, et un lit défait.

Le prêtre obliqua dans le salon. Il trébucha et se reprit. Karim dit :

– Servez-vous un verre. Nous gagnerons du temps.

Le curé se retourna, l'œil hostile.

– Vous ne vous êtes pas regardé, mon fils. Vous tremblez des pieds à la tête.

Karim déglutit. Il était encore en état de choc. Depuis la séance musclée chez le photographe, il n'avait pas réfléchi, pris aucune distance. Il entendait juste un bourdonnement dans sa tête et sentait des coups de marteau dans sa poitrine. Machinalement, il se passa la manche de sa veste sur la figure, à la façon d'un gamin morveux.

Le prêtre se remplit un verre d'alcool.

– Je vous sers quelque chose ? demanda-t-il avec un sourire désagréable.

– Je ne bois pas.

L'homme en noir absorba une gorgée. Le sang caracola dans son visage décharné. Ses yeux de fièvre flamboyèrent comme du soufre. Il eut un rire moqueur.

– L'islam, hein ?

– Non. Je garde l'esprit clair, pour mon boulot. C'est tout.

Le religieux brandit son verre.

– A votre boulot, donc.

Dans le couloir, Karim aperçut la mère, qui allait et venait. Elle se tenait voûtée, cassée plutôt, et pressait contre elle un pot de confiture. Il songea au caveau ouvert, aux skins, à la sœur qui achetait des photographies scolaires, et maintenant ces deux figures de train-fantôme. Il avait ouvert une boîte de Pandore qui semblait devoir charrier des cauchemars sans discontinuer.

Le prêtre surprit son regard :

– Laissez, mon fils, ce n'est rien. (Il s'assit sur un des matelas de mousse.) Je vous écoute.

Karim leva une main, avec douceur.

– Juste une chose. S'il vous plaît, ne m'appelez plus « mon fils ».

– Vous avez raison, rétorqua l'homme en ricanant. Déformation professionnelle.

Le prêtre but une lampée, avec un geste ironique. Il retrouvait une contenance désabusée.

– Sur quel genre d'enquête travaillez-vous ?

Karim comprit avec satisfaction que le curé n'était pas encore informé de la profanation du cimetière. Crozier avait donc réussi à éviter la moindre fuite.

– Je suis désolé, je ne peux rien vous dire. Sachez seulement que je cherche un couvent. Dans les environs de Sarzac et de Cahors. Ou même ailleurs, dans la région. Je compte sur vous pour m'aider à le trouver.

– Vous connaissez la congrégation ?

– Non.

L'homme se servit un second verre. Des reflets épais tournoyaient dans son petit verre.

– Il y en a plusieurs par ici. (Il ricana de nouveau.) La région doit prêter au recueillement...

– Combien ?

– Dans le seul département, au moins une dizaine.

Karim effectua un bref calcul mental. Visiter ces couvents, sans doute dispersés dans toute la région, lui prendrait une journée, au bas mot. Or, il était plus de seize heures. Il ne disposait plus que de deux heures. L'impasse.

Le prêtre s'était levé et fouillait dans un placard. « Ah, voilà. » Il feuilleta une sorte d'annuaire aux feuilles de papier bible. La mère entra dans la pièce et trottina jusqu'à la bouteille. Elle se servit un verre sans jeter un regard à Karim. Elle n'avait d'yeux que pour son fils. Des yeux-déclics, des yeux d'oiseau, creusés de haine. Le prêtre ordonna, tout en lisant l'annuaire :

– Laisse-nous, maman.

La femme ne répondit pas. Elle tenait son verre à deux mains. Des jointures comme des osselets. Elle fixa soudain Karim. Sa voix s'éleva, aigrelette :

– Qui êtes-vous ?

– Laisse-nous. (Le prêtre se tourna vers Karim.) Voilà. J'ai marqué les pages des dix couvents, si vous voulez bien les noter... Mais ils sont assez éloignés les uns des autres...

Karim scruta les pages. Il connaissait vaguement les noms des villages indiqués. Il sortit son carnet et les nota avec précision.

– Qui êtes-vous ? poursuivit la mère.

– Retourne dans ta chambre, maman ! cria le prêtre.

Il s'approcha de Karim.

– Que cherchez-vous au juste ? Peut-être pourrais-je vous aider...

Karim dressa son feutre et fixa l'homme d'église.

– Je cherche une sœur. Une sœur qui s'intéresse à des photographies.

– Quelle sorte de photographies ?

Ce fut fulgurant, mais Karim capta une lueur dans le regard du prêtre.

– Vous avez déjà entendu parler d'une histoire de ce genre ?

L'homme se gratta les cheveux :

– Je... non.

Karim demanda :

– Quel âge avez-vous ?

– Moi ? Mais... vingt-cinq ans.

La mère se servit un nouveau verre, toutes oreilles tendues. Karim poursuivit :

– Vous êtes né à Sarzac ?

– Oui.

– Et vous avez suivi votre scolarité ici ?

Le prêtre leva une épaule.

– Oui, jusqu'au second cycle. Après, je suis entré au...

– Quelle école ? Jean-Jaurès ?

– Oui, mais...

Le rapprochement lui apparut soudain.

– Elle est venue ici.

– Quoi ?

– La sœur. La sœur que je recherche... Elle est venue vous acheter vos photos de classe. Bon sang. Elle a récupéré tous les portraits scolaires qui pouvaient traîner dans les foyers. Vous étiez dans la même classe que Jude Itero ? Est-ce que ce nom vous dit quelque chose ?

Le prêtre était devenu très pâle :

– Je... je ne comprends rien à ce que vous racontez.

La voix de la mère s'éleva :

– Qu'est-ce que c'est que cette histoire ?

Karim se passa les mains sur le visage, comme s'il tournait une page sur ses propres traits.

– Je reprends par le début. Si vous avez suivi une scolarité normale, vous deviez être en CM2 en 1982, non ?

– Mais cela fait près de quinze ans !

– Et en CM1 en 1981.

Le prêtre se raidit, épaules rentrées. Ses doigts se crispèrent sur le dos d'une chaise. Malgré son jeune âge, ses mains ressemblaient à celles de sa mère. Déjà vieilles et noyautées de veines bleuâtres.

– Oui, les... les dates pourraient concorder...

– Vous étiez donc dans la classe d'un petit garçon qui s'appelait Itero. Jude Itero. Ce n'est pas un nom ordinaire. Réfléchissez. C'est très important pour moi.

– Non, franchement, je...

Karim avança d'un pas.

– Mais vous vous souvenez d'une sœur à la recherche de photos scolaires, n'est-ce pas ?

– Je...

La mère ne perdait pas un mot.

– Petit salaud, c'est vrai ce que raconte cet Arabe ? dit-elle.

Elle pivota et sautilla vers la porte. Karim en profita : il serra les épaules du prêtre et lui souffla à l'oreille :

– Racontez-moi. Bordel de merde, éclairez-moi !

Le prêtre s'écroula sur un coin du matelas de mousse.

– Je n'ai jamais compris ce qui est arrivé ce soir-là...

Karim s'agenouilla. Le prêtre articula d'une voix sourde :

– Elle est venue... un soir d'été.

– Juillet 1982 ?

Il acquiesça d'un signe de tête.

– Elle a frappé à notre porte... Il faisait une chaleur... terrifiante... Comme si les dernières heures du jour cuisaient les pierres... Je ne sais plus pourquoi, mais j'étais seul... Je lui ai ouvert... Seigneur... Vous vous rendez compte ? J'avais à peine dix ans et cette sœur m'est apparue dans la pénombre, avec son voile noir et blanc...

– Que vous a-t-elle dit ?

– Elle m'a d'abord parlé de l'école, de mes notes en classe, de mes matières préférées. Elle avait une voix très douce... Puis elle a demandé à voir mes camarades... (Le prêtre s'essuya le visage, lacéré de sueur.) Je... je lui ai apporté ma photo de classe... Celle où nous étions tous... J'étais très fier de lui présenter mes copains, vous voyez ? C'est là que j'ai compris qu'elle cherchait quelque chose. Elle a observé longuement l'image et m'a demandé si elle pouvait la garder... Pour avoir un souvenir, disait-elle...

– Vous a-t-elle demandé d'autres photos ?

Le prêtre hocha la tête. Sa voix s'assourdit :

– Elle voulait aussi le portrait de CM1, de l'année précédente.

Karim le savait : il pourrait interroger chaque parent d'un élève de ces deux classes, plus aucun d'eux ne posséderait la photographie de ces groupes. Mais pourquoi une religieuse cherchait-elle à rafler ces clichés ? Il sembla à Karim qu'une jungle de pierres se dressait autour de lui, cerclée d'obscurité.

La mère réapparut dans l'encadrement de la porte. Elle serrait une boîte à chaussures contre sa poitrine.

– Petit salaud. Tu as donné nos photographies. Tes photos de classe. Quand tu étais si gentil, si mignon...

– Tais-toi, maman ! (Le prêtre scella son regard dans celui de Karim.) J'avais déjà la vocation, vous comprenez ? J'ai été comme hypnotisé par cette grande femme...

– Grande ? Elle était grande ?

– Non... Je ne sais pas... J'avais dix ans... Mais je la revois encore, avec sa cape noire... Elle parlait d'une voix si paisible... Elle voulait ces photos. Je les lui ai données, sans hésiter. Elle m'a béni et a disparu. J'ai cru à un signe... Je...

– Salaud !

Karim jeta un regard à la vieille mère, qui fulminait. Il revint au fils et comprit que le prêtre allait se fermer dans ses souvenirs. Il prit son ton le plus apaisant :

– Vous a-t-elle dit pourquoi elle voulait cette image ?

– Non.

– Vous a-t-elle parlé de Jude ?

– Non.

– Vous a-t-elle donné de l'argent ?

Le prêtre grimaça.

– Mais non ! Elle m'a demandé les deux photos, c'est tout ! Seigneur... Je... j'ai cru que cette visite était un signe, vous comprenez ? Une reconnaissance divine !

Il sanglotait.

– Je ne savais pas encore que j'étais un bon à rien. Un alcoolique. Un taré. Confit dans la gnôle. Le fils de cette... Comment donner ce qu'on ignore soi-même ? (Il implorait maintenant Karim, cramponné à sa veste en cuir.) Comment apporter la lumière lorsqu'on est noyé par les ténèbres ? Comment ? Comment ?

Sa mère lâcha la boîte, des photos se répandirent sur le

sol. Elle se jeta sur lui, toutes griffes dehors. Elle lui frappa le dos, les épaules, à petits coups en mitraille.

– Salaud, salaud, salaud !

Karim recula, terrifié. Toute la pièce palpitait. Il comprit qu'il devait partir. Sinon lui-même allait tourner cinglé. Mais il ne possédait pas encore toutes les réponses. Il repoussa la femme et se pencha à la hauteur du prêtre.

– Dans quelques secondes, je serai dehors. Tout sera terminé. Vous avez revu la sœur, n'est-ce pas ?

L'homme acquiesça, fracassé de sanglots.

– Comment s'appelle-t-elle ?

Le prêtre renifla. Sa mère faisait les cent pas en grognant des mots inintelligibles.

– Comment s'appelle-t-elle ?

– Sœur Andrée.

– Quel couvent ?

– Saint-Jean-de-la-Croix. Les carmélites.

– Où est-ce ?

L'homme plongea sa tête dans ses bras. Karim le releva par l'épaule.

– Où est-ce ?

– Entre... entre Sète et le cap d'Agde, tout près de la mer. Je vais la voir parfois, quand le doute m'assaille. Pour moi, elle est un recours, vous comprenez ? Une aide... Je...

La porte battait déjà dans le vent. Le flic courait vers sa voiture.

V

22

Le ciel s'était de nouveau assombri. Sous les nuages, le Grand Pic de Belledonne s'élevait, comme une vague noire et monstrueuse, pétrifiée dans ses flancs de pierre. Ses versants, hérissés d'arbres minuscules, semblaient se dématérialiser dans les hauteurs en une blancheur troublée de brumes. Les câbles des téléphériques s'étiraient à la verticale, tels des filins minuscules, tendus sur la neige.

– Je pense que le tueur est monté là-haut, avec Rémy Caillois, alors qu'il était encore vivant. (Niémans sourit.) Je pense qu'ils ont pris l'un de ces téléphériques. Un alpiniste expérimenté peut facilement mettre en route le système, à n'importe quelle heure du jour ou de la nuit.

– Pourquoi êtes-vous si sûr qu'ils sont allés là-haut ?

Fanny Ferreira, la jeune professeur de géologie, était magnifique : dans le col de sa capuche-tempête, son visage vibrait d'une fraîcheur, d'une jeunesse stridentes. Comme un cri de temps. Ses cheveux virevoltaient autour de ses tempes, ses yeux brillaient dans la pénombre de sa peau. Niémans éprouvait une furieuse envie de mordre cette chair tissée de vie pure. Il répondit :

– Nous avons la preuve que le corps a voyagé dans les glaciers d'une de ces montagnes. Mon instinct me dit que cette montagne est le Grand Pic et que le glacier est celui du cirque de Vallernes. Parce que c'est ce sommet qui surplombe la faculté et la ville. Parce que c'est de ce glacier que coule la rivière qui rejoint le campus. Je pense que le tueur est ensuite descendu dans la vallée par le torrent, dans un Zodiac ou un truc de ce genre, avec le corps de sa victime à bord. Alors seulement il l'a encastré dans la roche, pour l'exposer aux reflets de la rivière...

Fanny lançait des regards crispés autour d'elle. Des gendarmes allaient et venaient autour des cabines des téléphériques. Il y avait des armes, des uniformes, de la tension. Elle déclara, d'un air obtus :

– Ça ne m'explique toujours pas ce que je fous là.

Le commissaire sourit. Les nuages voyageaient lentement dans le ciel, comme un convoi funéraire parti enterrer le soleil. Le policier était vêtu lui aussi d'une veste de gore-tex, d'un surpantalon étanche de kevlar-tec, bouclé aux chevilles sur des chaussures d'alpinisme.

– C'est tout simple : je compte monter là-haut, en quête d'indices. Et j'ai besoin d'un guide.

– Quoi ?

– Je vais survoler le glacier de Vallernes jusqu'à ce que je trouve un signe. Et j'ai besoin d'un expert pour me guider : j'ai tout naturellement pensé à vous. (Niémans sourit une nouvelle fois.) C'est vous-même qui m'avez dit que vous connaissiez par cœur cette montagne.

– Je refuse.

– Soyez raisonnable. Je peux vous assigner comme témoin sur le terrain. Je peux simplement vous réquisitionner en qualité de guide. On m'a dit que vous possédiez votre brevet national. Ne faites pas d'histoires. Nous allons juste survoler ce versant et sillonner le cirque en hélicoptère. Il n'y en a que pour quelques heures.

Niémans fit signe aux gendarmes qui attendaient, près

d'une estafette. Ils déposèrent de gros sacs de toile imperméable sur les talus, à quelques mètres.

– J'ai fait monter du matériel. Pour l'expédition. Si vous voulez vérifier que...

– Pourquoi m'avoir appelée, moi ? reprit-elle, plus butée qu'une licorne. N'importe quel gendarme ferait l'affaire... (Elle désigna les hommes qui s'activaient derrière elle.) Les secours en montagne, ce sont eux, vous savez ?

Le policier se pencha vers elle.

– Eh bien, disons que je vous drague.

Fanny le foudroya du regard.

– Commissaire, il y a moins de vingt-quatre heures, j'ai découvert un cadavre encastré dans une falaise. J'ai subi plusieurs interrogatoires et passé un bon bout de temps au poste. Je serais vous, je la jouerais en douceur avec les vannes macho !

Niémans observait son interlocutrice. Malgré le meurtre, malgré cette atmosphère funeste, il subissait à plein le charme de cette femme musclée et sauvage. Fanny répéta, croisant les bras :

– Alors, encore une fois : pourquoi moi ?

L'officier de police saisit par terre une branche morte, bordée de lichen, et en éprouva sa souplesse, d'un geste nerveux.

– Parce que vous êtes géologue.

Fanny fronça les sourcils. L'expression de son visage avait changé. Niémans s'expliqua :

– Après analyse, les traces d'eau que nous avons retrouvées sur le corps de la victime datent d'une période qui remonte avant les années soixante. Cette eau contient des résidus d'une pollution qui n'existe plus. Des résidus d'une précipitation qui est tombée dans la région il y a plus de trente-cinq ans. Vous comprenez ce que ça signifie, n'est-ce pas ?

La jeune femme paraissait intriguée, mais ne répondit pas. Niémans s'agenouilla et dessina sur le sol, à l'aide de son morceau de bois, des traits superposés.

– Je me suis renseigné. Les précipitations de chaque année se compressent en une strate de vingt centimètres d'épaisseur, sur la calotte des plus hauts glaciers, là où il n'y a plus de fonte. (Il désignait les différentes couches de son dessin.) Ces strates sont conservées là-haut pour toujours, comme dans des archives de cristal. C'est donc dans l'un de ces glaciers que le corps a voyagé et qu'il a retenu cette eau surgie du passé.

Il regarda Fanny.

– Je veux plonger dans ces glaces, Fanny. Je veux descendre jusqu'à ces eaux anciennes. Parce que c'est là que le tueur a éliminé sa victime. Ou l'a transportée, je ne sais pas. Et j'ai besoin d'un scientifique qui saura exactement trouver les crevasses où l'on peut rejoindre ces glaces profondes.

Un genou au sol, Fanny observait maintenant le dessin dans l'herbe. La lumière était grise, minérale, diluée de reflets. Les yeux de la jeune femme scintillaient comme des étoiles de neige. Impossible de dire ce qu'elle pensait. Elle murmura :

– Et si c'était un piège ? Si le tueur avait seulement récupéré ces cristaux pour vous attirer au sommet ? Les strates dont vous parlez sont situées à plus de trois mille cinq cents mètres d'altitude. Ce n'est pas une petite promenade. Là-haut, vous serez vulnérable et...

– J'y ai pensé, admit Niémans. Mais alors, cela signifierait qu'il s'agit d'un message. Que le meurtrier veut que nous montions. Et nous allons monter. Connaissez-vous dans le cirque de Vallernes les crevasses où nous pourrions atteindre les glaces du passé ?

Fanny acquiesça, d'un bref signe de tête.

– Combien y en a-t-il ? reprit Niémans.

– Sur ce glacier, je pense à une seule crevasse, particulièrement profonde.

– Parfait. A-t-on une chance de descendre, vous et moi, dans ce gouffre ?

Un fracas d'hélicoptère vrilla soudain le ciel. Le grondement des pales se rapprocha, les herbes ondulées se renflèrent, la surface du torrent frissonna, à quelques mètres de là. L'officier répéta :

– A-t-on une chance, Fanny ?

Elle jeta un regard à l'engin assourdissant et passa sa main dans ses cheveux bouclés. Son profil, légèrement penché, fit tressaillir Niémans. Elle sourit :

– Il va falloir vous accrocher, monsieur le policier.

23

Vus du ciel, la terre, les rocs et les arbres se partageaient le territoire en une succession de sommets et de vallées, de lumières et de renfoncements. A mesure que l'hélicoptère survolait le paysage, Niémans observait cette alternance avec l'émerveillement d'une première fois. Il admirait ces lacs d'épines sombres, ces chavirements de moraines, ces vertiges de pierres. Il avait l'impression de saisir, à travers ces horizons solitaires, une vérité profonde de notre planète. Une vérité soudain mise à nu, violente, incorruptible, qui résisterait toujours aux volontés de l'homme.

L'hélicoptère se dirigeait parfaitement à travers les dédales des reliefs, remontant imperturbablement le cours de la rivière, dont tous les affluents convergeaient maintenant, à rebours, en un seul flux étincelant. Aux côtés du pilote, Fanny, tête baissée, scrutait les flots, qui décochaient çà et là des éclats furtifs. C'était désormais la jeune femme qui dirigeait les opérations.

Le vert des forêts se morcela. Les arbres reculèrent, se glissèrent dans leurs propres ombres, comme renonçant à se mesurer au ciel. Ce fut le tour des terres noires – caillebotis stérile qui devait être quasiment gelé toute l'année. Des mousses noirâtres, de mornes lichens, des marécages figés, provoquant un sentiment intense de désolation. Bientôt, de larges crêtes grises apparurent. Des arêtes rocailleuses, surgies ici comme sous la puissance des soupirs de la terre. Puis de nouveaux renfoncements, comme les douves noires d'une forteresse interdite. La montagne était là. Elle se profilait, s'étirait, se dénudait, déployant ses contreforts d'abîmes.

Enfin, ce fut l'éblouissement. Le blanc immaculé. Les dômes couverts de neige. Les fissures de glace, dont les lèvres commençaient à se refermer avec l'automne. Niémans discerna le cours des eaux qui se pétrifiaient au cœur de leur travée. Malgré la grisaille du ciel, la surface de ce serpent de lumière était éclatante, comme flambée à blanc. Il rabattit ses lunettes de polycarbonate, agrafant les coques protectrices sur les côtés, scruta la rivière stigmatisée. Au fond de son lit immaculé, il pouvait repérer des traits bleutés, comme des souvenirs du ciel, emprisonnés ici. Le fracas des pales était maintenant absorbé par la neige.

A l'avant, Fanny ne cessait de scruter son GPS (Global Positioning System), un récepteur sur petit cadran à quartz qui lui permettait de se positionner par rapport à des données satellite. Elle saisit le micro relié à son casque et s'adressa au pilote :

– Là-bas, au nord-est, le cirque.

Le pilote acquiesça et vira, avec une mobilité de jouet, vers un grand cratère d'au moins trois cents mètres de long, en forme de boomerang, qui semblait s'alanguir sur l'extrême versant du pic. A l'intérieur de ce bassin, une monstrueuse langue de glace se déployait, distillant des éclats lustrés dans ses hauteurs et des reflets plus sombres, en bas de la pente, là où les glaces s'accumulaient, se compressaient, se fracassaient au point de former des lames pétrifiées. Fanny hurla à l'attention du pilote :

– Ici. Juste en bas. La grande crevasse.

L'hélicoptère se dirigea vers les confins du glacier, où les arêtes translucides, accumulées en escalier, s'ouvraient en une longue faille – lézarde de ténèbres qui semblait sourire dans un visage fardé de neiges. L'engin se posa dans un tourbillon de poudreuse. La tempête des pales dessinait de larges sillons sur la neige.

– Deux heures, hurla le pilote. Je reviens dans deux heures. Après, ce sera la nuit.

Fanny régla son GPS puis le tendit à l'homme, indiquant ainsi le point où elle souhaitait qu'il revienne les chercher. L'homme acquiesça. Niémans et Fanny sautèrent sur le sol, tenant chacun un énorme sac étanche.

Aussitôt l'engin s'éloigna, comme happé par le ciel, laissant les deux silhouettes au silence des neiges éternelles.

Il y eut un bref moment de recueillement. Niémans leva les yeux et scruta le précipice de glace, au bord duquel ils se trouvaient, telles deux particules humaines dans un désert blanc. Le policier était ébloui, tous sens en alerte. Il lui semblait percevoir, contrastant avec la démesure du paysage, le murmure léger de la neige, dont les cristaux croustillaient dans une frilosité secrète, intime.

Il lança un regard à la jeune femme. Taille cambrée, épaules tendues, elle respirait à fond, comme se gorgeant de froid et de pureté. La montagne semblait lui avoir rendu sa bonne humeur. Le policier supposa que cette femme n'était heureuse que dans ces reflets de moire, cette pression plus légère. Il songea à une fée. Une créature des montagnes. Il désigna la crevasse et demanda :

– Pourquoi celle-ci et pas une autre ?

– Parce que c'est la seule qui soit assez profonde pour atteindre les strates qui vous intéressent. Elle s'ouvre jusqu'à cent mètres de profondeur.

Niémans se rapprocha.

– Cent mètres ? Mais nous n'avons besoin de descendre qu'à quelques mètres pour atteindre les couches correspondant aux années soixante. J'ai fait mes calculs : à raison de vingt centimètres par année, nous...

Fanny sourit.

– Ça, c'est la théorie. Mais ce glacier ne répond pas à cette moyenne. Les glaces dans la cuvette sont écrasées, à l'oblique. Autrement dit, elles s'évasent, s'allongent. En fait, chaque année est représentée dans ce gouffre par une couche d'environ un mètre d'épaisseur. Recommencez vos calculs, monsieur le policier. Pour remonter trente-cinq années, nous allons devoir descendre...

– ... à plus de trente-cinq mètres ?

La jeune femme acquiesça. Quelque part, dans une niche bleutée, un léger ruissellement s'écoulait. Le petit rire d'un creuset d'eau vive. Fanny désigna le gouffre derrière elle.

– J'ai également choisi cette faille pour une autre raison. La dernière station du téléphérique n'est qu'à huit cents mètres. Si vous avez vu juste, si le tueur a vraiment attiré sa victime dans une crevasse, il y a de fortes chances pour qu'il l'ait fait ici. C'est le gouffre le plus accessible à pied.

Fanny se laissa choir sur le sol, tout en ouvrant son sac. Elle saisit deux paires de crampons d'acier laminé. Elle en lança une à Niémans.

– Fixez ça sous vos pieds.

Niémans s'exécuta. Il cala les deux semelles de pointes métalliques en les ajustant aux débords de ses chaussures. Il boucla ensuite les sangles de néoprène comme des étriers. Il songea aux fixations des patins à roulettes de son enfance.

Fanny extirpait déjà du sac des tiges filetées et creuses, qui s'achevaient en une boucle oblongue. « Des broches à glace », commenta-t-elle, laconiquement. Son souffle se cristallisait en une buée brillante. Elle saisit ensuite un marteau-piolet au manche renflé, dont chaque élément nickelé semblait amovible, puis elle tendit un casque à Niémans, qui regardait ces objets avec curiosité. Ces instruments semblaient à la fois très sophistiqués et d'une simplicité évidente. Ils paraissaient fabriqués avec des matériaux révolutionnaires, inconnus, et arboraient des couleurs de bonbons anglais.

– Approchez-vous.

Fanny ajusta autour de sa taille et ses cuisses un baudrier matelassé, qui ressemblait à un labyrinthe de sangles et de boucles. Pourtant la jeune femme le ferma en quelques secondes. Elle se recula, comme une styliste qui contemplerait son modèle.

– Vous êtes superbe, sourit-elle.

Ensuite, elle s'empara d'une lampe complexe, comportant à la fois des lanières croisées, un système électrique et une mèche plate, dressée devant un réflecteur. Niémans eut le temps de s'apercevoir dans ce miroir : en cagoule, casque, baudrier et pointes d'acier, il ressemblait à un yéti futuriste. Fanny fixa la lampe sur le casque du policier puis fit passer un tuyau derrière son épaule. Elle fixa le réservoir qui y était relié à la ceinture de Niémans et murmura : « C'est une lampe à acétylène. Elle fonctionne au carbure. Je vous montrerai, le moment venu. » Puis elle releva les yeux et s'adressa à Niémans d'un ton grave :

– La glace est un monde à part, commissaire, attaqua-t-elle. Oubliez vos réflexes, vos habitudes, vos modes de déduction. Ne vous fiez à rien : ni aux reflets, ni à la dureté, ni à l'aspect des parois. (Elle désigna le gouffre, tout en fixant son propre baudrier.) Dans ce ventre, là, tout va devenir stupéfiant, extraordinaire, mais tout sera piégé. C'est une glace comme vous n'en connaissez pas. Une glace hypercompressée, plus dure que du béton, mais qui peut aussi abriter un puits sous une plaque de quelques millimètres. Moi seule vous donnerai les consignes à exécuter.

Fanny s'arrêta, laissant à ses mots le temps de prendre tout leur poids. La condensation dessinait autour de son visage un halo enchanté. Elle groupa ses cheveux en chignon et enfila sa cagoule.

– Nous allons pénétrer dans le moulin par ici, reprit-elle. Il y a une dénivellation, ce sera plus facile. C'est moi qui passerai la première et planterai les broches. Le gaz emprisonné que je vais libérer en fêlant la glace tracera une lézarde géante, de plusieurs dizaines de mètres. Cette faille peut partir à la verticale, ou à l'horizontale. Vous devrez vous écarter de la paroi. Cela provoquera un bruit de tonnerre. Ce n'est rien en soi, mais cela peut libérer des blocs de glace, des stalactites. Ayez des yeux partout, commissaire. Soyez toujours aux aguets, et ne touchez à rien.

Niémans intégrait les injonctions de la jeune femme. C'était bien la première fois qu'il était aux ordres d'une môme aux cheveux bouclés. Fanny parut percevoir ce frémissement d'orgueil. Elle reprit, sur un ton à la fois amusé et autoritaire :

– Nous allons perdre la notion du temps et des distances. Notre seul repère sera la corde. Je dispose de plusieurs sacs de cent mètres de corde chacun et moi seule peux mesurer la distance parcourue. Vous avancerez dans mes traces, et vous suivrez mes ordres. Pas d'initiatives personnelles. Pas de gestes spontanés. C'est bien compris ?

– OK, souffla Niémans, c'est tout ?

– Non.

Fanny scruta encore le ciel, saturé de nuages.

– Je n'ai accepté cette expédition qu'à cause de l'orage. Si le soleil revient, nous devrons remonter aussitôt.

– Pourquoi ?

– Parce que la glace fondra. Les torrents se réveilleront et nous tomberont dessus, le long des parois. Des eaux dont la température ne dépassera pas deux degrés. Or, nos corps seront brûlants, à cause des efforts réalisés. Ce sera le premier choc, qui risque de nous faire sauter le cœur. Si nous survivons à ça, l'hydrocution nous achèvera aussitôt après. Membres engourdis, mouvements ralentis... Je ne vous fais pas un dessin. Nous serons pétrifiés en quelques minutes, comme des statues, suspendues à notre corde. Donc, quoi qu'il arrive, quoi que nous trouvions, aux premiers signes de soleil, nous remontons.

Niémans s'arrêta sur ce dernier phénomène.

– Cela signifie que le tueur avait, lui aussi, besoin d'un orage pour descendre dans la faille ?

– D'un orage. Ou de la nuit.

Le commissaire réfléchit : lorsqu'il avait enquêté sur les nuages, il avait appris que le soleil avait brillé toute la journée du samedi dans la région. Si le meurtrier, avec sa victime, était réellement descendu à travers les glaces, alors cela signifiait qu'il avait attendu la nuit. Pourquoi accumuler tant de difficultés ? Et pourquoi être ensuite revenu dans la vallée avec le corps ?

Niémans marcha maladroitement, gêné par ses crampons, jusqu'au bord de la faille. Il risqua un regard : le canyon n'était pas vertigineux. Cinq mètres plus bas, les parois se bombaient au contraire, au point de presque se rejoindre. Le gouffre ne ménageait plus alors qu'une fine tranchée, qui ressemblait aux lèvres d'un coquillage infini.

Fanny le rejoignit et commenta, tout en accrochant quantité de mousquetons et de broches autour de sa taille :

– Le torrent se glisse dans la crevasse et se déploie quelques mètres plus bas. C'est pourquoi le gouffre est beaucoup plus large après cette première faille. Dessous, les eaux éclaboussent les parois et les creusent. Nous devons nous glisser à l'intérieur, passer entre ces mâchoires.

Niémans contemplait les deux bords de glace qui semblaient s'entrouvrir comme à regret sur le gouffre.

– Si nous descendions plus bas dans le glacier, nous pourrions retrouver les eaux des siècles passés ?

– Absolument. En zone arctique, on peut descendre ainsi jusqu'à des époques très anciennes. A plusieurs milliers de mètres de profondeur, il y a, intactes, les eaux qui ont poussé Noé à construire son arche. Ainsi que l'air qu'il respirait.

– L'air ?

– Des bulles d'oxygène, emprisonnées dans les glaces.

Niémans était stupéfait. Fanny endossa son sac à dos et s'agenouilla au bord de la crevasse. Elle vissa une première broche et accrocha un mousqueton dans lequel elle passa une corde. Elle regarda encore le ciel d'orage, puis déclara d'une manière espiègle :

– Bienvenue dans la machine à remonter le temps, commissaire.

24

ILS descendirent en rappel.

Le policier était suspendu à une corde, elle-même glissée dans une poignée autobloquante. Pour descendre, il n'avait qu'à presser la poignée qui libérait aussitôt la corde, en douceur. Dès qu'il relâchait sa pression, le système se bloquait de nouveau. Il restait alors dans le vide, comme assis sur son baudrier.

Concentré sur ce simple geste, Niémans écoutait les ordres de Fanny qui, quelques mètres plus bas, lui indiquait le moment où il pouvait se laisser coulisser. Parvenu à la broche suivante, le policier changeait de filin en prenant soin d'abord de s'assurer avec une longe – une corde courte fixée à son baudrier. Avec toutes ses ramifications, Niémans se faisait penser à une sorte de pieuvre dont les tentacules auraient tinté comme un traîneau de Noël.

Au fil de la descente, le commissaire surplombait la jeune femme sans la voir, mais il éprouvait une confiance spontanée dans son expérience. A mesure qu'il longeait la paroi, il l'entendait s'activer à quelques mètres en dessous de lui. A cet instant, il ne pensait à rien. A travers sa propre concentration, il éprouvait simplement des sensations mêlées, vives, inédites. Le souffle froid de la muraille. Le soutien du baudrier qui maintenait son corps en suspens, au-dessus du vide. La beauté de la glace qui brillait d'un bleu sombre, tel un bloc de nuit arraché au firmament.

Bientôt, ils quittèrent la lumière du ciel. Ils passèrent sous les bords renflés de la faille, pénétrant dans le cœur même du gouffre. Niémans eut le sentiment de plonger dans la panse cristallisée d'un animal monstrueux. Sous cette cloche de glace, constituée de cent pour cent d'humidité, ses sensations s'aiguisaient, s'intensifiaient encore. Il admirait, subrepticement, les parois sombres et translucides qui décochaient des éclats revêches, comme des échos de lumière. Dans l'obscurité, chacun de leurs gestes provoquait une résonance de caverne.

Enfin, Fanny posa le pied sur une sorte de coursive, presque horizontale, qui courait tout au long de la paroi. Niémans parvint à son tour sur la marche naturelle. Les deux murs de la crevasse s'étaient de nouveau resserrés et n'étaient plus espacés maintenant que de quelques mètres.

– Approchez-vous, ordonna-t-elle.

Le policier s'exécuta. Fanny pressa un déclic sur le sommet de son casque – Niémans aurait juré qu'elle avait allumé un briquet – et soudain une forte lueur jaillit. Dans le réflecteur du casque de la femme, le policier aperçut une nouvelle fois sa silhouette. Il discerna surtout la flamme d'acétylène, sorte de cône inversé, qui diffusait par réfraction cette puissante lumière. Fanny, à tâtons, alluma sa propre lampe et souffla :

– Si votre tueur est venu dans ce gouffre, c'est ici qu'il est passé.

Niémans la regarda, sans comprendre. L'éclat jaunâtre de sa lampe, tombant à l'horizontale, déformait le visage de la femme, le transformant en ombres accentuées, inquiétantes.

– Nous sommes à la juste profondeur, reprit-elle en désignant la surface lisse de la muraille. Moins trente mètres sous la voûte, soit les neiges cristallisées des années soixante, et au-delà...

Fanny saisit un nouveau sac de cordes puis fixa une broche dans la paroi. Après l'avoir plantée en quelques coups de marteau, elle la vissa en glissant un mousqueton dans sa boucle et en vrillant la tige filetée, comme elle aurait fait avec un tire-bouchon. La puissance de la femme sidérait Niémans. Il regardait la glace extirpée, qui giclait du piton par un orifice latéral, et songeait qu'il connaissait peu d'hommes capables d'un tel tour de force.

Ils repartirent pour une nouvelle cordée, mais cette fois à l'horizontale, le long du boyau scintillant. Ils marchaient au-dessus du précipice, reliés l'un à l'autre. Leurs reflets se dessinaient confusément sur la paroi d'en face. Tous les vingt mètres, Fanny fractionnait la corde, c'est-à-dire qu'elle plantait une nouvelle broche dans la muraille et désolidarisait le tronçon suivant. Elle répéta plusieurs fois la manœuvre et ils couvrirent ainsi cent mètres.

– Nous continuons ? demanda-t-elle.

Le policier la regarda. Son visage, durci par la lumière abrupte de la lampe, revêtait maintenant un caractère maléfique. Il acquiesça, désignant le corridor de glaces qui se perdait dans l'infinitude des reflets. La femme sortit un nouveau sac et reprit son manège. Broche, corde, vingt mètres, puis, de nouveau, broche, corde, vingt mètres...

Ils parcoururent ainsi quatre cents mètres. Pas un signe, pas une marque n'indiquait que le tueur était passé ici avant eux. Bientôt, il sembla à Niémans que les parois vacillaient devant ses yeux. Il entendait aussi des cliquetis légers, des rires lointains et sardoniques. Tout devenait lumineux, résonnant, incertain. Existait-il un vertige des glaces ? Il lança un regard à Fanny qui s'emparait d'un nouveau sac de cordes. Elle semblait n'avoir rien remarqué.

Une angoisse l'étreignit. Il commençait peut-être à délirer. Son corps, son cerveau, sous le coup de la fatigue, manifestaient peut-être des signes d'abandon. Niémans se mit à trembler. Le froid secouait ses os par saccades. Ses mains se serrèrent sur le dernier piton. Ses pieds avançaient avec maladresse. Les larmes aux yeux, il tenta de se rapprocher de Fanny. Il sentit soudain qu'il allait tomber, que ses jambes ne le soutenaient plus. Et son délire s'intensifia. Les parois bleutées lui parurent onduler de plus belle, au fil de sa lampe, les petits rires rebondir en échos. Il allait tomber. Dans le vide. Dans sa propre folie. Suffoqué, il parvint à appeler :

– Fanny...

La jeune femme se retourna, et Niémans comprit soudain qu'il ne délirait pas.

Le visage de l'alpiniste n'était plus marqué par les ombres de la lampe. Une lueur éclatante, si intense qu'on ne pouvait en définir la source, inondait ses traits. Fanny avait retrouvé sa beauté rayonnante et souveraine. Niémans jeta un regard circulaire. La muraille étincelait maintenant de tous ses feux. Et les ruisseaux verticaux couraient le long de la paroi, dans une précipitation fantasque.

Non, il ne délirait pas. Au contraire : il avait capté un phénomène que Fanny, trop occupée à fixer ses cordages, avait négligé. Le soleil. A la surface, les nuages de l'orage s'étaient sans doute dissipés et le soleil était réapparu. D'où la lumière diffuse, insinuée dans les interstices de la glace. D'où les reflets incessants et les ricanements des niches.

La température montait. Le glacier était en train de fondre.

– Merde, souffla Fanny, qui venait également de comprendre.

Elle observa aussitôt le piton le plus proche. Les pas de vis brillaient, hors de la muraille qui fondait en suintant de longues larmes. Les deux compagnons allaient dévisser. Tomber en chute libre au fond du gouffre. Fanny ordonna :

– Écartez-vous.

Niémans esquissa un pas en arrière, tenta de se déporter sur la gauche. Son pied glissa, il se redressa, dos dans le vide, tira violemment sur la corde pour recouvrer son équilibre. Il entendit tout à la fois : le bruit de la broche qui s'arrachait, ses crampons qui raclaient la paroi, le choc du poing de Fanny qui le rattrapait par la nuque, à l'ultime seconde. Elle le plaqua contre la paroi.

L'eau glacée lui mordit la face. Fanny lui dit à l'oreille :

– Ne bougez plus.

Niémans s'immobilisa, recroquevillé, haletant. Fanny l'enjamba. Il sentit son souffle, sa sueur, la douceur de ses boucles. La femme l'encorda de nouveau, enfonça deux autres pitons à une vitesse sidérante.

Le temps qu'elle effectue cette manœuvre, les bruissements du gouffre étaient devenus des grondements, les ruissellements des cascades. Partout, les chutes fouettaient les parois, tonnaient, frappaient. Des pans entiers de glace se décrochaient, se brisant sur l'écueil de la coursive. Niémans ferma les yeux. Il se sentait partir, glisser, s'évanouir dans ce palais miroitant où les angles, les distances, les perspectives disparaissaient.

C'est le cri de Fanny qui le rappela à la réalité.

Il tourna la tête et vit sur sa gauche la jeune femme, arc-boutée sur sa corde, tentant de s'éloigner de la paroi. Niémans fit un effort surhumain pour se relever et s'approcher, sous les gerbes d'eau qui s'abattaient avec une force de cataracte. Doigts serrés sur sa corde, il se laissa pivoter comme un pendu et traversa un véritable torrent vertical. Pourquoi cherchait-elle à s'éloigner de la muraille, alors même que la crevasse était en train de les happer ? Fanny tendit son index vers la glace :

– Là. Il est là, souffla-t-elle.

Niémans se cala dans l'axe de vision de la jeune alpiniste.

Alors il comprit l'impossible.

Dans le rempart transparent, véritable miroir d'eaux vives, venait de jaillir la silhouette d'un corps prisonnier des glaces. Position de fœtus. Bouche ouverte sur un cri de silence. Les fines nappes d'eaux incessantes passaient sur cette image et torsadaient la vision du corps bleui et perclus de blessures.

Malgré sa stupeur, malgré le froid qui était en train de les tuer tous les deux, le commissaire comprit aussitôt qu'ils ne contemplaient ici que le reflet de la vérité. Il assura son équilibre sur la coursive puis pivota sur lui-même, opérant un arc de cercle parfait pour découvrir l'autre paroi, juste en face. Il murmura :

– Non. Là.

Ses yeux ne pouvaient plus se détacher du véritable corps, incrusté dans la muraille opposée, et dont les contours sanglants se mêlaient à leur propre reflet.

25

NIÉMANS reposa le dossier sur le bureau et s'adressa au capitaine Barnes :

– Comment pouvez-vous être sûr que cet homme est notre victime ?

Le gendarme, debout, eut un geste d'évidence.

– Sa mère est venue nous voir, tout à l'heure. Elle dit que son fils a disparu cette nuit...

Le commissaire se trouvait de nouveau dans un bureau de la gendarmerie, au premier étage. Il commençait seulement à se réchauffer, vêtu d'un pull à col cheminée, en laine serrée. Une heure auparavant, Fanny avait réussi à les sortir tous les deux du gouffre, à peu près intacts. La chance avait alors joué en leur faveur : l'hélicoptère, de retour, survolait le site au même instant.

Depuis ce moment, des équipes de secours en montagne s'escrimaient à extraire le corps de son sanctuaire de glaces, tandis que le commissaire et Fanny Ferreira étaient revenus en ville et avaient subi une visite médicale en règle.

A la brigade, Barnes avait aussitôt évoqué un nouveau disparu, dont l'identité pouvait coïncider avec le corps découvert : Philippe Sertys, vingt-six ans, célibataire, aide-soignant à l'hôpital de Guernon. Niémans répéta sa question, tout en buvant un café brûlant :

– Tant qu'on n'a pas vérifié l'identité exacte de la victime, comment pouvez-vous être sûr qu'il s'agit bien de cet homme ?

Barnes fouilla dans une chemise cartonnée, puis balbutia :

– C'est... c'est à cause de la ressemblance.

– La ressemblance ?

Le capitaine déposa devant Niémans une photographie d'un jeune homme aux traits étroits, coiffé en brosse. Le visage souriait avec fébrilité, le regard sombre était empreint de douceur. Il émanait de cette figure une expression juvénile, presque enfantine, mais aussi nerveuse. Le commissaire comprenait ce que voulait traduire Barnes : cet homme ressemblait à Rémy Caillois, la première victime. Même âge. Même visage exigu. Même coupe en brosse. Deux jeunes hommes, beaux et minces, mais dont l'expression semblait abriter une agitation intérieure.

– C'est une série, commissaire.

Niémans but une lampée de café. Il lui sembla que sa gorge encore glacée aurait pu éclater au contact d'une chaleur si violente. Il leva le regard.

– Quoi ?

Barnes se balançait d'un pied sur l'autre. On pouvait entendre ses croquenots gémir, comme le pont d'un navire.

– Je n'ai pas votre expérience, bien sûr, mais... Enfin, si la deuxième victime est bien Philippe Sertys, il est évident qu'il s'agit d'une série. D'un tueur en série, je veux dire. Il choisit ses victimes en fonction de leur physique. Ce... ce visage doit lui rappeler un traumatisme et...

Le capitaine s'arrêta net devant le regard furibond de Niémans. Le commissaire tenta d'effacer sa véhémence d'un sourire appuyé.

– Capitaine, nous n'allons pas tirer un roman de cette ressemblance. Et certainement pas maintenant, alors que nous ne sommes même pas sûrs de l'identité de la victime.

– Je... Vous avez raison, commissaire.

Le gendarme manipulait nerveusement son dossier qui semblait contenir toute la vie de la ville. Il paraissait à la fois confus et à cran. Niémans pouvait lire dans ses pensées, en caractères scintillants : « un tueur en série à Guernon ». Le gendarme resterait traumatisé jusqu'à sa retraite, et même au-delà. Le policier reprit :

– Où en sont les secours ?

– Ils sont sur le point de sortir la victime. La... Enfin, la glace s'est refermée sur le corps. D'après les collègues, l'homme a été placé là-haut la nuit dernière. Il a fallu une température très basse pour que la glace se pétrifie ainsi.

– Quand pouvons-nous espérer récupérer le corps ?

– Il faut encore compter une heure minimum, commissaire. Désolé.

Niémans se leva et ouvrit la fenêtre. Le froid s'engouffra dans la pièce.

Dix-huit heures.

La nuit tombait déjà sur la ville. Une ombre intense, qui buvait lentement les toits d'ardoise et les frontons de bois. La rivière se glissait dans les ténèbres tel un serpent entre deux pierres.

Le commissaire frissonna dans son pull. La province, ce n'était décidément pas son univers. Et surtout pas celle-là : confinée au pied des montagnes, battue par le froid et les tempêtes, partagée entre la boue noirâtre de la neige et le cliquetis incessant des stalactites. Tout un monde renfrogné, secret, hostile, qui cristallisait dans son silence comme le noyau dans un fruit givré.

– Après douze heures d'enquête, où en est-on ? demanda-t-il en pivotant vers Barnes.

– Nulle part. Les vérifications n'ont rien donné. Pas de rôdeur. Pas de détenu libéré dont le profil pourrait correspondre à celui du meurtrier. Rien non plus du côté des hôtels, des gares routières ou ferroviaires. Les barrages n'ont pas obtenu plus de résultats.

– Et la bibliothèque ?

– La bibliothèque ?

Avec l'apparition du nouveau corps, la piste des livres semblait désormais secondaire, mais le policier voulait faire aboutir chaque voie de l'investigation. Il expliqua :

– Les types du SRPJ mènent une recherche sur les livres consultés par les étudiants.

Le capitaine roula des épaules.

– Oh ça... Ce n'est pas nous. Il faudrait voir Joisneau pour...

– Où est-il ?

– Aucune idée.

Niémans tenta aussitôt de contacter le téléphone cellulaire du jeune lieutenant. Pas de réponse. Déconnecté. Il reprit avec humeur :

– Et Vermont ?

– Toujours dans les hauteurs, avec son escouade. Ils fouillent les refuges, les flancs de la montagne. Plus que jamais...

Niémans soupira.

– Vous allez demander de nouveaux effectifs, à Grenoble. Je veux cinquante hommes de plus. Au moins. Je veux que les recherches s'orientent vers le glacier de Vallernes et le téléphérique qui y mène. Je veux que toute la montagne soit ratissée jusqu'à son sommet.

– Je m'en occupe.

– Combien de barrages routiers ?

– Huit. Le péage de l'autoroute. Deux nationales. Cinq départementales. Guernon est sous haute surveillance, commissaire. Mais comme je vous l'ai dit, il...

Le policier planta son regard dans les yeux de Barnes.

– Capitaine, nous n'avons maintenant qu'une seule certitude : le tueur est un alpiniste expérimenté. Interrogez tous les types capables d'arpenter un glacier, à Guernon et aux alentours.

– Ça va être plutôt coton. L'alpinisme, c'est le sport local et...

– Je vous parle d'un expert, Barnes. D'un homme capable de descendre à trente mètres de profondeur sous les glaces et d'y transporter un corps. J'ai déjà demandé cela à Joisneau. Trouvez-le et voyez où il en est.

Barnes s'inclina.

– Très bien. Mais j'insiste encore : nous sommes un peuple de montagnards. Vous trouverez des alpinistes expérimentés dans chaque village, dans chaque masure, sur les flancs de tous les massifs. C'est une tradition chez nous : certains hommes de la région sont encore cristalliers, éleveurs... Et tous ont gardé la passion des sommets. En fait, il n'y a qu'à Guernon, dans la ville universitaire, que ces pratiques ont été abandonnées.

– Où voulez-vous en venir ?

– Je veux simplement dire qu'il va falloir étendre encore nos recherches. Aux villages d'altitude. Et que cela va nous prendre des jours.

– Demandez plus de renforts. Installez des QG dans chaque bourgade. Vérifiez les emplois du temps, les équipements, les distances. Et bon sang, trouvez-moi des suspects !

Le commissaire ouvrit la porte et conclut :

– Convoquez-moi la mère.

– La mère ?

– La mère de Philippe Sertys : je veux lui parler.

26

NIÉMANS rejoignit le rez-de-chaussée. La brigade de gendarmerie ressemblait à n'importe quel autre poste de police en France, et sans doute dans le monde. Par les parois surmontées de vitres, Niémans pouvait apercevoir les casiers en ferraille, les bureaux plastifiés, dépareillés, le linoléum crasseux, creusé de morsures de cigarettes. Il aimait ces lieux monochromes, éclaboussés des néons. Parce qu'ils renvoyaient à la vraie nature du métier de policier, celle des rues, du dehors. Ces mornes locaux ne constituaient que l'antichambre de la vocation policière, son antre noir, d'où l'on jaillissait, sirènes hurlantes.

C'est alors qu'il l'aperçut, assise dans le couloir, enveloppée dans une couverture de fibre polaire et vêtue d'un pull de gendarme bleu marine. En un frisson, il était de nouveau prisonnier des glaces, auprès d'elle, et il sentait son souffle tiède sur sa nuque. Il réajusta ses lunettes, entre anxiété et coquetterie.

– Vous n'êtes pas rentrée chez vous ?

Fanny Ferreira dressa ses yeux clairs.

– Je dois signer ma déposition. Ça devient une habitude. Ne comptez pas sur moi pour découvrir le troisième.

– Le troisième ?

– Le troisième corps.

– Vous pensez que les meurtres vont se poursuivre ?

– Pas vous ?

La jeune femme dut percevoir une expression douloureuse sur le visage de Niémans. Elle souffla :

– Excusez-moi. L'ironie, c'est mon petit déminage personnel.

Disant cela, elle tapota la place à ses côtés, sur le banc, comme elle aurait fait pour inciter un enfant à s'asseoir auprès d'elle. Niémans s'exécuta. Tête dans les épaules, mains jointes, il trépignait légèrement des talons.

– Je voulais vous remercier, murmura-t-il entre ses dents. Sans vous, dans les glaces...

– J'ai joué mon rôle de guide.

– C'est vrai. Non seulement vous m'avez sauvé la vie, mais vous m'avez aussi mené exactement où je voulais aller...

L'expression de Fanny devint grave. Des gendarmes sillonnaient le couloir. Galoches tonnantes et cirés bruissants. Elle demanda :

– Où en êtes-vous ? Je veux dire : dans votre enquête ?

Pourquoi cette violence stupéfiante ? Pourquoi des actes aussi... tordus ?

Niémans essaya de sourire mais sa tentative tourna court :

– Nous n'avançons pas. Tout ce que je sais, c'est ce que je sens.

– C'est-à-dire ?

– Je sens que nous avons affaire à une série. Mais pas au sens où on pourrait l'entendre. Ce n'est pas un tueur qui frappe au hasard de ses obsessions. Cette série répond à un mobile. Précis. Profond. Rationnel.

– Quel genre de mobile ?

Le policier observa Fanny. Les ombres des sentinelles effleuraient son visage, comme des ailes d'oiseau.

– Je ne sais pas. Pas encore.

Le silence s'imposa. Fanny alluma une cigarette et demanda tout à coup :

– Depuis combien de temps êtes-vous dans la police ?

– Une vingtaine d'années.

– Qu'est-ce qui vous a motivé dans ce choix ? L'arrestation des méchants ?

Niémans sourit, cette fois avec franchise. Du coin de la paupière, il repéra l'arrivée d'une nouvelle escouade, aux carapaces perlées de pluie. A leur seule expression, il sut qu'ils n'avaient rien découvert. Son regard revint vers Fanny, qui inhalait une longue bouffée.

– Ce type d'objectif, vous savez, ça se perd très vite dans la nature. D'ailleurs, la justice, et tout le bla-bla autour, ça ne m'a jamais branché.

– Alors quoi ? L'appât du gain ? La sécurité de l'emploi ?

Niémans s'étonnait :

– Vous avez de drôles d'idées. Non, je crois que j'ai effectué ce choix pour les sensations.

– Les sensations ? Du genre de celles que nous venons de vivre ?

– Par exemple.

– Je vois, acquiesça-t-elle avec ironie, en soufflant de la

fumée blonde. « L'homme de l'extrême ». Qui donne du prix à son existence en la risquant chaque jour...

– Et pourquoi pas ?

Fanny imita la position de Niémans – épaules voûtées et mains réunies, comme en prière. Elle ne riait plus. Elle semblait deviner que Niémans, derrière ces généralités, livrait à cet instant une part de lui-même. Elle murmura, cigarette aux lèvres :

– Pourquoi pas, en effet...

Le policier baissa les yeux et scruta, à travers les courbures de ses lunettes, les mains de la jeune femme. Pas d'alliance. Seulement des pansements, des marques, des crevasses. Comme si l'alpiniste s'était mariée plutôt avec les éléments, la nature, les émotions violentes.

– Personne ne peut comprendre un flic, reprit-il avec gravité. Encore moins le juger. Nous évoluons dans un monde brutal, incohérent, fermé. Un monde dangereux, aux frontières bien établies. Vous êtes en dehors, et vous ne pouvez plus le comprendre. Vous êtes en dedans, et vous perdez toute objectivité. Le monde des flics, c'est ça. Un univers scellé. Un cratère de barbelés. Incompréhensible. C'est sa nature même. Mais une chose est sûre : nous n'avons pas de leçons à recevoir des bureaucrates qui ne risqueraient même pas de se coincer les doigts dans leur portière de bagnole.

Fanny se cambra, plongea ses deux mains dans ses boucles et les poussa vers l'arrière. Niémans songea à des racines mêlées de terre. Les racines d'un vertige nommé « sensualité ». Le policier frémit. Des picotements glacés livraient bataille à la chaleur de son sang.

La jeune femme demanda, à voix basse :

– Qu'allez-vous faire ? Quelle est votre prochaine étape ?

– Chercher encore. Et attendre.

– Attendre quoi ? répéta-t-elle, de nouveau agressive. Une prochaine victime ?

Niémans se leva, ignorant cette provocation.

– J'attends que le corps descende de la montagne. Le

tueur nous avait donné rendez-vous. Il avait placé dans le premier cadavre un indice, qui m'a permis de remonter jusqu'au glacier. Je pense qu'il a glissé un second indice dans le nouveau corps, qui nous mènera au troisième... Et ainsi de suite. C'est une sorte de jeu, dans lequel nous devons perdre à chaque fois.

Fanny se leva à son tour et saisit sa parka qui séchait à l'extrémité du banc.

– Il faudra que vous m'accordiez une interview.

– De quoi parlez-vous ?

– Je suis la rédactrice en chef du journal de la fac, *Tempo.*

Niémans sentit ses nerfs se tendre sous sa peau.

– Ne me dites pas que...

– Ne craignez rien, je me fous de ce journal. Et sans vouloir vous miner, à l'allure où vont les événements, tous les médias nationaux seront bientôt ici. Vous aurez alors sur le dos des journalistes autrement plus tenaces que moi.

Le commissaire balaya cette éventualité d'un geste.

– Où habitez-vous ? demanda-t-il soudainement.

– A la fac.

– Où, précisément ?

– Sous les combles du bâtiment central. Je possède un appartement, près des piaules des internes.

– Là où habitent les Caillois ?

– Exactement.

– Que pensez-vous de Sophie Caillois ?

Fanny prit une expression admirative.

– C'est une fille étrange. Silencieuse. Et sacrément belle. Elle et lui étaient fermés comme des poings. Je ne saurais vous dire... Comme s'ils possédaient un secret.

Niémans acquiesça.

– Je pense exactement comme vous. Le mobile des meurtres est peut-être dans ce secret. Si ça ne vous dérange pas, je passerai vous voir, plus tard dans la soirée.

– Vous me draguez toujours ?

Le commissaire approuva :

– Plus que jamais. Et je vous réserve la primeur de mes informations, pour votre petit canard.

– Je vous répète que je me fous de ce journal. Je suis incorruptible.

– A ce soir, jeta-t-il par-dessus son épaule, en tournant les talons.

27

UNE heure plus tard, le corps de la seconde victime n'était toujours pas libéré des glaces.

Niémans enrageait. Il venait d'écouter le témoignage laconique de la mère de Philippe Sertys, une vieille femme à l'accent tortueux. Son fils, la veille, était parti comme chaque soir vers vingt et une heures avec sa voiture – une Lada d'occasion, qu'il venait d'acheter. Philippe travaillait de nuit au CHRU de Guernon et commençait son service à vingt-deux heures. La femme n'avait commencé à s'inquiéter que le lendemain matin, lorsqu'elle avait découvert la voiture dans le garage, mais pas de Philippe dans sa chambre. Cela signifiait qu'il était rentré, puis sorti de nouveau. La mère n'était pas au bout de ses surprises : contactant l'hôpital, elle avait découvert que Sertys avait en fait prévenu qu'il n'assurerait pas son tour de garde cette nuit-là. Il s'était donc rendu ailleurs, puis il était revenu et reparti, à pied. Qu'est-ce que cela signifiait ? La femme s'affolait, secouant la manche de Niémans. Où était son petit ? Selon elle, ce fait était très inquiétant : son fils n'avait pas de petite amie, ne sortait jamais et dormait chaque soir « à la maison ».

Le commissaire avait intégré toutes ces précisions, sans

enthousiasme. Et pourtant, si Sertys était bien le prisonnier des glaces, ces indications permettraient de définir l'éventuel moment du crime. Le tueur avait surpris le jeune homme dans les dernières heures de la nuit, l'avait tué, sans doute mutilé, puis transporté dans le cirque de Vallernes. C'était le froid de l'aube naissante qui avait refermé les parois de glace sur la victime. Mais tout cela n'était qu'hypothèse.

Le commissaire avait escorté la femme auprès d'un gendarme, afin qu'elle enregistrât une déposition détaillée. Quant à lui, dossier sous le bras, il avait décidé de retourner dans son antre, la petite salle de TP de la faculté.

Là, il se changea, revêtit l'un de ses costumes puis, seul dans son bureau, déploya sur une table les différents documents qu'il possédait. Il se livra aussitôt à une étude comparée de Rémy Caillois et de Philippe Sertys, tentant de dresser un lien entre ces deux éventuelles victimes.

Au chapitre des points communs, il ne releva que très peu d'éléments. Les deux hommes étaient âgés d'environ vingt-cinq ans. Ils étaient tous deux de grande taille, minces, et partageaient un visage aux traits à la fois réguliers et tourmentés, surmonté d'une coupe en brosse. Ils étaient tous deux orphelins de père : Philippe Sertys avait vu son père mourir deux ans auparavant, d'un cancer du foie. Seul Rémy Caillois avait également perdu sa mère, morte alors qu'il était âgé de huit ans. Dernier point commun : les deux jeunes hommes exerçaient la profession paternelle – bibliothécaire pour Caillois, aide-soignant pour Sertys.

Au chapitre des différences, au contraire, les faits abondaient. Caillois et Sertys n'avaient pas suivi leur scolarité dans les mêmes établissements. Ils n'avaient pas grandi dans les mêmes quartiers et n'appartenaient pas à la même classe sociale. Issu d'un milieu modeste, Rémy Caillois avait évolué dans une famille d'intellectuels et grandi dans le giron de l'université. Philippe Sertys, fils d'un obscur garçon de salle, s'était mis à travailler dès l'âge de quinze ans, dans le sillage de son père, à l'hôpital. Il était quasiment analphabète et vivait encore dans la bicoque familiale, aux confins de Guernon.

Rémy Caillois passait sa vie dans les livres, Philippe Sertys ses nuits à l'hôpital. Ce dernier ne semblait avoir aucun hobby, sinon celui de rester terré dans ces couloirs qui puaient l'asepsie ou de jouer à des jeux vidéo, en fin d'après-midi, dans la brasserie située en face du CHRU. Caillois avait été réformé. Sertys avait effectué son service militaire dans l'infanterie. L'un était marié, l'autre célibataire. L'un était passionné par la marche et la montagne. L'autre semblait n'être jamais sorti de sa bourgade. L'un était schizophrène et sans doute violent. L'autre était, de l'avis de tous, « doux comme un ange ».

Il fallait se rendre à l'évidence : le seul trait commun des deux hommes était leur physique. Cette ressemblance qu'ils partageaient, le long de leur visage affûté, de leur coupe en brosse et de leur silhouette filiforme. Comme l'avait déclaré Barnes, le tueur avait manifestement choisi ses deux proies pour leur apparence extérieure.

Niémans envisagea, un instant, un crime sexuel : le tueur aurait été un homosexuel refoulé, attiré par ce type de jeunes hommes. Le commissaire n'y croyait pas, et le médecin légiste avait été catégorique : « Ce n'est pas son univers. Pas du tout. » Le docteur avait perçu, à travers les blessures et les mutilations du premier corps, une froideur, une cruauté, une application qui n'avaient rien à voir avec l'affolement d'un désir pervers. D'autre part, pas une trace de sévices sexuels n'avait été constatée sur le cadavre.

Alors quoi ?

La folie du tueur était peut-être d'une autre sorte. Dans tous les cas, cette ressemblance entre les victimes présumées et l'amorce d'une série – deux meurtres en deux jours – étayaient la thèse du maniaque qui s'apprêtait à tuer encore, possédé par une démence volcanique. Il y avait encore d'autres arguments en faveur de ce soupçon : l'indice déposé sur le premier corps, qui avait mené au second, la position de fœtus, la mutilation des yeux, et cette volonté de placer les cadavres dans des lieux sauvages et théâtraux : la falaise surplombant la rivière, la prison transparente des glaces...

Et pourtant, Niémans n'adhérait toujours pas à cette thèse.

D'abord, à cause de son expérience quotidienne de policier : bien que les *serial killers*, importés des États-Unis, se soient emparés de la littérature et du cinéma universels, cette tendance atroce ne s'était jamais, en France, affirmée dans la réalité. En vingt ans de carrière, Niémans avait pourchassé des pédophiles qui avaient basculé, lors d'une crise, dans le meurtre, des violeurs qui avaient tué par excès de brutalité, des sados-masos dont les jeux cruels avaient dérapé, mais jamais, au sens strict du terme, un tueur en série, déclinant une liste livide de meurtres sans mobile ni indice. Ce n'était pas une spécialité française. Le commissaire se moquait bien d'analyser un tel phénomène, mais les faits étaient là : les derniers assassins français à répétition s'appelaient Landru ou le docteur Petiot et fleuraient bon le petit bourgeois, courant après des larcins ou de maigres héritages. Rien de commun avec la déferlante américaine, avec les monstres sanguinaires qui hantaient les États-Unis.

Le commissaire observa encore les photographies du jeune Philippe Sertys puis celles de Rémy Caillois, éparses sur la table d'étudiant. De sa chemise cartonnée, s'échappèrent aussi les clichés du premier cadavre. Un fer de terreur brûla sa conscience : il ne pouvait demeurer ainsi, les bras ballants. A l'instant même où il regardait ces polaroïds, un troisième homme subissait peut-être les pires tortures. Des orbites étaient peut-être triturées au cutter, des yeux arrachés par des mains gantées de plastique.

Il était dix-neuf heures. La nuit tombait. Niémans se leva, éteignit le néon de la salle. Le policier se décida pour une plongée en profondeur dans l'existence de Philippe Sertys. Peut-être trouverait-il quelque chose. Un indice. Un signe.

Ou simplement un autre point commun entre les deux victimes.

28

PHILIPPE Sertys et sa mère vivaient dans un petit pavillon à l'extérieur de la ville, non loin d'une cité d'immeubles décrépis, le long d'une rue déserte. Un toit brunâtre polygonal, une façade blanche et sale, des rideaux de dentelle jaunis, qui encadraient l'obscurité intérieure comme un sourire carié. Niémans savait que la vieille femme détaillait encore son témoignage à la brigade, et aucune lumière ne brillait dans la maison. Pourtant, il sonna, afin de ne prendre aucun risque.

Pas de réponse.

Niémans fit le tour de la baraque. Le vent soufflait avec violence. Un vent glacé, porteur des prémices de l'hiver. Un petit garage jouxtait la demeure, sur la gauche. Il glissa un regard et aperçut une Lada boueuse, qui n'était plus de la première jeunesse. Il reprit son chemin. Quelques mètres carrés de pelouse rase se déployaient derrière le bâtiment : le jardin.

Le policier jeta encore un regard autour de lui, en quête de témoins indiscrets. Personne. Il monta les trois marches et observa la serrure. Un modèle classique, au rabais. Le commissaire força la porte sans difficulté, essuya ses pieds sur le paillasson et pénétra dans la maison de la victime présumée.

Après un vestibule, il accéda à un salon étriqué et alluma sa lampe de poche. Dans le faisceau blanc apparurent une moquette verdâtre, recouverte de petits tapis sombres, un convertible, coincé sous des fusils de chasse suspendus, des meubles mal ajustés, des babioles rustiques et mochardes.

Le policier éprouva un sentiment de confort ranci, de quotidien jaloux.

Il enfila des gants de latex et fouilla avec précaution les tiroirs. Il ne trouva rien de particulier. Des couverts plaqués argent, des mouchoirs brodés, des papiers personnels : feuilles d'impôts, formulaires de Sécurité sociale... Il feuilleta rapidement les paperasses, puis se livra encore à une inspection rapide d'autres détails. En vain. C'était le salon d'une famille sans histoire.

Niémans monta à l'étage supérieur.

Il repéra sans difficulté la chambre de Philippe Sertys. Des posters d'animaux, des magazines illustrés empilés dans un coffre, des programmes de télévision : tout respirait ici la misère intellectuelle, à la limite de la débilité. Niémans attaqua une fouille plus minutieuse. Il ne trouva rien, excepté quelques détails trahissant la vie totalement nocturne de Sertys. Des lampes de toutes sortes, de toutes puissances, s'égrenaient sur une étagère – comme si l'homme avait voulu recréer des lumières différentes pour chaque saison. Il remarqua aussi des volets renforcés, compacts et sans ouverture, pour se protéger de la lumière diurne ou pour ne pas révéler ses propres moments de veille. Niémans découvrit enfin des masques, comme ceux qu'on utilise dans les avions, afin de se protéger de la moindre clarté. Soit Sertys avait le sommeil difficile. Soit il possédait une nature de vampire.

Niémans souleva encore les couvertures, les draps, le sommier. Il glissa ses doigts sous le tapis, tâta le papier peint. Il ne découvrit rien. Et surtout pas la moindre trace d'une relation féminine.

Le policier jeta un regard dans la chambre de la mère, sans trop s'attarder. L'atmosphère de cette maison commençait à lui coller un cafard sans rémission. Il redescendit et inspecta rapidement la cuisine, la salle de bains, la cave. En pure perte.

Dehors, le vent battait toujours, secouant légèrement les vitres.

Il éteignit sa lampe et ressentit un frisson agréable, inattendu. Un sentiment d'intrusion feutrée, de refuge secret.

Niémans réfléchit. Il ne pouvait pas se tromper. Pas à ce point. Il devait dénicher ici un élément, un signe, quel qu'il fût. A mesure qu'il semblait se fourvoyer, il se persuadait qu'il avait raison au contraire, qu'il existait une vérité à surprendre, un lien entre Caillois et Sertys.

Le commissaire eut alors une autre idée.

Le vestiaire de l'hôpital diluait des couleurs de plomb. Les rangées de casiers se succédaient, dans un garde-à-vous précaire et grinçant. Tout était désert. Niémans avança sans bruit. Il lut les noms dans les petits cadres métalliques et repéra celui de Philippe Sertys.

Il enfila de nouveau ses gants et manipula le cadenas. Des souvenirs lui traversèrent l'esprit : le temps des expéditions nocturnes, des raids cagoulés, avec les équipes de l'Antigang. Il n'éprouvait aucune nostalgie pour cette époque. Niémans aimait plus que tout pénétrer les espaces, maîtriser les heures cruciales de la nuit, mais comme un véritable intrus : en solitaire, en silence, et en clandestin.

Quelques déclics, puis la porte s'ouvrit. Des blouses. Des friandises. Des vieux magazines. Et encore des lampes et des masques. Niémans palpa les parois, observa les recoins en prenant garde de ne pas faire résonner la ferraille. Rien. Il vérifia que le casier ne contenait pas de faux plafond, de trappe.

Niémans s'agenouilla et jura. A l'évidence, il s'obstinait sur une fausse piste. Il n'y avait rien à découvrir dans la vie de ce jeune type. Et d'ailleurs, il n'était même pas sûr que le cadavre congelé, dans les hauteurs de la montagne, fût bien celui du célibataire. Philippe Sertys allait peut-être réapparaître dans quelques jours, après sa première fugue, dans les bras d'une superbe infirmière.

Le policier fut forcé de sourire, face à son propre entêtement. Il décida de s'éclipser avant qu'on ne le surprenne dans cette position. C'est lorsqu'il se releva qu'il aperçut, sous l'armoire, une dalle de linoléum légèrement décollée. Il glissa sa main, palpa le morceau de matériau synthétique. Avec deux doigts, il souleva la dalle. Il sentit les caillebotis du ciment, le contact d'un objet. Il perçut un cliquetis, avança les doigts encore puis serra le poing. Quand il le rouvrit, il tenait dans sa main une clé et son anneau, qui avaient été soigneusement cachés sous le casier.

Le long de la hampe, Niémans reconnut les indentations caractéristiques, destinées à ouvrir une serrure blindée.

Si Sertys possédait un secret, il était situé derrière la porte que cette clé ouvrait.

A la mairie, il cueillit in extremis l'employé du cadastre qui s'apprêtait à partir. Au nom de « Sertys », le visage de l'homme ne cilla pas. Personne n'était donc au courant de l'affaire, ni de l'identité présumée de la nouvelle victime. Le fonctionnaire, déjà vêtu de son manteau, effectua à regret la recherche demandée par l'officier de police.

Tout en patientant, Niémans se répéta encore l'hypothèse qui l'avait conduit ici, comme pour en augmenter les chances de réussite. Philippe Sertys avait dissimulé une clé de serrure blindée sous l'armoire de son vestiaire. Or, la porte de sa maison ne disposait d'aucun renfort. Cette clé pouvait ouvrir une infinité de portes, de placards, de réserves, notamment à l'hôpital. Mais pourquoi la cacher ? Une intuition avait poussé Niémans à venir ici, au cadastre, afin de vérifier si Philippe Sertys ne possédait pas une autre demeure, un cabanon, une grange, n'importe quoi, mais dont les structures protégées étaient closes sur une autre vie.

En bougonnant toujours, l'employé glissa sous le paravent du comptoir une boîte en carton racorni. Sur son côté face, un petit liseré en cuivre encadrait une étiquette marquée à l'encre : « Sertys ». Maîtrisant son excitation, Niémans ouvrit la boîte et feuilleta les documents officiels, les actes du notaire, les plans du terrain. Il ausculta les pièces, observa les numéros des parcelles, les situa sur le plan de la région joint au dossier. Il lut et relut l'adresse de la propriété.

Ainsi, c'était aussi simple que ça.

Philippe Sertys et sa mère louaient un pavillon, mais le jeune homme possédait en son nom propre, héritée de son père, René Sertys, une autre maison.

29

En fait de maison, c'était un entrepôt solitaire, situé au pied du Grand Doménon, encerclé par des conifères desséchés. Sur les murs du bâtiment, une pâle peinture, écaillée comme la peau d'un iguane, semblait avoir essuyé des cohortes de saisons.

Avec prudence, Niémans s'approcha. Des fenêtres barrées de tiges de métal, aveuglées par des sacs de ciment. Un lourd portail et, sur la droite, une porte blindée. Cette réserve aurait pu abriter des fûts, des cylindres de métal, des sacs de matériaux. N'importe quoi d'industriel. Mais cet entrepôt appartenait à un aide-soignant silencieux, qui venait sans doute d'être tué dans un glacier éthéré.

Le policier fit d'abord le tour du bâtiment, puis revint devant la porte renforcée. Il glissa la clé dans la serrure. Il perçut le déclic léger des goupilles, puis le bruit du pêne qui s'extirpait de leur cadre métallique.

La paroi pivota et Niémans respira à fond avant d'entrer.

A l'intérieur, la lueur bleutée de la nuit se diluait comme à contrecœur, à travers les minces failles accordées par les sacs coincés contre les barreaux des fenêtres. C'était un espace de plusieurs centaines de mètres carrés, sombre, vétuste, strié par les ombres transversales des structures métalliques du toit. Des hautes colonnes se dressaient vers les nimbes du sommet.

Niémans avança, lampe allumée. Cette salle était absolument vide. Ou plutôt, on l'avait vidée tout récemment. Des particules maculaient encore le sol, de multiples sillons étaient creusés dans le ciment du parterre, sans doute les traces de meubles lourds qu'on avait tirés vers la porte. Une atmosphère singulière planait ici, comme un écho de panique, de précipitation.

Le commissaire observa, huma, palpa. C'était bien un lieu industriel, mais d'une très grande propreté. Des effluves aseptisés hantaient l'espace. On respirait aussi une odeur fauve, une senteur animale.

Niémans avança encore. Il marchait maintenant sur de la poussière blanchâtre, des échardes crayeuses. Il s'agenouilla, découvrit de minuscules maillages métalliques. Le policier songea à des échantillons de clôture, ou à des débris de filtres d'aération. Il glissa plusieurs de ces extraits dans des enveloppes de plastique, puis recueillit la poudre et les échardes, sans reconnaître leur odeur morne, neutre. De la levure. Ou du plâtre. En aucun cas de la drogue.

En marge de cette dernière découverte, il nota plusieurs signes qui démontraient qu'on avait maintenu ici une grande chaleur, durant des années. Des prises de terre, installées aux quatre coins de l'espace, pouvaient avoir alimenté des radiateurs électriques, dont les emplacements étaient marqués par des auréoles noires sur les murs.

Finalement, Niémans conclut à plusieurs hypothèses contradictoires. Il songea à un élevage animal, qui aurait nécessité une haute température. Il supposa aussi que des expériences de laboratoire avaient pu se dérouler ici, dans des conditions stériles, induites par la forte odeur clinique.

Il ne savait rien, mais il ressentait une peur profonde. Plus sourde et plus violente que celle qu'il avait éprouvée dans le glacier.

Il possédait maintenant deux certitudes. La première était que Philippe Sertys, homme effacé, se livrait ici à une activité occulte. La seconde était que le jeune type avait été contraint, juste avant de mourir, de vider les lieux en urgence.

L'officier de police se releva et scruta avec attention les murs, les balayant avec sa lampe. Peut-être y avait-il ici des niches, des planques, contenant un objet que Sertys avait oublié. L'intrus tâtonna, frappa les cloisons, écouta les résonances, guetta des différences de matières. Ces parois étaient revêtues de feuilles de papier kraft, sous lesquelles il y avait de la laine de verre compressée. La recherche de la chaleur, toujours.

Niémans palpa ainsi deux murs entiers, jusqu'à sentir, à un mètre quatre-vingts de hauteur, un renfoncement rectangulaire qui ne cadrait pas avec la surface bombée de l'ensemble. Il planta son index le long de la travée et s'aperçut qu'on avait colmaté cette rainure. Il déchira encore le papier et découvrit des charnières. En glissant ses ongles dans l'interstice central, il parvint à entrouvrir le réduit. Des étagères. De la poussière. De la moisissure.

Le commissaire palpa les planches et sentit, sur l'une d'elles, quelque chose de plat, couvert d'une pellicule poisseuse. Il saisit l'objet : c'était un petit cahier à spirale.

Une flambée sous sa chair. Il le feuilleta aussitôt. Toutes les pages étaient couvertes de chiffres minuscules, incompréhensibles. Mais l'une des pages, par-dessus les chiffres, portait une large inscription oblique. Ces lettres semblaient écrites avec du sang. Le trait était d'une telle violence que les mots par endroits avaient crevé le papier. Niémans songea à une colère frénétique, à un geyser rougeoyant. Comme si l'auteur de ces lignes n'avait pu s'empêcher de cracher sa folie en lettres écarlates. Niémans lut :

NOUS SOMMES LES MAÎTRES, NOUS SOMMES LES ESCLAVES.
NOUS SOMMES PARTOUT, NOUS SOMMES NULLE PART.

NOUS SOMMES LES ARPENTEURS.
NOUS MAÎTRISONS LES RIVIÈRES POURPRES.

Le policier s'appuya contre le mur, dans les lambeaux de papier brun et les filaments de laine. Il éteignit sa torche mais une lumière éblouissait sa conscience. Il n'avait pas trouvé un lien entre Rémy Caillois et Philippe Sertys. Il avait découvert mieux : une ombre, un secret, au cœur de l'existence discrète du jeune aide-soignant. Que signifiaient les chiffres et les sentences absconses du petit cahier ? A quoi jouait Sertys dans son entrepôt clandestin ?

Niémans fit brièvement le point sur son enquête, comme on réunit les premières pailles grésillantes d'un feu dans un vent glacé. Rémy Caillois était un schizophrène aigu, un être violent qui avait – peut-être – dans le passé commis un acte coupable. Philippe Sertys, lui, menait des activités clandestines dans ce sinistre atelier, des activités qu'il avait cherché à effacer quelques jours avant sa mort.

Le commissaire ne possédait encore aucune preuve tangible, aucune précision, mais il devenait évident que ni Caillois ni Sertys n'étaient aussi clairs que leur existence officielle ne le laissait supposer.

Ni le bibliothécaire ni l'aide-soignant n'étaient des victimes innocentes.

VI

30

DEPUIS près de deux heures, Karim roulait, les tripes serrées à bloc.

Il songeait au visage. Le visage de l'enfant. Parfois, il imaginait une sorte de monstre. Une figure parfaitement lisse, sans nez ni pommettes, percée de deux globes blancs et luisants. D'autres fois, il envisageait au contraire un gosse ordinaire, aux traits doux, effacés, anodins. Un enfant si ordinaire qu'il se perdait dans toutes les mémoires. D'autres fois encore, Karim voyait des traits impossibles. Des traits ondulants, instables, qui reflétaient la face de celui qui les regardait. Des traits scintillants qui renvoyaient l'image de chaque visage, trahissant le secret des âmes sous l'hypocrisie des sourires. Le flic frissonnait. Il était définitivement tenaillé par cette certitude : la clé de la vérité, c'était ce visage. Exclusivement. Irréversiblement.

Il avait emprunté l'autoroute à Agen, en direction de Toulouse. Il avait ensuite longé le canal du Midi, dépassé Carcassonne et Narbonne. Sa voiture était une malédiction. Une sorte de toux de cylindres et de pièces cliquetantes, montés tous ensemble. Le flic ne dépassait jamais cent trente kilomètres à l'heure, même avec le vent dans le dos.

Il ne cessait de ruminer. Il roulait maintenant en direction de Sète, par le bord de mer, et s'approchait du couvent Saint-Jean-de-la-Croix. Le paysage grisâtre et flou du littoral lui apportait un calme diffus. Pied au plancher, il envisagea cette fois les éléments rationnels qu'il avait collectés.

Les visites au photographe et au prêtre avaient bouleversé les perspectives de son enquête. Karim avait soudain saisi que les documents manquants de l'école Jean-Jaurès avaient peut-être été volés bien avant le cambriolage de la nuit précédente. Sur la route, il avait rappelé la directrice. A la question : « Est-il possible que tous ces documents aient disparu dès 1982 et que personne ne s'en soit rendu compte durant toutes ces années ? », la directrice avait répondu : « Oui. » A la question : « Est-il possible qu'on ait découvert cette disparition seulement aujourd'hui, à cause du cambriolage ? », elle avait répondu : « Oui. » A la question : « Avez-vous déjà entendu parler d'une religieuse qui aurait cherché à se procurer les photographies scolaires de cette époque ? », elle avait répondu : « Non. »

Et pourtant... Avant de partir, Karim avait effectué une dernière vérification à Sarzac. Grâce aux états civils – dates de naissance et adresses de résidence –, il avait contacté par téléphone plusieurs anciens élèves des deux classes fatidiques : CM1 et CM2, 1981 et 1982. Aucun d'eux ne possédait plus les portraits scolaires. Parfois, un feu s'était déclaré dans la pièce qui contenait les clichés. D'autres fois, un chapardage avait eu lieu : les voleurs n'avaient rien raflé, sinon ces quelques photographies. Parfois encore, mais plus rarement, on se souvenait de la sœur : elle était venue chercher les images. C'était la nuit et nul n'aurait pu la reconnaître. Tous ces événements étaient survenus durant la même et brève période : juillet 1982. Un mois avant la mort du petit Jude.

Aux environs de dix-sept heures trente, alors qu'il longeait le bassin de Thau, Karim repéra une cabine téléphonique et composa le numéro de Crozier. Il avançait maintenant hors normes. Obscurément, ce sentiment le branchait. Il larguait les amarres. Le commissaire hurla :

– J'espère que tu es en route, Karim. Nous avions dit dix-huit heures.

– Commissaire, je suis sur une piste.

– Quelle piste ?

– Laissez-moi avancer. Chaque pas confirme mon intuition. Avez-vous de nouveaux éléments concernant le cimetière ?

– Tu joues le coup en solitaire et tu voudrais que je...

– Répondez-moi. Avez-vous retrouvé la voiture ?

Crozier soupira.

– Nous avons identifié les propriétaires de sept Lada, deux Trabant et une Skoda dans les départements du Lot, Lot-et-Garonne, Dordogne, Aveyron et Vaucluse. Aucune d'entre elles n'est notre voiture.

– Vous avez déjà vérifié les emplois du temps des conducteurs ?

– Non, mais nous avons trouvé des particules de pneus, près du cimetière. Il s'agit de pneus au carbone, de très mauvaise qualité. Le propriétaire de notre bagnole roule avec les gommes d'origine. Toutes les voitures que nous avons repérées roulent en Michelin ou Goodyear. C'est la première chose que les acheteurs changent sur ce type de véhicules. Nous cherchons encore. Dans d'autres départements.

– C'est tout ?

– C'est tout pour l'instant. A toi. Je t'écoute.

– J'avance à rebours.

– A rebours ?

– Moins je trouve, plus je suis certain que je suis sur la bonne voie. Les cambriolages de cette nuit dissimulent une affaire bien plus grave, commissaire.

– Quel genre ?

– Je ne sais pas. Quelque chose qui concerne un enfant. Son rapt ou son meurtre. Je ne sais pas. Je vous rappelle.

Sans laisser le temps au commissaire de poser une nouvelle question, Karim raccrocha.

Aux abords de Sète, il traversa un petit village, en front de mer. Les eaux du golfe du Lion se mêlaient ici aux terres, en un immense marécage indistinct, bordé de roseaux. Le policier ralentit, longeant un port étrange, où aucun bateau n'était visible et où seuls de longs filets de pêche noirâtres se dressaient entre les maisons aux volets clos.

Tout était désert.

Une odeur lourde emplissait l'atmosphère, non pas une odeur maritime, mais plutôt celle d'un engrais, chargée d'acides et d'excréments.

Karim Abdouf approchait de sa destination. Des panneaux indiquaient la direction du couvent. Le soleil déclinant allumait des flaques salines, effilées comme des couteaux, à la surface des marécages. Au bout de cinq kilomètres, le flic repéra un nouveau panneau qui désignait un chemin de bitume, montant vers la droite. Il roula encore, emprunta d'autres lacets, d'autres virages, bordés de roseaux et de joncs échevelés.

Enfin, les bâtiments du cloître se dressèrent. Karim fut stupéfait. Entre les dunes sombres et les herbes folles, deux églises s'élevaient, monumentales. L'une d'elles arborait des tours finement ciselées, s'achevant en des dômes striés qui ressemblaient à de colossales pâtisseries. L'autre était rouge et massive, tissée de petites pierres, surplombée par une large tour au toit plat comme une roue. Deux véritables basiliques qui faisaient songer dans l'air marin à des épaves oubliées. Le Beur ne pouvait s'expliquer leur présence dans un lieu aussi désert, aussi désespéré.

En s'approchant, il découvrit un troisième bâtiment, qui s'étirait entre les paroisses. Une construction d'un seul étage, aux fenêtres en série, étroites et frileuses. Sans doute le monastère lui-même, qui paraissait serrer ses pierres comme pour éviter tout contact avec les édifices sacrés.

Karim se gara. Il songea qu'il n'avait jamais été confronté d'aussi près à la religion – ni aussi souvent, en si peu de temps. Cette réflexion suscita en lui un raisonnement qu'il avait déjà entendu. Lorsqu'il était à l'école des inspecteurs, à Cannes-Écluse, des commissaires venaient parfois retracer leur expérience. L'un d'entre eux avait profondément marqué Karim. Un grand mec, coiffé en brosse, portant des petites lunettes cerclées de fer. Son discours l'avait fasciné. L'homme avait expliqué que le crime se reflétait toujours sur les esprits des témoins et des proches. Qu'il fallait les considérer comme des miroirs, que le meurtrier se cachait dans un des angles morts.

L'homme avait l'air d'un fou, mais l'assistance avait été subjuguée. Il avait aussi parlé de structures atomiques. Selon lui, lorsque des éléments, des détails, même anodins, revenaient régulièrement dans une enquête, il fallait toujours les retenir, parce qu'ils dissimulaient à coup sûr une signification profonde. Chaque crime était un noyau atomique et les éléments récurrents étaient ses électrons, oscillant autour de lui et dessinant une vérité subliminale. Karim sourit. Le keuf aux lunettes de métal avait raison. Cette remarque pourrait s'appliquer à sa propre enquête. La religion était devenue un élément récurrent. Depuis ce matin, se dessinait sans doute là une vérité qu'il lui fallait surprendre.

Il s'achemina vers un petit porche de pierre et sonna. Au bout de quelques secondes, un sourire apparut dans l'entrebâillement. C'était un sourire ancien, bordé de blanc et de noir. Avant que Karim ait pu ouvrir les lèvres, la sœur s'effaça en lui ordonnant : « Entrez, mon fils. »

Le flic pénétra dans un vestibule très sobre. Seule une croix de bois se découpait sur l'un des murs blancs, au-dessus d'un tableau aux reflets obscurs. A droite, le long d'un couloir, Abdouf distingua la clarté grise de quelques portes ouvertes. Par une embrasure plus proche, il aperçut des rangs de chaises vernissées, un sol revêtu de linoléum clair – l'aspect brut et impeccable d'un lieu de prière.

– Suivez-moi, dit la religieuse. Nous étions en train de dîner.

– A cette heure ? s'étonna Karim.

La sœur étouffa un petit rire. Elle avait la malice d'une jeune fille.

– Vous ne connaissez pas l'emploi du temps des carmélites ? Chaque jour, nous devons reprendre la prière à dix-huit heures.

Karim suivit la silhouette. Leurs ombres se reflétaient sur le linoléum, comme sur les eaux d'un lac. Ils accédèrent à une grande salle où une trentaine de sœurs dînaient en bavardant, sous une lumière crue. Les figures et les voiles avaient une sécheresse légèrement cartonnée, une sécheresse d'hostie. Il y eut quelques coups d'œil vers le policier, quelques sourires, mais aucune conversation ne s'interrompit. Karim perçut plusieurs langues différentes : du français, de l'anglais, une langue slave aussi, peut-être du polonais. Sur les conseils de la sœur, il s'assit à l'extrémité de la table, devant une assiette creuse emplie d'une soupe aux grumeaux ocre.

– Mangez, mon fils. Un grand garçon comme vous...

« Mon fils », toujours... Mais Karim n'avait pas le cœur à rabrouer la sœur. Il baissa les yeux vers son assiette et se dit qu'il n'avait pas mangé depuis la veille. Il avala la soupe en quelques cuillerées, puis dévora plusieurs tartines de pain et de fromage. Chaque aliment avait le goût intime et singulier des mets fabriqués chez soi, avec les moyens du bord. Il se servit de l'eau, dans un broc d'inox, puis leva le regard : la sœur l'observait, échangeant quelques commentaires avec ses compagnes. Elle murmura :

– Nous parlions de votre coiffure...

– Eh bien ?

La sœur émit un petit rire.

– Ces nattes, comment faites-vous ?

– C'est naturel, répondit-il. Les cheveux crépus se forment naturellement en nattes, si vous les laissez pousser. En Jamaïque, on appelle ça des *dreadlocks*. Les hommes ne se coupent jamais les cheveux et ne se rasent pas. C'est contraire à leur religion, comme les rabbins. Lorsque les dreadlocks sont assez longues, ils les remplissent de terre afin qu'elles soient plus lourdes et...

Disant cela, Karim s'arrêta. L'enjeu de sa visite venait de revenir en force dans sa mémoire. Il entrouvrit les lèvres pour expliquer son enquête, mais c'est la sœur qui demanda, d'un ton grave :

– Que voulez-vous, mon fils ? Pourquoi portez-vous un pistolet sous votre veste ?

– Je suis de la police. Je dois voir sœur Andrée. Absolument.

Les religieuses continuaient de converser, mais le lieutenant comprit qu'elles avaient entendu sa requête. La femme déclara :

– Nous allons l'appeler. (Elle fit discrètement signe à une de ses voisines, puis s'adressa à Karim :) Venez avec moi.

Le flic s'inclina face à la tablée, en signe d'adieu et de remerciement. Un bandit de grand chemin, saluant celles qui lui avaient offert l'hospitalité. Ils empruntèrent de nouveau le couloir brillant. Leurs pas ne produisaient aucun bruit. Soudain, la religieuse se retourna.

– On vous a prévenu, n'est-ce pas ?

– De quoi ?

– Vous pourrez lui parler, mais vous ne pourrez la voir. Vous pourrez l'écouter, mais vous ne pourrez l'approcher.

Karim scrutait les bords du voile, arqués comme une voûte d'ombre. Il songea à une nef, à un dôme enluminé d'azur, à des cloches déchirant le ciel de Rome, ce genre de clichés qui vous traversent la tête quand vous voulez mettre un visage sur le Dieu des catholiques.

– Les ténèbres, souffla la femme. Sœur Andrée a fait vœu de ténèbres. Voilà quatorze ans que nous ne l'avons pas vue. A ce jour, elle doit être aveugle.

Dehors, les derniers rayons du soleil disparaissaient derrière les édifices massifs. Des aplats de froideur s'abattaient sur la cour déserte. Ils s'acheminèrent vers l'église aux hautes tours. Sur le flanc droit du bâtiment, ils découvrirent une nouvelle petite porte de bois. La religieuse fouilla dans les replis de sa robe. Karim perçut des cliquetis de clés, des raclements contre la pierre.

La sœur l'abandonna devant la porte entrouverte.

L'obscurité semblait habitée, peuplée d'odeurs humides, de cierges vacillants, de pierres usées. Karim fit quelques pas et leva les yeux. Il ne distinguait pas les hauteurs de la voûte. Les rares reflets des vitraux étaient déjà rongés par le crépuscule, les flammes des cierges semblaient prisonnières du froid, de l'écrasante immensité de l'église.

Il croisa un bénitier en forme de coquillage, dépassa des confessionnaux, puis longea des alcôves qui paraissaient cacher des objets secrets de culte. Il remarqua un nouveau chandelier noirâtre, supportant quantité de cierges qui brûlaient dans des flaques de cire.

Ces lieux éveillaient en lui de sourdes réminiscences. Malgré ses origines, malgré la couleur de sa peau, son inconscient était imprégné du credo catholique. Il se souvenait des mercredis frileux du foyer, où les séances télé de l'après-midi étaient toujours précédées par les cours de catéchisme. Le martyre du Chemin de croix. La bienveillance du Christ. La multiplication des pains. Toutes ces conneries... Karim sentit monter en lui une vague de nostalgie et une étrange tendresse pour ses éducateurs ; il s'en voulut d'éprouver de tels sentiments. Le Beur ne voulait pas avoir de souvenirs ni de faiblesse à l'égard de son passé. Il était un fils du présent. Un être de l'instant. C'est du moins comme cela qu'il aimait s'envisager.

Il longea encore les voûtes. Derrière les treillis de bois, au fond des niches, il discernait des tapis sombres, des gravats blanchâtres, des tableaux tissés d'or. Une odeur de poussière enveloppait chacun de ses pas. Soudain, un bruit grave lui fit tourner la tête. Il lui fallut quelques secondes pour distinguer l'ombre dans l'ombre – et lâcher la crosse de son Glock qu'il avait saisie instinctivement.

Au creux d'une alcôve, sœur Andrée se tenait parfaitement immobile.

31

ELLE inclinait son visage et son voile dissimulait entièrement ses traits. Karim comprit qu'il ne verrait pas cette figure et il eut une illumination. La sœur et le petit garçon partageaient peut-être un signe, une marque sur leur visage, qui révélait un lien de parenté. La sœur et le petit garçon étaient peut-être mère et fils. Cette pensée lui empoigna l'esprit, comme un étau, au point qu'il n'entendit pas les premiers mots de la femme.

– Qu'avez-vous dit ? marmonna-t-il.

– Je vous ai demandé ce que vous vouliez.

La voix était grave, mais douce. Les crins d'un archet, voilant le timbre d'un violon.

– Ma sœur, j'appartiens à la police. Je suis venu vous parler de Jude.

Le voile sombre ne bougea pas.

– Il y a quatorze ans, reprit Karim, dans une petite ville appelée Sarzac, vous avez volé ou détruit toutes les photographies qui concernaient un petit garçon, Jude Itero. A Cahors, vous avez soudoyé un photographe. Vous avez trompé des enfants. Vous avez provoqué des incendies, commis des vols. Tout ça pour effacer un visage sur le papier glacé de quelques photos. Pourquoi ?

La sœur restait immobile. Son voile formait un arceau de néant.

– J'exécutais des ordres, prononça-t-elle enfin.

– Des ordres ? De qui ?

– De la mère de l'enfant.

Karim sentit des picotements lui parcourir tout le corps.

Il savait que la femme disait la vérité. En une seconde, le flic renonça à son hypothèse sœur/mère/fils.

La religieuse ouvrit la barrière de bois qui la séparait de Karim. Elle passa devant lui et marcha d'un pas ferme vers les chaises de paille. Elle s'agenouilla près d'une colonne, sur un prie-Dieu, nuque inclinée. Karim passa dans la rangée supérieure et s'assit en face d'elle. Des odeurs de paille tressée, de cendres, d'encens l'assaillirent.

– Je vous écoute, dit-il en scrutant la tache d'ombre, à l'endroit du visage.

– Elle est venue me voir, un dimanche soir, au mois de juin 82.

– Vous la connaissiez ?

– Non. Nous nous sommes rencontrées ici même. Je n'ai pas vu ses traits. Elle ne m'a pas donné son nom ni aucun renseignement. Elle m'a seulement dit qu'elle avait besoin de moi. Pour une mission particulière... Elle voulait que je détruise les photographies scolaires de son enfant. Elle voulait effacer toute trace de son visage.

– Pourquoi voulait-elle l'anéantir ?

– Elle était folle.

– Je vous en prie. Trouvez une autre explication.

– Elle disait que son enfant était poursuivi par des diables.

– Des diables ?

– C'est ainsi qu'elle s'exprimait. Elle disait qu'ils recherchaient son visage...

– Elle n'a donné aucune autre explication ?

– Non. Elle disait que son fils était maudit. Que son visage était une preuve, une pièce à conviction, qui reflétait le maléfice des diables. Elle disait aussi qu'elle et son fils avaient gagné deux années sur la malédiction, mais que le malheur venait de les rattraper, que les diables rôdaient de nouveau. Ses paroles n'avaient aucun sens. Une folle. C'était une folle.

Karim captait chaque mot de sœur Andrée. Il ne comprenait pas ce que signifiait cette histoire de « preuve », mais une vérité était claire : les deux années de répit étaient celles passées à Sarzac, dans le plus strict anonymat. D'où venaient donc cette mère et son fils ?

– Si le petit Jude était réellement poursuivi par des êtres menaçants, pourquoi confier une mission secrète à une religieuse, dont chacun se souviendrait ?

La femme ne répondit pas.

– S'il vous plaît, ma sœur, murmura Karim.

– Elle disait que, pour cacher son enfant, elle avait tout essayé, mais que les diables étaient beaucoup plus forts que cela. Elle disait qu'il ne lui restait plus qu'à exorciser le visage.

– Quoi ?

– Selon elle, il fallait que ce soit moi qui obtienne ces photos puis qui les brûle. Cette mission aurait valeur d'exorcisme. Je libérerais de cette manière le visage de son enfant.

– Ma sœur, je ne comprends rien.

– Je vous dis que cette femme était folle.

– Mais pourquoi vous ? Bon sang, votre monastère est à plus de deux cents kilomètres de Sarzac !

La sœur garda encore le silence, puis :

– Elle m'avait cherchée. Elle m'avait choisie.

– Qu'est-ce que vous voulez dire ?

– Je n'ai pas toujours été carmélite. Avant que la vocation ne naisse en moi, j'étais une mère de famille. J'ai dû abandonner mon mari et un petit garçon. La femme pensait que, pour cette raison, je serais sensible à sa requête. Elle avait raison.

Karim scrutait toujours l'anse d'ombre. Il insista :

– Vous ne me dites pas tout. Si vous pensiez que cette femme était folle, pourquoi lui avoir obéi ? Pourquoi avoir parcouru des centaines de kilomètres pour quelques photographies ? Pourquoi avoir menti, volé, détruit ?

– A cause de l'enfant. Malgré la démence de cette femme, malgré son discours absurde, je... je sentais que l'enfant était en danger. Et que la seule manière de l'aider était d'exécuter les ordres de sa mère. Ne serait-ce que pour calmer cette furie.

Abdouf déglutit. Ses picotements revinrent en force. Il s'approcha et prit sa voix la plus apaisante.

– Parlez-moi de la mère. De quoi avait-elle l'air, physiquement ?

– Elle était très grande, très forte. Elle mesurait au moins un mètre quatre-vingts. Ses épaules étaient larges. Je n'ai jamais vu son visage, mais je me souviens qu'elle portait une vraie tignasse noire et ondulée, qui auréolait sa tête. Elle portait aussi des lunettes, aux grosses montures. Elle était toujours vêtue de noir. Des espèces de pulls en coton ou en laine...

– Et le père de Jude ? Elle ne vous en a jamais parlé ?

– Jamais, non.

Karim empoigna le bois du prie-Dieu et se pencha encore. Instinctivement, la femme recula :

– Combien de fois est-elle venue ? reprit-il.

– Quatre ou cinq fois. Toujours le dimanche. Le matin. Elle m'avait donné une liste de noms et d'adresses – le photographe, les familles qui pouvaient posséder les photos. Pendant la semaine, je me débrouillais pour récupérer les images. Je retrouvais les familles. Je mentais. Je volais. J'ai soudoyé le photographe, avec l'argent qu'elle m'avait donné...

– Elle récupérait les photos ensuite ?

– Non. Je vous l'ai dit : elle voulait que ce soit moi qui les brûle... Quand elle venait, elle cochait simplement les noms sur sa liste... Lorsque tous les noms ont été barrés, j'ai... j'ai senti qu'elle était rassérénée. Elle a disparu, à jamais. Pour ma part, je me suis engloutie dans les ténèbres. J'ai choisi l'obscurité, l'isolement. Seul le regard de Dieu m'est tolérable. Depuis cette époque, il ne se passe pas un jour sans que je prie pour le petit garçon. Je...

Elle s'arrêta net, paraissant soudain comprendre une vérité implicite.

– Pourquoi venez-vous ici ? Pourquoi cette enquête ? Seigneur, Jude n'est pas...

Karim se leva. Les odeurs d'encens lui brûlaient la gorge. Il se rendit compte qu'il respirait bruyamment, la bouche ouverte. Il déglutit puis jeta un regard du côté de sœur Andrée.

– Vous avez fait ce que vous deviez faire, dit-il d'une voix sourde. Mais cela n'a servi à rien. Un mois plus tard, le petit môme était mort. Je ne sais pas comment. Je ne sais pas pourquoi. Mais la femme était moins folle que vous ne pensez. Et la tombe de Jude a été profanée hier soir, à Sarzac. Je suis maintenant quasiment certain que les coupables de cet acte sont les diables qu'elle craignait à l'époque. Cette femme vivait dans un cauchemar, ma sœur. Et ce cauchemar vient de se réveiller.

La sœur gémit, tête baissée. Son voile dessinait des versants de soie noire et blanche. Karim continua, d'une voix de plus en plus forte. Son timbre rauque s'élevait dans l'église et il ne savait déjà plus pour qui il parlait : pour elle, pour lui, ou pour Jude.

– Je suis un flic sans expérience, ma sœur. Je suis un voyou et j'avance en solitaire. Mais en un sens, les salopards de la nuit dernière ne pouvaient pas plus mal tomber. (Il empoigna de nouveau le prie-Dieu.) Parce que j'ai fait une promesse au petit gosse, vous pigez ? Parce que je viens de nulle part et que rien ni personne ne pourra m'arrêter. Je cours pour mes propres couleurs, vous pigez ? Mes propres couleurs !

Le policier se pencha. Il sentit les esquilles craquer sous ses doigts.

– Maintenant, c'est le moment de cogiter, ma sœur. Trouvez quelque chose, n'importe quoi, pour me mettre sur la voie. Je dois remonter la trace de la mère de Jude.

Toujours inclinée, la religieuse niait de la tête.

– Je ne sais rien.

– Réfléchissez ! Où pourrai-je retrouver cette femme ? Après Sarzac, où est-elle allée ? Et avant tout ça, d'où venait-elle ? Donnez-moi un détail, un indice, qui me permette de continuer l'enquête !

Sœur Andrée réfréna ses sanglots.

– Je... je crois qu'elle venait avec lui.

– Avec lui ?

– Avec l'enfant.

– Vous l'avez vu ?

– Non. Elle le laissait en ville, près de la gare, dans un parc d'attractions. La fête existe toujours, mais je n'ai jamais eu le courage d'aller voir les forains, je... Peut-être que l'un d'entre eux se souviendra du petit garçon... C'est tout ce que je sais...

– Merci, ma sœur.

Karim partit au pas de course. Sur le vaste parvis, ses chaussures ferrées crissèrent comme des silex. Il stoppa dans l'air glacé, raide comme un paratonnerre, et scruta le ciel. Ses lèvres murmurèrent, dans une brisure d'angoisse :

– Bordel, mais où je suis, là... Où je suis ?

32

Le parc d'attractions s'étirait dans le crépuscule, le long d'une voie ferrée, au sortir de la petite ville déserte. Les stands crachaient leurs lueurs et leur musique, à vide. Il n'y avait pas un badaud, pas une famille pour venir flâner ici un lundi soir. Au loin, la mer sombre entrouvrait ses mâchoires blanchâtres à coups de vagues mauvaises.

Karim s'approcha. Une grande roue tournait au ralenti. Ses rayons étaient constellés de petits lampions, dont la moitié seulement s'allumaient par alternance, comme tremblotant sous l'effet d'un court-circuit. Des autos tamponneuses caracolaient à l'aveuglette, des attractions uniformes se dressaient sous des bâches fouettées par le vent : tombolas, jeux d'arcades, spectacles misérables... De l'église ou de cette fête, Abdouf n'aurait su dire ce qui le déprimait le plus.

Sans conviction, il commença à interroger les forains. Il évoqua un gosse du nom de Jude Itero, murmura la date : juillet 82. La plupart du temps, les visages ne cillèrent pas plus que des momies fripées. Parfois, il obtenait des borborygmes négatifs. D'autres fois des remarques incrédules : « Y a quatorze ans ? Et pis quoi encore ? » Karim sentait monter en lui un profond découragement. Qui aurait pu se souvenir ? Combien de dimanches Jude était-il réellement venu ici ? Trois, quatre, cinq, à tout casser ?

Par pure persévérance, le Beur fit le tour complet du parc, se convainquant que le gosse s'était peut-être passionné pour telle ou telle attraction, ou avait sympathisé avec un forain...

Pourtant, il acheva son tour de piste sans le moindre résultat. Il scruta le bord de mer. Les vagues roulaient toujours leurs langues d'écume, autour des pilotis de la digue. Le flic songea à une mer de goudron. Il lui semblait qu'il était parvenu à un no man's land où il n'y avait plus rien à glaner. Un souvenir de môme lui revint : la ville magique de Pinocchio, où les sales mouflets étaient pris au piège, attirés par des attractions fabuleuses, avant d'être transformés en ânes.

En quoi s'était transformé Jude ?

Le flic s'apprêtait à retourner à sa voiture lorsqu'il remarqua un petit cirque, au bout d'un terrain vague.

Il se dit qu'il devait enfoncer chaque jalon, au nom de son enquête. Il se remit en marche, les épaules lasses, et parvint au dôme de toile. Il ne s'agissait pas réellement d'un cirque – plutôt d'une tente précaire qui devait abriter une poignée d'attractions foireuses. Au-dessus du portail branlant, une banderole de plastique affichait, en lettres torsadées : « Les Braseros ». Tout un programme. De deux doigts, le flic souleva la tenture qui faisait office de porte.

Il resta en arrêt devant le spectacle aveuglant qui l'attendait à l'intérieur. Des flammes. Des raclements sourds. Des odeurs d'essence, charriées par les courants d'air. Un bref instant, le lieutenant songea à une machine survoltée, tissée de feu et de muscles, de brûlots et de bustes humains. Puis il comprit qu'il contemplait simplement, sous des lampes anémiées, une sorte de ballet de cracheurs de feu. Des hommes au torse nu, luisants de sueur et d'essence, qui expectoraient leur salive inflammable sur des torches irascibles. Les hommes se déplacèrent en arc de cercle, formant une ronde maléfique. Nouvelle goulée d'essence. Nouvelles flammes. Certains des hommes se courbèrent, d'autres bondirent au-dessus de leur échine, crachant encore leur sortilège éblouissant.

Le policier songea aux diables qui pourchassaient la mère de Jude. Tout, dans ce long cauchemar, entretenait une parité d'atmosphères, une même inquiétude vénéneuse. « Chaque crime est un noyau atomique », disait le flic en brosse.

Karim s'assit sur les gradins de bois et observa quelques instants les apprentis dragons. Il sentait qu'il devait rester ici, interroger ces hommes. Pourquoi, il ne le savait pas. Enfin, l'un des Braseros daigna le remarquer. Il stoppa son manège et se dirigea vers lui, tenant toujours sa broche noirâtre qui vomissait encore quelques flammèches. Il ne devait pas avoir trente ans, mais ses traits semblaient avoir été creusés par des années qui comptaient double. Des années de taule, sans aucun doute. Tignasse brune, peau brune, pupilles brunes. Et l'air lancinant du mec toujours en avance d'un mauvais coup.

– Tu es des nôtres ? demanda-t-il.

– Des vôtres ?

– Ouais. T'es forain ? Tu cherches du boulot ?

Karim joignit ses mains, paume contre paume.

– Non, je suis flic.

– Flic ?

Le cracheur de feu s'approcha et cala son talon contre le gradin inférieur, juste au-dessous de Karim.

– Mec, t'as pas la gueule de l'emploi.

Le flic arabe pouvait sentir le torse brûlant de l'homme. Il dit :

– Tout dépend de l'idée qu'on se fait de l'emploi.

– Qu'est-ce que tu veux ? T'es quand même pas de la territoriale ?

Karim ne répondit pas. Il engloba d'un regard le dôme de toile rapiécée, les saltimbanques au centre de la piste, puis se fit la réflexion qu'en 1982 ce jeune type devait avoir une quinzaine d'années. Y avait-il la moindre chance pour qu'il ait croisé Jude ? Aucune. Mais une pulsion le taraudait encore. Il demanda :

– Il y a quatorze ans, tu étais déjà dans le coin ?

– Y a des chances, ouais. Le cirque appartient à mes vieux.

Karim prononça d'un trait :

– Je suis sur la trace d'un petit môme, qui est peut-être venu ici, à l'époque. En juillet 82, pour être exact. Plusieurs dimanches de suite. Je cherche des gens qui se souviendraient de lui.

Le cracheur de feu scruta la vérité dans les yeux de Karim.

– Mec, t'es pas sérieux ?

– Je n'en ai pas l'air ?

– Comment s'appelait ton môme ?

– Jude. Jude Itero.

– Tu penses vraiment qu'on peut se souvenir d'un gamin qu'est p't'être passé dans notre cirque, y a quatorze ans ?

Karim se leva et s'extirpa des gradins.

– Laisse tomber.

Le jeune homme l'agrippa brusquement par la veste.

– Jude est venu plusieurs fois. Il restait planté devant

nous, pendant qu'on répétait. Il était comme hypnotisé. Un vrai môme de pierre.

– Quoi ?

L'homme monta une marche et se plaça au niveau de Karim. Le flic sentait son haleine chargée d'essence. Le cracheur reprit :

– Mec, c'était un été torride. A faire fondre les rails. Jude s'est pointé quatre dimanches de suite. On avait presque le même âge. On a joué ensemble. J'lui ai appris à cracher le feu. Des histoires de mômes. Y a pas à passer l'hiver là-dessus.

Karim fixa le jeune Brasero.

– Et tu te souviens de ce gosse, quatorze ans plus tard ?

– C'est bien ce que tu espérais, non ?

Le flic haussa le ton :

– Je te demande comment tu peux te souvenir de ça.

Le type sauta sur le sol de terre battue, joignit les talons puis porta sa broche au plus près de ses lèvres. Il irisa sa torche de quelques gouttes de salive chargées de fuel. Une pluie d'étincelles jaillit.

– Mec, c'est que Jude avait quelque chose de spécial.

Karim frémit :

– Au visage ? Il avait quelque chose au visage ?

– Non, pas au visage.

– Alors, quoi ?

Le jeune homme cracha encore quelques flammèches puis éclata de rire :

– Mec, Jude était une petite fille.

33

LENTEMENT, la vérité prenait corps.

Selon le cracheur de feu, l'enfant qu'il avait rencontré à quatre reprises était une petite fille, soigneusement déguisée en garçon. Cheveux coupés court, vêtements appropriés, manières de petit gars. L'homme était catégorique : « Jamais elle m'a dit qu'elle était une petite fille... C'était son secret, tu piges ? Simplement, j'ai tout d'suite remarqué qu'un truc clochait. D'abord, elle était très belle. Un vrai canon. Et pis y avait sa voix. Et même ses formes. Elle devait avoir dix-douze ans. Ça commençait à se voir. Y avait aussi d'aut'trucs. Elle portait des machins dans les yeux, qui lui changeaient la couleur des iris. Elle avait les yeux noirs, mais c't'ait un noir d'encre, un noir artificiel. Même môme, j'm'en rendais compte. Et elle s'plaignait toujours qu'elle avait mal aux yeux. Des douleurs jusqu'au fond de la tête, qu'elle disait... »

Karim rassemblait les éléments. La mère de Jude craignait plus que tout les diables qui voulaient détruire son enfant. C'est sans doute pour cette raison qu'elle avait d'abord quitté une première ville pour atterrir à Sarzac. Là, et Karim aurait dû y penser, elle avait emprunté une nouvelle identité, changé le nom de son enfant, et l'avait même transformé en profondeur, en changeant son sexe. Il n'y avait ainsi plus aucune chance que quiconque ne le repère ou ne le reconnaisse. Pourtant, deux ans plus tard, les diables étaient réapparus dans la nouvelle ville, à Sarzac. Ils cherchaient toujours l'enfant et étaient tout près de le découvrir.

De *la* découvrir.

La mère avait paniqué. Elle avait détruit tous les documents, tous les registres, toutes les fiches qui comportaient le nom, même d'emprunt, de sa petite fille. Et surtout les photos, car une chose était sûre : les diables, s'ils ne possédaient pas le nouveau nom de l'enfant, connaissaient son visage. C'est même ce visage qu'ils recherchaient : la preuve, la pièce à conviction. C'est pour cette raison qu'ils devaient se concentrer, en tout premier lieu, sur les photos de classe, afin de repérer ce visage traqué. Mais d'où venaient ces poursuivants ? Et qui étaient-ils ?

Karim interrogea Brasero Junior :

– La petite fille, elle ne t'a jamais parlé de diables ?

Le jeune forain manipulait toujours sa torche.

– Des diables ? Non. Les diables... (il désigna ses collègues en ricanant)... c'étaient plutôt nous. Et Jude, elle parlait pas beaucoup. J'te dis : on était mômes. J'lui ai juste appris à cracher le feu...

– Ça l'intéressait ?

– Tu veux dire que ça la fascinait. Elle disait qu'elle voulait apprendre... pour se défendre. Et défendre aussi sa maman... C'tait une gosse... réellement bizarre.

– Sur sa mère, elle ne t'a rien dit ?

– Non. J'l'ai même jamais vue... Jude restait une heure ou deux avec moi, et pis d'un coup, elle disparaissait... Le genre Cendrillon. Elle s'est éclipsée comme ça plusieurs fois, et pis elle est plus jamais rev'nue...

– Tu ne te souviens de rien ? D'un détail qui pourrait m'aider, d'un fait singulier ?

– Non.

– Son prénom, par exemple... Elle ne t'a jamais dit comment elle s'appelait... vraiment ?

– Non. Mais quand j'y pense, y avait un truc auquel elle tenait...

– Quoi ?

– Moi, je l'ai tout de suite appelée « Jioude », avec l'accent anglais, comme dans la chanson des Beatles. Mais elle, ça la mettait en rogne. Elle voulait que je l'appelle Ju-de, avec l'accent français. Je revois encore sa petite bouche : « Ju-de. »

Le forain eut un sourire qui revenait de loin ; des tumulus semblèrent se cristalliser dans ses pupilles. Karim pressentit que le dragon avait dû être furieusement amoureux de la petite fille. L'homme questionna à son tour :

– Tu mènes une enquête ? Pourquoi ? Qu'est-ce qui se passe avec elle ? Aujourd'hui, elle doit être âgée de...

Karim n'écoutait plus. Il songeait à la petite Jude, qui avait suivi deux années de scolarité sous une fausse identité. Comment la mère avait-elle pu falsifier les papiers d'identité de son enfant, lors de son inscription scolaire ? Comment avait-elle pu la faire passer pour un petit garçon aux yeux de tous, notamment d'une institutrice qui côtoyait l'enfant chaque jour ?

Soudain, le flic eut une idée. Il leva les yeux et demanda à l'homme-torche :

– Il y a un téléphone ici ?

– Pour qui tu nous prends ? Des clodos ? Suis-moi.

Abdouf lui emboîta le pas.

Le forain abandonna Karim dans une petite cahute de bois peinte, au bout de la piste de sable. Un téléphone était posé sur une tablette. Le flic composa le numéro de la directrice de l'école Jean-Jaurès. Le vent claquait furieusement sous la tente. Il apercevait au loin les cracheurs de feu. Trois sonneries retentirent, puis une voix masculine répondit.

– Je voudrais parler à Mme la directrice, expliqua Karim, maîtrisant son excitation.

– De la part de qui ?

– Lieutenant Karim Abdouf.

Quelques secondes plus tard, la voix essoufflée de la femme résonnait dans le combiné. Le policier commença sans préambule :

– Vous vous souvenez de l'institutrice dont vous m'avez parlé, qui avait quitté Sarzac à la fin de l'année 82 ?

– Bien sûr.

– Vous m'avez dit qu'elle avait supervisé le CM1 en 81, puis le CM2 en 82.

– C'est exact.

– En fait, elle a suivi Jude Itero d'une classe à l'autre, non ?

– Oui. On peut présenter les choses ainsi, mais je vous l'ai dit : il est fréquent qu'une institutrice...

– Comment s'appelait-elle ?

– Attendez, je reprends mes notes...

La directrice farfouilla dans ses papiers.

– Fabienne Pascaud.

Évidemment, ce nom ne disait rien à Karim. Et il n'avait aucun point commun, aucune résonance avec le pseudonyme de l'enfant. Le flic se cognait l'esprit sur chaque nouvelle information. Il demanda :

– Vous avez son nom de jeune fille ?

– Mais c'est son nom de jeune fille.

– Elle n'était pas mariée ?

– Elle était veuve. C'est en tout cas ce que je vois sur sa fiche. C'est bizarre. Elle paraît avoir repris son premier patronyme.

– Quel était son nom d'épouse ?

– Attendez... Voilà : Hérault. H.É.R.A.U.L.T.

Nouvelle impasse. Karim faisait fausse route.

– Bon. Je vous remercie, je...

Ce fut un flash. Une fulgurance. S'il avait raison, si cette femme était bien la mère de Jude, le nom de famille de la petite fille devait être, initialement, Hérault. Et son prénom...

Karim entendit de nouveau la remarque du forain, sur la prononciation du prénom de la petite gosse. Elle tenait absolument à ce qu'on le prononce comme il s'écrivait, à la française. Pourquoi ? N'était-ce pas parce qu'il lui rappelait son vrai prénom ? Son prénom de petite fille ?

Karim souffla dans le combiné :

– Attendez une minute.

Il s'agenouilla et écrivit dans le sable, d'une main nerveuse, les deux noms, en lettres capitales, l'un en dessous de l'autre :

FABIENNE HÉRAULT
JUDE ITERO

Il y avait une même consonance, une même tonalité dans les deux dernières syllabes. Il réfléchit quelques instants, puis effaça avec la main ce qu'il venait d'inscrire dans la poussière. Il écrivit alors, en détachant les syllabes :

JU-DI-TE-RO

Puis :

JUDITH HÉRAULT

Il faillit pousser un rugissement de triomphe. Jude Itero s'appelait en réalité Judith Hérault. Le petit garçon était une petite fille. Et la mère était bien l'institutrice. Elle avait repris son nom de jeune fille, pour mieux brouiller les pistes, et adapté le prénom de son enfant au masculin, sans doute pour ne pas troubler encore la gosse, ou ne pas risquer qu'elle ne commette d'impairs face à sa nouvelle identité.

Karim serra les poings. Il était certain que les choses s'étaient organisées de cette manière. La femme avait pu trafiquer l'identité de son enfant dans l'école, parce qu'elle était elle-même dans la place. Cette hypothèse expliquait tout : la facilité avec laquelle la femme avait abusé tout le monde à Sarzac, la discrétion avec laquelle elle avait subtilisé les documents officiels. D'une voix frémissante, il demanda à la directrice :

– Pourriez-vous obtenir des informations plus précises sur cette institutrice, à l'académie ?

– Ce soir ?

– Ce soir, oui.

– Je... Oui, je connais des gens. C'est possible. Que voulez-vous savoir ?

– Je veux savoir où Fabienne Pascaud-Hérault s'est installée *après* son départ de Sarzac. Je veux aussi savoir où elle a enseigné *avant* son arrivée dans votre ville. Trouvez aussi des personnes qui l'ont connue. Vous avez un téléphone cellulaire ?

La femme acquiesça, donna son numéro. Elle semblait légèrement dépassée. Karim reprit :

– Combien de temps vous faut-il pour vous rendre vous-même à l'académie et obtenir ces informations ?

– Deux heures environ.

– Emmenez votre portable. Je vous rappelle dans deux heures.

Karim s'extirpa de la cahute et salua de la main les Braseros, qui avaient repris leur danse de Saint-Guy.

34

DEUX heures à tuer.

Karim réajusta son bonnet et s'achemina vers son break. L'ombre était balayée par un vent chargé de miasmes marins, qui semblait fissurer la terre et l'asphalte. Deux heures à tuer. Il se dit que, peut-être, cette région ne lui avait pas encore tout donné.

Il tenta d'imaginer Fabienne et Judith Hérault, les deux êtres solitaires qui venaient ici chaque dimanche d'été. Il imagina la scène avec précision, se repassant chaque aspect, chaque détail qui pouvait peut-être lui murmurer une nouvelle voie à suivre. Il distinguait la mère et sa fille, à la lumière du matin, marchant en toute discrétion dans une région où personne ne les connaissait. La femme, déterminée, obsédée par le visage de son enfant. Et elle, la môme androgyne, fermée à double tour sur sa peur.

Abdouf n'aurait su dire pourquoi, mais il imaginait ce couple étrange scellé dans la même détresse. Il les voyait main dans la main, marchant en silence... Comment venaient-elles ici ? Par le train ? Par la route ?

Le lieutenant décida de visiter toutes les gares ferroviaires des environs, les stations d'autoroute, les gendarmeries, en quête d'une trace, d'un procès-verbal, d'un souvenir...

Deux heures à tuer : c'était cela ou rien.

Il démarra sous le ciel qui rougeoyait dans les dernières braises du soleil couchant. Les nuits d'octobre se recroquevillaient déjà dans leur obscurité précoce.

Karim trouva une cabine téléphonique et appela d'abord le SRPJ de Rodez, en quête d'une voiture immatriculée au nom de Fabienne Pascaud ou de Fabienne Hérault dans le département du Lot, en 1982. En vain. Il n'y avait pas de carte grise à ces patronymes. Il reprit sa voiture et focalisa ses recherches sur les gares environnantes, sans abandonner totalement la possibilité d'un véhicule personnel.

Il visita quatre stations ferroviaires. Pour obtenir quatre fois zéro. Abdouf avalait les kilomètres, en cercles concentriques, autour du monastère et du parc d'attraction. Il n'apercevait que de hautes figures fantomatiques dans le halo de ses phares : des arbres, des roches, des tunnels... Il se sentait bien. L'adrénaline lui chauffait les membres, et l'excitation maintenait toutes ses facultés en éveil. Le Beur retrouvait les sensations qu'il aimait, celles de la nuit, de la peur. Ces sensations découvertes au cœur des parkings, alors qu'il limait ses premières clés derrière les pylônes. Karim ne craignait pas les ténèbres : c'était son monde, son manteau, ses eaux profondes. Il s'y sentait en sérénité, tendu comme une arme, puissant comme un prédateur.

A la cinquième gare, le flic ne surprit qu'une zone de fret, encombrée de vieux wagons et de turbines bleuâtres. Il repartit dans l'instant mais pila aussitôt après. Il se trouvait sur un pont, au-dessus de l'autoroute, la sortie de Sète-Ouest. Il scruta la petite station de péage, à trois cents mètres de là. Son instinct lui ordonna d'y effectuer une vérification.

Enfoncer chaque jalon, toujours.

Il emprunta la voie d'accès et tourna aussitôt à droite, franchissant une rangée de troènes. Il y avait là plusieurs bâtiments en préfabriqué : les bureaux de la station d'autoroute. Aucune lumière. Pourtant, près des hangars attenant aux baraques, le lieutenant repéra un homme. Il braqua encore, gara la voiture et marcha droit vers la silhouette qui s'affairait au pied d'un haut camion.

Le vent âcre redoublait. Tout était sec, mat, poudreux, comme enveloppé d'un souffle salin. Le flic enjamba des panneaux de signalisation routière, des pelles, des bâches plastiques. Il frappa la benne du camion – un convoi de sel – et produisit un fracas métallique.

L'homme sursauta ; sa cagoule ménageait seulement un espace pour les yeux. Ses sourcils grisâtres se froncèrent.

– Qu'est-ce qu'y a ? Qui vous êtes ?

– Le Diable.

– Hein ?

Karim sourit en s'appuyant contre la benne.

– Je plaisante. C'est la police, papa. J'ai besoin de renseignements.

– Des renseignements ? Y a personne jusqu'à demain matin, je...

– Les stations d'autoroute fonctionnent vingt-quatre heures sur vingt-quatre.

– Le receveur est dans sa cabine, et moi j'travaille ici...

– C'est bien ce que je dis. On va aller toi et moi dans le

bureau. Tu vas boire un petit café, pendant que je jette un œil au PCI.

– Le... PCI ? Mais... qu'est-ce que vous cherchez ?

– Je t'expliquerai tout ça au chaud.

Les bureaux étaient à l'image de l'ensemble : étriqués et provisoires. Des murs étroits, des portes creuses, des bureaux de formica. Tout était éteint, tout était mort, excepté un ordinateur qui vibrait dans la pénombre. Le PCI – la centrale d'informations qui tournait en boucle tout au long de l'année et assurait un relais d'information sur l'ensemble du réseau autoroutier régional. Chaque accident, chaque panne, chaque déplacement des agents routiers étaient consignés dans cette mémoire.

Le vieil homme voulut manipuler lui-même l'ordinateur. Il souleva sa cagoule. Karim murmura à son oreille :

– Juillet 82. A toi de jouer. Je veux tout savoir. Les accidents. Les dépannages. Le nombre d'usagers. La moindre anecdote. Tout.

Le vieux retira ses gants et souffla sur ses doigts pour les réchauffer. Il pianota durant quelques secondes. Un listing apparut, correspondant au mois de juillet 82. Des chiffres, des données, des dépannages. Rien qui n'éveillât quoi que ce soit.

– Tu peux effectuer une recherche par nom ? demanda Karim, penché au-dessus de l'homme.

– Épèle.

– J'en ai plusieurs : Jude Itero, Judith Hérault, Fabienne Pascaud, Fabienne Hérault.

– Elles sont combien comme ça ? grommela l'agent, en intégrant les patronymes.

Mais une réponse clignota, au bout de quelques secondes. Karim s'approcha.

– Qu'est-ce qui se passe ?

– Le PCI a quelque chose, à l'un des noms. Mais pas en juillet 82.

– Continue la recherche.

L'homme tapa plusieurs commandes-clavier. Les renseignements s'affichèrent, en lettres fluorescentes sur l'écran sombre. Le flic sentit son corps se pétrifier. La date lui hurla au visage : 14 août 1982. Le jour inscrit sur la tombe de Jude. Et c'était bien ce nom qui ouvrait le dossier : Jude Itero.

– J'me souvenais pas du nom, souffla le papy. Mais j'me souviens de l'accident. Un truc atroce, près du Héron-Cendré. La voiture a dérapé. Elle a traversé la bordure centrale et s'est écrasée contre l'encoignure d'un mur antibruit, juste en face. On les a retrouvés, la mère et le fils, fracassés dans les tôles. Mais y a qu'le môme qui y est passé. Il était à l'avant. La mère s'en est sortie avec seulement des contusions. Y avait une gerbe de sang qui traversait les deux axes. Deux fois trois voies, tu t'imagines ?

Karim ne parvenait pas à maîtriser ses tremblements. Ainsi s'était achevée la cavale de Fabienne et de Judith Hérault. A cent trente kilomètres à l'heure, contre un mur antibruit. C'était aussi absurde que cela. Et aussi simple. Le flic étouffa un cri de colère. Il ne pouvait se convaincre que toute l'aventure, toutes les précautions de la femme s'étaient anéanties en un seul dérapage.

Et pourtant, il le savait depuis le début : Judith était morte en août 1982, comme sa tombe l'attestait. Il ne découvrait maintenant que les circonstances de cette disparition. Des larmes lui brûlèrent les paupières, comme s'il venait d'apprendre la mort d'un être cher. D'un être qu'il avait aimé, quelques heures seulement, mais avec la fureur d'un torrent. Au-delà des mots et des années. Au-delà de l'espace et du temps.

– Continue, ordonna-t-il. Comment était le corps de l'enfant ?

– Il... Il était totalement encastré dans la calandre. Un agglomérat de chair et de tôle. Putain. Y z'ont mis plus de six heures à... Enfin... Jamais j'oublierai ça... Son visage était... enfin... Y avait plus de visage, plus de tête, plus rien.

– Et la mère ?

– La mère ? Je sais pas si c'était la mère. En tout cas, elle avait pas le même nom que...

– Je sais. Était-elle blessée ?

– Non. Elle s'en est bien tirée. Des hématomes, des égratignures... Autant dire rien. C'est parce que la voiture a tourné sur elle-même, tu vois ? Et qu'le mur a frappé de plein fouet le côté passager. Dans ce virage, c'est l'coup classique et...

– Décris-la-moi.

– Qui ?

– La femme.

– Aucune chance que je l'oublie. Une géante. Une brune à visage large. Et à grosses lunettes. Toute en noir et en plis souples. Vraiment bizarre. Elle pleurait pas. Elle paraissait très froide. P't'être l'état de choc, je sais pas...

– Comment était son visage ?

– Joli.

– C'est-à-dire ?

– Dans le genre joufflu, j'sais plus... Une peau très claire, presque transparente.

Abdouf changea de direction.

– Pour chaque accident, vous conservez un dossier, non ? Un bilan, avec le certificat de décès et tout le reste ?

Le vieil hirsute regardait Karim. Ses pupilles crépitaient comme des grains de café.

– Que cherches-tu au juste, grand ?

– Montre-moi le dossier.

L'homme s'essuya les mains sur son anorak et ouvrit une armoire dont les portes étaient des sortes de persiennes. Karim le voyait lire les noms des accidentés, murmurant les syllabes.

– Jude Itero. Voilà, c'est celui-là. J'te préviens, c'est...

Karim lui prit des mains et feuilleta les différentes pages. Témoignages, certificats, procès-verbaux, constats d'assurances. Toutes les circonstances. Fabienne Pascaud conduisait une voiture de location, qu'elle avait louée à Sarzac. L'adresse de résidence était celle que lui avait donnée le

Dr Macé – les ruines isolées, dans le vallon de rocaille. Rien de neuf de ce côté-là. Ce qui était stupéfiant, c'est que la mère avait déclaré la mort de son enfant sous le nom de Jude Itero, sexe masculin.

– Je ne comprends pas, dit le policier. L'enfant était un garçon ?

– Ben ouais... (Le vieux regardait le dossier par-dessus le bras de Karim.) C'est c'qu'elle a dit, en tout cas...

– Tu ne te souviens pas qu'il y ait eu un problème de ce côté-là ?

– Un problème ? Qu'est-ce que tu veux dire ?

Le flic s'efforça de maîtriser sa voix :

– Écoute, je te demande simplement s'il était possible d'identifier le sexe de l'enfant.

– J'suis pas toubib, moi ! Mais franchement, j'pense pas. Le corps, c'était plutôt des fragments... De la chair à pare-chocs... (Il se passa la main sur le visage.) J'te fais pas un dessin, grand... Depuis vingt-cinq ans que j'suis là, j'en ai vu des accidents... C'est toujours le même truc horrible... (Il agita ses mains en hauteur, imitant des nappes de brume.) Comme une espèce de guerre souterraine, tu vois, qui surgirait de temps en temps, avec une violence de terreur !

Karim comprit que l'état du corps avait permis à la femme d'achever son mensonge, au-delà de la tombe. Mais pourquoi ? Craignait-elle encore une menace ? Même si sa petite fille était morte ?

Le lieutenant compulsa de nouveau le dossier et découvrit des photographies de l'accident. Du sang. Des tôles tordues. Des tronçons de chair, des membres épars, jaillis de la carrosserie. Il passa rapidement. Il n'avait pas le cœur à ça. Il tomba ensuite sur le certificat de décès, la description du médecin, et obtint confirmation que les caractéristiques du corps étaient de l'ordre de l'abstrait.

Karim s'adossa au mur, pris d'un vertige. Puis il scruta sa montre. Il avait bien tué deux heures.

Mais ces heures l'avaient tué en retour.

Avec effort, il posa un dernier regard sur les pages. Des empreintes digitales étaient imprimées à l'encre bleue sur une fiche cartonnée. Il observa les dermatoglyphes quelques secondes, puis demanda :

– Ce sont bien ses empreintes ?

– Qu'est-ce que tu veux dire ?

– Ces empreintes, ce sont bien celles de l'enfant ?

– Je comprends rien à tes questions. Mais ouais, bien sûr... C'est moi qui ai tenu l'encreur. Les restes du corps étaient dans la housse. Le docteur a appuyé la petite main. Une main tout ensanglantée. Bordel. On était tous pressés d'en finir. Écoute, encore aujourd'hui, ça vient ronger mes nuits, alors...

Karim enfourna le dossier sous sa veste de cuir.

– OK. Je garde les documents.

– C'est ça, garde-les. Et bon vent.

Le lieutenant s'arracha du bureau. Il était abasourdi. Des étoiles dansaient sous ses paupières. Sur le perron de la baraque, le vieux lui cria :

– Fais gaffe à toi.

Karim se retourna. L'homme l'observait dans le vent de sel, en retenant la porte vitrée de l'épaule. Sa silhouette était dédoublée par la vitre, dans un reflet mordoré.

– Quoi ? répéta le flic.

– Je dis : fais gaffe à toi. Et ne prends jamais quelqu'un d'autre pour ton ombre.

Karim tenta de sourire :

– Pourquoi ?

L'homme rabaissa sa cagoule.

– Parce que je le sais, je le sens : tu marches entre les morts.

35

– Ce que vous ne me faites pas faire, lieutenant... J'ai rejoint mon collègue à l'académie...

La voix de la femme vibrait d'excitation enjouée. Karim s'était arrêté dans une nouvelle cabine pour appeler le téléphone cellulaire de la directrice. Elle continuait :

– Le gardien a bien voulu nous...

– Qu'avez-vous trouvé ?

– Le dossier complet de Fabienne Hérault, née Pascaud. Mais c'est une nouvelle impasse. Après ses deux années à Sarzac, la femme a disparu. Elle semble avoir arrêté l'enseignement.

– Aucun moyen de savoir où elle s'est installée ensuite ?

– Aucun, non. Il semble qu'elle avait achevé son contrat avec l'Éducation nationale cette année-là. Elle n'a pas renouvelé ses engagements. C'est tout. L'académie n'a plus jamais eu de contact avec elle.

Karim se trouvait au pied d'une cité résidentielle, dans les faubourgs de Sète. A travers la vitre de la cabine, il observait des voitures stationnées, dont les carrosseries rutilantes brillaient sous les réverbères. L'information de la femme ne l'étonnait pas. Fabienne Pascaud avait refermé la porte derrière elle. Sur son mystère. Sur sa tragédie. Sur ses diables.

– Et d'où venait cette femme, avant Sarzac ?

– De Guernon, une ville universitaire, dans l'Isère, au-dessus de Grenoble. Elle a enseigné dans cette ville seulement quelques mois. Avant encore, elle avait la responsabilité d'une petite école primaire, à Taverlay, un village situé dans les hauteurs du Pelvoux, une montagne de ce coin-là.

– Avez-vous obtenu des renseignements personnels ?

Elle reprit, d'un ton mécanique :

– Fabienne Pascaud est née en 1945, à Corivier, dans une vallée de l'Isère. Elle se marie avec Sylvain Hérault, en 1970, et obtient la même année un premier prix de conservatoire de piano, à Grenoble. En ce sens, elle aurait pu devenir professeur et...

– Continuez, s'il vous plaît.

– En 1972, elle entre à l'école normale. Deux ans plus tard, elle intègre l'école primaire de Taverlay, toujours dans l'Isère. Elle enseigne là-bas pendant six ans. En 1980, l'école de Taverlay ferme – une nouvelle route permet aux enfants de rejoindre une plus grande école, dans un village voisin, même en hiver. Fabienne est alors mutée à Guernon. Un coup de chance : c'est à cinquante kilomètres de Taverlay. Et c'est une ville célèbre dans le milieu des enseignants. Une ville universitaire, très agréable, très intellectuelle.

– Vous m'aviez dit qu'elle était veuve : savez-vous quand est mort son mari ?

– J'y viens, jeune homme, j'y viens ! En 1980, quand elle arrive à Guernon, Fabienne donne le patronyme de son époux – il semble n'y avoir aucun problème de ce côté-là. En revanche, six mois plus tard, à Sarzac, elle se présente comme veuve. L'homme a donc disparu durant la période de Guernon.

– Dans votre dossier, il n'y a rien sur lui ? Son âge ? Son métier ?

– C'est une académie de l'Éducation nationale. Pas une agence de détectives.

Karim soupira.

– Continuez.

– Peu de temps après son arrivée à Guernon, elle demande sa mutation. N'importe où, pourvu que cela soit loin de cette ville. C'est bizarre, non ? Elle obtient aussitôt un poste à Sarzac. Rien d'étonnant à cela : personne ne veut venir dans notre belle région... Là, elle reprend son nom de jeune fille. On dirait qu'elle a vraiment voulu tourner la page.

– Vous ne me parlez pas de son enfant.

– En effet, elle avait un enfant. Née en 1972. Une petite fille.

– C'est ce qui est écrit ?

– Eh bien, oui...

– Quel nom y a-t-il marqué ?

– Judith Hérault. Mais là encore, il n'en est plus fait aucune mention à Sarzac.

Chaque information confirmait avec exactitude l'histoire soupçonnée par Karim. Il enchaîna :

– Avez-vous pu contacter des gens qui l'ont connue, à Sarzac ?

– Oui. J'ai parlé avec la directrice de l'époque : Mathilde Sarman. Elle se souvient très bien de Fabienne. Une femme étrange, paraît-il. Mystérieuse. Réservée. Très belle. Et très forte. Un mètre quatre-vingts. Des épaules comme ça... Elle jouait souvent du piano. Une virtuose. Je vous répète ce qu'on m'a dit...

– A Sarzac, Fabienne Pascaud vivait-elle seule ?

– Selon Mathilde, oui, elle vivait seule. Dans une vallée isolée, à dix kilomètres de la ville.

– Et personne ne sait pourquoi elle est partie brutalement de Sarzac ?

– Non, personne.

– Ni de Guernon, deux ans auparavant ?

– Non. Il faudrait peut-être remonter jusque-là, je... (La femme hésita puis osa demander :) Tout de même, lieutenant... Vous pourriez au moins m'expliquer le rapport entre cette enquête et le vol dans mon école, je...

– Plus tard. Vous allez rentrer chez vous ?

– Heu... oui, bien sûr...

– Prenez avec vous tout ce qui concerne Fabienne Pascaud et attendez mon appel.

– Je... Bon. D'accord. Quand comptez-vous me rappeler ?

– Je ne sais pas. Bientôt. Je vous expliquerai tout alors.

Karim raccrocha et scruta de nouveau les voitures du parking. Il y avait des Audi, des BMW, des Mercedes, brillantes, rapides – et bardées d'alarmes. Il regarda sa montre : vingt heures passées. Il était temps d'affronter le vieux fauve. Le lieutenant composa le numéro direct d'Henri Crozier. Aussitôt la voix hurla :

– Bordel de Dieu de merde : OÙ ES-TU ?

– Je poursuis mon enquête.

– J'espère que tu es en route pour le poste.

– Non. Je dois effectuer un dernier détour. En montagne.

– En montagne ?

– Oui, dans une petite ville universitaire, près de Grenoble. A Guernon.

Il y eut un silence, puis Crozier reprit :

– Je te souhaite d'avoir une bonne raison pour...

– La meilleure, commissaire. Ma piste remonte jusqu'à cette ville. Je pense y découvrir la trace des profanateurs.

Crozier n'ajouta rien. L'aplomb de Karim paraissait lui couper le souffle. Profitant de l'avantage, le lieutenant attaqua :

– A-t-on du nouveau sur le véhicule ?

Le commissaire hésita. Karim haussa le ton :

– Vous avez du nouveau, oui ou non ?

– On a localisé le véhicule et son propriétaire.

– Comment ?

– Un témoin, sur la D143. Un paysan qui rentrait avec son tracteur. Il a vu passer une Lada blanche, sur le coup des deux heures du matin. Il a juste mémorisé le numéro du département. On a vérifié : une Lada vient d'être immatriculée là-bas. Au contrôle technique, elle avait toujours ses pneus slaves. C'est notre voiture. Une certitude, disons à quatre-vingts pour cent.

Karim réfléchit. Cette information lui paraissait suspecte, tomber au trop juste moment.

– Pourquoi le témoin s'est-il manifesté ?

Crozier ricana.

– Parce que Sarzac est en ébullition. Les gars du SRPJ sont arrivés, avec leur discrétion habituelle. Ils la jouent façon Carpentras, comme s'il s'agissait d'une profanation dans les grandes largeurs. (Crozier pesta.) Les médias sont là aussi. C'est la merde.

Karim serra les mâchoires.

– Donnez-moi le nom et la ville, vite.

– On me parle pas comme ça, Karim, je...

– Le nom, commissaire. Vous ne comprenez pas que c'est *mon* enquête ? Que je suis seul à tenir les véritables racines de ce chaos ?

Crozier se ménagea un silence, de quoi sans doute retrouver sa maîtrise. Lorsqu'il parla, sa voix était impassible :

– Karim, dans toute ma carrière, personne ne m'a parlé comme ça. Alors je veux le point sur « ton » enquête. Et tout de suite. Sinon je te fous un avis de recherche au cul.

Le timbre de la voix indiquait qu'il n'était plus temps de négocier. Karim résuma en quelques mots les résultats de ses recherches. Il raconta l'histoire de Fabienne et de Judith Hérault, usurpatrices en cavale. Il décrivit leur course absurde, leur changement d'identité, l'accident de voiture qui avait coûté la vie à l'enfant. Crozier conclut, perplexe :

– Ton truc, c'est du roman.

– La mort est un roman, commissaire.

– Ouais... En tout cas, je ne vois pas le rapport entre ton histoire et notre affaire de cette nuit...

– Voilà ce que je pense, commissaire. Fabienne Hérault n'était pas folle. Des hommes la poursuivaient, réellement. Et je pense que ce sont ces mêmes hommes qui sont revenus cette nuit à Sarzac.

– Hein ?

Karim inspira profondément.

– Je pense qu'ils sont revenus vérifier quelque chose. Quelque chose qu'ils savaient déjà, mais qu'un événement soudain a remis en cause, ailleurs.

– Où vas-tu chercher tout ça ? Et d'abord, qui seraient ces hommes ?

– Aucune idée. Mais pour moi, les diables sont de retour, commissaire.

– C'est de la pure affabulation.

– Peut-être, mais les faits sont là : il y a bien eu cambriolage à l'école Jean-Jaurès et la sépulture de Jude Itero a été violée. Alors, s'il vous plaît, donnez-moi le nom du profanateur et sa ville, commissaire. Je veux savoir s'il s'agit de Guernon. Pour moi, la clé du cauchemar est là-bas et...

– Note. Le nom, c'est : Philippe Sertys. 7, rue Maurice-Blasch.

La voix de Karim vibra :

– Quelle ville, commissaire ? Guernon ?

Crozier marqua un temps.

– Guernon, oui. Je ne sais pas par quel miracle tu en es arrivé là, mais, bon sang, c'est toi qui tiens la piste la plus brûlante.

VII

36

LES images de la photographe allemande avaient pris corps.

Les athlètes aux tempes rasées couraient dans le stade de Berlin d'avant-guerre. Légers. Puissants. Hiératiques. Leur course avait adopté la cadence d'un vieux film saccadé, au grain minéral, pigmenté comme la surface d'un tombeau. Il voyait les hommes courir. Il entendait leurs talons sur la piste. Il pressentait leur souffle, rauque, battant à contretemps de chacun de leurs pas.

Mais des détails troubles s'immisçaient bientôt. Les visages étaient trop sombres, trop fermés. Les arcades trop fortes, trop proéminentes. Que cachaient ces regards ? Alors qu'une clameur grave et hystérique s'élevait des gradins, les athlètes exhibaient soudain leurs orbites arrachées, leurs yeux sans globes, qui ne les empêchaient pas de voir, ni même de courir. Au contraire, au fond de ces plaies vives, semblaient s'agiter un nouveau fourmillement... des claquements de langue... des lueurs animales...

Niémans se réveilla, couvert d'une suée glacée. La lumière blanche de l'ordinateur l'éblouit aussitôt, comme dans une mascarade d'interrogatoire. Il se ressaisit discrètement et tassa sa tête dans son col. Il jeta un regard circulaire autour de lui : personne n'avait remarqué qu'il s'était assoupi et que la terreur lui avait aussitôt volé ses rêves, prenant la forme des photographies aperçues chez Sophie Caillois. Les images de cette réalisatrice nazie, dont il avait oublié le nom.

Vingt et une heures.

Il n'avait dormi que quarante-cinq minutes. Après sa visite à l'entrepôt, Niémans avait aussitôt envoyé ses trouvailles (le petit cahier, les treillis de métal et les parcelles de poudre blanchâtre) à l'ingénieur de Grenoble, Patrick Astier, via Marc Costes, qui attendait toujours l'arrivée du cadavre des glaces, à l'hôpital.

Ensuite, Niémans était venu ici, à la bibliothèque de l'université, pour lancer une recherche, à tout hasard, sur les vocables « rivières » et « pourpres ». Il avait d'abord observé des cartes, en quête d'un réseau hydrographique qui aurait porté ce nom. Puis il avait consulté l'index informatique, cherchant un livre, un catalogue, un document qui aurait contenu ces termes. Mais il n'avait rien trouvé et, durant sa lecture, s'était endormi brutalement. Près de quarante heures sans sommeil et ses nerfs l'avaient laissé tomber, comme un pantin dont on aurait coupé les ficelles.

Le commissaire lança un nouveau coup d'œil sur la grande salle de lecture. Au gré des tables et des compartiments vitrés, une dizaine de policiers en civil poursuivaient leurs recherches, décryptant les livres évoquant le mal, la pureté ou les yeux... Deux d'entre eux dressaient la liste des étudiants qui avaient consulté fréquemment quelques-uns de ces livres, soi-disant suspects. Un autre lisait toujours la thèse de Rémy Caillois.

Mais Niémans ne croyait plus à la piste littéraire, pas plus que ces policiers, qui attendaient maintenant la relève. Tout le monde savait, depuis deux heures, que le SRPJ de Grenoble reprenait la direction de l'enquête, compte tenu des faibles résultats de l'association Niémans/Barnes/Vermont.

Et en effet : l'enquête n'avait pas progressé d'un indice, malgré la multiplication des forces en action. Pour aider les équipes du capitaine Vermont à quadriller les terrains de la pointe du Muret, puis le flanc ouest de la montagne de Belledonne, trois cents militaires cantonnés à la base de Romans avaient été réquisitionnés. Ils étaient arrivés par camions aux environs de dix-neuf heures et avaient aussitôt commencé le travail de ratissage nocturne, sous les ordres de Vermont. Outre ces soldats, le capitaine avait également réquisitionné deux compagnies de CRS basées à Valence.

Plus de trois cents hectares avaient déjà été explorés. Pour l'heure, cette fouille systématique n'avait rien donné – et ne donnerait rien, Niémans le savait. Si le tueur avait laissé quelques indices, ils auraient déjà dû être découverts. Pourtant, le commissaire restait en liaison VHF avec Vermont et il avait lui-même tracé, sur une carte de l'IGN, les différents points cruciaux de l'enquête : les lieux de découverte du premier et du second corps, l'emplacement de la faculté, de l'entrepôt de Sertys, la situation de chaque refuge...

La surveillance du réseau routier s'était également intensifiée. De huit barrages, le réseau était passé à vingt-quatre. Il couvrait maintenant une très large superficie autour de Guernon. Toutes les villes et villages, les entrées et sorties d'autoroute, les nationales et départementales étaient bouclés.

Côté paperasse, l'activité s'amplifiait, elle aussi, sous la responsabilité du capitaine Barnes. Les grandes options de recherche se prolongeaient. Les fax ne cessaient plus de tomber : témoignages, réponses aux questionnaires, commentaires... D'autres formulaires partaient, en direction des stations de ski des environs. Des messages, des circulaires étaient adressés, alors même que le standard de la brigade avait été équipé de plusieurs nouveaux télécopieurs.

On s'attachait aussi, depuis l'après-midi, à interroger tous ceux qui, lors des dernières semaines, avaient été en contact avec la première victime. Une autre équipe questionnait toujours les meilleurs alpinistes de la région, notamment ceux qui avaient déjà arpenté le glacier de Vallernes. Des hommes sauvages qui ne vivaient pas à Guernon, mais dans les villages des hauteurs, accrochés au flanc de rocaille surplombant la ville universitaire. La brigade ne désemplissait plus.

Une autre équipe encore, appartenant cette fois aux rangs de Vermont, reconstituait avec minutie l'éventuel itinéraire de Rémy Caillois, lors de sa dernière expédition, tandis que d'autres s'attachaient déjà à l'itinéraire de la seconde victime, ainsi qu'à celui du tueur, jusqu'au sommet du glacier. Les tracés étaient numérisés, mis en mémoire, comparés sur informatique.

Au cœur de cette fièvre, de cette rumeur de guerre, Niémans s'obstinait sur le mode intime. Plus que jamais, il était persuadé qu'il trouverait l'assassin en découvrant son mobile. Et son mobile était, peut-être, la vengeance. Mais il devait prendre des précautions extrêmes avec cette hypothèse. Ni les autorités ni le grand public n'appréciaient le paradoxe en matière criminelle. Officiellement, un meurtrier tuait des innocents. Or, Niémans cherchait maintenant à démontrer que ces victimes étaient aussi des coupables.

Comment avancer sur ce terrain ? Caillois et Sertys avaient verrouillé leur existence sur leurs secrets. Sophie Caillois ne dirait pas un mot et sa filature n'avait livré pour l'instant aucun résultat. Quant à la mère de Sertys ou aux collègues de l'aide-soignant, déjà interrogés, ils ne connaissaient que l'image convenue de Philippe Sertys. Sa mère n'était pas même au courant de l'existence de l'entrepôt, qui avait pourtant appartenu à son mari, René Sertys.

Alors ?

Alors Niémans ne songeait plus, à cet instant, qu'à un autre mystère, qui commençait à supplanter tous les autres dans sa conscience. Il connecta son téléphone et rappela Barnes :

– Du nouveau sur Joisneau ?

Le jeune lieutenant, le policier impeccable qui brûlait d'acquérir le savoir du « maître », n'était toujours pas réapparu.

– Ouais, grasseya Barnes. J'ai envoyé un de mes gars à l'institut des aveugles, pour savoir où il avait pu aller, ensuite.

– Eh bien ?

Le capitaine articula, la voix lasse :

– Joisneau a quitté l'institut à dix-sept heures environ. Il semble qu'il soit parti pour Annecy, afin de rendre visite à un ophtalmologue. Un professeur de la faculté de Guernon, qui s'occupe des patients de l'institut.

– Vous l'avez appelé ?

– Bien sûr. Nous avons essayé ses coordonnées professionnelles et personnelles. Aucun numéro ne répond.

– Vous avez les adresses ?

Barnes dicta à Niémans un seul nom de rue : le médecin vivait dans une maison qui abritait aussi son cabinet.

– Je fais l'aller et retour, conclut Niémans.

– Mais... pourquoi ? Joisneau va bien finir par...

– Je me sens responsable.

– Responsable ?

– Si le môme a fait une connerie, s'il a pris un risque inutile, je suis sûr que c'est pour m'épater, me bluffer, vous comprenez ?

Le gendarme rétorqua, d'un ton apaisant :

– Joisneau va réapparaître. C'est un jeune. Il a dû se monter la tête sur une piste foireuse...

– Je suis d'accord. Mais il est peut-être en danger. A son insu.

– En... danger ?

Niémans ne répondit pas. Il y eut quelques secondes de silence. Barnes ne semblait pas saisir le sens des paroles du commissaire. Il ajouta soudain :

– Ah oui, j'oubliais : Joisneau a aussi appelé l'hôpital. Il voulait passer aux archives.

– Les archives ?

– D'immenses galeries souterraines sous le CHRU, qui contiennent toute l'histoire de la région, à travers ses naissances, ses maladies et ses morts.

Le policier sentait l'angoisse resserrer son étreinte : le petit blond suivait donc une voie en solitaire. Une voie qui avait pris sa source à l'institut, qui l'avait conduit chez l'ophtalmologue, puis aux archives du centre hospitalier. Il acheva :

– Mais personne ne l'a vu là-bas, à l'hôpital ?

Barnes répondit par la négative. Niémans raccrocha. Aussitôt, un nouvel appel résonna. Il n'était plus question de radiomessageries, de nom de code, de précautions. Tous les enquêteurs travaillaient désormais dans l'urgence. La voix de Costes vibrait :

– Je viens de prendre livraison du corps.

– C'est Sertys ?

– C'est lui, aucun doute possible.

Le commissaire souffla. Tous les éléments glanés depuis trois heures sur Philippe Sertys entraient bien dans le cadre de l'enquête. Et il allait pouvoir lancer une équipe officielle sur une fouille minutieuse de l'entrepôt. Costes poursuivait :

– Il y a une sacrée différence avec les premières mutilations.

– Laquelle ?

– Le meurtrier a prélevé les yeux, mais aussi les mains. Le tueur a sectionné les deux poignets. Vous ne l'avez pas vu à cause de la position fœtus du corps : les moignons étaient coincés entre les genoux.

Les yeux. Les mains. Niémans discernait un lien occulte entre ces éléments anatomiques. Mais il n'aurait su dire dans quelle logique infernale ces deux mutilations s'intégraient.

– C'est tout ? reprit-il.

– Pour l'instant, oui. Je commence l'autopsie.

– Tu en as pour combien de temps ?

– Deux heures, minimum.

– Commence par les orbites et appelle-moi dès que tu obtiendras quelque chose. Je suis sûr qu'il y a un indice pour nous.

– J'ai l'impression d'être un messager de l'enfer, commissaire.

Niémans traversa la salle de la bibliothèque. Près de la porte, il remarqua le policier râblé, penché sur la thèse de Rémy Caillois. Il s'accorda un petit détour et s'assit en face de lui, dans l'un des compartiments vitrés de lecture.

– Comment ça se passe ?

L'OPJ leva les yeux.

– Je rame.

Le commissaire sourit en désignant l'épais document.

– Rien de neuf ?

Le policier haussa les épaules.

– Toujours la Grèce, les Olympiades, les épreuves sportives et ce genre de trucs : course, javelot, pancrace... Caillois parle du caractère sacré de l'épreuve physique, du record, voyez... (L'officier ourla les lèvres, en signe d'incrédulité.) Une sorte de... de communion avec des forces supérieures. Selon lui, un record physique était considéré, à cette époque, comme une véritable passerelle pour communiquer avec les dieux... Par exemple, l'*athlon*, l'athlète originel, pouvait, en dépassant ses propres limites, déclencher les puissances de la terre... la fertilité, la fécondité. Remarquez, quand on voit la frénésie de certains matches de foot, c'est sûr que le sport déclenche des forces surprenantes et...

– Qu'as-tu noté d'autre ?

– Selon Caillois, durant l'Antiquité, les athlètes étaient aussi des poètes, des musiciens, des philosophes. Et là-dessus, il insiste vraiment, le petit bibliothécaire. Il a l'air de regretter le temps où l'esprit et le corps étaient scellés, soudés, à l'intérieur du même être humain. C'est le sens de son titre : « La nostalgie d'Olympie ». La nostalgie du temps des hommes supérieurs, à la fois cérébraux et puissants, spirituels et sportifs. Caillois oppose à cette époque exigeante notre siècle actuel, où les intellos ne soulèvent pas un poids et où les athlètes n'ont rien dans le citron. Il y voit le signe d'une décadence, d'un partage entre l'esprit et le corps.

Niémans revit tout à coup les athlètes de son cauchemar. Les aveugles à la réalité minérale. Sophie Caillois lui avait expliqué que, selon son époux, les sportifs de Berlin avaient renoué avec cette communion profonde entre le physique et la pensée.

Le policier songea aussi aux champions de l'université : ces enfants de professeurs, dont lui avait parlé Joisneau, qui obtenaient les meilleurs résultats dans toutes les disciplines, même sportives. A leur façon, ces surdoués se rapprochaient eux aussi du concept de l'athlète parfait. Lorsque Niémans avait contemplé les photographies des médaillés de la faculté, dans l'antichambre du bureau du recteur, il avait surpris sur ces visages une force juvénile troublante. Comme l'incarnation d'une force, mais aussi d'un esprit à part. D'une philosophie ? Il sourit au jeune policier qui l'observait d'un air tracassé.

– Tu me sembles avoir pas trop mal pigé, conclut-il.

– Je navigue à vue. Je comprends à peu près une phrase sur deux. (L'homme se tapota l'extrémité du nez.) Mais je me fie à mon flair. Les fachos, je les reconnais de loin.

– Tu crois que Caillois était un faf ?

– Je ne saurais dire exactement... Ça m'a l'air plus complexe... Pourtant, son mythe du surhomme, là, de l'athlète à l'esprit pur, ça me rappelle les éternels délires de race supérieure et ce genre de salades...

De nouveau, Niémans revit les images des Olympiades de Berlin, dans le couloir de l'appartement des Caillois. Il existait un secret derrière ces images, et derrière les records sportifs de Guernon. Tout cela formait peut-être un ensemble, mais lequel ?

– Il n'y a pas d'allusions à des rivières ? demanda-t-il enfin. Des rivières pourpres ?

– Quoi ?

Pierre Niémans se leva.

– Oublie.

L'OPJ suivit des yeux le grand homme en manteau bleu et déclara :

– Franchement, commissaire, vous auriez pu demander à un étudiant, à un type plus qualifié que moi pour...

– Je veux le regard d'un pro. Je veux une lecture qui entre dans le cadre de l'enquête.

L'officier fit une nouvelle moue circonspecte.

– Vous croyez vraiment que tout ce bla-bla peut jouer un rôle dans l'affaire ?

Niémans saisit le rebord de la vitre et se pencha au-dessus.

– Dans une affaire, chaque élément joue un rôle. Il n'y a pas de hasards, pas de détails inutiles. Tout fonctionne comme une structure atomique, tu comprends ? Continue ta lecture.

Niémans abandonna l'homme sur une expression de doute intense.

Dehors, sur le campus, il aperçut les éclairs lointains des projecteurs d'équipes de télévision. Il plissa les yeux et discerna la maigre silhouette de Vincent Luyse, le recteur, qui balbutiait, debout sur les marches de l'édifice, une déclaration apaisante. Il repéra aussi les logos caractéristiques des chaînes de télévision régionales, nationales et même de Suisse romande... Les journalistes jouaient des coudes, les questions fusaient. Le processus était engagé : les feux des médias se focalisaient sur Guernon. La nouvelle des meurtres allait se propager dans toute la France et la panique se concentrer dans la petite ville.

Et ce n'était qu'un début.

37

En route, Niémans rappela Antoine Rheims.

– Des nouvelles de l'Anglais ?

– Je suis à l'Hôtel-Dieu. Il n'a toujours pas repris connaissance. Les toubibs sont très pessimistes. L'ambassade du Royaume-Uni a lâché une escouade d'avocats. Ils viennent directement de Londres. Les journalistes sont là aussi. Imagine le pire : tu seras encore en dessous.

La connexion satellite était parfaite. La voix de Rheims, cristalline.

Niémans imagina le directeur dans l'île de la Cité, et il se revit lui-même dans des hôpitaux, interrogeant des prostituées victimes de leurs macs, les traits tuméfiés, les arcades déchirées à coups de chevalière. Il voyait aussi les visages ensanglantés des suspects qu'il avait lui-même secoués. Il voyait les mains menottées au lit, alors que clignotaient et oscillaient tout un tas de bordels luminescents, dans la pâleur sépulcrale de la chambre.

Il voyait le parvis de Notre-Dame, alors qu'il sortait de l'Hôtel-Dieu, harassé, battu, à trois heures du matin, dans la claire vacance de la nuit. Pierre Niémans était un guerrier. Et ses souvenirs rayonnaient d'une lueur de métal, de baudrier, de feux de champs de bataille. Il éprouva un brutal élan de mélancolie pour cette existence singulière, dont bien peu d'hommes auraient voulu, mais qui constituait sa seule raison d'être sur la Terre.

– Et ton enquête ? demanda Rheims.

Le ton était moins agressif que lors du premier coup de

fil : la solidarité entre collègues, les années partagées, le bon vieux fluide de jadis reprenaient l'avantage.

– Nous avons maintenant deux meurtres. Et pas l'ombre d'un indice. Mais je poursuis ma route. Et je sais que je suis sur la bonne voie.

Rheims n'ajouta rien, mais ce silence, Niémans le sentait, était un aveu de confiance. Le policier aux lunettes de fer demanda :

– Et pour moi ?

– Quoi, pour toi ?

– Je veux dire, dans la boîte, il n'y a pas de procédure à propos du hooligan ?

Rheims eut un rire lugubre.

– Tu veux dire l'IGS ? Il y a trop longtemps qu'ils espèrent ça. Ils peuvent attendre encore un peu.

– Attendre quoi ?

– Que le rosbif meure. Pour t'inculper d'homicide.

Niémans parvint à Annecy aux environs de vingt-trois heures. Il emprunta de longues et claires artères, sous les frondaisons des arbres. Les feuillages, flattés par les lumières des réverbères, ressemblaient à des moires morcelées. Au fond de chaque avenue, Niémans distinguait des petits monuments, comme surgis de puits de lumière : des kiosques, des fontaines, des statues. Minuscules, à plusieurs centaines de mètres, ces constructions ressemblaient à des figurines de boîtes à musique, à des effigies de calandre. Comme si la cité, au fil de ses places, de ses squares, abritait ses trésors dans des écrins de pierre, de marbre et de feuilles.

Il longea les canaux d'Annecy, qui affichaient des faux airs d'Amsterdam, s'ouvrant au loin sur le lac. Le policier avait du mal à se convaincre qu'il n'était qu'à quelques dizaines de kilomètres de Guernon, de ses corps, de son tueur sauvage. Il atteignit le quartier résidentiel de la ville. Avenue des Ormes. Boulevard Vauvert. Impasse des Hautes-

Brises. Des noms qui devaient résonner pour les habitants d'Annecy comme des rêves de pierre blanche, des marques de puissance.

Il gara la berline à l'entrée de l'impasse qui descendait en contrebas. Les hautes demeures étaient serrées les unes contre les autres, à la fois précieuses et écrasantes, entrecoupées de jardins dissimulés derrière des murets vert-de-gris. Le numéro recherché correspondait à un hôtel particulier en pierre de taille, arborant une marquise oblongue. Le policier appuya deux fois sur la sonnette en forme de losange dont le bouton simulait une pupille. Dessous, la plaque de marbre noir indiquait : « Dr Edmond Chernecé. Ophtalmologie. Chirurgie des yeux. »

Pas de réponse. Niémans baissa les yeux. Cette serrure n'était pas un problème et le commissaire n'était plus à une effraction près. Il manipula le pêne et les goupilles avec dextérité et pénétra dans un couloir dallé de marbre. Des panneaux fléchés indiquaient la direction de la salle d'attente, le long du corridor, sur la gauche, mais le policier remarqua une porte tendue de cuir, sur sa droite.

Le cabinet de consultations. Il tourna la poignée et découvrit une longue pièce, en fait une vaste véranda, dont le toit et les deux murs étaient entièrement tapissés de pavés de verre. Un bruissement d'eau résonnait quelque part, dans l'obscurité.

Il fallut quelques secondes à Niémans pour distinguer, au fond de la salle, une silhouette, debout face à un évier.

– Docteur Chernecé ?

L'homme tendit son regard. Niémans s'approcha. Le premier détail qu'il perçut avec précision, ce furent des mains, bronzées et brillantes sous les tresses de l'eau. De vieilles racines, tavelées de marques brunes, dont les veines remontaient en réseaux vers des poignets puissants.

– Qui êtes-vous ?

La voix était grave, paisible. De petite taille, mais de forte corpulence, l'homme semblait âgé de plus de soixante ans.

Des cheveux blancs jaillissaient en vagues vigoureuses de son front haut et hâlé, marqué lui aussi de taches brunes. Un profil de falaise, un torse de dolmen : l'homme ressemblait à un monolithe. Un roc mystérieux, d'autant plus étrange que le médecin était seulement vêtu d'un tee-shirt et d'un caleçon blancs.

– Pierre Niémans, commissaire de police. J'ai sonné mais personne n'a répondu.

– Comment êtes-vous rentré ?

Niémans fit jouer ses doigts, comme un magicien de cirque.

– Les moyens du bord.

L'homme sourit avec élégance, sans prendre ombrage des manières indélicates du policier. Il ferma la longue hampe du robinet avec son coude et traversa la pièce transparente, les avant-bras relevés, en quête d'une serviette. Des instruments binoculaires, des microscopes, des planches anatomiques exhibant des globes oculaires, des yeux écorchés, apparaissaient dans l'ombre. Chernecé déclara, sur un ton neutre :

– Cet après-midi, un policier est déjà venu. Que voulez-vous ?

Niémans n'était plus qu'à quelques mètres du docteur. Il comprit qu'il contemplait seulement maintenant le trait fondamental de l'homme – celui qui l'aurait caractérisé parmi des milliers d'autres : les yeux. Chernecé possédait un regard incolore : des iris gris qui lui donnaient une vigilance de serpent. Des pupilles qui ressemblaient à de minuscules aquariums, où seraient passées des créatures meurtrières, caparaçonnées d'écailles de fer. Niémans déclara :

– Je suis venu vous poser quelques questions à son sujet.

L'homme sourit avec indulgence.

– C'est original. Les policiers enquêtent sur les autres policiers, maintenant ?

– A quelle heure est-il venu ?

– Je dirais, environ dix-huit heures.

– Si tard ? Vous souvenez-vous de ses questions ?

– Bien sûr. Il m'a interrogé sur les pensionnaires d'un institut situé près de Guernon. Un institut qui accueille des enfants souffrant de problèmes oculaires, que je soigne régulièrement.

– Que vous a-t-il demandé ?

Chernecé ouvrit une armoire aux parois d'acajou. Il saisit une chemise claire, aux plis amples, et se glissa à l'intérieur, en quelques gestes légers.

– Il voulait connaître l'origine des affections des enfants. Je lui ai expliqué qu'il s'agissait de maladies héréditaires. Il désirait aussi savoir si l'on pouvait imaginer une cause extérieure à ces maladies, comme un empoisonnement, ou une erreur de prescription.

– Que lui avez-vous répondu ?

– Que c'était absurde. Les affections génétiques sont liées à l'isolement de cette ville, à une certaine consanguinité dans les unions. Les mariages sont trop proches, les maladies se répètent, véhiculées par le sang. Ce genre de phénomène est connu dans les communautés solitaires. La région du lac Saint-Jean, au Québec, par exemple, ou les communautés amish, aux États-Unis. C'est aussi le cas à Guernon. Les gens de cette vallée ne sont pas portés sur la transhumance... Pourquoi chercher une autre explication à de tels phénomènes ?

Sans aucune gêne à l'égard de Niémans, le médecin enfilait maintenant un pantalon bleu marine. Une étoffe légèrement moirée. Chernecé était d'une élégance, d'une recherche rares. Le policier continua :

– Vous a-t-il posé d'autres questions ?

– Il m'a aussi parlé de greffes.

– De greffes ?

L'homme boutonnait sa chemise.

– De greffes oculaires, oui. Je n'ai rien compris à ses questions.

– Il ne vous a pas expliqué le contexte de l'enquête ?

– Non. Mais je lui ai répondu de bonne grâce. Il voulait

savoir s'il pouvait exister un intérêt à prélever des yeux en vue d'une greffe de cornée, par exemple.

Joisneau avait donc songé à la piste chirurgicale.

– Et alors ?

Chernecé s'immobilisa et se passa le dos de la main sous le menton, comme pour éprouver la dureté de sa barbe naissante. Les ombres des arbres dansaient à travers les parois de verre.

– Je lui ai expliqué que de telles opérations n'avaient pas de raison d'être. Les cornées de substitution se trouvent très facilement aujourd'hui. Et les matériaux artificiels ont effectué de grands progrès. Quant aux rétines, on ne sait toujours pas les conserver : alors, pas question de greffes... (Le docteur émit un léger ricanement.) Vous savez, ces histoires de trafic d'organes, ça tient plutôt du fantasme populaire.

– Vous a-t-il posé d'autres questions ?

– Non. Il avait l'air déçu.

– Lui avez-vous conseillé d'aller quelque part ? Lui avez-vous donné une autre adresse ?

Chernecé émit un rire affable.

– Ma parole, on dirait que vous avez perdu votre collègue.

– Répondez. Pouvez-vous déduire le lieu où il s'est rendu après votre rencontre ? Vous a-t-il dit où il comptait aller ensuite ?

– Non. Absolument pas. (Son visage se ferma.) J'aimerais tout de même savoir de quoi il retourne.

Niémans sortit de son manteau les polaroïds du cadavre de Caillois et les posa sur un bureau.

– Il s'agit de ça.

Chernecé mit ses lunettes, alluma une petite lampe sur trépied et observa les photographies. Les paupières ouvertes. Les orbites mutilées.

– Seigneur..., murmura-t-il.

Il paraissait horrifié, et en même temps fasciné par ce qu'il voyait. Niémans repéra une collection de stylets chromés, groupés dans un plumier chinois, en bout de table. Il décida de passer à une nouvelle série de questions – quitte à interroger un spécialiste, autant lui poser des questions de spécialiste.

– J'ai deux victimes dans cet état-là. Pensez-vous qu'une telle mutilation ait pu être effectuée par un professionnel ?

Chernecé releva son visage. Ses traits étaient constellés de gouttelettes de sueur. Il garda le silence durant de longues secondes, puis demanda :

– Mon Dieu, que voulez-vous dire ?

– Je parle de l'ablation des yeux. J'ai des gros plans. (Niémans tendit des clichés rapprochés des plaies oculaires.) Reconnaissez-vous là les entailles qu'aurait pu effectuer un homme de métier ? Des blessures spécifiques ? Le tueur a extrait les yeux en épargnant soigneusement les paupières : est-ce une pratique courante ? Cela demande-t-il des connaissances anatomiques sérieuses ?

Chernecé scrutait de nouveau les images.

– Qui a pu commettre un acte pareil ? Quel peut être un tel... monstre ? Où cela s'est-il passé ?

– Dans les environs de Guernon. Docteur, répondez à ma question : selon vous, est-ce un professionnel qui a pratiqué cette opération ?

L'ophtalmologue se redressa.

– Je suis désolé. Je... je n'en sais rien.

– Quelle technique a-t-il utilisée, selon vous ?

Le médecin rapprocha les clichés.

– Je pense qu'il a glissé sous les globes une lame... qu'il a tranché les nerfs optiques et les muscles oculomoteurs, en exploitant la souplesse de la paupière. Je pense qu'il a ensuite retourné l'œil, en faisant levier avec le plat de la lame. Comme avec une pièce de monnaie, vous comprenez ?

Niémans empocha ses polaroïds. Le médecin au teint hâlé suivait du regard ses moindres gestes, comme s'il voyait encore les images à travers les tissus du manteau. Sa chemise était maculée de taches de sueur, sur les contreforts de son torse.

– J'aimerais vous poser une question d'ordre général, souffla Niémans. Prenez le temps de réfléchir avant de me répondre.

Le médecin recula. La véranda semblait habitée par les reflets dansants des arbres. Il fit signe au policier de poursuivre.

– Quel point commun voyez-vous entre les yeux et les mains d'un homme ? Quel lien pouvez-vous imaginer entre ces deux parties du corps humain ?

L'ophtalmologue esquissa quelques pas. Il retrouvait son calme, sa maîtrise d'homme de science.

– Le point commun est évident, dit-il enfin. L'œil et la main constituent les seules parties uniques de notre corps.

Niémans frémit. Depuis la révélation de Costes, il « sentait » cela, sans pouvoir clairement le préciser dans son esprit. Ce fut à son tour de transpirer.

– Que voulez-vous dire ?

– Nos iris sont uniques. Les milliers de fibrilles qui les composent constituent un dessin qui nous est propre. Une marque biologique, ciselée par nos gènes. L'iris constitue une marque aussi significative que les empreintes digitales.

» Tel est le point commun entre les yeux et les mains : ce sont les seules parties de notre corps qui portent une signature biologique. Une signature biométrique, disent les spécialistes. Privez un corps de ses yeux et de ses mains, vous détruisez ses signatures externes. Or, qui est un homme qui meurt sans ces signes ? Personne. Un mort anonyme, qui a perdu son identité profonde. Son âme, peut-être. Qui sait ? En un sens, on ne peut pas imaginer plus terrible fin. Une fosse commune de la chair.

Les pavés de verre décochaient des éclats dans les pupilles incolores de Chernecé, renforçant encore leur aspect translucide. Toute la pièce ressemblait maintenant à un iris de verre. Les planches anatomiques, la silhouette à contre-jour, les griffes des arbres : chaque élément dansait comme au fond d'un miroir.

Le commissaire eut une illumination : il songea aux mains de Caillois, dont les doigts ne portaient pas d'empreintes, et que le tueur n'avait pas prélevées. Sans aucun doute, l'assassin s'était désintéressé de ces mains parce qu'elles étaient, justement, anonymes.

L'assassin volait les signatures biologiques de ses victimes.

– Pour ma part, reprit le médecin, je pense même que les yeux permettent une identification plus précise encore que les empreintes digitales. Vos spécialistes devraient y penser, dans la police.

– Pourquoi dites-vous cela ?

Chernecé sourit dans l'obscurité. Il avait retrouvé sa maestria de professeur.

– Certains scientifiques pensent qu'on peut lire au fond des iris non seulement l'état de santé d'un homme mais aussi toute son histoire. Ces petites paillettes qui brillent autour de notre pupille portent notre propre genèse... Vous n'avez jamais entendu parler des iridologues ?

D'une manière inexplicable, Niémans éprouva la conviction que ces paroles apportaient un éclairage transversal à toute l'enquête. Il ne voyait pas encore vers quoi il tendait, mais il pressentait que le tueur partageait les convictions de l'ophtalmologue. Chernecé poursuivait :

– C'est une discipline qui est née à la fin du siècle dernier. Un dresseur d'aigles allemand a constaté un phénomène singulier. Un de ses rapaces s'était cassé la patte. L'homme s'est alors rendu compte que son iris portait une marque nouvelle. Une encoche d'or. Comme si l'accident s'était répercuté dans l'œil de l'oiseau. Ces échos physiques existent, monsieur. J'en suis certain. Qui sait ? Votre tueur, en prélevant les yeux de sa victime, a peut-être voulu effacer la trace d'un événement qu'on pouvait lire au fond de ses iris ?

Niémans recula, laissant l'ombre du médecin s'allonger à mesure qu'il s'éloignait. Il posa sa dernière question :

– Pourquoi n'avez-vous pas répondu au téléphone, cet après-midi ?

– Parce que j'ai débranché la ligne, sourit le docteur. Je ne consulte pas le lundi. Je voulais consacrer mon après-midi et ma soirée à ordonner mon cabinet...

Chernecé retourna à l'armoire et saisit une veste. Il l'enfila en un seul geste, ample, précis. L'ensemble était bleu et sombre, aérien et rectiligne. Il reprit, comme saisissant enfin la raison de la visite de Niémans :

– Vous avez cherché à me contacter ? J'en suis désolé. J'aurais pu vous dire tout ça par téléphone. Navré de vous avoir fait perdre votre temps.

L'homme n'en pensait pas un mot. Il transpirait l'égoïsme et l'indifférence par tous les pores de son front bronzé. Il devait même avoir déjà oublié les orbites violentées de Rémy Caillois.

Niémans regarda les gravures de globes écorchés, les vaisseaux sanguins qui dansaient sur le blanc des yeux, comme relayés par les ombres des arbres, à travers les verres épais des murs et du plafond.

– Je n'ai pas perdu mon temps, souffla-t-il.

Dehors, une nouvelle surprise attendait le commissaire Niémans. Un homme semblait patienter, à contre-jour d'un réverbère, appuyé sur sa berline. Il était aussi grand que lui, de type maghrébin, portait de longues nattes de rasta, un bonnet coloré et un bouc de Lucifer.

Un policier d'expérience sait reconnaître un homme dangereux quand il en croise un. Et ce grand échalas, malgré sa posture tranquille, appartenait à cette catégorie. Il lui rappelait les dealers qu'il avait si souvent pourchassés, sous le tissu des nuits parisiennes. Niémans aurait même parié très cher pour une arme à feu, glissée quelque part. Il s'approcha, main serrée sur son MR 73, et n'en crut pas ses yeux : l'Arabe lui souriait.

– Commissaire Niémans ? demanda-t-il lorsque le policier ne fut plus qu'à quelques mètres.

Le Beur glissa sa main sous sa veste. Niémans dégaina aussitôt et le mit en joue.

– Ne bouge plus !

L'homme au visage de sphinx sourit – mélange d'assurance et d'ironie –, gonflé à une puissance que Niémans avait rarement rencontrée, même chez les suspects les plus retors.

Le Beur dit d'une voix calme :

– Mollo, commissaire. Je m'appelle Karim Abdouf. Je suis lieutenant de police. Le capitaine Barnes m'a dit que je vous trouverais ici.

En un instant, l'Arabe acheva son geste et fit papillonner dans la lumière sa carte tricolore. Niémans rengaina son arme, avec hésitation. Il scrutait l'allure stupéfiante du jeune Beur. Il discernait maintenant le scintillement de plusieurs boucles d'oreilles sous ses nattes.

– Tu n'es pas de la brigade d'Annecy ? demanda-t-il, incrédule.

– Non. Je viens de Sarzac. Dans le Lot.

– Connais pas.

Karim rangea sa carte.

– Nous sommes très peu dans la confidence.

Niémans sourit et toisa encore l'escogriffe.

– Quel genre de flic es-tu donc ?

Le sphinx décocha une chiquenaude sur l'antenne de la berline.

– Je suis le flic qui vous manque, commissaire.

38

Les deux policiers burent un café dans un petit routier, le long de la N56, sur le chemin du retour. Au loin, on pouvait discerner les lueurs d'un barrage de gendarmes et les reflets des voitures, ralentissant face aux frises et aux gyrophares.

Niémans écouta avec attention le discours précipité d'Abdouf, flic jailli de nulle part et dont l'enquête improbable semblait brutalement se rattacher à l'affaire des meurtres de Guernon. Pourtant, l'histoire du Beur était incompréhensible. Il parlait d'une mère mystérieuse et de sa cavale, d'une petite fille transformée en petit garçon, de diables qui cherchaient à détruire le visage de l'enfant, le considérant comme une dangereuse pièce à conviction... Tout cela ne ressemblait qu'à un long délire, sauf que, dans ce chaos d'informations, le lieutenant de Sarzac lui apportait la preuve matérielle que Philippe Sertys, dans la nuit du dimanche au lundi, avait profané le cimetière d'une petite ville dans le département du Lot.

Et cette information était cruciale.

Philippe Sertys était – sans doute – un profanateur de tombes. Bien sûr, il fallait comparer les particules découvertes près du cimetière de Sarzac avec les pneus de la Lada. Mais si ces traces confirmaient le soupçon du Beur, alors, pour la première fois, Niémans tenait une preuve concrète de la culpabilité de *sa* victime.

En revanche, le commissaire ne voyait pas comment encastrer, au sein de sa propre enquête, les autres éléments fournis par Karim Abdouf : ce conte à dormir debout sur une petite fille et sa mère poursuivies par des « diables ». Niémans demanda à Karim :

– Quelle est ta conclusion ?

Le jeune Beur tripotait nerveusement un morceau de sucre.

– Je pense que les diables se sont réveillés la nuit dernière, pour une raison que j'ignore, et que Sertys est revenu vérifier, à l'école et au cimetière de mon bled, un élément qui entretient un rapport avec la cavale de 1982.

– Sertys serait un de tes diables ?

– Exactement.

– C'est absurde, rétorqua Niémans. En 1982, Philippe Sertys était âgé de douze ans. Tu vois vraiment un môme terrifier une mère de famille et la pourchasser à travers toute la France ?

Karim Abdouf se renfrogna.

– Je sais. Tout ne colle pas encore.

Niémans sourit et commanda un deuxième café. Il ne savait pas encore s'il devait croire tous les propos de Karim Abdouf. Il ne savait pas non plus s'il devait faire confiance à un rasta d'un mètre quatre-vingt-cinq, portant des dreadlocks, un pistolet automatique non réglementaire et roulant, de toute évidence, dans une Audi volée. Mais son histoire n'était pas moins folle que sa propre hypothèse : la culpabilité des victimes. Et ce jeune Beur avait une rage, une fougue sacrément communicatives.

Finalement, il résolut de lui faire confiance. Il lui donna la clé de son bureau personnel, à l'université, où Karim pourrait consulter le dossier dans son ensemble puis lui expliqua le versant secret de son enquête.

A voix feutrée, le commissaire livra ses convictions profondes : les victimes étaient coupables, le meurtrier exauçait une ou plusieurs vengeances. Il résuma les minces indices qui corroboraient cette hypothèse. La schizophrénie et la brutalité de Rémy Caillois. L'entrepôt isolé et le cahier de Philippe Sertys. Niémans parla aussi des « rivières pourpres », sans pouvoir expliquer ces termes étranges, puis il résuma la situation présente : l'attente des résultats de la seconde autopsie, le corps contenant peut-être un nouveau message.

Et aussi l'espoir vague que toutes les lignes lancées dans la région allaient donner une indication décisive. Enfin, un ton plus bas, il parla d'Éric Joisneau, et évoqua ses inquiétudes.

Abdouf posa plusieurs questions précises sur la disparition du lieutenant, qui semblait l'intéresser au plus haut point. Niémans demanda à son tour :

– Tu as une idée, là-dessus ?

Le jeune policier sourit avec lassitude.

– La même que vous, commissaire. Je pense que votre gars a eu un problème. Il a mis le doigt sur quelque chose d'important et il a voulu jouer le coup en solitaire, pour vous en mettre plein la tronche. Je suppose qu'il a découvert un truc capital, mais que ce truc lui a explosé à la tête. J'espère me tromper, mais votre Joisneau a – peut-être – surpris l'identité du meurtrier et cela lui a – peut-être – coûté la vie.

Il marqua un temps. Niémans scrutait les lueurs du barrage routier, au loin. Sans se l'avouer, il partageait, depuis son réveil à la bibliothèque, cette certitude. Karim reprit :

– Ne croyez pas que je sois cynique, commissaire. Depuis ce matin je rebondis de cauchemar en cauchemar. Je me retrouve maintenant ici, à Guernon, face à un tueur qui arrache les yeux de ses victimes. Face à vous, Pierre Niémans, une tête d'affiche, un des grands noms de la police française, qui a l'air à peu près aussi paumé que moi dans ce bled... Alors, j'ai décidé de ne plus m'étonner de rien. Pour moi, ces meurtres sont en connexion directe avec ma propre enquête et, croyez-moi, je suis prêt à aller jusqu'au bout.

Les deux policiers sortirent.

Il était vingt-trois heures. Une bruine légère emplissait l'atmosphère. Au loin, les barrages des gendarmes affrontaient toujours la pluie. Des automobilistes attendaient patiemment pour passer. Certains d'entre eux tendaient le visage par leur fenêtre entrouverte, observant d'un œil circonspect les fusils mitrailleurs, luisant sous l'averse.

Par réflexe, le commissaire jeta un regard à son récepteur de radiomessages. Il avait eu un appel de Costes. Le policier téléphona aussitôt au médecin.

– Qu'y a-t-il ? Tu as terminé l'autopsie ?

– Pas tout à fait, mais j'aimerais vous montrer quelque chose. Ici, à l'hôpital.

– Tu ne peux pas m'en parler au téléphone ?

– Non. Et j'attends des résultats d'autres analyses, d'un instant à l'autre. Venez. Quand vous arriverez, je serai prêt.

Niémans raccrocha.

– Du nouveau ? demanda Karim.

– Peut-être. Je dois aller voir le légiste. Et toi ?

– J'étais venu ici pour interroger Philippe Sertys. Sertys est mort. Je passe à la prochaine étape.

– Qui est ?

– Découvrir les circonstances de la mort du père de Judith. Il a disparu ici, à Guernon, et je suis quasiment certain que mes diables ont joué un rôle dans cette affaire.

– Tu penses à quoi ? Un meurtre ?

– Pourquoi pas ?

Niémans eut un mouvement de tête dubitatif.

– J'ai ratissé les archives des gendarmeries et des commissariats de toute la région, sur vingt-cinq ans. Il n'y a pas l'ombre d'un fait de ce genre. Et encore une fois, Sertys était un môme quand...

– Je verrai bien. De toute façon, je suis certain de trouver un lien, entre ce décès et le nom de l'une ou l'autre de vos victimes.

– Par quoi vas-tu commencer ?

– Par le cimetière. (Karim sourit.) C'est devenu ma spécialité. Une véritable seconde nature. Je veux m'assurer que Sylvain Hérault est bien enterré à Guernon. J'ai déjà contacté Taverlay et retrouvé la trace de la naissance de Judith Hérault, fille unique de Fabienne et Sylvain Hérault, en 1972, accouchée ici même, au CHRU de Guernon. Voilà pour l'acte de naissance. Reste l'acte de mort.

Niémans tendit les coordonnées de son téléphone cellulaire et de sa radiomessagerie.

– Pour les informations confidentielles, utilise le pager.

Karim Abdouf empocha le petit papier et déclara, sur un ton mi-doctoral, mi-ironique :

– « Dans une enquête, chaque fait, chaque témoin est un miroir, dans lequel se reflète une des vérités du crime... »

– Quoi ?

– J'ai suivi une de vos conférences, commissaire, quand j'étais à l'école des inspecteurs.

– Et alors ?

Karim releva le col de sa veste.

– Et alors, en matière de miroirs, nos deux enquêtes se posent là.

Il dressa ses deux paumes et les orienta lentement l'une en face de l'autre.

– Elles se reflètent l'une l'autre, vous pigez ? Et dans un des angles morts, putain, j'en suis sûr : le meurtrier nous attend.

– Moi, comment puis-je te joindre ?

– C'est moi qui vous contacterai. J'avais demandé un téléphone cellulaire, mais le budget 97 de Sarzac ne me l'a pas accordé.

Le jeune flic s'inclina dans un salut à l'arabe et disparut, aussi furtif qu'une lame.

Niémans rejoignit à son tour sa voiture. Il lança un dernier regard à l'Audi rutilante qui démarrait dans un brouillard d'eau. Il se sentait tout à coup plus vieux, plus usé, comme engourdi par la nuit, les années, l'incertitude. Un goût de néant rôdait dans sa gorge. Mais il se sentait aussi plus fort : il possédait désormais un allié.

Et un allié de choc.

39

Les cristaux décochaient des éclats irisés rose, bleu, vert, jaune. Des prismes bigarrés. Des lumières brisées, en forme de kaléidoscope, sous la transparence des lamelles. Niémans releva les yeux du microscope et interrogea Costes :

– Qu'est-ce que c'est ?

Le médecin répondit, sur un ton incrédule :

– Du verre, commissaire. Le tueur a placé cette fois des particules de verre.

– Dans quelle partie du corps ?

– Toujours au fond des orbites. A l'intérieur des paupières. Comme des petites larmes pétrifiées, collées sur les tissus.

Les deux hommes se tenaient dans la morgue de l'hôpital. Le jeune docteur portait une blouse sanglante. C'était la première fois que Niémans le voyait vêtu ainsi, planté dans son bloc de faïence blanche. L'habillement et le lieu lui donnaient une sorte d'autorité glaciale. Le médecin légiste sourit derrière ses lunettes.

– L'eau, la glace, le verre. La parenté des matériaux est évidente.

– Je sais encore remarquer les évidences, bougonna Niémans en s'approchant du corps qui trônait au centre de la pièce, sous un drap. Qu'est-ce que cela signifie ? Je veux dire : vers quel type de lieu cela nous dirige-t-il ? Ces débris de verre ont-ils une particularité ?

– J'attends les résultats d'Astier. Il a filé au laboratoire pour réaliser une étude approfondie et déterminer l'origine exacte de ce verre. Il doit revenir aussi avec les analyses de la poudre et des échardes que vous avez découvertes dans l'entrepôt. Il possède déjà la réponse pour l'encre du cahier – et c'est plutôt décevant. Il s'agit ni plus ni moins d'une encre ordinaire. Rien de plus. Quant aux pages de chiffres, tant que nous n'aurons pas d'autres éléments... On a seulement vérifié l'écriture des chiffres : c'est bien celle de Sertys.

Niémans se passa la main, à rebrousse-poil, sur sa coupe en brosse : il avait presque oublié les indices de l'entrepôt. Le silence s'étendait. Le policier releva les yeux et perçut sur le visage de Costes une lueur d'intelligence, comme une équation mathématique résolue qui brillerait dans ses pupilles. Le commissaire demanda, irrité :

– Qu'est-ce qu'il y a ?

– Rien. Simplement... L'eau, la glace, le verre. Il s'agit à chaque fois de cristaux.

– Je t'ai dit que je savais constater les...

– ... mais qui correspondent à des températures différentes.

– Je ne comprends pas.

Costes joignit ses mains.

– Les structures de ces matériaux se situent à des degrés différents d'une échelle de température, commissaire. Le froid de la glace. La température ambiante de l'eau. La brûlure extrême du sable, pour qu'il devienne du verre.

Niémans balaya cette constatation en un geste de colère.

– Et alors ? Qu'est-ce que ça nous apporte sur les meurtres ?

Costes rentra ses épaules, comme s'il reculait de nouveau dans sa coque de timidité.

– Rien. Ce n'était qu'une remarque...

– Parle-moi plutôt des mutilations du corps.

– A part l'amputation des mains, le corps est identique à celui de Caillois. Les marques de torture en moins.

– Sertys n'a pas été torturé ?

– Non. Visiblement, le tueur savait déjà ce qu'il voulait

savoir. Il a été droit au fait. Mutilation des yeux et des mains. Strangulation. Mais les souffrances ont pourtant dû être intolérables. Parce que le tueur a vraisemblablement commencé par les mutilations. Il a sectionné les mains, extirpé les yeux puis, alors seulement, achevé sa proie.

– La technique de strangulation ?

– La même, commissaire. Il a utilisé un filin métallique. Avec lequel il a d'abord ligoté sa victime. Comme la première fois. Les entailles sur les membres sont identiques.

– Et les mains ? Comment a-t-il tranché les poignets ?

– Difficile à dire. J'ai l'impression qu'il a utilisé encore une fois le câble. Comme un fil à couper le beurre, vous voyez, avec lequel il aurait entouré les poignets et serré avec une force prodigieuse. Nous cherchons un colosse, commissaire. Une puissance de la nature.

Niémans réfléchit. Malgré ces éléments qui apportaient une relative précision, il ne parvenait pas à visualiser le tueur. Pas même une silhouette. Quelque chose le retenait sur ce terrain. Il songeait plutôt au meurtrier en termes d'entité, de puissance, d'énergie globale.

– L'heure du crime ? reprit-il.

– Oubliez. Avec le froid des glaces, il n'y a aucun moyen de tirer la moindre conclusion à ce sujet.

La porte de la morgue s'ouvrit brutalement. Un grand échalas au visage anémique, au nez épaté et au regard très clair apparut. Ses yeux étaient écarquillés, vastes comme des arcs-en-ciel. Costes fit les présentations. Il s'agissait de Patrick Astier. Aussitôt le chimiste assena, en déposant un petit sachet plastique sur la paillasse :

– J'ai la composition du verre. Sable de Fontainebleau, soude, plomb, potasse, borax. D'après la répartition de ces composants, on peut déduire son origine. C'est celui avec lequel on sculpte les pavés. Vous savez, comme on voit dans les piscines. Ou les baraques des années trente. Le tueur nous guide vers un lieu de ce genre, tapissé avec des pavés et...

Niémans venait de tourner les talons. En un éclair aveuglant, il venait de se souvenir du plafond et des murs du cabinet de l'ophtalmologue. Il jura mentalement. Cela ne pouvait être une coïncidence : Edmond Chernecé était la troisième victime.

Marc Costes interpella le policier alors que celui-ci ouvrait déjà la porte :

– Mais où allez-vous ?

Niémans jeta par-dessus son épaule :

– Je sais peut-être où le tueur va frapper. S'il n'est pas déjà trop tard.

Le policier sortait quand Astier le rattrapa dans le couloir. Il lui empoigna la manche.

– Commissaire, j'ai aussi la composition de la poussière de l'entrepôt...

Pierre Niémans scruta le chimiste à travers ses lunettes perlées de condensation.

– Quoi ?

– Vous savez, les débris que vous avez collectés dans l'entrepôt.

– Eh bien ?

– Il s'agit d'ossements, commissaire. Des ossements d'animaux.

– Quels animaux ?

– A priori, des rats. Ça paraît dingue, mais votre mec, Sertys, je crois qu'il élevait simplement des rongeurs et...

Un nouveau frisson. Une nouvelle fièvre.

– Plus tard, souffla Niémans. Plus tard. Je reviens.

Niémans labourait son volant à coups de poing, tout en sillonnant la nationale à plus de cent cinquante kilomètres à l'heure.

Si le Dr Edmond Chernecé était la prochaine victime, cela signifiait qu'il était le troisième coupable.

Après Rémy Caillois.

Après Philippe Sertys.

Et si Chernecé était coupable, cela signifiait que le meurtrier du jeune Éric Joisneau, c'était lui.

Putain de Dieu. Le commissaire se mordait les lèvres pour ne pas hurler. Il ruminait ses propres fautes depuis le départ. Dressait le bilan de sa propre incompétence. Il n'avait pas voulu se rendre à l'Institut des aveugles à cause de cette connerie de chiens. Il avait alors raté le premier véritable indice.

De là, sa dérive complète.

Tandis qu'il avançait comme un crabe dans son enquête, qu'il jouait les apprentis alpinistes dans les glaciers ou qu'il interrogeait la mère Sertys, Éric Joisneau avait filé à l'institut et découvert un fait important. Un fait qui l'avait directement mené chez Chernecé. Mais le jeune lieutenant progressait désormais à une vitesse qui le dépassait lui-même. Le môme n'avait pas su évaluer les implications de ses découvertes. Il ne s'était pas assez méfié du médecin et l'avait interrogé sur un aspect crucial de l'enquête, sur une vérité dangereuse pour l'ophtalmologue en personne. Voilà pourquoi, sans doute, Chernecé l'avait éliminé.

En filigrane, dans le cerveau de Niémans, se forgeait une nouvelle certitude, tonnante et terrifiante, sur laquelle il ne possédait pas une seule preuve, sinon son propre instinct : Caillois, Sertys et Chernecé avaient combiné quelque chose ensemble. Ils partageaient une faute commune.

Et mortelle.

NOUS SOMMES LES MAÎTRES, NOUS SOMMES LES ESCLAVES.
NOUS SOMMES PARTOUT, NOUS SOMMES NULLE PART.

NOUS SOMMES LES ARPENTEURS.
NOUS MAÎTRISONS LES RIVIÈRES POURPRES.

Était-il possible que ce *nous* renvoie à ces trois hommes ? Était-il possible que Caillois, Sertys et Chernecé soient les maîtres des « rivières pourpres » ? Qu'ils aient mené une conspiration contre toute la ville, et que ce complot soit le mobile même des meurtres ?

40

La porte était cette fois entrouverte. Niémans bifurqua aussitôt sur la droite et pénétra dans la véranda de verre. La pénombre. Le silence. Les instruments d'optique, telles des silhouettes arrogantes. Le policier dégaina et fit le tour de la pièce, arme au poing. Personne. Seules les lignes des arbres dansaient toujours sur le sol, filtrant à travers les pavés translucides.

Il retourna dans la demeure proprement dite. Il jeta un regard dans la salle d'attente noyée d'ombre puis arpenta un vestibule de marbre, où des cannes au pommeau d'ivoire ou de corne se dressaient dans un porte-parapluies. Il découvrit un salon encombré de meubles massifs, de lourdes tentures, puis des chambres surannées où trônaient des lits de bois vernis. Personne. Aucune trace de lutte. Aucune trace de fuite.

Niémans, tenant toujours son MR 73, emprunta l'escalier et monta à l'étage supérieur. Il pénétra dans un petit bureau qui sentait l'encaustique et les feuilles de cigare. Il y découvrit des bagages de cuir souple, aux cadenas dorés, posés sur un kilim élimé.

Le policier avança encore. Ce lieu puait à plein nez la menace, la mort. Par une fenêtre ovale, il aperçut les hautes cimes des arbres, toujours secouées par le vent furieux. Il réfléchit et comprit que cette lucarne surplombait le toit de la véranda, le toit de pavés de verre. Il ouvrit brutalement la fenêtre et braqua son regard vers le faîte transparent.

Le sang se pétrifia dans ses artères. Le long des carrés pigmentés de pluie se détachait le reflet du corps de Chernecé, comme froissé par les reliefs du verre. Bras écartés, pieds joints, dans une posture de crucifixion. Un martyr se reflétant sur un lac de gouache verdâtre.

Niémans, un hurlement blanc dans la gorge, observa encore cette image et déduisit la place exacte du corps réel. Soudain, il saisit le jeu d'optique et tendit sa tête par la fenêtre. Il se tourna vers le haut de la façade. Le corps était suspendu juste au-dessus de la lucarne.

Dans le vent détrempé, Edmond Chernecé était fixé contre la paroi, tel un frontispice de la terreur.

L'officier de police revint à l'intérieur, s'extirpa du petit bureau, enjamba un second escalier de marches de bois étroites, trébucha, accéda au grenier. Une nouvelle fenêtre, un nouveau chambranle, et le policier atteignit la gouttière du toit, contemplant d'aussi près que possible le cadavre de feu Edmond Chernecé.

Le visage n'avait plus d'yeux. Ses orbites déchirées étaient ouvertes au vent de pluie. Ses deux bras étaient largement ouverts et n'exhibaient plus que des moignons sanglants. Le cadavre était maintenu dans cette posture par un entrelacs serré de câbles brillants et torsadés, qui tailladaient les chairs épaisses et hâlées. Niémans, les tempes fouettées par l'averse, fit les comptes.

Rémy Caillois.

Philippe Sertys.

Edmond Chernecé.

Ses certitudes revenaient en bourrasques. NON : les meurtres n'étaient pas commis par un pervers homosexuel à la recherche d'un physique ou d'un visage. NON : il ne s'agissait pas d'un tueur en série qui sacrifiait des victimes innocentes, au hasard de ses fureurs. Il s'agissait d'un meurtrier rationnel, d'un voleur d'identité profonde, de marques biologiques, qui agissait sous l'emprise d'un mobile précis : celui de sa vengeance.

Relâchant sa traction, Niémans se glissa de nouveau dans le grenier. Seul le battement de son sang résonnait dans la maison du mort. Il savait qu'il n'avait pas achevé sa quête. Il connaissait l'ultime conclusion de ce cauchemar : le corps de Joisneau était ici, quelque part dans cette maison.

Quelques heures avant d'être tué, Chernecé lui-même avait tué.

Niémans visita chaque pièce, chaque meuble, chaque renfoncement. Il retourna la cuisine, le salon, les chambres. Il creusa le jardin, vida une cabane, sous les arbres. Puis il découvrit au rez-de-chaussée, sous l'escalier, une porte tapissée de papier peint. Il arracha brutalement la paroi de ses gonds. La cave.

Il dévala l'escalier, tout en reconstituant les événements avec précision : s'il avait surpris, à vingt-trois heures, le médecin en maillot et en caleçon, c'était que le docteur sortait de son opération sanglante – le meurtre de Joisneau. C'était pour cette raison qu'il avait débranché son téléphone. Pour cette raison qu'il rangeait soigneusement son cabinet, où il avait dû poignarder le jeune lieutenant avec l'un des stylets chromés que le commissaire avait repérés, dans le plumier chinois. Pour cette raison également qu'il revêtait un nouveau costume et préparait ses bagages.

Stupide et aveugle, Niémans avait interrogé un bourreau au sortir de sa funeste besogne.

Dans la cave, le policier découvrit des portiques, des treillis de métal tissés de toiles d'araignées, supportant des centaines de bouteilles de vin. Culs sombres, cire rouge, étiquettes ocre. Le flic fouilla chaque recoin de la cave, déplaçant des tonneaux, tirant à lui les maillages de fer, provoquant des effondrements de bouteilles. Les flaques de vin exhalaient des effluves enivrants.

Baigné de sueur, hurlant et crachant, Niémans découvrit

enfin une fosse, obturée par deux pans de ferraille inclinés. Il fit sauter le cadenas, ouvrit les portes.

Au fond de la trappe, le corps de Joisneau reposait, à demi immergé dans des liquides noirs et corrosifs. Les bouteilles de plastique vert de Destop flottaient autour de lui. Les miasmes chimiques avaient commencé leur terrifiant ravage, épongeant les gaz du corps, mordant sa chair et la métamorphosant en de lentes fumerolles, anéantissant progressivement l'entité physique qui avait été Éric Joisneau, lieutenant du SRPJ de Grenoble. Les yeux ouverts du jeune môme qui semblaient fixer le commissaire brillaient du fond de cette tombe atroce.

Niémans recula et poussa un cri frénétique. Il sentit ses côtes se soulever, s'écarter comme les baleines d'un parapluie. Il vomit ses tripes, sa fureur, ses remords, s'agrippant aux porte-bouteilles, dans une cascade de cliquetis et de ruissellements de vin.

Il ne sut exactement combien de temps passa ainsi. Dans les effluves d'alcool. Dans les lentes volutes des acides. Mais il s'éleva bientôt au fond de son esprit, lentement, telle une marée noire et vénéneuse, une ultime vérité, qui n'avait rien à voir avec l'exécution de Joisneau mais qui jetait une nouvelle lumière sur la série des meurtres de Guernon.

Marc Costes avait mis en évidence la parenté entre les trois matériaux qui marquaient chacun des trois crimes : l'eau, la glace, le verre. Niémans comprenait maintenant que ce n'était pas cela l'important. L'important était le contexte de découverte des corps.

Rémy Caillois avait été découvert à travers son reflet dans la rivière.

Philippe Sertys à travers son reflet dans le glacier.

Edmond Chernecé à travers son reflet sur le toit de verre.

Le tueur mettait en scène ses meurtres afin qu'on surprenne *d'abord* le reflet du corps et non le corps réel.

Qu'est-ce que cela signifiait ?

Pourquoi le meurtrier se donnait-il tant de mal pour organiser cette multiplication des apparences ?

Niémans n'aurait su expliquer les motivations de cette stratégie, mais il pressentait un lien entre ces doubles, ces miroitements, et le vol des mains et des yeux, qui privait le corps de toute identité profonde, de tout caractère unique. Il pressentait là les deux mouvements convergents d'une même sentence, proclamée par un tribunal sans appel : la destruction totale de l'ÊTRE des condamnés.

Qu'avaient donc fait ces hommes pour être réduits à l'état de reflets, pour que leur chair soit privée de toute marque distinctive ?

VIII

LIV

41

Le cimetière de Guernon ne ressemblait pas à celui de Sarzac. Les stèles de marbre blanc se dressaient comme des petits icebergs symétriques, sur de sombres pelouses. Les croix se détachaient telles des silhouettes curieuses, sur la pointe des pieds. Seules des feuilles mortes venaient jeter ici quelques notes irrégulières – touches jaunes sur l'émeraude des gazons. Karim Abdouf sillonnait chaque travée, méthodiquement, patiemment, en lisant les noms, les épitaphes, gravés dans le marbre, la pierre ou le fer.

Pour l'heure, il n'avait pas encore découvert la tombe de Sylvain Hérault.

Tout en marchant, il réfléchissait à son enquête, et au brutal virage de ces dernières heures. Il était venu dans cette ville au plus vite, n'hésitant pas pour cela à « détourner » une superbe Audi. Il pensait alors arrêter un profanateur de sépultures et s'était retrouvé plongé dans une affaire de meurtres en série. Maintenant qu'il avait lu et mémorisé le dossier complet de l'enquête de Niémans, il s'efforçait de se convaincre du caractère « gigogne » de sa propre enquête. Le cambriolage de l'école et la violation du caveau de Sarzac avaient révélé le destin tragique d'une famille. Et ce destin s'ouvrait maintenant sur la série des crimes de Guernon. Le personnage de Sertys jouait le rôle de pivot entre les deux affaires et Karim était décidé à suivre sa propre voie, jusqu'à découvrir d'autres points de contact, d'autres liens.

Mais ce n'était pas cette spirale abyssale qui le fascinait le plus. C'était le fait qu'il se retrouvait maintenant aux côtés de Pierre Niémans, le commissaire qui l'avait tant marqué lors des séminaires de Cannes-Écluse. Le flic aux reflets de miroirs et aux théories atomiques. Un homme de terrain, violent, colérique, acharné. Un enquêteur brillant, qui s'était taillé la part des fauves dans le monde des keufs, mais qui avait été finalement mis au rancart, à cause de son caractère incontrôlable et de ses accès de violence psychotiques. Karim ne cessait de penser à cette nouvelle association. Il était fier, bien sûr. Et surexcité. Mais il était aussi troublé d'avoir songé à ce mec justement aujourd'hui, quelques heures avant de le rencontrer.

Karim venait d'achever la dernière allée du cimetière. Pas de Sylvain Hérault. Il ne lui restait plus qu'à visiter un édifice aux allures de chapelle, soutenu par deux colonnes épuisées : le crématorium. En quelques pas rapides, le lieutenant rejoignit l'édifice. Enfoncer chaque jalon, toujours. Un couloir ajouré s'ouvrit devant lui, percé de petits coffres, gravés de noms et de dates. Il s'achemina dans la salle des Cendres, lançant de brefs regards à gauche et à droite. Des petites portes, qui ressemblaient à des boîtes aux lettres, s'étageaient, variant les écritures et les motifs. Parfois, un bouquet fané jouait aux arlequins colorés, au creux d'une niche. Puis la litanie monocorde reprenait. Au fond, un mur de marbre taillé exhibait le texte d'une prière.

Karim s'approcha encore. Un vent humide, incertain, comme distrait, sifflait entre les murs. De fines colonnes de plâtre s'entrelaçaient entre les jambes du flic, se mêlant aux pétales séchés.

C'est alors qu'il l'aperçut.

La plaque funéraire. Il s'approcha et lut : Sylvain Hérault. Né en février 1951. Mort en août 1980. Karim ne s'attendait pas à ce que le père de Judith fût incinéré. Cette technique ne collait pas avec les convictions religieuses de Fabienne.

Mais ce n'était pas cela qui le stupéfiait le plus. C'étaient les fleurs, rouges, vives, gorgées de suc et de rosée, posées au fond de la lucarne. Karim palpa les pétales : ce bouquet était de première fraîcheur. Il avait été déposé ce jour même. Le policier pivota, bloqua son geste et claqua des doigts.

Le jeu de piste ne finirait jamais.

Abdouf sortit du cimetière et fit le tour du mur d'enclos, en quête d'une maison, d'une baraque, occupée par un gardien quelconque. Il découvrit un petit pavillon morbide, qui jouxtait le sanctuaire sur la gauche. Une fenêtre brillait d'une lueur exsangue.

Il ouvrit le portail, sans un bruit, et pénétra dans un jardin dont les hauteurs étaient scellées par un grillage, comme une cage géante. Des roucoulements résonnaient, quelque part. Qu'est-ce que c'était encore que ce délire ?

Karim effectua quelques pas – les roulements de gorge s'accentuèrent, des claquements d'ailes tranchèrent le silence, tels des coupe-papier légers. Le flic plissa des yeux, vers un mur de niches qui lui rappelait le crématorium. Des pigeons. Des centaines de pigeons gris qui sommeillaient dans des petites arches vert sombre. Le policier monta les trois marches et sonna à la porte. Elle s'ouvrit presque aussitôt.

– Qu'est-ce que tu veux, salopard ?

L'homme tenait un fusil à pompe, braqué sur lui.

– Je suis de la police, déclara Karim d'une voix calme. Laissez-moi vous montrer ma carte et...

– C'est ça, bougnoule. Et moi, je suis le Saint-Esprit. Bouge pas !

Le flic redescendit les marches à reculons. L'insulte

l'avait électrisé. Et il n'avait pas besoin de cela pour éprouver des envies de meurtre.

– Bouge pas, j'te dis ! hurla le fossoyeur en tendant son fusil vers le visage du flic.

De la salive moussait aux commissures de ses lèvres.

Karim recula encore, lentement. L'homme tremblait. Il descendit une marche à son tour. Il brandissait son arme, comme un paysan bravache dardant sa fourche contre un vampire dans un film de série B. Des pigeons claquaient des ailes, derrière eux, comme s'ils avaient perçu la tension de l'air.

– Je vais t'arracher la gueule, je...

– Ça m'étonnerait, papa. Ton arme est vide.

Le baveux ricana :

– Ah ouais ? Elle est chargée de c'soir, trou du cul.

– Peut-être, mais tu n'as pas fait monter de balle dans le canon.

L'homme jeta un bref regard à son fusil. Karim en profita. Il enjamba les deux marches et écarta le canon huilé de la main gauche, tout en dégainant son Glock de la droite. Il propulsa l'homme contre le chambranle et écrasa son poignet contre une encoignure.

Le fossoyeur hurla et lâcha son fusil. Lorsqu'il releva les yeux, ce fut pour découvrir l'orifice noir de l'automatique, pointé à quelques centimètres de son front.

– Écoute-moi, connard, souffla Karim. J'ai besoin d'informations. Tu réponds à mes questions et je me casse, sans histoire. Tu joues au con, et ça devient compliqué. Très compliqué. Surtout pour toi. Alors tu marches ?

Le gardien acquiesça, les yeux hors de la tête. Toute agressivité s'était envolée de son visage, au profit d'une rougeur d'âtre. C'était le « rouge panique » que Karim connaissait bien. Il serra encore la gorge fripée :

– Sylvain Hérault. Août 1980. Incinéré. Raconte.

– Hérault ? balbutia le fossoyeur. Connais pas.

Karim l'attira à lui et le poussa de nouveau contre l'arête du mur. Le gardien grimaça. Du sang éclaboussa la pierre, au niveau de sa nuque. La panique avait contaminé les niches. Des pigeons voletaient maintenant en tous sens, prisonniers des grillages. Le flic susurra :

– Sylvain Hérault. Sa femme est très grande. Brune. Frisée. Des lunettes. Et très belle. Comme sa petite fille. Réfléchis.

Le baveux hocha la tête en petits mouvements nerveux.

– D'accord, j'me souviens... c'était un enterrement très bizarre... Y avait personne.

– Comment ça : personne ?

– C'est comme j'te l'dis : même la bonne femme, elle est pas venue. Elle m'a payé d'avance, pour l'incinération, et on l'a jamais plus revue à Guernon. J'ai brûlé le corps. Je... J'étais tout seul.

– L'homme : de quoi est-il mort ?

– Un... un accident... Un accident de voiture.

Le Beur se souvenait de l'autoroute et des photographies atroces du corps de l'enfant. La violence de la route : un nouveau leitmotiv, un nouvel élément récurrent. Abdouf avait relâché sa prise. Des pigeons tournoyaient en vrilles, se déchirant contre les mailles du toit.

– Je veux les circonstances. Qu'est-ce que tu sais là-dessus ?

– Y... Y s'est fait écraser par un chauffard, sur la départementale qui mène au Belledonne. Il était à vélo... Il allait au boulot... Le conducteur devait être un mec bourré... Je...

– Il y a eu une enquête ?

– Je ne sais pas... En tout cas, on n'a jamais su qui c'était... On a retrouvé le corps sur la route, complètement écrabouillé.

Karim était déconcerté.

– Tu dis qu'il allait au boulot ; quel genre de boulot ?

– Il bossait dans les villages d'altitude. Il était cristallier...

– Qu'est-ce que c'est ?

– Les mecs qui vont chercher des cristaux précieux, en haut des cimes... Y paraît qu'c'était le meilleur, mais y prenait de sacrés risques...

Karim changea de cap :

– Pourquoi personne de Guernon n'est-il venu à l'enterrement ?

L'homme se massait le cou, brûlé comme celui d'un pendu. Il jetait des regards effarés vers ses pigeons blessés.

– C'étaient des nouveaux... Y v'naient d'un autre bled... Taverlay... Dans les montagnes... Personne n'aurait eu l'idée d'aller à c't'enterrement. Y avait personne, j'te dis !

Karim posa sa dernière question :

– Il y a un bouquet de fleurs devant la porte de l'urne : qui vient les déposer ?

Le gardien roulait des yeux traqués. Un oiseau moribond tomba sur ses épaules. Il réprima un cri puis balbutia :

– Y a toujours des fleurs devant...

– Qui vient les déposer ? répéta Karim. Est-ce une femme très grande ? Une femme avec une tignasse noire ? Est-ce Fabienne Hérault elle-même ?

Le vieux nia énergiquement.

– Alors qui ?

Le baveux hésita, comme redoutant de prononcer les mots qui frémissaient sur ses lèvres dans un fil de salive. Les plumes planaient comme une neige grise. Il murmura enfin :

– C'est Sophie... Sophie Caillois.

Le flic fut comme ébloui. Soudain, devant lui, un nouveau lien se tendait entre les deux affaires. Un putain de garrot qui se serrait à lui faire éclater le cœur. Il demanda, à quelques millimètres de l'homme :

– QUI ?

– Ouais..., hoqueta-t-il. La... La femme de Rémy Caillois. Elle vient chaque semaine. Des fois même plusieurs fois... Quand j'ai appris l'meurtre, à la radio, j'voulais l'dire aux gendarmes... J'vous jure... J'voulais donner l'renseignement... Ça a peut-être un rapport avec le crime... Je...

Karim balança le vieux dans ses grillages et sa poulaille. Il poussa le portail de fer et courut à sa voiture. Son cœur battait comme un gong.

42

KARIM roula jusqu'à l'édifice central de l'université. Il repéra aussitôt le policier qui surveillait l'entrée principale. Sans doute l'officier chargé de surveiller Sophie Caillois. Il poursuivit sa route, mine de rien, contourna le bâtiment et découvrit une entrée annexe : deux portes vitrées obscures, sous un auvent de béton ébréché, plus ou moins rafistolé avec une bâche plastique. Le flic stoppa sa voiture à cent mètres de là et consulta le plan de l'université, qu'il était passé prendre au QG de Niémans – un plan annoté où était indiqué l'appartement des Caillois : le nº 34.

Il sortit sous la pluie et marcha vers les portes. Il joignit ses mains sur ses tempes et les plaqua contre la vitre afin de regarder à l'intérieur. Les portes étaient verrouillées entre elles par un antivol de moto, un vieux modèle en forme d'arceau. La pluie redoublait et frappait la bâche selon un rythme techno tonitruant. Un tel bruit coupait court à tout complexe en matière d'effraction. Karim recula et brisa la vitre d'un grand coup de talon.

Il s'engouffra dans un étroit couloir, puis découvrit un hall immense et sombre. D'un coup d'œil à travers les vitres, il aperçut encore le planton, qui grelottait dehors. Il se glissa dans la cage d'escalier, sur sa droite, puis gravit les marches quatre à quatre. Les veilleuses de secours lui permettaient de se diriger sans allumer les néons. Karim s'efforçait de ne faire résonner ni les marches suspendues ni les lames de métal verticales qui se dressaient au centre de la cage.

Au huitième étage, occupé par les chambres des internes, le silence régnait. Karim s'engagea le long du couloir, toujours guidé par le plan annoté de Niémans. Il avança et discerna des noms griffonnés au-dessus des sonnettes. Il percevait sous ses pas l'indolence des plaques de linoléum.

Même à une heure du matin il se serait attendu ici à entendre de la musique, une radio, n'importe quoi qui évoquât les solitudes confinées des internes. Mais non, rien. Peut-être que les étudiants se terraient dans leur piaule, pétrifiés à l'idée que le tueur vienne leur arracher les yeux. Karim avança encore. Enfin, il découvrit la porte qu'il cherchait. Il hésita à utiliser la sonnette, puis frappa d'un coup léger sur la paroi de bois.

Aucune réponse.

Il frappa de nouveau, toujours en douceur. Pas de réponse. Aucun bruit à l'intérieur. Pas le moindre frémissement. Bizarre : la présence de la sentinelle, en bas, induisait que Sophie Caillois était chez elle.

Mû par un réflexe, Karim dégaina son Glock et scruta les serrures. La porte n'était pas verrouillée. Le flic enfila ses gants de latex et sortit un éventail de tiges en polymère. Il glissa l'une d'entre elles sous le pêne de la serrure principale et exerça en même temps une poussée contre la porte, tout en la tirant vers le haut. Elle s'ouvrit en quelques secondes. Karim entra, sans faire plus de bruit qu'un souffle.

Il visita chaque pièce de l'appartement. Personne. Un sixième sens l'avertissait que la femme s'était tirée. Sans retour. Il reprit sa fouille, d'une manière plus attentive. Il remarqua des images étranges le long des murs – des athlètes à têtes de fafs, en noir et blanc, suspendus à des anneaux ou courant le long d'un stade. Il chercha sur les meubles, dans les tiroirs. Rien. Sophie Caillois n'avait laissé aucun message, aucun détail qui trahissait son départ – mais Karim sentait que la nana s'était fait la malle. Et il ne pouvait pas quitter cet appartement. Un détail, dont il ne percevait pas encore la nature, l'empêchait de repartir. Le policier tourna, vira, virevolta, pour débusquer le petit grain de sable qui enrayait la logique de l'instant présent.

Enfin, il trouva.

Il planait ici une forte odeur de colle. De la glu à papiers peints, à peine sèche. Karim se précipita le long des murs afin d'observer chaque paroi. Les Caillois avaient-ils simplement changé de décoration quelques jours avant l'irruption de la violence ? Était-ce un simple hasard ? Karim rejeta cette idée : dans cette affaire, il n'y avait pas de hasard, pas le moindre élément qui n'appartînt au cauchemar général.

Sur une impulsion, il écarta quelques meubles et décolla un premier pan. Rien. Karim s'arrêta : il était hors de sa juridiction, il n'était pas mandaté et il était en train de saborder l'appartement d'une femme qui allait devenir une suspecte de premier ordre. Il hésita une seconde, déglutit, puis décolla un autre pan de papier. Rien. Karim fit volte-face et glissa ses doigts sous une nouvelle partie du papier peint. Il tira à lui le lambeau, dévoilant la couche précédente sur une large surface.

Inscrit sur le mur, il pouvait lire la fin d'une inscription brunâtre. Le seul mot qu'il discernait était : POURPRES. Il arracha aussitôt le pan qui jouxtait le mot, à gauche. Le message apparut tout entier, sous les traînées de colle.

JE REMONTERAI LA SOURCE
DES RIVIÈRES POURPRES

JUDITH

L'écriture était celle d'une enfant et l'encre utilisée était du sang. L'inscription était gravée dans le plâtre, comme inscrite au couteau. Le meurtre de Rémy Caillois. Les « rivières pourpres ». Judith. Il ne s'agissait plus de liens, de relations, d'échos. Désormais, les deux affaires ne faisaient qu'une.

Soudain, un léger frémissement retentit derrière lui.

Dans un geste réflexe, Karim se retourna. Il braquait déjà son Glock à deux poings. Il n'eut que le temps d'apercevoir une ombre qui disparaissait par la porte entrouverte. Il hurla et jaillit dehors.

La silhouette venait de s'évanouir au coin du couloir. Les bruits de pas précipités avaient déjà jeté la panique dans le long boyau, qui semblait guetter la moindre marque de danger pour s'animer. Les portes s'ouvraient subrepticement sur des regards effarés.

Au pas de course, le flic atteignit le premier coude et rebondit d'un coup d'épaules. Il partit le long de la nouvelle ligne droite. Il entendait déjà les résonances graves de l'escalier suspendu.

Il bondit à son tour dans la cage. Les lamelles de métal vibraient de toute leur hauteur, à mesure que l'ombre dévalait les marches de granit. Karim était sur ses traces. Ses semelles à crampons ne se posaient qu'une fois par volée de marches.

Les étages déferlèrent. Karim gagna du terrain. Il n'était plus qu'à quelques souffles de sa proie. Ils descendaient maintenant le même étage, des deux côtés de la paroi de lamelles verticales. Le flic aperçut, en contrebas, sur sa gauche, le dos noir et brillant d'un ciré. Il tendit la main à travers la symétrie métallique et agrippa la manche de l'ombre, par l'épaule. Pas assez fortement. Son bras partit en équerre, coincé dans l'étau des lames. La silhouette s'échappa. Karim reprit sa course. Il avait perdu quelques secondes.

Il parvint dans le hall immense. Totalement désert. Totalement silencieux. Karim vit la sentinelle, dehors, qui n'avait pas bougé. Il se rua vers la porte annexe par laquelle il était entré. Personne. Un rideau de pluie lui bloquait tout horizon vers l'extérieur.

Karim jura. Il passa par la vitre fracassée et scruta le campus, brouillé par le gris moiré de l'averse. Pas une présence, pas une voiture. Seulement le vacarme de la bâche qui clapotait avec fureur. Karim baissa son arme et tourna les talons, crispé sur un dernier espoir : l'ombre était peut-être encore à l'intérieur.

Tout à coup, une vague déferlante le catapulta contre les battants vitrés. Un bref instant, il ne sut ce qui lui arrivait et lâcha son arme. Un flux glacé le submergea. Recroquevillé au sol, Karim décocha un regard au-dessus de lui et comprit que la bâche de l'auvent venait de céder, alourdie par le poids de l'averse.

Il crut à un accident.

Pourtant, derrière la toile plastique, encore suspendue au toit par deux filins, l'ombre apparut, noire et miroitante. Ciré noir, jambes gainées d'un collant de polycarbone, visage masqué par un passe-montagne et surmonté d'un casque de cycliste, luisant comme la tête d'un bourdon vitrifié, elle tenait dans ses deux mains serrées le Glock de Karim, pointé droit vers son visage.

Le flic ouvrit la bouche mais aucun mot n'en sortit.

Soudain, l'ombre appuya sur la détente, vida le chargeur dans un fracas démultiplié de vitres. Karim se ratatina, se protégeant le visage de ses mains. Il hurlait, d'une voix fêlée, alors que le vacarme des détonations se mêlait à celui du verre éclaté et de l'averse environnante.

Machinalement, Karim compta les seize balles et trouva la force de relever les yeux alors que les dernières douilles rebondissaient sur le sol. Il eut juste le temps de voir une main nue lâcher l'arme et disparaître dans le rideau de pluie. C'était une main mate, nouée comme une liane, portant griffures, pansement et ongles courts.

Une main de femme.

Le flic regarda quelques secondes son Glock qui fumait encore par la chambre de la culasse. Puis il fixa la crosse quadrillée de minuscules losanges. Son esprit résonnait encore des multiples détonations. Ses narines respiraient l'odeur violente de cordite. Quelques secondes plus tard, le policier qui veillait sur l'entrée principale arriva enfin, arme au poing.

Mais Karim n'entendait pas ses sommations ni ses hurlements paniqués. Sous l'apocalypse, il maîtrisait maintenant deux vérités.

L'une : la meurtrière lui avait laissé la vie sauve.

L'autre : il tenait ses empreintes digitales.

43

– Que faisiez-vous chez Sophie Caillois ? Vous êtes hors de votre juridiction, vous avez enfreint les lois les plus élémentaires, nous pourrions...

Karim observait le capitaine Vermont s'emporter : crâne nu et visage écarlate. Il acquiesçait lentement et s'efforçait de prendre un visage contrit. Il prononça :

– J'ai déjà tout expliqué au capitaine Barnes. Les meurtres de Guernon concernent une affaire sur laquelle j'enquête... Une affaire survenue dans ma ville, Sarzac, département du Lot.

– Première nouvelle. Ça ne m'explique pas votre présence chez un témoin d'importance ni la violation du domicile.

– J'avais convenu avec le commissaire Niémans de...

– Oubliez Niémans. Il a été déchargé de l'affaire. (Vermont lança une commission rogatoire, par-dessus le bureau.) Les gars du SRPJ de Grenoble viennent d'arriver.

– Vraiment ?

– Le commissaire Niémans est dans le collimateur. Il a tabassé la nuit dernière un hooligan anglais, à la sortie d'un match au parc des Princes. L'affaire s'envenime. Il est rappelé à Paris.

Karim comprenait maintenant pourquoi Niémans enquêtait dans cette ville. Le flic de fer avait sans doute voulu se faire oublier après cette énième bavure, bien dans son style. Mais il ne le voyait pas rentrer à Paris cette nuit. Non. Il ne le voyait pas abandonner l'affaire – et certainement pas pour rendre des comptes à l'IGS ou au Palais-Bourbon. Pierre Niémans débusquerait d'abord l'assassin et son mobile. Et Karim serait à ses côtés. Pourtant, il fit mine de suivre le gendarme sur son terrain :

– Les gars du SRPJ ont déjà repris l'enquête ?

– Pas encore, répondit Vermont. Nous devons les mettre au courant.

– On dirait que Niémans ne va pas vous manquer.

– Vous vous trompez. C'est un malade, mais au moins il connaît le monde du crime. Il le transpire, même. Avec les flics de Grenoble, nous allons devoir tout reprendre de zéro. Et pour aller où, je vous le demande ?

Karim planta ses deux poings sur le bureau et se pencha vers le capitaine.

– Appelez le commissaire Henri Crozier, au poste de police de Sarzac. Vérifiez mes informations. Juridiction ou pas, mon enquête est liée aux crimes de Guernon. L'une des victimes, Philippe Sertys, a profané le cimetière de ma ville, cette nuit, juste avant de mourir.

Vermont fit une grimace sceptique.

– Rédigez un rapport. Des victimes qui profanent un cimetière. Des flics qui viennent de partout. Si vous croyez que cette histoire n'est déjà pas assez compliquée...

– Je...

– Le meurtrier a frappé une nouvelle fois.

Karim se retourna : Niémans se dressait dans l'embrasure de la porte. Son visage était livide, ses traits dévastés. Le Beur songea aux sculptures des mausolées qu'il avait croisées ces dernières heures.

– Edmond Chernecé, reprit Niémans. Ophtalmologue à Annecy. (Il s'approcha du bureau et fixa Karim puis Vermont.) Strangulation par câble. Plus d'yeux. Plus de mains. La série ne s'arrête plus.

Vermont poussa son siège contre le mur. Au bout de quelques secondes, il marmonna, sur un ton plaintif :

– On vous l'avait dit... Tout le monde vous l'avait dit...

– Quoi ? Qu'est-ce qu'on m'avait dit ? hurla Niémans.

– C'est un tueur en série. Un criminel psychopathe. A l'américaine ! Il faut utiliser les méthodes de là-bas. Appeler des spécialistes. Dresser un profil psychologique... Je ne sais pas... Même moi, un gendarme de province, je...

Niémans hurla :

– C'est une série, mais ce n'est pas un tueur en série ! Ce n'est pas un dément. Il accomplit une vengeance. Il possède un mobile rationnel, qui concerne ses victimes. Il existe un lien entre ces trois hommes qui explique aujourd'hui leur disparition ! Putain de Dieu. C'est ça que nous devons découvrir.

Vermont se tut et esquissa un geste de lassitude. Karim profita du silence :

– Commissaire, laissez-moi vous...

– Ce n'est pas le moment.

Niémans se redressa et lissa d'un geste nerveux les pans de son manteau. Cette coquetterie ne cadrait pas avec sa tête de flic hermétique. Karim insista :

– Sophie Caillois s'est fait la malle.

Les yeux derrière les cercles de verre se tournèrent vers lui.

– Quoi ? Nous avions placé un homme...

– Il n'a rien vu. Et, à mon avis, elle est déjà loin.

Niémans observait Karim. Comme un animal inédit, génétiquement improbable.

– Qu'est-ce que c'est que ce nouveau bordel ? demanda-t-il. Pourquoi aurait-elle pris la fuite ?

– Parce que vous avez raison depuis le départ. (Karim s'adressait au commissaire, mais il fixait Vermont.) Les victimes partagent un secret. Et ce secret est lié aux meurtres. Sophie Caillois s'est enfuie parce qu'elle connaît ce lien. Et qu'elle est peut-être la prochaine victime du tueur.

– Bordel de merde...

Niémans réajusta ses lunettes. Il parut réfléchir quelques secondes puis, d'une esquive du menton, façon boxeur, incita Karim à poursuivre.

– J'ai du nouveau, commissaire. J'ai découvert chez les Caillois une inscription gravée sur l'un des murs. Une inscription signée « Judith » et qui parle de « rivières pourpres ». Vous cherchiez un point commun entre les victimes. Je vous en propose au moins un, entre Caillois et Sertys : Judith. Ma petite fille, mon visage effacé. C'est Sertys qui a profané sa sépulture. Et c'est Caillois qui a reçu un message signé de son nom.

Le commissaire se dirigea vers la porte.

– Viens avec moi.

Vermont se leva avec colère.

– C'est ça, barrez-vous ! Continuez vos mystères !

Niémans poussait déjà Karim vers l'extérieur. La voix du capitaine braillait :

– Vous ne faites plus partie de l'enquête, Niémans ! Vous êtes déchargé ! Vous comprenez ça ? Vous ne pesez plus rien... Rien ! Vous êtes un souffle, un courant d'air ! Alors vous pouvez écouter les délires de ce rastaquouère... Un tricard et un voyou... La belle équipe ! Je...

Niémans venait de pénétrer dans un bureau vide, à quelques portes de là. Il poussa Karim, alluma la lumière et referma la porte, coupant court au discours du gendarme. Il empoigna une chaise et la lui tendit. Sa voix murmura simplement :

– Je t'écoute.

44

KARIM ne s'assit pas et attaqua sur un ton frénétique :

– Sur le mur, l'inscription disait précisément : « Je remonterai la source des rivières pourpres. » Avec du sang en guise d'encre. Et une lame en guise de burin. Un truc à vous filer les chocottes pour le restant de vos nuits. D'autant que le message est signé « Judith ». Sans aucun doute : « Judith Hérault ». Le nom d'une morte, commissaire. Disparue en 1982.

– Je ne comprends rien.

– Moi non plus, souffla Karim. Mais je peux imaginer quelques faits qui ont marqué ce week-end.

Niémans était resté debout. Il hocha lentement la tête. Le Beur continua :

– Voilà. Le tueur élimine d'abord Rémy Caillois, disons, dans la journée du samedi. Il mutile le corps puis l'encastre dans la falaise. Pourquoi tout ce théâtre, je n'en ai aucune idée. Mais dès le lendemain, il se poste quelque part sur le campus. Il guette les faits et gestes de Sophie Caillois. D'abord, la fille ne bouge pas. Puis elle finit par sortir, disons en milieu de matinée. Elle part peut-être chercher Caillois dans les montagnes, je ne sais pas. Pendant ce temps, le tueur pénètre chez elle et signe son crime sur le mur : « Je remonterai la source des rivières pourpres. »

– Continue.

– Plus tard, Sophie Caillois rentre chez elle et découvre l'inscription. Elle saisit la signification de ces mots. Elle comprend que le passé est en train de se réveiller et que son mari a sans doute été tué. Elle panique, viole le sceau du secret et téléphone à Philippe Sertys, qui est ou a été le complice de son mari.

– Mais d'où sors-tu tout ça ?

Karim se pencha. A voix basse :

– Mon idée, c'est que Caillois, Sertys et sa femme sont des amis d'enfance et qu'ils ont commis un acte coupable quand ils étaient mômes. Un acte qui a un rapport avec les termes « rivières pourpres » et la famille de Judith.

– Karim, je te l'ai déjà dit : dans les années quatre-vingt, Caillois et Sertys étaient âgés d'une dizaine d'années, comment peux-tu imaginer...

– Laissez-moi finir. Philippe Sertys arrive chez les Caillois. Il découvre à son tour l'inscription. Il pige lui aussi l'allusion aux « rivières pourpres » et commence à flipper sérieusement. Mais il pare au plus pressé : cacher l'inscription, qui fait référence à quelque chose, un secret, qu'ils doivent absolument occulter. Je suis certain de ça : malgré la mort de Caillois, malgré la menace d'un tueur qui signe son crime « Judith », Sertys et Sophie Caillois ne pensent à cet instant qu'à dissimuler la marque de leur propre culpabilité. L'aide-soignant part alors chercher des rouleaux de papier peint qu'il colle sur le message gravé. C'est pour ça qu'il y a une odeur de colle dans tout l'appart'.

Le regard de Niémans brilla. Karim comprit que le flic avait dû lui aussi remarquer ce détail, sans doute lors de l'interrogatoire de la môme. Il poursuivit :

– Durant tout le dimanche, ils attendent. Ou ils tentent une nouvelle recherche, je ne sais pas. Finalement, Sophie Caillois, en fin d'après-midi, se décide à prévenir les gendarmes. Au même moment, on découvre le cadavre dans la falaise.

– Tu as une suite ?

– Cette nuit-là, Sertys fonce dans la nuit, vers Sarzac.

– Pourquoi ?

– Parce que le meurtre de Rémy Caillois est signé par

Judith, morte et enterrée depuis près de quinze ans à Sarzac. Et Sertys le sait.

– C'est tiré par les cheveux.

– Peut-être. Mais la nuit dernière, Sertys était dans ma ville, avec un complice qui était peut-être notre troisième victime : Chernecé. Ils ont fouillé dans les archives de l'école. Ils sont allés au cimetière et ont ouvert le caveau de Judith. Quand on cherche un mort, où va-t-on ? Dans sa tombe.

– Continue.

– Je ne sais pas ce que trouvent Sertys et l'autre à Sarzac. Je ne sais pas s'ils ouvrent le cercueil. Je n'ai pas pu approfondir la fouille du caveau. Mais je pressens qu'ils ne découvrent rien qui les rassure vraiment. Ils rentrent alors à Guernon, la peur au ventre. Bon sang, vous pouvez imaginer ça ? Un fantôme est en circulation, qui s'apprête à éliminer tous ceux qui lui ont fait du mal...

– Tu n'as aucune preuve de ce que tu racontes.

Karim éluda la remarque.

– Nous sommes à l'aube du lundi, Niémans. A son retour, Sertys se fait surprendre par le fantôme. C'est le deuxième meurtre. Pas de torture, pas de supplice. Le spectre sait maintenant ce qu'il veut savoir. Il n'a plus qu'à réaliser sa vengeance. Il emprunte le téléphérique, monte le corps dans les montagnes. Tout est prémédité : il a déjà laissé un message sur sa première victime. Il doit en laisser un autre sur la seconde. Et il ne s'arrêtera plus. Votre thèse de la vengeance est en train d'exploser, Niémans.

Le commissaire s'assit, l'échine lasse. Il était trempé de sueur.

– La vengeance de quoi ? Et qui est le tueur ?

– Judith Hérault. Ou plutôt : quelqu'un qui se prend pour Judith.

Le commissaire gardait le silence, visage baissé. Karim se rapprocha encore.

– J'ai retrouvé la sépulture de Sylvain Hérault, Niémans, dans le crématorium du cimetière. Sur la mort proprement dite, je n'ai rien trouvé de particulier. Hérault est mort, écrasé par un chauffard. Il y a peut-être à gratter là-dessous, je ne sais pas encore... Mais cette nuit, c'est la sépulture elle-même qui m'a offert un nouvel élément. Devant la lucarne, il y avait un bouquet de fleurs, tout frais. Je me suis renseigné : savez-vous qui vient déposer des fleurs chaque semaine depuis des années ? Sophie Caillois.

Niémans niait maintenant de la tête, comme pris dans l'étau d'un vertige.

– Qu'est-ce que tu vas me trouver comme nouvelle explication ?

– A mon avis, elle agit par remords.

Le commissaire ne prit pas la peine de répondre. Abdouf se redressa, en hurlant.

– Tout colle, bon Dieu ! Je ne parviens pas à imaginer Sophie Caillois dans la peau d'une véritable coupable. Mais elle partage un secret avec son mari et l'a toujours bouclé, par amour, par peur, ou pour une tout autre raison. Pourtant, en douce, depuis des années, elle dépose des fleurs devant l'urne de Sylvain Hérault, par respect pour cette petite famille, que son mec a persécutée.

Karim s'agenouilla, à une natte du commissaire principal.

– Niémans, ordonna-t-il, réfléchissez. Le corps de son mari vient d'être découvert. Ce meurtre signé « Judith » constitue la vengeance évidente d'une gosse de jadis. Et malgré tout ça, la femme vient aujourd'hui déposer des fleurs sur la tombe du père. Ces meurtres n'engendrent pas la haine dans le cœur de Sophie Caillois. Ils renforcent ses souvenirs. Et ses regrets. Bordel, Niémans, je suis sûr que j'ai raison. Avant de se volatiliser, cette fille a voulu rendre un dernier hommage aux Hérault.

Le flic en brosse ne répondit pas. Ses traits s'étaient accentués au point de décocher des ombres profondes, crevassées. Les secondes s'étirèrent. Enfin, Karim se releva et reprit, d'un ton rauque :

– Niémans, j'ai lu avec attention votre dossier d'enquête.

Il y a là-dedans d'autres indices, d'autres détails qui convergent vers Judith Hérault.

Le commissaire soupira.

– Je t'écoute. Je ne sais pas ce que j'y gagne, mais je t'écoute.

Le lieutenant beur se mit à arpenter la pièce comme un fauve en cage.

– Dans votre dossier, il apparaît que vous n'avez qu'une seule certitude sur le meurtrier : ses aptitudes d'alpiniste. Or, quel était le métier de Sylvain Hérault ? Cristallier. Il arpentait les sommets pour arracher des cristaux à la pierre. Il était un alpiniste d'exception. Toute sa vie il l'a passée sur le flanc des falaises, le long des glaciers. Là même où vous avez retrouvé les deux premiers corps.

– Comme plusieurs centaines d'alpinistes chevronnés dans la région. C'est tout ?

– Non. Il y a aussi le feu.

– Le feu ?

– J'ai noté un détail dans le premier rapport d'autopsie. Une remarque bizarre, qui résonne dans ma tête depuis que je l'ai lue. Le corps de Rémy Caillois portait des traces de brûlures. Costes a noté que le meurtrier avait pulvérisé de l'essence sur les plaies de sa victime. Il parle d'un aérosol trafiqué, d'un Kärcher.

– Eh bien ?

– Eh bien, il existe une autre explication. Le tueur pourrait être un cracheur de feu qui aurait vaporisé l'essence avec sa propre bouche.

– Je ne te suis pas.

– Parce que vous ignorez un détail particulier : Judith Hérault savait cracher le feu. C'est incroyable, mais c'est la vérité. J'ai rencontré le forain qui lui a appris cette technique, quelques semaines avant sa mort. Une technique qui la fascinait. Elle disait qu'elle voulait en user comme d'une arme, pour protéger sa « maman ».

Niémans se massait la nuque.

– Bon Dieu, Karim, Judith est morte !

– Il y a un dernier signe, commissaire. Plus vague encore, mais qui pourrait trouver sa place dans l'écheveau. Dans le premier rapport d'autopsie, à propos de la technique de strangulation, le légiste a écrit : « Filin métallique. De type câble de frein ou corde de piano. » Sertys a-t-il été tué de la même façon ?

Le commissaire acquiesça. Karim enchaîna :

– Ce n'est peut-être rien, mais Fabienne Hérault était pianiste. Une virtuose. Imaginez un instant que cela soit une véritable corde de piano qui ait tué les trois victimes, ne pourrait-on y voir un lien symbolique ? Un vrai filin tendu avec le temps passé ?

Pierre Niémans se leva cette fois en hurlant :

– Où veux-tu en venir, Karim ? Qu'est-ce que nous cherchons ? Un fantôme ?

Karim se tortilla dans sa veste de cuir, comme un gamin confus.

– Je ne sais pas.

Niémans marcha à son tour et demanda :

– Tu as pensé à la mère ?

– Ouais, bien sûr, répondit Karim. Mais ce n'est pas elle. (Il baissa d'un ton.) Écoutez-moi encore, commissaire. Je vous ai gardé le meilleur pour la fin. Quand j'étais chez les Caillois, le fantôme m'a surpris. Un fantôme que j'ai poursuivi mais qui m'a échappé.

– Quoi ?

Karim esquissa un sourire contrit.

– La honte est sur moi.

– De quoi avait-il l'air ? reprit aussitôt Niémans.

– De quoi avait-*elle* l'air : c'était une femme. J'ai vu ses mains. J'ai entendu son souffle. Aucun doute là-dessus. Elle mesure environ un mètre soixante-dix. Elle m'a paru assez balèze, mais ce n'est pas la mère de Judith. La mère est un colosse. Elle mesure plus d'un mètre quatre-vingts, avec des épaules de débardeur. Plusieurs témoignages se recoupent sur ce point.

– Alors qui ?

– Je ne sais pas. Elle portait un ciré noir, un casque de cycliste, une cagoule. C'est tout ce que je peux dire.

Niémans se leva.

– Il faut lancer son signalement.

Karim lui saisit le bras.

– Quel signalement ? Une cycliste dans la nuit ? (Karim sourit.) J'ai peut-être mieux que ça.

Il sortit de sa poche son Glock empaqueté dans une enveloppe transparente :

– Ses empreintes sont là-dessus.

– Elle a tenu ton flingue ?

– Elle a même vidé le chargeur au-dessus de ma tête. C'est une meurtrière originale, commissaire. Elle assume une vengeance de psychopathe, mais je suis sûr qu'elle ne veut de mal à personne d'autre que ses proies.

Niémans ouvrit la porte violemment.

– Monte au premier. Les gars du SRPJ ont apporté un comparateur d'empreintes. Un CMM, flambant neuf, directement connecté à MORPHO. Mais ils ne savent pas le faire fonctionner. Un type de la police scientifique est en train de les aider : Patrick Astier. Monte le voir – il doit être accompagné de Marc Costes, le médecin légiste. Ces deux gars sont avec moi. Tu les prends à part, tu leur expliques, et tu compares tes empreintes avec les fiches dactylaires de MORPHO.

– Et si les empreintes ne nous disent rien ?

– Alors tu retrouves la mère. Son témoignage est capital.

– Je cherche cette bonne femme depuis plus de vingt heures, Niémans. Elle se cache. Et elle se cache bien.

– Reprends toute l'enquête. Tu as peut-être laissé passer des indices.

Karim s'électrisa :

– Je n'ai rien laissé passer du tout.

– Si. C'est toi-même qui me l'as dit. Dans ton bled, la tombe de la petite fille est parfaitement entretenue. Quelqu'un vient donc s'en occuper, régulièrement. Qui ?

Ce n'est tout de même pas Sophie Caillois. Alors réponds à cette question. Et tu retrouveras la mère.

– J'ai interrogé le gardien. Jamais il n'a vu...

– Peut-être qu'elle ne vient pas en personne. Peut-être qu'elle a délégué une société de pompes funèbres, je ne sais pas. Trouve, Karim. De toute façon, tu dois retourner là-bas pour ouvrir le cercueil.

Le flic arabe frissonna.

– Ouvrir le...

– Nous devons savoir ce que cherchaient les profanateurs. Ou ce qu'ils ont trouvé. Tu découvriras aussi dans la bière l'adresse du croque-mort. (Niémans décocha un clin d'œil macabre.) Un cercueil, c'est comme un pull-over : la marque est à l'intérieur.

Karim déglutit. A l'idée de retourner au cimetière de Sarzac, à l'idée de remonter la nuit, pour plonger de nouveau dans le caveau, la peur lui cassait les membres. Mais Niémans récapitula, d'une voix sans appel :

– D'abord les empreintes. Ensuite le cimetière. Nous avons jusqu'à l'aube pour régler cette affaire. Toi et moi, Karim. Et personne d'autre. Après ça, nous devrons rentrer au bercail, et rendre des comptes.

L'autre releva son col.

– Et vous ?

– Moi ? Je remonte vers la source des rivières pourpres, vers la piste de mon petit flic, Éric Joisneau. Lui seul avait découvert une part de la vérité.

– *Avait* ?

Le visage de Niémans se déchira.

– Il a été tué par Chernecé, avant que lui-même ne soit tué par notre meurtrier – ou notre meurtrière. J'ai retrouvé son corps dans une fosse chimique, au fond de la cave du toubib. Chernecé, Caillois et Sertys étaient des ordures, Karim. Je possède désormais cette conviction. Et je crois que Joisneau avait découvert une piste qui allait dans ce sens. C'est ce qui lui a coûté la vie. Trouve l'identité du tueur, je trouverai son mobile. Trouve qui se cache derrière le fantôme de Judith. Je trouverai la signification des rivières pourpres.

Les deux hommes s'engouffrèrent dans le couloir, sans un regard pour les autres gendarmes.

45

– PLANTÉS, les mecs. On est plantés.

– 'Toute façon, on n'a pas l'ombre d'une empreinte, alors...

Sur le seuil d'une petite pièce, au premier étage, plusieurs flics fixaient d'un air découragé un ordinateur, surmonté d'une loupe mobile et relié par un réseau de câbles à un scanner.

A l'intérieur du réduit, assis face à l'écran, les yeux écarquillés comme des fenêtres, un grand blond s'escrimait à régler les paramètres d'un logiciel. Karim se renseigna : Patrick Astier en personne. A ses côtés, Marc Costes se tenait debout – un mec brun, voûté, embué par de grosses lunettes.

Les flics quittaient les lieux, jouant des coudes et marmonnant quelques réflexions philosophiques sur le manque de fiabilité des nouvelles technologies. Ils ne jetèrent pas même un regard à Karim.

Celui-ci s'approcha et se présenta à Costes et à Astier. En quelques mots, les trois interlocuteurs comprirent qu'ils étaient sur la même longueur d'ondes. Jeunes et passionnés, ils tournaient le dos à leur propre peur en se concentrant sur cette enquête. Quand le flic beur eut expliqué précisément ce qui l'amenait, Astier ne put réprimer son excitation. Il s'exclama :

– Merde. Les empreintes du tueur, rien que ça ? On va tout de suite les soumettre au CMM.

Karim s'étonna :

– Il marche ?

L'ingénieur sourit. Une mince fêlure dans la porcelaine du visage.

– Bien sûr qu'il marche. (Il désigna les OPJ, déjà occupés ailleurs.) Ce sont eux qui ne marchent pas des masses...

En quelques gestes rapides, Astier ouvrit une des mallettes nickelées que Karim avait repérées dans un coin de la pièce. Des kits de relève d'empreintes latentes et de moulages de traces. L'ingénieur extirpa un pinceau magnétique. Il enfila des gants de latex puis trempa l'instrument aimanté dans un conteneur de poudre d'oxyde de fer. Aussitôt, les infimes particules se groupèrent en une petite boule rose, au bout de la pointe magnétique.

Astier saisit le Glock et frôla sa crosse avec le pinceau. Il plaqua ensuite sur l'arme un film adhésif transparent, qu'il colla en retour sur un support cartonné. Alors apparurent les crêtes digitales argentées, brillantes sous la pellicule translucide.

– Superbes, souffla Astier.

Il glissa la fiche dactylaire dans le scanner, puis se rassit face à l'écran. Il écarta la loupe rectangulaire et pianota sur le clavier. Presque aussitôt les trames digitales s'affichèrent sur le moniteur. Astier commenta :

– Les empreintes sont d'excellente qualité. Nous avons de quoi numériser vingt et un points : le maximum...

Des signaux rouge grenat, reliés entre eux par des lignes obliques, apparaissaient en surimpression sur les crêtes digitales, coïncidant avec des petits bips sonores de salle d'urgence. Astier poursuivait, comme pour lui-même :

– Voyons ce que MORPHO nous dit.

C'était la première fois que Karim contemplait le système à l'œuvre. D'un ton doctoral, Astier apportait ses commentaires : MORPHO était un immense registre informatique qui conservait les empreintes des criminels de la plupart des pays européens. Par modem, le programme était capable de comparer n'importe quelle nouvelle empreinte, quasiment en temps réel. Les disques durs bourdonnaient.

Enfin, l'ordinateur livra sa réponse : négative. Les empreintes de « l'ombre » ne correspondaient à aucun sillon du fichier des délinquants connus. Karim se redressa et soupira. Il s'attendait à cette conclusion : la suspecte n'appartenait pas à la corporation des criminels ordinaires.

Soudain le flic eut une autre idée. Un joker. Il sortit de sa veste de cuir la fiche cartonnée qui portait les empreintes digitales de Judith Hérault, prélevées juste après son accident de voiture, quatorze ans auparavant. Il s'adressa à Astier :

– Tu peux scanner aussi ces empreintes et les comparer ?

Astier pivota sur son siège et saisit la fiche.

– Aucun problème.

L'ingénieur se tenait si droit qu'il semblait avoir avalé un néon. Il jeta un bref regard sur les nouveaux dermatoglyphes. Il parut réfléchir quelques secondes puis releva ses yeux myosotis vers Karim.

– D'où sors-tu ces empreintes ?

– D'une station d'autoroute. Ce sont celles d'une petite fille, morte dans un accident de voiture, en 1982. On ne sait jamais. Une ressemblance ou...

Le scientifique l'interrompit :

– Ça m'étonnerait qu'elle soit morte.

– Quoi ?

Astier glissa la fiche sous l'écran-loupe. Les sillons ciselés apparurent en transparence, irisés et agrandis à une échelle exponentielle.

– Je n'ai pas besoin d'analyser ces empreintes pour te dire que ce sont les mêmes que sur la crosse du flingue. Mêmes crêtes sous-digitales transversales. Même tourbillon, juste au-dessous des crêtes.

Karim était sidéré. Patrick Astier rapprocha la loupe mobile de l'écran d'ordinateur, de façon à ce que les deux dermatoglyphes soient placés côte à côte.

– Les mêmes empreintes, répéta-t-il, à deux âges différents. Ta fiche porte celles de l'enfant, la crosse celles de l'adulte.

Karim fixait les deux images et se persuadait de l'impossible.

Judith Hérault était morte en 1982, dans les tôles d'une voiture fracassée.

Judith Hérault, vêtue d'un ciré et d'un casque de cycliste, venait de vider un chargeur de Glock au-dessus de sa tête.

Judith Hérault était à la fois morte et vivante.

46

Il était temps de contacter les vieux frères du passé.

Fabrice Mosset. Virtuose de la police scientifique de Paris. Un spécialiste des dermatoglyphes, que Karim avait connu sur une affaire tordue, du temps de son stage au commissariat du XIVe arrondissement, avenue du Maine. Un surdoué qui prétendait pouvoir reconnaître des jumeaux en observant leurs seules empreintes digitales. Une méthode qui, selon lui, était aussi fiable que celle des empreintes génétiques.

– Mosset ? C'est Abdouf. Karim Abdouf.

– Comment ça va ? Toujours dans ton trou ?

La voix était chantante. A des années-lumière du cauchemar.

– Toujours, murmura Karim. Sauf que je voyage, de trou en trou.

Le technicien éclata de rire.

– Comme les taupes ?

– Comme les taupes. Mosset, je te pose un problème,

apparemment insoluble. Tu me donnes ton avis, non officiel. Et tout de suite, OK ?

– T'es sur une enquête ? Pas de problème. Je t'écoute.

– Je possède des empreintes digitales identiques. D'un côté, celles d'une petite fille morte voilà quatorze ans. De l'autre, celles d'une suspecte inconnue, qui datent d'aujourd'hui. Qu'en dis-tu ?

– Tu es sûr que ta petite fille est morte ?

– Certain. J'ai interrogé l'homme qui a tenu le bras du cadavre, au-dessus de l'encreur.

– Alors je dis : erreur de protocole. Toi ou tes collègues, vous avez fait une fausse manip' dans les relevés d'empreintes, sur les lieux du crime. Il est impossible que deux personnes distinctes possèdent les mêmes empreintes digitales. IM-POS-SI-BLE.

– Ne peut-il s'agir de membres d'une même famille ? De jumeaux ? Je me souviens de ton programme et...

– Seules les empreintes de jumeaux homozygotes comportent des points de ressemblance. Et les lois génétiques sont infiniment complexes : il existe des milliers de paramètres qui influent sur le dessin final des sillons dactylaires. Il faudrait un hasard fou pour que les dessins se ressemblent au point de...

Karim l'interrompit :

– Tu as un fax chez toi ?

– Je ne suis pas chez moi. Je suis encore au labo. (Il soupira.) Il n'y a pas de pitié pour les scientifiques.

– Je peux t'envoyer mes fiches ?

– Je ne te dirai rien de plus.

Le lieutenant garda le silence. Mosset soupira encore :

– OK. Je me poste à côté de la télécopie. Rappelle-moi aussitôt après.

Karim ressortit du petit bureau où il s'était isolé, envoya ses deux fax puis retourna dans son box et appuya sur la touche bis de son téléphone. Des gendarmes allaient et venaient. Dans la cohue, personne ne prêtait attention à lui.

– Impressionnant, murmura Mosset. Tu es certain que la première fiche porte les empreintes d'une décédée ?

Karim revit les photographies noir et blanc de l'accident. Les frêles membres de la petite fille jaillir du chaos de carrosserie froissée. Il revit le visage du vieil agent routier qui avait conservé la fiche dactylaire.

– Certain, répliqua-t-il.

– Il doit y avoir un pataquès dans les identités, dans les relevés d'empreintes. Ça arrive souvent, tu sais, nous...

– Tu n'as pas l'air de piger, murmura Karim. Peu importe l'identité inscrite sur la fiche. Peu importent les noms et les écritures. Ce que je veux te dire, c'est que la main de l'enfant broyée porte les mêmes sillons que la main qui a serré l'arme cette nuit. C'est tout. Bon Dieu : je me fous de son identité. Il s'agit simplement de la même main !

Il y eut un silence. Un suspens dans la nuit électrique, puis Mosset éclata de rire.

– Ton truc est impossible. C'est tout ce que je peux te dire.

– Je t'ai connu plus inspiré. Il doit bien y avoir une solution.

– Il y a toujours une solution. Nous le savons toi et moi. Et je suis sûr que tu vas la trouver. Rappelle-moi quand ton affaire sera éclaircie. J'aime les histoires qui finissent bien. Avec une explication rationnelle.

Karim promit et raccrocha. Des rouages à vide s'acharnaient sous son crâne.

Dans les couloirs de la brigade, il croisa de nouveau Marc Costes et Patrick Astier. Le médecin légiste portait une sacoche de cuir, à encoches carrées, et affichait une mine livide.

– Je pars au CHU d'Annecy, expliqua-t-il. (Il lança un regard incrédule à son compagnon.) Nous... nous venons d'apprendre qu'il y a deux corps. Merde. Le petit flic y est passé aussi... Éric Joisneau... Ce n'est plus une enquête. C'est un jeu de massacre.

– Je suis au courant. Pour combien de temps en as-tu ?

– Jusqu'à l'aube, au moins. Mais un autre légiste est déjà là-bas. L'affaire prend de l'ampleur.

Karim fixait le docteur aux traits effilés, à la fois juvéniles et fuyants. L'homme avait peur mais Abdouf sentait que sa propre présence le mettait en confiance.

– Costes, j'ai pensé à un truc... Je voudrais te demander un détail.

– Je t'écoute.

– Dans ton premier rapport, à propos des filins métalliques utilisés par le tueur, tu parles de câble de frein ou de corde de piano. A ton avis, c'est le même câble qui a tué Sertys ?

– Le même, oui. Même fibre. Même épaisseur.

– S'il s'agissait d'une corde de piano, pourrais-tu en déduire la note ?

– La note ?

– Ouais. La note de musique. En mesurant le diamètre d'une corde, peux-tu déduire la note exacte à laquelle elle correspond sur l'échelle des octaves ?

Costes sourit, incrédule.

– Je vois ce que tu veux dire. Je possède ce diamètre. Tu voudrais que je...

– Toi ou un assistant. Mais cette tonalité m'intéresse.

– Tu es sur une piste ?

– Je ne sais pas.

Le médecin légiste tripotait ses lunettes.

– Où puis-je te joindre ? Tu as un cellulaire ?

– Non.

– Si.

Astier venait de planter dans la main de Karim un téléphone portable, un modèle minuscule, noir et chromé. Le Beur ne comprit pas. L'ingénieur sourit.

– J'en possède deux. Je pense que tu en auras besoin dans les heures qui viennent.

Les coordonnées s'échangèrent. Marc Costes disparut. Karim se tourna vers Astier :

– Et toi, que vas-tu faire ?

– Pas grand-chose. (Il ouvrit ses grandes mains vides.) Je n'ai plus rien à mettre dans les crocs de mes machines.

D'un trait, Karim proposa à l'ingénieur de l'aider dans sa propre enquête et de réaliser pour lui deux missions.

– Deux missions ? répéta Astier, enthousiaste. Autant que tu voudras.

– La première, c'est d'aller consulter les registres de naissance, au CHRU de Guernon.

– Pour y dégoter quoi ?

– A la date du 23 mai 1972, tu trouveras le nom de Judith Hérault. Vois si elle n'avait pas une sœur ou un frère jumeau.

– C'est la môme des empreintes ?

Karim acquiesça. Astier reprit :

– Tu penses à un autre gosse, qui posséderait les mêmes empreintes ?

Le flic eut un sourire gêné.

– Je sais. Ça ne tient pas debout. Mais fais-le.

– Et l'autre mission ?

– Le père de la môme a été tué dans un accident de voiture.

– Lui aussi ?

– Ouais, lui aussi. Sauf qu'il était à vélo et que je te parle d'une collision. En août 80. Le nom est Sylvain Hérault. Regarde ici, à la brigade. Je suis sûr que tu trouveras le dossier.

– Et qu'est-ce que j'y cherche ?

– Les circonstances exactes de l'accident. Le mec a été écrasé par un chauffard, qui s'est volatilisé. Étudie chaque détail. Peut-être que quelque chose déconne.

– Du genre : accident volontaire ?

– De ce genre-là, ouais.

Karim tourna les talons. Astier le rappela :

– Et toi, où vas-tu ?

Il pivota, léger, délié, presque ironique face à la terreur des instants à venir.

– Moi ? Je retourne à la case départ.

IX

47

L'INSTITUT des aveugles était un bâtiment clair, non pas un vestige de clarté comme les maisons de Guernon, mais un édifice resplendissant sous l'averse, au pied du massif des Sept-Laux. Niémans s'achemina vers le portail.

Il était deux heures du matin. Aucune lumière n'était allumée. Le commissaire de police sonna, tout en apercevant de longues pelouses en pente autour de la bâtisse. Il repéra des cellules photoélectriques, fixées sur des petites bornes, à la limite de l'enclos. Des filins invisibles formaient donc un treillis d'alarmes, sans doute moins à l'attention des voleurs que pour prévenir les aveugles, lorsqu'ils s'éloignaient du bercail.

Niémans sonna de nouveau.

Un gardien éberlué lui ouvrit enfin et écouta ses explications, sans qu'aucune lueur vînt s'éclairer sous ses paupières. L'homme fit toutefois entrer le policier dans une grande salle et partit réveiller le directeur.

Le commissaire patienta. La pièce était éclairée seulement par la lampe du vestibule. Quatre murs en ciment blanc, un sol nu, blanc lui aussi. Un double escalier, au fond, qui s'élevait en pyramide, le long d'une rampe de bois brut et clair. Des lampes intégrées au plafond de toile tendue. Des baies vitrées sans système d'ouverture, qui dévoilaient les montagnes du dehors. Tout cela évoquait un sanatorium d'un nouvel âge, net et vivifiant, dessiné par des architectes à l'humeur évanescente.

Niémans remarqua de nouvelles appliques photoélectriques : les non-voyants se déplaçaient donc toujours dans un espace quadrillé. Sur chaque paroi se dessinaient à cet instant les infinies myriades de l'averse, coulant sur les vitres. Des odeurs de mastic et de ciment se promenaient dans l'air ; le lieu, à peine sec, manquait singulièrement de chaleur.

Il fit quelques pas. Un détail l'intrigua : une partie de l'espace était ponctuée de chevalets, sur lesquels des dessins se déployaient en signaux énigmatiques. De loin, ces esquisses ressemblaient aux équations d'un mathématicien. De près, on reconnaissait des effigies fines et primitives, surmontées de visages hantés. Le policier s'étonnait de découvrir un atelier de dessin dans un centre pour enfants non voyants. Il éprouvait surtout un soulagement profond ; il pouvait presque sentir les fibres de sa peau se détendre : depuis qu'il était dans ces lieux, il n'avait pas entendu un aboiement ni un frémissement animal. Se pouvait-il qu'il n'y eût aucun chien ici, dans un centre pour aveugles ?

Soudain des pas claquèrent sur le marbre. Le policier comprit la raison du dénuement des sols : c'était une architecture sonore, pour des êtres qui utilisaient chaque bruit comme repère. Il se retourna et découvrit un homme vigoureux, à la barbe blanche. Un genre de patriarche, aux joues rouges et aux yeux brouillés de sommeil, en cardigan couleur sable. Aussitôt, l'officier de police éprouva une intuition positive à l'égard de cet homme : il pouvait lui faire confiance.

– Je suis le Dr Champelaz, le directeur de l'institut, déclara le gaillard d'une voix basse. Que diable pouvez-vous vouloir à cette heure ?

Niémans tendit sa carte aux bandes tricolores.

– Commissaire principal Pierre Niémans. Je viens vous voir au sujet des meurtres de Guernon.

– Encore ?

– Oui, encore. Je désire justement vous interroger sur cette première visite, celle du lieutenant Éric Joisneau. Je pense que vous lui avez donné des informations capitales pour l'enquête.

Champelaz semblait tracassé. Les reflets de pluie, en minuscules cordages, serpentaient sur ses cheveux immaculés. L'homme observait les menottes, l'arme fixées à la ceinture. Il releva la tête.

– Mon Dieu... j'ai simplement répondu à ses questions.

– Vos réponses l'ont mené chez Edmond Chernecé.

– Oui, bien sûr. Et alors ?

– Et alors les deux hommes sont morts.

– Morts ? Comment cela ? Ce n'est pas possible... Ce...

– Je suis désolé, mais je n'ai pas le temps de vous expliquer. Je vous propose de reprendre en détail vos propos. Sans le savoir, vous détenez des renseignements très importants sur cette affaire.

– Mais que voulez-vous...

L'homme s'arrêta net. Il frotta ses mains dans un geste brutal, mêlé de froid et d'appréhension.

– Eh bien... J'ai tout intérêt à achever de me réveiller, non ?

– Je pense, oui.

– Vous voulez un café ?

Niémans acquiesça. Il emboîta le pas au patriarche, dans un couloir percé de hautes fenêtres. Des éclairs décochaient de brusques aplats de lumière, puis la pénombre s'imposait de nouveau, lézardée seulement par les ficelles de pluie.

Le commissaire eut l'impression qu'il avançait dans une forêt de lianes phosphorescentes. Sur les murs, en face des fenêtres, il remarqua encore d'autres dessins. C'étaient cette fois des paysages. Des montagnes aux traits chaotiques. Des rivières crayonnées au pastel. Des animaux géants, aux écailles grossières, aux vertèbres en surnombre, qui semblaient provenir d'un âge de rocaille, de démesure, un âge où l'homme se faisait plutôt petit.

– Je croyais que votre centre ne s'occupait que d'enfants aveugles.

Le directeur se retourna et s'approcha.

– Pas seulement. Nous soignons toutes sortes d'affections oculaires.

– Par exemple ?

– Rétinite pigmentaire. Cécité aux couleurs...

L'homme désigna de ses doigts puissants l'une des images.

– Ces dessins sont étranges. Nos enfants ne voient pas la réalité comme vous et moi, ni même leurs propres dessins, d'ailleurs. La vérité – leur vérité – n'est ni dans le paysage réel ni sur ce papier. Elle est dans leur esprit. Eux seuls savent ce qu'ils ont voulu exprimer, et nous ne pouvons qu'entrevoir cela, à travers leurs esquisses, avec notre vision ordinaire. C'est troublant, n'est-ce pas ?

Niémans esquissa un geste vague. Il ne pouvait détourner les yeux de ces dessins singuliers. Des contours poudreux, comme écrasés de matière. Des couleurs vives, cassantes, accentuées. Comme un champ de bataille de traits et de tonalités, mais qui aurait dégagé une certaine douceur, une mélancolie de comptines anciennes.

L'homme le frappa amicalement dans le dos.

– Venez. Le café va vous faire du bien. Vous n'avez pas l'air dans votre assiette.

Ils pénétrèrent dans une vaste cuisine, dont le mobilier et les ustensiles étaient tous en acier inoxydable. Les parois brillantes rappelèrent à Niémans les murs de morgues ou de chambres mortuaires.

Le directeur servait déjà deux chopes, provenant d'une cafetière étincelante, qui supportait un globe de verre, chauffé en permanence. L'homme tendit une tasse au policier et s'assit sur l'une des tables d'inox. De nouveau, Niémans songea aux cadavres autopsiés, au visage de Caillois, de Sertys. Des orbites vides, brunâtres, comme des trous noirs dans l'instant.

Champelaz déclara, sur un ton incrédule :

– Je ne parviens pas à croire ce que vous me dites... Ces deux hommes, morts ? Mais comment ?

Pierre Niémans éluda la question.

– Qu'avez-vous dit à Joisneau ?

Le médecin haussa les épaules en faisant tourner son café dans sa chope.

– Il m'a interrogé sur les affections que nous soignons ici. Je lui ai expliqué qu'il s'agissait le plus souvent de maladies héréditaires, et que la plupart de mes patients provenaient de familles de Guernon.

– A-t-il eu des questions plus précises ?

– Oui. Il m'a demandé comment on pouvait contracter ces affections. Je lui ai expliqué brièvement le système des gènes récessifs.

– Je vous écoute.

Le directeur soupira, puis déclara, sans irritation :

– C'est tout simple. Certains gènes sont porteurs de maladies. Ce sont des gènes déficients, des fautes d'orthographe du système, que nous possédons tous, mais qui ne suffisent pas, heureusement, à provoquer la maladie. En revanche, si deux parents sont porteurs du même gène, alors les choses se gâtent. L'affection peut se déclarer chez leurs enfants. Les gènes fusionnent et transmettent la maladie – comme deux prises, mâle et femelle, qui feraient passer du courant, vous comprenez ? C'est pour cela qu'on dit que la consanguinité altère le sang. C'est une façon de parler, pour signifier que deux parents de sang proche ont des chances plus élevées de transmettre à leur progéniture une affection qu'ils partagent, d'une manière latente.

Chernecé avait déjà évoqué ces phénomènes. Niémans reprit :

– Les affections héréditaires de Guernon sont-elles liées à une certaine consanguinité ?

– Sans aucun doute. Beaucoup d'enfants qui sont soignés dans mon institut, externes ou internes, viennent de cette ville. Ils appartiennent en particulier aux familles des professeurs et des chercheurs de l'université, qui constituent une société très sélecte, et donc très isolée.

– S'il vous plaît, soyez plus précis.

Champelaz croisa les bras, comme prenant son élan :

– Il existe une très ancienne tradition universitaire à Guernon. La faculté date du XVIIIe siècle, je crois. Elle a été créée en association avec les Suisses. Jadis, elle était localisée dans les bâtiments de l'hôpital... Bref, depuis près de trois siècles, les professeurs, les chercheurs du campus vivent ensemble et se marient ensemble. Ils ont donné naissance à des lignées d'intellectuels très doués, mais aujourd'hui appauvries, épuisées génétiquement. Guernon était déjà une ville solitaire, comme tous les bourgs perdus au creux des vallées. Mais l'université a créé une sorte d'isolement dans l'isolement, vous comprenez ? Un véritable microcosme.

– Cet isolement suffit à expliquer cette résurgence de maladies génétiques ?

– Je le pense.

Niémans ne voyait pas comment ces informations pouvaient s'intégrer dans son enquête.

– Qu'avez-vous dit d'autre à Joisneau ?

Champelaz regarda de biais le commissaire puis déclara, toujours dans les graves :

– Je lui ai aussi parlé d'un fait particulier. Un détail bizarre.

– Racontez-moi.

– Depuis environ une génération, parmi ces familles au sang appauvri, des enfants très différents sont apparus. Des enfants brillants, mais possédant aussi une vigueur physique inexplicable. La plupart d'entre eux remportent tous les tournois sportifs et atteignent allégrement, dans chaque épreuve, les niveaux les plus hauts.

Niémans se souvint des portraits dans l'antichambre du

recteur, ces jeunes champions souriants, qui raflaient toutes les coupes, toutes les médailles. Il revit aussi les photographies des jeux Olympiques de Berlin, le lourd pavé de Caillois sur la nostalgie d'Olympie. Se pouvait-il que ces éléments tissent réellement une vérité spécifique ?

Le policier reprit, jouant les candides :

– Tous ces enfants devraient plutôt être malades, c'est ça ?

– Ce n'est pas aussi systématique, mais disons que, logiquement, ces gamins devraient partager une faiblesse de constitution, certaines tares récurrentes, comme les enfants de l'institut par exemple. Or, ce n'est pas le cas. Au contraire. Tout se passe comme si ces petits surdoués avaient brutalement raflé tous les dons physiques de la communauté et laissé aux autres les faiblesses génétiques. (Champelaz lança un regard crispé à Niémans.) Vous ne buvez pas votre café ?

Niémans se souvint de la chope qu'il tenait dans sa main. Il but une lampée brûlante ; c'est tout juste s'il perçut la sensation. Comme si tout son corps n'était plus qu'une machine tendue vers le moindre signe, la moindre parcelle de lumière. Il demanda :

– Vous avez dû étudier de plus près ce phénomène ?

– Il y a deux ans environ, j'ai mené ma petite enquête. J'ai d'abord vérifié si ces champions étaient bien issus des mêmes familles, des mêmes fratries. Je suis allé à l'état civil, à la mairie... Tous ces enfants appartiennent aux mêmes lignées.

» Ensuite, j'ai remonté plus précisément leur arbre généalogique. J'ai vérifié leur dossier médical, à la maternité. J'ai même consulté les dossiers de leurs parents, de leurs grands-parents, en quête de signes, d'indices particuliers. Je n'ai rien trouvé de déterminant. Au contraire, certains de leurs aïeux étaient porteurs de tares héréditaires, comme dans les autres familles que je soigne... C'était décidément bizarre.

Niémans intégrait ces informations au détail près : il pressentait une nouvelle fois, sans encore l'expliquer, que ces données le rapprochaient d'un aspect essentiel de l'affaire.

Champelaz arpentait maintenant la cuisine, provoquant sur l'inox des ondulations glacées. Il poursuivit :

– J'ai également interrogé les médecins, les obstétriciens du CHRU, et j'ai alors appris un autre fait qui a achevé de m'étonner. Depuis environ cinquante ans, il semble que les familles des villageois, celles qui vivent en altitude, autour de la vallée, connaissent un taux de mortalité infantile anormal. Une mortalité subite, aussitôt après leur naissance. Or, ces enfants sont au contraire, par tradition, très vigoureux. On assiste à une sorte d'inversion, vous comprenez ? Des enfants faméliques de l'université sont devenus, comme par magie, très solides, alors que la progéniture des paysans est en train de s'étioler...

» J'ai également étudié les dossiers de ces enfants d'éleveurs ou de cristalliers, frappés de mort subite. Je n'ai récolté aucun résultat. J'en ai parlé avec le personnel de l'hôpital et certains chercheurs du CHRU, des spécialistes en génétique. Personne ne peut expliquer ces phénomènes. Pour ma part, j'ai finalement abandonné, avec une impression de malaise. Comment dire ? Tout se passe comme si ces enfants de l'université avaient volé l'énergie vitale de leurs petits voisins de maternité.

– Bon sang, que voulez-vous dire ?

Champelaz recula aussitôt sur ce terrain pour lui inconcevable.

– Oubliez ce que je viens de vous dire : ce n'est pas très scientifique. Et totalement irrationnel.

C'était peut-être irrationnel, mais la certitude de Niémans était acquise : le mystère de ces enfants surdoués ne pouvait être un hasard. Il s'agissait d'un des maillons du cauchemar. Il demanda d'une voix blanche :

– C'est tout ?

Le docteur hésita. Le commissaire répéta, un ton plus fort :

– Est-ce bien tout ?

– Non, sursauta Champelaz. Il y a encore autre chose. Cet été, l'histoire a connu un étrange rebondissement, à la fois anodin et troublant... Au mois de juillet dernier, l'hôpital de Guernon a subi une remise à neuf générale, qui impliquait l'informatisation de ses archives.

» Des spécialistes sont venus visiter les sous-sols, qui regorgent de vieux dossiers poussiéreux, afin d'évaluer le travail de saisie à réaliser. Dans ce contexte, ils ont mené des recherches dans d'autres souterrains de l'hôpital : les caves de l'ancienne université, notamment de la bibliothèque d'avant les années soixante-dix.

Niémans se figea. Champelaz continuait :

– Durant ces recherches, les experts ont effectué une curieuse découverte. Ils ont retrouvé des fiches de naissance, les premières pages des dossiers internes de nourrissons, s'étalant sur une cinquantaine d'années. Ces pages étaient seules, sans le reste des dossiers, comme si... comme si elles avaient été dérobées.

– Où ont été découverts ces papiers ? Je veux dire : exactement ?

Champelaz traversa de nouveau la cuisine. Il s'efforçait de conserver une attitude détachée, mais l'angoisse transparaissait dans sa voix :

– C'est cela qui était franchement bizarre... Ces fiches étaient remisées dans les casiers personnels d'un seul homme, un employé de la bibliothèque.

Niémans sentit le sang s'accélérer dans ses veines.

– Le nom de l'employé ?

Champelaz lança un regard craintif au commissaire. Ses lèvres tremblaient.

– Caillois. Étienne Caillois.

– Le père de Rémy ?

– Absolument.

Le policier se dressa.

– Et c'est maintenant que vous le dites ? Avec le corps qu'on a découvert hier ?

Le directeur fit front.

– Je n'aime pas votre ton, commissaire. Ne me confondez pas avec vos suspects, je vous prie. Et d'abord, je suis en train de vous parler d'un détail administratif, d'une broutille. Comment voulez-vous y voir un rapport avec les meurtres de Guernon ?

– C'est moi qui décide des rapports entre les éléments.

– Soit. Mais de toute façon, j'ai déjà dit tout ça à votre lieutenant. Alors calmez-vous. De plus, je ne vous révèle rien de secret. N'importe qui dans la ville pourrait vous raconter cette histoire. C'est de notoriété publique. On en a même parlé dans les journaux régionaux.

A cet instant précis, Niémans n'aurait pas aimé rencontrer un miroir. Il savait que son expression était si dure, si tendue, que la glace elle-même ne l'aurait pas reconnu. Le policier se passa la manche sur le front et dit plus calmement :

– Excusez-moi. Cette affaire est un vrai merdier. Le meurtrier a déjà frappé trois fois, et il va continuer. Chaque minute, chaque information compte. Ces fiches anciennes, où sont-elles maintenant ?

Le directeur leva les sourcils, se détendit légèrement et s'appuya de nouveau sur la table d'inox.

– Elles ont été réintégrées dans les sous-sols de l'hôpital. Tant que l'informatisation n'est pas terminée, les archives sont maintenues au complet.

– Et je suppose que, parmi ces fiches, il y en a qui concernaient les petits surdoués, c'est ça ?

– Pas eux directement – elles datent d'avant les années soixante-dix. Mais certaines fiches sont celles de leurs parents, ou de leurs grands-parents. C'est ce détail qui m'a troublé. Parce que j'avais déjà consulté moi-même ces fiches, lors de mon enquête. Or, elles ne manquaient pas dans les dossiers officiels, vous comprenez ?

– Caillois aurait simplement dérobé des doubles ?

Champelaz marcha de nouveau. La singularité de son histoire paraissait l'électrifier.

– Des doubles... ou des originaux. Caillois avait peut-être

remplacé, dans les dossiers, les vraies fiches de naissance par des fausses. Dès lors, les vraies, les originales, auraient été celles qu'on a découvertes dans ses casiers.

– Personne ne m'a parlé de cette affaire. Les gendarmes n'ont pas mené une enquête ?

– Non. C'était une anecdote. Un détail administratif. De plus, l'éventuel suspect, Étienne Caillois, était déjà mort depuis trois ans. En fait, il n'y a que moi qui semble m'être intéressé à cette histoire.

– Justement. Vous n'avez pas été tenté d'aller consulter ces nouvelles fiches ? De les comparer avec celles que vous aviez consultées dans les dossiers officiels ?

Champelaz s'efforça de sourire.

– Si. Mais finalement le temps m'a manqué. Vous n'avez pas l'air de comprendre de quel genre de documents il s'agit. Quelques colonnes photocopiées sur une feuille volante, indiquant le poids, la taille ou le groupe sanguin du nouveau-né... D'ailleurs, ces informations sont reportées dès le lendemain dans le carnet de santé de l'enfant. Ces fiches ne constituent qu'un premier maillon dans le dossier du nourrisson.

Niémans songea à Joisneau qui avait voulu visiter les archives de l'hôpital. Ces fiches, même insignifiantes, l'intéressaient au plus haut point. Le commissaire changea brutalement de cap :

– Quel est le rapport entre Chernecé et toute cette affaire ? Pourquoi Joisneau s'est-il directement rendu chez lui, en sortant d'ici ?

Le trouble du directeur revint aussitôt.

– Edmond Chernecé s'est beaucoup intéressé aux enfants dont je vous ai parlé...

– Pourquoi ?

– Chernecé est... enfin, il était le médecin officiel de l'institut. Il connaissait à fond les affections génétiques de nos pensionnaires. Il était donc bien placé pour s'étonner que d'autres enfants, des cousins au premier ou au deuxième degré de ses jeunes patients, soient si différents.

De plus, la génétique était sa passion. Il pensait que des faits génétiques pouvaient être perçus à travers la pupille des êtres humains. A certains égards, ce médecin était très spécial...

Le policier se remémora l'homme au front tavelé. « Spécial » : le terme lui convenait parfaitement. Niémans revit aussi le corps de Joisneau, dévoré par les torrents acides. Il reprit :

– Vous ne lui avez pas demandé son avis médical ?

Champelaz se tordit bizarrement, comme si son cardigan le grattait.

– Non. Je... je n'ai pas osé. Vous ne connaissez pas le contexte de notre ville. Chernecé appartient à la crème de l'université, vous comprenez ? Il est l'un des ophtalmologues les plus réputés de la région. C'est un grand professeur. Alors que moi, je ne suis que le gardien de ces murs...

– Pensez-vous que Chernecé ait pu consulter les mêmes documents que vous : les fiches officielles de naissance ?

– Oui.

– Pensez-vous qu'il ait pu les consulter, même avant vous ?

– Peut-être, oui.

Le directeur baissait les yeux. Ses traits étaient écarlates, inondés de sueur. Niémans insista :

– Pensez-vous qu'il ait pu découvrir, lui, que ces fiches étaient falsifiées ?

– Mais... je ne sais pas ! Je ne comprends rien à ce que vous racontez.

Niémans n'insista pas. Il venait de comprendre un autre aspect de l'histoire : Champelaz n'était pas retourné examiner les fiches volées par Caillois parce qu'il avait peur de découvrir une information sur les professeurs de l'université. Des professeurs qui régnaient en maîtres sur la ville, et qui tenaient dans leurs mains le sort d'hommes tels que lui.

Le commissaire se leva :

– Qu'avez-vous dit d'autre à Joisneau ?

– Rien. Je lui ai raconté exactement ce que je viens de vous dire.

– Réfléchissez.

– C'est tout. Je vous assure.

Niémans se planta devant le médecin.

– Est-ce que le nom de Judith Hérault vous dit quelque chose ?

– Non.

– Celui de Philippe Sertys ?

– C'est le nom de la deuxième victime ?

– Vous ne l'aviez jamais entendu auparavant ?

– Non.

– Est-ce que le terme de « rivières pourpres » éveille en vous quelque souvenir ?

– Non. Vraiment, je...

– Merci, docteur.

Niémans salua le médecin abasourdi et tourna les talons. Il franchissait le pas de porte quand il jeta par-dessus son épaule :

– Dernier détail, docteur : je n'ai pas vu ni entendu un seul chien, ici. Il n'y en a pas ?

Champelaz était hagard.

– Des... des chiens ?

– Oui. Des chiens pour aveugles.

L'homme comprit et trouva en lui quelques forces pour sourire.

– Les chiens sont utiles aux aveugles qui vivent seuls, qui ne bénéficient d'aucune aide extérieure. Notre centre est équipé de systèmes domotiques très élaborés. Nos patients sont prévenus au moindre obstacle, aiguillés, guidés... Pas besoin de chiens.

Dehors, Niémans se retourna vers l'édifice clair, qui étincelait sous la pluie. Depuis le matin, il avait évité cet institut au nom de clebs qui n'existaient pas. Il avait envoyé Joisneau ici par pure frousse, au nom de spectres qui n'aboyaient que dans son cerveau.

Il ouvrit sa portière et cracha dehors.

C'étaient ses propres fantômes qui avaient coûté la vie au jeune lieutenant.

48

NIÉMANS descendait les hauteurs chavirées des Sept-Laux. L'averse redoublait. Dans ses phares, le bitume éclatait en une vapeur cristalline. De temps à autre, une flaque de limon se creusait, se froissant sous ses roues dans un bruissement de cataracte. Niémans, cramponné à son volant, tentait de maîtriser son véhicule qui dérivait à chaque fois vers le bord du précipice.

Soudain, son pager retentit dans sa poche. D'une main, l'officier cliqua l'écran : un message d'Antoine Rheims, de Paris. Dans le même geste, Niémans saisit son téléphone et sollicita le numéro mis en mémoire. Dès qu'il reconnut sa voix, Rheims annonça :

– L'Anglais est mort, Pierre.

Totalement immergé dans son enquête, Niémans se concentra pour mesurer les conséquences de cette nouvelle. Mais il n'y parvint pas. Le directeur continua :

– Où es-tu ?

– Dans les environs de Guernon.

– Tu es en état d'arrestation. En théorie, tu devrais te constituer prisonnier, rendre ton arme, et arrêter les frais.

– En théorie ?

– J'ai parlé à Terpentes. Votre affaire piétine, et ça commence à ressembler au pire. Tous les médias sont dans votre bled. Demain matin, Guernon sera la ville la plus célèbre de France. (Rheims marqua un temps.) Et tout le monde te cherche.

Niémans gardait le silence. Il scrutait la route, qui tournait toujours, comme perçant les tourbillons de la pluie qui semblaient virer à contresens. Ronde contre ronde. Colonne contre colonne. C'est Rheims qui reprit :

– Pierre, es-tu sur le point d'arrêter le meurtrier ?

– Je ne sais pas. Mais je te répète que je suis sur la bonne voie, j'en suis certain.

– Alors nous réglerons nos comptes plus tard. Je ne t'ai pas parlé. Tu es introuvable, injoignable. Tu disposes encore d'une heure ou deux pour arrêter tout ce bordel. Après ça, je ne pourrai plus rien pour toi. Excepté te trouver un avocat.

Niémans bougonna quelques phrases et déconnecta son téléphone.

C'est à ce moment que la voiture jaillit dans ses phares, bondissant sur sa droite. Le policier mit une seconde de trop à réagir. Le véhicule heurta de plein fouet son aile droite. Le volant lui échappa des mains. La berline se fracassa contre la rocaille de la falaise. Le flic hurla et tenta de redresser le cap. En un éclair, il maîtrisait de nouveau son véhicule, lançant un regard tétanisé vers l'autre voiture. Un 4×4 sombre, phares éteints, qui attaquait à nouveau.

Niémans rétrograda. Le véhicule massif hoqueta à son tour, puis vira sur la gauche, forçant le policier à freiner d'un coup sec. Le policier accéléra de nouveau. Le 4×4 était maintenant devant lui et roulait à pleine vitesse, l'empêchant systématiquement de passer. Des croûtes de boue recouvraient sa plaque minéralogique. L'esprit à vide, le policier tentait d'accélérer et de doubler le 4×4 par l'extérieur. En vain. Le bloc noir rongeait le moindre espace, frappant l'aile gauche de la berline lorsqu'elle survenait, acculant Niémans vers la mort du précipice.

Que voulait donc ce cinglé ? Soudain, Niémans ralentit, ménageant plusieurs dizaines de mètres entre lui et le véhicule meurtrier. Aussitôt, le 4×4 ralentit à son tour, forçant la berline à se rapprocher. Mais l'officier de police profita de ce changement de régime. Brutalement, il accéléra en force et se glissa cette fois sur la gauche. In extremis, il parvint à passer.

Le commissaire doubla la puissance, talon sur l'accélérateur. Dans son rétroviseur, il vit le véhicule tout-terrain s'absorber dans les ténèbres. Sans réfléchir, il maintint le cap et parcourut plusieurs kilomètres.

Il était de nouveau seul sur la route.

Il suivait maintenant à pleine vitesse le tracé d'asphalte, sinueux, confus, traversant des lames de pluie, perçant des voûtes de conifères. Que s'était-il passé ? Qui l'avait attaqué ? Et pourquoi ? Que savait-il désormais qui vaille qu'on l'élimine ? L'assaut avait été si rapide que le policier n'était pas même parvenu à distinguer la silhouette au volant du véhicule.

Au terme d'un virage, Niémans aperçut la route suspendue de la Jasse : six kilomètres de pont bétonné, en équilibre sur des pylônes de plus de cent mètres de hauteur. Il n'était donc plus qu'à dix kilomètres de Guernon, le bercail.

Le policier accéléra encore.

Il s'engouffrait sur la passerelle quand un éclair blanc l'aveugla, inondant d'un coup sa vitre arrière. Des pleins phares. Le 4×4 était de nouveau sur son pare-chocs. Niémans baissa son rétroviseur éblouissant et fixa la voie de béton, en suspens dans la nuit. Il pensa distinctement : « Je ne peux pas mourir. Pas comme ça. » Et il écrasa sa pédale d'accélérateur.

Les phares étaient toujours derrière lui. Arc-bouté sur son volant, il scrutait exclusivement les rails de sécurité qui brillaient sous ses propres lumières, embrassant la route dans une sorte de baiser fou, de halo bruissant, fulminant dans les vapeurs d'eau.

Des mètres gagnés sur le temps.

Des secondes volées à la Terre.

Niémans éprouva une idée étrange, une sorte de conviction inexplicable : tant qu'il roulerait sur ce pont, tant qu'il volerait dans l'orage, rien ne lui arriverait. Il était vivant. Il était léger. Invulnérable.

La collision lui bloqua la respiration.

Sa tête partit en un mouvement de fronde, cogna le pare-brise. Le rétroviseur vola en éclats. Sa tige de composite déchira la tempe de Niémans, comme un crochet. Le flic se cambra en grognant, les mains nouées au-dessus de sa tête. Il sentit sa voiture chasser sur la gauche, puis sur la droite, pivoter encore... Le sang inondait la moitié de son visage.

Un nouveau soubresaut, et soudain la gifle acérée de la pluie. La fraîcheur sans limite de la nuit.

Il y eut un silence. Du noir. Des secondes.

Quand Niémans ouvrit les yeux, il ne pouvait croire ce qu'il vit : du ciel et des éclairs, à l'envers. Il volait, seul, dans le vent et dans l'averse.

Sa voiture, en heurtant le parapet, l'avait expulsé et catapulté dans le vide, par-dessus le pont. Il était en train de plonger, lentement, silencieusement, battant mollement des bras et des jambes, s'interrogeant, d'une manière absurde, sur la sensation ultime que revêtirait sa mort.

Un déferlement de souffrances lui répondit instantanément. Des fouets d'aiguilles. Des branches craquantes. Et sa chair éclatant en mille étincelles de douleur, à travers les épicéas, les mélèzes...

Il y eut deux chocs, presque simultanés.

D'abord son propre contact avec le sol, amorti par les ramures innombrables des arbres. Puis un fracas d'apocalypse. Un heurt radical. Comme un énorme couvercle qui se serait abattu d'un coup sur son corps. L'instant explosa en un chaos de sensations contradictoires. Des mâchoires de froid. Des brûlures de vapeur. De l'eau. De la pierre. Des ténèbres.

Du temps passa. Une éclipse.

Niémans rouvrit les yeux. Derrière ses paupières, d'autres paupières l'accueillirent – celles de l'obscurité, celles de la forêt. Peu à peu, tel un ressac d'outre-tombe, la lucidité lui revint. Progressivement il extirpa cette conclusion du tréfonds de son esprit : vivant, il était vivant.

Il rassembla quelques lambeaux de conscience et reconstitua ce qui était survenu.

Il s'était écrasé à travers les arbres et, par chance, encastré dans une travée d'écoulement emplie d'eaux de pluie, au pied d'un des pylônes. Dans le même élan, suivant exactement la même trajectoire, sa propre voiture avait basculé de la passerelle et s'était fracassée, tel un énorme char d'assaut, juste au-dessus de lui. Sans l'atteindre : le châssis de la berline, trop large, s'était bloqué sur les rebords de la canalisation.

Un miracle.

Niémans ferma les yeux. De multiples blessures torturaient son corps, mais une sensation plus ardente – une fluidité de feu – palpitait dans la région de sa tempe droite. L'officier devina que la tige du rétroviseur avait déchiré ses chairs en profondeur, au-dessus de l'oreille. En revanche, il pressentait que son corps avait été relativement épargné par la chute.

Menton collé au torse, il scruta au-dessus de lui la calandre fumante de sa voiture. Il était emprisonné sous un toit de tôles, encore bouillantes, au creux d'un sarcophage de ciment. Il tourna la tête de droite à gauche et s'aperçut qu'un lambeau de pare-chocs le retenait dans le conduit.

Dans un effort désespéré, le policier exerça un mouvement latéral dans le boyau. Les douleurs qui fourmillaient le long de son corps jouaient maintenant en sa faveur : elles s'annulaient les unes les autres, plongeant sa chair dans une sorte d'indifférence mortifiée.

Il parvint à se glisser sous le pare-chocs et à s'extirper de son cercueil. Ses bras libérés, il plaqua aussitôt sa main sur sa tempe et sentit un flux épais qui coulait de ses chairs ouvertes. Il gémit en percevant la douce chaleur du sang filer entre ses doigts endoloris. Il songea à un bec d'oiseau englué, vomissant du mazout, et ses yeux s'emplirent de larmes.

Il se redressa, s'appuyant d'un bras sur le rebord du conduit, puis roula sur le sol, tandis qu'à travers sa conscience chancelante une autre pensée le tenaillait.

Le tueur allait revenir. Pour l'achever.

S'agrippant à la carrosserie, il parvint à se placer debout. D'un coup de poing, il ouvrit le coffre cabossé et attrapa son fusil à pompe, ainsi qu'une poignée de cartouches, répandues à l'intérieur. En coinçant l'arme sous son bras gauche – il tenait toujours cette main sur sa plaie –, il réussit de sa main droite à remplir la chambre du fusil. Il effectuait ses manœuvres à tâtons, sans pratiquement rien voir : il avait perdu ses lunettes et la nuit était d'une profondeur d'entrailles.

Le visage barbouillé de sang et de boue, le corps chahuté de souffrances, le commissaire se retourna, balaya l'espace avec son arme. Pas un bruit. Pas un mouvement. Un vertige l'assaillit. Il glissa le long de la voiture, puis tomba de nouveau dans la travée de ciment. Il sentit cette fois la morsure de l'eau froide et se réveilla. Il caracolait déjà contre les parois de ciment, en direction d'une rivière.

Pourquoi pas, après tout ?

Il serra son fusil contre son torse et se laissa dériver vers des eaux plus amples, tel un pharaon en route pour le fleuve des morts.

49

NIÉMANS flotta longtemps, au fil du courant. Les yeux ouverts, il apercevait, à travers les trouées des feuillages, les blocs mats du ciel sans étoiles. A gauche et à droite, il voyait des effondrements de glaise rouge, des accumulations de branches et de racines, formant une mangrove inextricable.

Bientôt, le ruisseau se rengorgea, gagna en force et en bruissements. L'homme se laissait porter, la tête renversée. L'eau glacée provoquait une vasoconstriction le long de sa tempe et l'empêchait de perdre trop de sang. Au fil des méandres, il espérait maintenant que le cours d'eau l'emmènerait vers Guernon et son université.

Très vite, il comprit que son espoir était vain. Cette rivière était une impasse : elle ne descendait pas vers le campus. L'affluent se nouait en S de plus en plus serrés, à l'intérieur même de la forêt, et perdait de nouveau de sa force et de son élan.

Le courant s'immobilisa.

Niémans nagea vers la rive et s'extirpa des flots en ahanant. Les eaux étaient si chargées de particules, si lourdes de limons, qu'elles ne renvoyaient aucun reflet. Il s'écrasa sur le sol trempé, tapissé de feuilles mortes. Ses narines s'emplirent de relents fétides, cette odeur caractéristique, légèrement fumée, de la terre intime, mêlée de fibres et de brindilles, d'humus et d'insectes.

Il se tourna sur le dos et lança un regard vers les frondaisons de la forêt. Ce n'étaient pas des bois touffus, inextricables, mais au contraire des bosquets effilés, espacés, où régnait une sorte de vacuité, de liberté végétale. Pourtant, l'obscurité était si profonde qu'il était impossible d'apercevoir même les masses noires des montagnes au-dessus de lui. Et il ne savait pas combien de temps il avait dérivé, ni dans quelle direction.

Malgré la douleur, malgré le froid, il se traîna, recroquevillé, et s'adossa contre un tronc. Il s'efforça de réfléchir. Il tentait de se souvenir de la carte de la région sur laquelle il avait inscrit les lieux marquants de l'enquête. Il songeait plus précisément à la position de l'université de Guernon, située au nord des Sept-Laux.

Le nord.

En l'absence de toute information sur sa propre position,

comment trouver le nord ? Il ne disposait ni d'une boussole ni d'aucun instrument magnétique. De jour, il aurait pu s'orienter avec le soleil, mais la nuit ?

Il réfléchit encore. Avec le sang qui recommençait à couler de son crâne et le froid qui lui rongeait déjà l'extrémité des membres, il n'avait plus que quelques heures devant lui.

Soudain, il eut une révélation. Même à cet instant, au cœur de la nuit, il pouvait déchiffrer l'orientation du soleil. Grâce aux végétaux. Le commissaire ne connaissait rien au domaine de la flore, mais il savait ce que tout le monde sait : certaines espèces de mousses et de lichens, éprises d'humidité, ne poussent qu'à l'ombre et fuient toute exposition au soleil. Ces plantes obscures devaient donc croître exclusivement au nord, au pied des arbres.

Niémans s'agenouilla, tout en cherchant dans son manteau détrempé l'étui antichocs où il conservait toujours une paire de lunettes de rechange. Intactes. A travers ses nouveaux verres, il discerna avec précision son environnement immédiat.

Il se mit en chasse, au pied des conifères, le long des talus. Au bout de quelques minutes, les doigts glacés et noircis de terre, il comprit qu'il avait raison. Près des souches, des petits bosquets d'émeraude, des pelotes de fraîcheur se tenaient toujours selon la même orientation. Le policier sentait les dômes minuscules, les surfaces filandreuses, les textures de douceur – toute une jungle miniature, qui lui indiquait maintenant la voie du nord.

Niémans se releva avec peine et suivit le chemin des mousses.

Il titubait, écrasant des glèbes, sentant son cœur battre à l'étouffée. Les flaques, les écorces, les rameaux d'aiguilles défilaient. Ses pieds foulaient des caillebotis, des sanctuaires de silex, des trous d'épines, hérissés d'herbes légères : il suivait toujours les lichens. D'autres fois, ils s'enfonçaient dans des marécages crissants de glace, qui creusaient des sillons saumâtres sur le dos des coteaux. Malgré sa fatigue, malgré les blessures, il prenait de la vitesse et puisait des forces dans les parfums tourbillonnants de l'air. Il lui semblait marcher dans l'haleine même de l'averse, qui venait de s'arrêter pour reprendre son souffle.

Enfin, une route apparut.

L'asphalte luisant, la voie du salut. De nouveau Niémans scruta les bulbes frileux, le long des graviers, pour définir la juste direction. Mais tout à coup, une estafette de la gendarmerie surgit d'un virage, phares en tête.

Aussitôt, le véhicule stoppa. Des hommes bondirent pour aider Niémans, qui défaillait, cramponné toujours à son fusil.

Le policier exsangue sentit la poigne des gendarmes. Il entendit des murmures, des cris, des froissements de ciré. Les phares dansaient à l'oblique. Dans la camionnette, l'un des hommes hurla au chauffeur :

– A l'hôpital, magne-toi !

Niémans, à demi conscient, balbutia :

– Non. A l'université.

– Quoi ? Vous êtes salement amoché et...

– A l'université. Je... j'ai rendez-vous.

50

LA porte s'ouvrit sur un sourire.

Pierre Niémans baissa les yeux. Il aperçut les poignets puissants et ombrés de la femme. Il scruta, juste au-dessus, les mailles serrées du gros pull, puis remonta vers le col, près de la nuque, où les cheveux étaient si fins sous le volume du chignon qu'ils ne dessinaient qu'un halo, une brume. Il songea à la magie de cette peau, si belle, si unie, qu'elle transformait chaque matière, chaque vêtement en un privilège. Fanny bâilla :

– Vous êtes en retard, commissaire.

Niémans tenta de sourire.

– Vous... vous ne dormiez pas ?

La jeune femme fit non de la tête et s'écarta. Il avança dans la lumière. Le visage de Fanny se figea : elle venait d'apercevoir les traits ensanglantés du policier. Elle se recula, engloba en un seul regard la silhouette dévastée. Manteau bleu à éponger. Cravate déchirée. Tissus calcinés.

– Que vous est-il arrivé ? Un accident ?

Niémans acquiesça d'un bref signe de tête.

Il posa un regard circulaire sur la pièce principale du petit appartement. A travers sa fièvre, à travers les à-coups de ses artères, il était heureux de découvrir ce lieu. Des murs immaculés, des couleurs douces. Un bureau enfoui sous un ordinateur, des livres, des papiers. Des pierres et des cristaux sur des étagères. Du matériel d'alpinisme, des vêtements fluorescents entassés. Un appartement de jeune fille. A la fois sédentaire et sportive, casanière et éprise d'aventures. En un instant, toute l'expédition dans les glaciers lui passa dans les veines. Un souvenir en forme d'éclat de givre.

Niémans s'écroula sur une chaise. Dehors, il pleuvait de nouveau. On entendait le martèlement des gouttes, quelque part, sur le toit, et aussi les bruits calfeutrés du voisinage. Une porte qui grinçait. Des pas. Une nuit dans le monde des étudiants, inquiets et confinés.

Fanny ôta le manteau de l'officier puis scruta la plaie ouverte avec attention, le long de la tempe. Elle ne semblait pas éprouver la moindre répulsion face au sang pétrifié, aux chairs retroussées et brunâtres. Elle siffla même entre ses dents :

– Vous êtes salement blessé. J'espère que l'artère temporale n'est pas touchée. C'est difficile de savoir : le crâne pisse toujours le sang et... Comment cela s'est-il passé ?

– J'ai eu un accident, répondit Niémans laconiquement. Un accident de voiture.

– Il faut que je vous emmène à l'hôpital.

– Pas question. Je dois continuer l'enquête.

Fanny disparut dans une autre pièce, puis revint les bras chargés de compresses, de médicaments, de sachets sous vide, contenant aiguilles et sérum. Elle ouvrit plusieurs enveloppes de brefs coups de dents. Puis elle vissa une aiguille dans le corps d'une seringue plastifiée. Niémans leva un œil vers l'ampoule. Fanny aspirait son contenu en levant la pompe de la seringue. Il se contracta et saisit le conditionnement du produit.

– Qu'est-ce que c'est ?

– Un anesthésiant. Ça va vous calmer. N'ayez pas peur.

Niémans lui saisit le poignet.

– Attendez.

Le policier parcourut les caractéristiques du produit. De la xylocaïne. Un anesthésiant adrénaliné qui, de toute évidence, allait permettre de réduire ses douleurs sans l'envoyer dans les vapes. En signe d'acquiescement, Niémans laissa retomber son bras.

– N'ayez pas peur, murmura Fanny. Ce truc va aussi réduire les saignements.

Tête baissée, Niémans ne pouvait apercevoir les gestes de la femme. Mais il lui semblait qu'elle piquait à répétition les bords de la plaie. En quelques secondes, la souffrance reculait déjà.

– Vous avez du matériel, pour recoudre ? marmonna-t-il.

– Bien sûr que non. Il faut que vous alliez à l'hôpital. Vous n'allez pas tarder à saigner de nouveau et...

– Faites un garrot. N'importe quoi. Je dois continuer l'enquête, garder l'esprit clair.

Fanny haussa les épaules, puis elle humecta plusieurs compresses avec un aérosol. Niémans jeta un regard dans sa direction. Ses cuisses tendaient son jean, ses courbes se bombaient en des lignes de force qui provoquaient en lui une sourde excitation, même dans l'état où il se trouvait.

Il s'interrogeait sur les contrastes de la jeune femme. Comment pouvait-elle être à la fois si diaphane et si concrète ? Si douce et si brutale ? Si proche et si lointaine ? Il retrouvait la même contradiction dans son regard : éclat agressif des yeux, infinie douceur des sourcils. Il demanda, en respirant l'odeur âcre des produits antiseptiques :

– Vous vivez seule, ici ?

Fanny nettoyait la plaie à petits coups énergiques. Le policier sentait à peine la brûlure, sous l'effet croissant de l'analgésique. Elle retrouva le sourire :

– Vous n'en ratez pas une.

– Ex... excusez-moi... Je suis indiscret ?

Fanny se concentrait sur son travail, tout près de lui. Elle chuchota dans son oreille :

– Je vis seule. Je n'ai pas de mec, si c'est votre question.

– Je... Mais... pourquoi à la faculté ?

– Je suis près des amphis, des salles de TP...

Niémans tourna la tête. Elle la lui replaça aussitôt selon la même orientation, en râlant. Le policier prononça, visage incliné :

– C'est vrai, je me souviens... La plus jeune diplômée de France. Fille et petite-fille de professeurs émérites. Vous appartenez donc à ces enfants qui...

Fanny arrêta net sa phrase :

– Quels enfants ?

Niémans pivota légèrement :

– Non... Je veux dire : les surdoués du campus, qui sont aussi des champions...

Le visage de la jeune femme se durcit. Sa voix traduisait une méfiance brutale :

– Qu'est-ce que vous cherchez ?

Le policier ne répondit pas, malgré sa furieuse envie d'interroger Fanny sur ses origines. Mais demande-t-on à une femme où elle a puisé sa force génétique, où se trouve la source de ses chromosomes ? C'est son interlocutrice qui reprit :

– Commissaire, je ne sais pas pourquoi, dans votre état,

vous vous êtes acharné à venir jusqu'à chez moi. Mais si vous avez des questions précises, posez-les.

Le ton de l'injonction était cinglant. Niémans ne sentait plus aucune douleur, mais il aurait préféré la morsure de la plaie à celle de cette voix. Il sourit, avec confusion :

– Je voulais juste vous parler du magazine de la fac, dans lequel vous écrivez...

– *Tempo* ?

– C'est ça.

– Eh bien ?

Niémans marqua un temps. Fanny déposa ses compresses dans l'un des sachets plastifiés, puis serra un pansement autour de la tête de Niémans. Le policier poursuivit, en sentant la pression augmenter autour de son crâne :

– Je me demandais si vous aviez rédigé un article sur un fait bizarre, survenu dans les sous-sols de l'hôpital, en juillet dernier...

– Quel fait ?

– On a retrouvé des fiches de naissance dans des casiers d'Étienne Caillois, le père de Rémy.

Fanny prit un ton désabusé :

– Oh, cette histoire...

– Vous avez rédigé un article ?

– Quelques lignes, oui, je crois.

– Pourquoi ne m'en avez-vous pas parlé ?

– Vous voulez dire... il pourrait y avoir un lien entre ce truc et les meurtres ?

Niémans haussa le ton en redressant la tête :

– Pourquoi ne m'avez-vous pas parlé de ce vol ?

Fanny ponctua sa réponse d'un mouvement vague des épaules ; elle enturbannait toujours les tempes du policier.

– Rien ne prouve qu'il y ait eu vraiment vol... Avec ces archives en pagaille, tout s'égare, tout se retrouve. C'est donc si important ?

– Avez-vous vu, personnellement, ces fiches ?

– Oui, je suis allée aux archives, où sont stockés les cartons.

– Vous n'avez rien remarqué de curieux, dans ces documents ?

– Quoi, par exemple ?

– Je ne sais pas. Vous ne les avez pas comparés avec les dossiers d'origine ?

Fanny recula. Le pansement était achevé. Elle déclara :

– C'étaient juste des feuilles volantes, gribouillées par des infirmières. Pas vraiment palpitant.

– Combien y en avait-il ?

– Plusieurs centaines. Je ne vois pas ce que vous...

– Dans votre article, avez-vous cité les noms des fiches, des familles concernées ?

– Je n'ai rédigé que quelques lignes, je vous l'ai dit.

– Je peux voir votre article ?

– Je ne les garde jamais.

Elle se tenait les bras croisés, droite, cambrée. Niémans poursuivit :

– Pensez-vous que certaines personnes aient pu aller consulter ces fiches ? Des gens susceptibles de trouver leur nom, ou celui de leurs parents, dans ces documents ?

– Je vous ai dit que je n'ai cité aucun nom.

– Pensez-vous que ce soit possible ? Que des personnes soient allées là-bas ?

– Je ne pense pas, non. Tout est sous clé, maintenant... Mais quelle importance ? Quel rapport avec votre enquête ?

Niémans ne répondit pas aussitôt. Évitant de regarder Fanny, il attaqua par une nouvelle question, qui ressemblait plutôt à un coup bas :

– Vous, vous avez consulté ces fiches en détail ?

Le silence pour toute réponse. Le policier releva les yeux : Fanny n'avait pas changé de place, mais elle lui sembla pourtant tout à coup très loin. Elle répondit enfin :

– Je vous ai déjà dit que oui. Que voulez-vous savoir ?

Le temps d'un déclic, Niémans hésita, puis :

– Je veux savoir si vous avez trouvé dans ces fiches le nom de vos parents. Ou de vos grands-parents.

– Non, je n'ai rien trouvé. Pourquoi cette question ?

Le commissaire se leva, sans répondre. Ils étaient maintenant tous deux debout, ennemis, comme des pôles inversés. Niémans aperçut sa tête bandée, dans un miroir, à l'extrémité de la pièce. Il se tourna vers la jeune fille et souffla, d'un ton contrit :

– Merci. Et excusez-moi pour mes questions.

Il attrapa son manteau et articula :

– Aussi incroyable que cela puisse paraître, je pense que ces fiches ont coûté la vie à l'un des policiers qui travaillaient sur cette enquête. Un jeune lieutenant, qui débutait. Il voulait étudier ces paperasses. Et je crois qu'on l'a tué pour l'en empêcher.

– C'est ridicule.

– Nous verrons bien. Je vais aller aux archives, comparer les fiches et les dossiers.

Il enfilait sa loque trempée quand la jeune femme l'arrêta :

– Vous n'allez pas remettre ces horribles oripeaux ! Attendez.

Fanny s'esquiva puis réapparut après quelques secondes, les bras chargés d'un sweat-shirt, d'un pull, d'une veste doublée de fibre polaire et d'un surpantalon étanche.

– Ça ne vous ira pas, précisa-t-elle, mais au moins c'est sec et chaud. Et surtout, mettez ça...

En un seul geste, elle enfila sur son crâne bandé une cagoule en polyester, dont elle releva les bords au-dessus des oreilles. Niémans, d'abord surpris, roula aussitôt des yeux comiques sous son couvre-chef. Ils éclatèrent brutalement de rire, à l'unisson.

Un bref instant, leur complicité revint, comme arrachée au tissu de l'obscurité. Mais le policier dit d'une voix grave :

– Je dois partir. Continuer l'enquête. Aller aux archives.

Niémans n'eut pas le temps de réagir. Fanny, en un seul geste, l'enlaça et l'embrassa. Il se raidit brutalement. Une chaleur l'inonda de nouveau. Il ne sut si c'étaient les fièvres qui le reprenaient ou la douceur de cette petite langue qui s'insinuait entre ses lèvres, l'irradiant comme une braise. Il ferma les yeux et marmonna :

– L'enquête. Je dois continuer l'enquête.

Mais il avait déjà les deux épaules plaquées au sol.

X

51

KARIM arracha le cordon de non-franchissement et s'agenouilla près de la porte du caveau, toujours entrouverte. Il enfila des gants, glissa ses doigts dans la faille et tira violemment. La paroi s'écarta. Sans hésiter, le flic alluma sa torche et se coula dans le sépulcre. Voûté sous la niche, il descendit les marches. Le faisceau ricocha sur une longue surface d'eau noire : un véritable bassin d'écluse. La pluie s'était insinuée par la porte et avait rempli la tombe jusqu'à mi-hauteur.

Il se dit : « Il n'y a plus le choix. » Il retint sa respiration et pénétra dans l'eau. Tenant sa lampe de la main gauche, il avança en esquissant quelques brasses, à l'indienne. Le pinceau halogène tranchait l'obscurité. A mesure que Karim s'enfonçait dans le caveau, les bruissements de pluie descendaient dans les graves, les odeurs de moisi et de tourbe s'approfondissaient. Visage tourné vers le plafond, le flic crachait, pataugeait, coincé entre la flotte et la voûte.

Soudain, sa tête cogna le cercueil. Il hurla, pris de panique, puis pivota, ralentissant ses mouvements, s'efforçant de se calmer. Il regarda alors la petite sépulture qui ballottait sur l'eau tel un esquif.

Il se répéta : « Il n'y a plus le choix. » Il contourna la bière, en nageant, observa chacun de ses angles. Plusieurs vis scellaient le couvercle et il nota, torche entre les dents, un détail qu'il n'avait pas eu le temps de remarquer, le matin même, lorsque le gardien l'avait surpris. Autour des vis, le bois clair s'était vrillé d'échardes plus sombres ; la peinture avait éclaté. On avait – peut-être – ouvert ce cercueil. « Il n'y a plus le choix. » Karim extirpa de sa veste une pince pliable, dont les deux extrémités réunies formaient une lame-tournevis, et il attaqua les jointures du couvercle.

Progressivement, la paroi de bois joua. Enfin, la dernière fixation sauta. En se cognant la tête contre la voûte – l'eau montait toujours, le débordant jusqu'aux épaules –, Karim parvint à écarter le couvercle. D'un revers de manche, il s'essuya les yeux et scruta le fond du cercueil, prêt à retenir sa respiration.

Ce fut inutile : il lui sembla qu'il était déjà mort lui-même.

Le cercueil ne contenait pas le squelette d'un enfant. Encore moins le vide d'une supercherie – ou les traces d'une profanation. Le lit de cette tombe était empli à ras bord d'ossements minuscules, pointus et blanchâtres. Quelque chose comme un sanctuaire de rongeurs. Des milliers de squelettes desséchés. Des museaux crayeux, pointus comme des poignards. Des cages thoraciques, fermées comme des griffes. Une infinité de tiges, aussi ténues que des allumettes, correspondant à des fémurs, des tibias, des humérus miniatures.

Les muscles flageolants, s'appuyant toujours au rebord, Karim tendit sa main vers l'ossuaire. Les myriades de squelettes, réfractant la lumière de la lampe, semblaient luire de reflets préhistoriques.

C'est alors qu'une voix s'éleva derrière lui et trancha le martèlement de la pluie :

– Tu n'aurais pas dû revenir, Karim.

Le flic n'eut pas à se retourner pour savoir qui parlait. Il serra les poings et baissa la tête, tout contre les ossements. Il murmura :

– Crozier, ne me dites pas que vous êtes dans le coup...

La voix reprit :

– Jamais j'aurais dû te laisser cette enquête.

Karim décocha un bref coup d'œil vers l'embrasure du caveau : la silhouette d'Henri Crozier se découpait très nettement. Il tenait un Manhurin, modèle MR 73 – la même arme que Niémans. Six balles dans le barillet. Des chargeurs rapides dans les poches. Quelques secondes pour vider les douilles et les remplacer, sans aucun risque d'enraiement. Toute une école. Le lieutenant répéta :

– Qu'est-ce que vous foutez dans ce bordel ?

L'homme ne répondit pas. Karim reprit, en levant ses coudes trempés :

– Je peux au moins sortir de cette merde ?

Crozier esquissa un geste avec son arme.

– Reviens vers moi. Mais lentement. Très, très lentement.

Karim glissa dans l'eau et rejoignit les marches, abandonnant le cercueil profané. Sa torche, qu'il avait replacée entre ses mâchoires, lançait des à-coups de lumière instable sur le plafond de pierre. Des flashes qui tournoyaient, comme des éclairs de folie.

Le lieutenant parvint à l'escalier et se hissa sur les marches. A mesure qu'il grimpait, Crozier reculait, vers le dehors, le tenant toujours en joue. La pluie crépitait en rafales. L'Arabe se redressa, trempé jusqu'à la moelle, face au commissaire. Il demanda encore :

– Quel est votre rôle dans tout ça ? Qu'est-ce que vous savez au juste ?

Crozier prononça enfin :

– C'était en 1980. Quand elle est arrivée, je l'ai tout de suite repérée. C'est ma ville, petit. C'est mon territoire. Et à l'époque, j'étais quasiment le seul flic de Sarzac. Cette bonne femme, trop belle, trop grande, qui venait pour le poste d'institutrice... J'ai tout de suite deviné qu'elle était pas franche du collier...

Le Beur souffla :

– « Crozier, l'œil de Sarzac. »

– Ouais. J'ai mené ma petite enquête. J'ai découvert qu'elle gardait auprès d'elle un enfant... J'ai su la mettre en confiance. Elle m'a tout raconté. Elle disait que les diables voulaient tuer son enfant.

– Je sais tout ça.

– Ce que tu ne sais pas, c'est que j'ai décidé de protéger cette famille. Je leur ai trouvé des faux papiers, je...

Karim eut la sensation de contempler un précipice.

– Les diables, qui étaient-ils ?

– Un jour, deux hommes sont venus. Ils cherchaient soi-disant des vieux livres scolaires, dans les écoles. Ces mecs arrivaient de Guernon, la ville d'où venait aussi Fabienne. J'ai tout de suite compris que les diables, c'étaient eux...

– Leur nom ?

– Caillois et Sertys.

– Ne vous foutez pas de ma gueule : à cette époque, Rémy Caillois et Philippe Sertys étaient âgés d'une dizaine d'années !

– Ils ne s'appelaient pas comme ça. Il y avait Étienne Caillois et René Sertys. Ils devaient avoir la quarantaine. Des gueules tout en os, avec des yeux de fanatiques.

Un goût d'acide brûla la gorge de Karim. Comment n'y avait-il pas songé ? La « faute » des rivières pourpres remontait sur plusieurs générations. Avant Rémy Caillois, il y avait eu Étienne Caillois. Avant Philippe Sertys, il y avait eu René Sertys. Karim chuchota :

– Ensuite ?

– J'ai joué au flic inquisiteur. Contrôle d'identité et tout. Mais il n'y avait rien à leur reprocher. Plus réglos que ça, tu te transformes en code civil. Ils sont repartis, sans avoir eu le temps de repérer Fabienne et son enfant. C'est du moins ce que je croyais, moi.

» Mais Fabienne, quand elle a su que ces mecs rôdaient

à Sarzac, elle a voulu fuir aussitôt. Encore une fois, je n'ai pas posé de questions. On a détruit la paperasse, arraché les pages des cahiers, tout effacé... Fabienne avait changé l'identité de son enfant mais...

Karim l'interrompit. Un rideau de pluie se hérissait entre les hommes.

– Le fils Sertys est revenu dans la nuit de dimanche : avez-vous une idée de ce qu'il cherchait dans ce caveau ?

– Non.

Abdouf désigna l'entrée du caveau.

– Ce putain de cercueil est rempli d'os de rongeurs. Un truc de cauchemar. Qu'est-ce que ça signifie ?

– Je ne sais pas. Tu n'aurais pas dû ouvrir ce cercueil. Tu ne respectes pas les morts...

– Quel mort ? Où est le corps de Judith Hérault ? Est-elle seulement vraiment morte ?

– Morte et enterrée, petit. C'est moi qui me suis occupé des funérailles.

Le Beur frémit.

– Et c'est vous qui entretenez la tombe ?

– C'est moi. La nuit.

Karim hurla brutalement, s'approchant du canon de l'arme :

– Où est-elle ? Où est Fabienne Hérault, maintenant ?

– Il ne faut pas lui faire du mal.

– Commissaire, cette affaire va bien au-delà d'une profanation de cimetière. Il s'agit de meurtres.

– Je sais.

– Vous savez ?

– C'était sur toutes les chaînes de télé. Aux dernières éditions.

– Alors vous savez qu'il s'agit d'une putain de série de crimes, avec mutilations, mises en scène macabres et tout le tremblement... Crozier, dites-moi où je peux trouver Fabienne Hérault !

Les traits de Crozier étaient noyés d'ombre, comme un

visage en fraude. Il tendait toujours son arme contre le torse de l'Arabe.

– Il ne faut pas lui faire de mal.

– Crozier, personne ne lui fera de mal. Fabienne Hérault est aujourd'hui la seule personne qui puisse m'apprendre quelque chose sur ce bordel. Tout accuse sa fille, vous pigez ? Tout accuse Judith Hérault, qui devrait reposer dans cette tombe !

Quelques secondes tinrent tête encore à l'averse puis, lentement, Crozier baissa son arme. Le Beur savait que s'il devait la boucler une seule fois dans sa vie, c'était à cet instant. Enfin, la voix du commissaire s'éleva :

– Fabienne vit à vingt kilomètres d'ici, sur la colline Herzine. Je viens avec toi. Si tu lui fais du mal, je te tuerai.

Karim sourit, recula. Puis il pivota brutalement et décocha un coup de talon dans la gorge du commissaire. Crozier fut propulsé contre les stèles de marbre.

Le Beur se pencha aussitôt sur le vieil homme inanimé. Il lui boucla sa capuche et le tira à l'abri d'une tombe de granit. Mentalement, il lui demanda pardon.

Mais il devait rester libre de ses actes.

52

– C'EST chaud, Abdouf. Très, très chaud.

La voix de Patrick Astier transperçait une tempête d'interférences. Le téléphone de poche avait sonné alors que Karim sillonnait une véritable steppe, minérale et grise. Le flic avait sursauté et évité de justesse les ornières de la route. Astier poursuivait d'un ton fébrile :

– Tes deux missions, c'étaient des bombes à retardement. Et elles m'ont explosé en pleine gueule.

Karim sentit ses nerfs se nouer en garde-fou sous sa peau.

– Je t'écoute, déclara-t-il, en se garant au bord de la route, phares éteints.

– D'abord, l'accident de Sylvain Hérault. J'ai retrouvé le dossier. Et obtenu confirmation de tes propres infos. Sylvain Hérault est mort à vélo, le long de la D17, sous les roues d'une bagnole qui n'a jamais été identifiée. Affaire lugubre. Affaire classée. Les gendarmes de l'époque ont mené une enquête de routine. Pas de témoin. Aucun mobile qui aurait pu motiver une autre interprétation...

Le ton de la voix appelait une question. Docile, Karim joua la réplique :

– Mais ?

– Mais, reprit le chimiste, depuis cette époque lointaine, nous avons effectué des pas de géant en matière de traitement d'images...

Karim voyait déjà se profiler un nouveau discours technologique. Il intervint :

– Par pitié, Astier, va droit au fait !

– OK. Dans le dossier, j'ai trouvé des photos. Des clichés noir et blanc pris par le photographe d'un canard local. On y voit les traces de pneus du vélo, entrecroisés avec des empreintes de la bagnole. Tout est si minuscule et si flou qu'on se demande pourquoi ils ont pris la peine de conserver ces clichés.

– Et alors ?

Le scientifique garda le silence, ménageant son effet :

– Et alors, nous possédons, sur le campus de Grenoble, un institut d'optique hyperperformant.

– Putain, Astier, tu vas...

– Attends. Ces mecs sont capables de traiter les images à un degré que tu n'imagines pas. Par numérisation, ils agrandissent, contrastent, effacent les scories, changent les trames... Bref, ils peuvent mettre en évidence des détails invisibles à l'œil nu. Je connais bien ces ingénieurs. Je me suis dit que ça valait peut-être le coup de les réveiller et de les mettre sur le dossier. J'ai utilisé le CMM en guise de scanner et je leur ai envoyé les photographies. Même au saut du lit, ces mecs sont géniaux. Ils ont aussitôt traité les images et...

– ET ALORS ?

Nouveau silence, nouvel effet d'Astier :

– Leurs résultats racontent une tout autre histoire que celle du rapport de gendarmerie. Ils ont agrandi les traces de pneus du vélo et de la voiture. Ils ont pu, par contraste, étudier avec exactitude le sens des chevrons sur l'asphalte. Leur première conclusion est que Hérault n'allait pas à son boulot, vers les montagnes, comme le dossier l'indique. La direction des chevrons est opposée : Hérault roulait vers la faculté. J'ai vérifié sur un plan.

– Mais... qu'est-ce qu'avait dit sa femme, Fabienne ?

– Fabienne Hérault a menti. J'ai lu son témoignage : elle a simplement confirmé ce qu'ont supposé les gendarmes, que le cristallier partait vers le pic de Belledonne. Il n'y a rien de plus faux.

Karim serrait les mâchoires. Un nouveau mensonge, un nouveau mystère. Astier poursuivait :

– Ce n'est pas tout. Les opticiens se sont aussi concentrés sur les traces de pneus de la bagnole. (L'ingénieur marqua encore un temps puis :) Elles s'inscrivent dans les deux sens, Abdouf. Le conducteur est passé une première fois sur le corps, puis il a reculé et écrasé une seconde fois la victime. C'est un putain de meurtre. Aussi froid que le serpent dans son œuf.

Karim n'écoutait plus. Le glas de son cœur cognait lentement dans sa poitrine. Il discernait, enfin, le mobile d'une vengeance pour les Hérault. Au-delà de la cavale des deux femmes, au-delà de cette existence de peur et de traque, qui avait provoqué indirectement la mort de Judith, il y avait d'abord eu un meurtre. Celui de Sylvain Hérault. Les diables avaient d'abord éliminé « l'homme fort » de la famille, puis avaient poursuivi les femmes.

Fabienne Hérault. Judith Hérault. Les pensées d'Abdouf ricochaient :

– Et l'hôpital ? demanda-t-il.

– C'est la bombe numéro deux. J'ai consulté le registre des naissances de 1972. La page du 23 mai a été arrachée.

Karim sentait monter en lui un sentiment de déjà-vécu – le ressac d'une autre vie qui se serait concentrée en quelques heures.

– Mais ce n'est pas le plus bizarre, reprit Astier. J'ai consulté aussi les archives, là où sont entreposés les dossiers médicaux des enfants. Un vrai labyrinthe, et qui prend l'eau. Cette fois, j'ai trouvé le dossier de Judith. Sans difficulté. Tu piges ce que ça signifie, non ? Tout se passe comme s'il était survenu autre chose cette nuit-là, un événement qui aurait été consigné dans le registre général, mais pas dans le dossier personnel de l'enfant. On a déchiré cette page pour effacer cet événement mystérieux, pas pour occulter la naissance de ta petite fille. J'ai interrogé quelques infirmières là-dessus, mais elles avaient plutôt envie d'aller dormir, et elles étaient bien trop jeunes pour les histoires de l'oncle Astier...

Karim le savait : le technicien jouait au fanfaron pour tromper sa peur. Même à travers les lointaines interférences, Karim le percevait. Il le remercia et raccrocha.

Il fixait déjà le massif herbu de la colline Herzine, qui se dessinait, à quatre cents mètres de là.

Sur ce coteau d'ombre, la vérité l'attendait.

53

La maison de Fabienne Hérault.

Le sommet d'une colline. Des murs de pierre. Des fenêtres mortes.

Des nuages pâles filaient dans le ciel dense, alors que la pluie avait cessé. Des nappes de brouillard voletaient avec lenteur le long des coteaux d'émeraude. Autour, l'horizon désertique continuait. Un point d'orgue de pierres. Rien ni personne, à plus de vingt kilomètres à la ronde.

Karim gara sa voiture et monta le flanc d'herbes. La demeure lui rappelait la maison que la femme avait occupée, près de Sarzac – ses grosses pierres lui donnaient l'air d'un sanctuaire celte. Il repéra, près de la baraque, une immense antenne satellite blanche. Il dégaina son arme. Et prit conscience qu'une balle se trouvait déjà dans son canon. Cette pensée le rasséréna.

Avant de s'acheminer vers la porte, il gagna le garage, qui abritait une Volvo break enfouie sous une housse claire. Non verrouillée. Il ouvrit le capot et détruisit la boîte à fusibles en quelques gestes experts. Si cela tournait mal, Fabienne Hérault, quoi qu'il arrive, ne pourrait aller nulle part.

Le policier marcha vers le portail et frappa quelques coups étouffés. Il s'écarta du chambranle, arme au poing. Quelques secondes furtives, puis la porte s'ouvrit. Sans déclic. Sans glissements de pênes. Fabienne Hérault ne vivait plus dans la méfiance.

Karim se glissa dans le champ de l'embrasure, cachant son arme.

Il découvrit une silhouette aussi grande que lui, dont le regard croisait le fer avec le sien. Des épaules en arche, un visage diaphane et très régulier, auréolé d'une tignasse brune frisée, presque crépue. Des lunettes aux montures aussi épaisses que des bambous. Karim n'aurait su décrire ce visage, doucement rêveur, presque absent.

Il maîtrisa sa voix :

– Lieutenant Karim Abdouf. Police.

Aucun signe d'étonnement de la part de la femme. Elle regardait Karim au-dessus de ses lunettes, en oscillant légèrement de la tête. Puis elle baissa les yeux vers la main qui dissimulait le Glock. Abdouf, à travers les verres, crut discerner une lueur de malice.

– Que voulez-vous ? demanda-t-elle d'une voix chaude.

Karim restait immobile, pétrifié dans le silence de la campagne nocturne.

– Entrer. Pour commencer.

La femme sourit et recula.

Les volets étaient clos, la plupart des meubles revêtus de housses bariolées. Une télévision exhibait son écran noir, et un piano ses touches laquées. Karim repéra une partition ouverte au-dessus du clavier : une sonate en si bémol mineur, de Frédéric Chopin. Tout était plongé dans la pénombre vacillante de dizaines de bougies.

Surprenant les regards du policier, Fabienne Hérault murmura :

– Je me suis soustraite au monde et au temps. Cette maison est à mon image.

Karim songea à sœur Andrée, à sa retraite de ténèbres.

– Et l'antenne satellite, dehors ?

– Je dois garder un contact. Je dois savoir quand la vérité éclatera.

– Elle est tout proche d'exploser, madame.

La femme acquiesça, sans changer d'expression. Le policier ne s'attendait pas à cela : ce calme, ces sourires, cette voix réconfortante. Il braqua son arme, et eut honte de menacer cette femme.

– Madame, souffla-t-il, j'ai très peu de temps. Je dois voir des photos de Judith, votre fille.

– Des photos de...

– S'il vous plaît. Voilà plus de vingt heures que je suis sur vos traces. Plus de vingt heures que je remonte votre histoire, que je cherche à comprendre. Pourquoi vous avez organisé ce complot, pourquoi vous avez cherché à effacer le visage de votre enfant.

» Pour l'instant, je connais seulement deux faits. Judith n'était pas monstrueuse, comme je l'ai d'abord pensé. Au contraire, je pense qu'elle était splendide, enchantée. L'autre fait est que son visage trahissait pourtant les clés d'un cauchemar.

» Un cauchemar qui vous a fait fuir il y a longtemps, et qui vient de se réveiller comme un volcan malfaisant. Alors, montrez-moi ces photos et racontez-moi toute l'histoire. Je veux entendre les dates, les détails, les explications, tout. Je veux comprendre comment et pourquoi une petite fille morte il y a quatorze ans est en train de massacrer une ville universitaire, au pied des Alpes !

La femme resta immobile quelques secondes, puis emprunta un couloir, de sa démarche de géante. Karim lui emboîta le pas, crispé sur son arme. Il lançait des regards de droite à gauche. D'autres pièces, d'autres draps, d'autres couleurs. La maison hésitait entre les linceuls et le carnaval.

Au fond d'une petite chambre, Fabienne Hérault ouvrit une armoire et extirpa une boîte en fer. Karim lui saisit la main, bloqua son geste et ouvrit lui-même la boîte.

Des photographies. Seulement des photographies.

La femme, après avoir interrogé Karim du regard, fit jouer ces surfaces brillantes comme si elle plongeait sa main dans de l'eau pure. Enfin, elle tendit une image au policier.

Il sourit, malgré lui.

Une petite fille le regardait, au visage ovale, à la peau mate, encadré de boucles brunes, coupées court. De hauts yeux clairs surplombaient ce triangle de beauté, dans des orbites ombrées, dessinées par de longs sourcils, un peu trop épais. Cette légère pointe masculine répondait à l'éclat, presque trop violent, des yeux bleus.

Karim contemplait l'image. Il lui semblait connaître ce visage depuis longtemps, très longtemps. Depuis toujours.

Mais le miracle n'avait pas lieu. Le flic avait espéré que ces traits lui révéleraient, d'une façon ou d'une autre, la voie de la lumière. Fabienne chuchota, de sa voix chaleureuse :

– Cette photographie a été prise quelques jours avant sa mort. A Sarzac. Elle portait les cheveux courts, nous...

Karim dressa son regard.

– Ça ne colle pas. Cette image, ce visage devraient me livrer un indice, une explication. Et je ne vois rien d'autre qu'une jolie petite fille.

– Parce que cette photographie est incomplète.

Il tressaillit. La femme lui soumettait maintenant un autre cliché.

– Voici la dernière photographie scolaire de Guernon École Lamartine, CE2. Juste avant que nous partions pour Sarzac.

Le flic observa les visages souriants des enfants. Il repéra celui de Judith, puis saisit la vérité stupéfiante. Il s'était attendu à cela. C'était la seule explication possible. Pourtant, il ne comprenait pas. Il murmura :

– Judith n'était pas fille unique ?

– Oui et non.

– Oui et non ? Qu'est-ce... qu'est-ce que vous racontez ? Expliquez-moi.

– Je ne peux rien vous expliquer, jeune homme. Je peux juste vous raconter comment l'inexplicable a brisé ma vie.

XI

54

La salle souterraine des archives abritait un véritable océan de papier. Un flot de dossiers, pressés, ficelés, boursouflés, qui gonflait les parois les plus proches en vagues colériques. Au sol, des paquets enchevêtrés obstruaient la plupart des allées. Au-delà, sous la clarté des néons, des murailles de documents se déployaient, se perdant en pâles lignes de fuite.

Niémans enjamba les piles et s'achemina dans le premier couloir. Les milliers de dossiers étaient retenus par de longs filets latéraux, comme pour empêcher ces falaises d'écriture de s'effondrer. Longeant les registres, le policier ne pouvait s'empêcher de songer à Fanny, à l'heure immatérielle qu'il venait de vivre. Le visage de la jeune femme, souriante, dans la pénombre. Sa main écorchée éteignant la lampe. Des embrasures de peau sombre. Deux petites flammes bleutées brillant dans les ténèbres – les yeux de Fanny. Toute une fresque discrète et intime, des arabesques légères, des gestes et des murmures, des instants et des éternités.

Combien de temps avait-il passé entre ses bras ? Niémans n'aurait su le dire. Mais il avait gardé sur les lèvres, sur sa peau meurtrie, une sorte de tatouage, d'empreinte ancienne qui l'étonnait lui-même. Fanny avait su débusquer en lui des secrets perdus, des élans oubliés, dont la résurgence le bouleversait. Se pouvait-il qu'il ait trouvé, au fond de l'horreur, aux confins de cette enquête, cette étincelle de calice, cette douceur de cierge ?

Il se concentra. Il savait où se trouvait le stock des fiches retrouvées – il avait contacté par téléphone l'archiviste qui, bien qu'ensommeillé, lui avait donné des indications précises. Niémans marcha, tourna, marcha encore. Enfin, il dénicha un carton fermé, remisé dans un réduit grillagé, scellé par un solide cadenas. Le gardien de l'hôpital lui avait donné la clé. S'ils étaient réellement « sans importance », pourquoi avoir protégé ces vieux documents ?

Niémans pénétra dans le réduit et s'assit sur des vieilles liasses, qui traînaient à terre. Il ouvrit le carton, saisit une poignée de fiches et commença à lire. Des noms. Des dates. Des comptes rendus d'infirmières consacrés à des nourrissons. Sur ces pages étaient inscrits le patronyme, le poids, la taille, le groupe sanguin de chaque nouveau-né. Le nombre de biberons et des noms de produits, à consonance médicale, sans doute des vitamines, ou quelque autre substance de ce type.

Il feuilleta chaque fiche – il y en avait plusieurs centaines, qui couvraient plus de cinquante ans. Pas un nom qui lui rappelât quelque chose. Pas une date qui éveillât dans son esprit la moindre lueur.

Niémans se releva et décida de comparer ces fiches avec celles des dossiers d'origine des nouveau-nés, qui devaient se trouver quelque part dans ces archives. Le long des parois, il repéra et sortit une cinquantaine de dossiers. Son visage était trempé de sueur. Il sentait la chaleur de sa veste polaire s'exhaler en lourdes bouffées contre son torse. Il regroupa les dossiers sur une table en ferraille puis les étala de façon à bien lire le patronyme de la couverture. Il commença à ouvrir chaque dossier et à comparer la première page avec les fiches.

Des faux.

En comparant ces documents, il était manifeste que les fiches incluses dans les dossiers avaient été falsifiées. Étienne Caillois avait imité l'écriture des infirmières, d'une manière acceptable mais qui ne supportait pas la comparaison avec les fiches réelles.

Pourquoi ?

Le policier plaça côte à côte les deux premières fiches. Il compara chaque colonne, chaque ligne, et il ne vit rien. Deux copies conformes. Il compara d'autres fiches. Il ne vit rien. Ces pages étaient les mêmes. Il réajusta ses lunettes, essuya les traînées de sueur sous ses verres, puis en parcourut quelques autres, avec plus d'assiduité encore.

Et cette fois, il vit.

Une différence, infime, que partageait chaque couple de documents, le vrai et le faux. LA DIFFÉRENCE. Niémans ne savait pas encore ce que cela signifiait, mais il pressentait qu'il venait de découvrir une des clés. Son visage brûlait comme une chaudière et, en même temps, un froid de glace le traversait de part en part. Il vérifia cette différence sur d'autres pages, puis enfourna tous les documents dans le carton de couleur kraft, les dossiers complets et les fiches volées par Caillois.

Il emporta son butin et détala hors de la salle d'archives.

Il planqua le carton dans le coffre de sa nouvelle voiture – une Peugeot bleue de gendarme –, puis retourna dans l'enceinte de l'hôpital, gagnant cette fois le service de la maternité.

A quatre heures et demie du matin, le lieu semblait engourdi de silence et de sommeil, malgré les néons éclatants qui se reflétaient sur le sol. Il descendit au bloc, croisa des infirmières, des sages-femmes, toutes vêtues de blouses pâles, de bonnets et de petits chaussons de papier. Plusieurs d'entre elles tentèrent d'arrêter Niémans qui ne portait pas de vêtements aseptisés. Mais sa carte tricolore et son air verrouillé coupèrent court à tout commentaire.

Enfin, il dénicha un obstétricien, qui sortait juste de la

salle d'opération. L'homme portait toute la fatigue du monde sur son visage. Niémans se présenta brièvement et posa sa question – il n'en avait qu'une :

– Docteur, y a-t-il une raison logique pour que des nourrissons changent de poids durant leur première nuit d'existence ?

– Que voulez-vous dire ?

– Est-il courant qu'un bébé perde ou gagne quelques centaines de grammes dans les heures qui suivent sa naissance ?

Le médecin répondit, en observant le bonnet plaqué et les vêtements trop courts du policier :

– Non. Si l'enfant perd du poids, nous devons effectuer aussitôt un examen médical approfondi. Parce que c'est le signe d'un problème et...

– Et s'il en gagne ? Si l'enfant gagne subitement du poids, en une seule nuit ?

L'accoucheur, sous son chapeau de papier, braquait un regard incrédule.

– Ça n'arrive jamais. Je ne vous comprends pas.

Niémans sourit.

– Merci, docteur.

Tout en marchant, l'officier de police ferma les yeux. Sous les parois sanguines de ses paupières, il entrevoyait, enfin, le mobile des meurtres de Guernon.

La stupéfiante machination des rivières pourpres.

Il ne lui restait plus qu'à vérifier un dernier détail.

A la bibliothèque de la fac.

55

– DEHORS Dehors ! Tous !

La salle de la bibliothèque était largement éclairée. Les OPJ levèrent le nez de leurs livres. Ils étaient encore six à étudier des ouvrages plus ou moins consacrés au mal et à la pureté. D'autres décryptaient toujours les listes d'étudiants qui avaient fréquenté la bibliothèque pendant l'été ou durant les prémices de l'automne. Ils ressemblaient à des soldats oubliés, au cœur d'une guerre qui se serait déplacée sur d'autres fronts, sans les prévenir.

– Dehors ! répéta Niémans. L'enquête est terminée ici.

Les policiers se lancèrent des coups d'œil de taupes. Sans doute avaient-ils entendu dire que le commissaire principal Niémans n'était plus le responsable de l'enquête. Sans doute ne comprenaient-ils pas pourquoi le célèbre flic avait le crâne serré dans une espèce de chaussette et pourquoi il tenait sous son bras un carton brun et humide. Mais tenait-on tête à un Niémans – surtout quand il avait ce regard ?

Ils se levèrent et endossèrent leur blouson.

L'un d'entre eux, en croisant le commissaire près de la porte, l'interpella à voix basse. Le policier reconnut le lieutenant râblé qui avait étudié la thèse de Rémy Caillois.

– J'ai fini le pavé, commissaire. Je voulais vous dire... C'est peut-être rien, mais la conclusion de Caillois est vraiment surprenante. Vous vous souvenez de l'*athlon*, de l'homme qui réunissait l'intelligence et la force, l'esprit et le corps, sous l'Antiquité ? Eh bien, Caillois évoque une sorte de...

projet, pour organiser le retour d'une fusion dans ce genre-là. Un projet réellement bizarre. Il ne parle pas d'instaurer de nouveaux programmes d'éducation dans les écoles ou dans les facs. Il n'imagine pas une nouvelle formation pour les profs ou je ne sais quoi. Il pense à une solution...

– Génétique.

– Vous avez feuilleté son truc, vous aussi ? C'est dingue. Dans son esprit, l'intelligence correspond à une réalité biologique. Une réalité génétique qu'il faut associer à d'autres gènes, correspondant à la puissance physique, pour retrouver la perfection de l'*athlon*...

Ces paroles tourbillonnaient dans l'esprit de Niémans. Il connaissait désormais la nature du complot des rivières pourpres. Et il ne désirait pas entendre sa description maladroite dans la bouche d'un policier balourd. L'horreur devait rester latente, implicite, silencieuse. Plaquée en empreintes brûlantes sur les parois de son âme.

– Laisse-moi, petit, bougonna-t-il.

Mais l'OPJ continuait sur sa lancée :

– Dans les dernières pages, Caillois parle de sélection des naissances, d'unions rationalisées, une espèce de système totalitaire... Des trucs de fou, commissaire. Vous savez, comme dans les bouquins de science-fiction des années soixante... Bon sang, le mec serait pas mort dans ces conditions, y aurait vraiment de quoi rigoler.

– Tire-toi !

Le policier trapu regarda Niémans, hésita puis finalement disparut.

Le commissaire traversa la grande salle de lecture, totalement vide. Il sentait les fièvres l'emprisonner de nouveau, telles des racines de feu, lui enserrer la tête comme dans des électrodes brûlantes. Il accéda au bureau de l'estrade centrale : le bureau de Rémy Caillois, chef bibliothécaire de l'université.

Il pianota sur le clavier de l'ordinateur. L'écran s'éclaira aussitôt. Soudain, le policier se ravisa : les renseignements qu'ils cherchaient dataient d'avant les années soixante-dix ;

ils ne pouvaient donc se trouver dans le programme de l'ordinateur.

Fébrilement, Niémans chercha dans les tiroirs du bureau les registres qui contenaient les listes qui l'intéressaient.

Non pas les listes des livres.

Pas plus que les listes d'étudiants.

Simplement la liste des boxes vitrés, occupés au fil des années par des milliers de lecteurs.

Aussi absurde que cela puisse paraître, c'était dans la logique intrinsèque de ces compartiments, soigneusement organisés par les Caillois, père et fils, que Niémans s'attendait à déceler une correspondance avec ce qu'il venait d'apprendre à la maternité.

Le commissaire trouva enfin les registres des emplacements. Il ouvrit son carton et déploya, de nouveau, les dossiers des nouveau-nés. Il calcula les années où ces enfants étaient devenus des étudiants, passant leurs fins de journée à la bibliothèque, puis rechercha ces noms dans la liste des places occupées, soigneusement consignées par les chefs bibliothécaires.

Bientôt, il découvrit des plans des petits boxes avec, inscrit dans chaque case, le nom des étudiants. Il n'aurait pu rêver système plus logique, plus rigoureux, plus adapté à la conspiration qu'il soupçonnait. Chacun des enfants mentionnés sur les fiches, devenu étudiant quelque vingt années plus tard, avait toujours été placé dans la bibliothèque, au fil des jours, des mois, des années, non seulement dans le même compartiment, mais toujours en face du même élève, de sexe opposé.

Niémans savait maintenant qu'il avait vu juste.

Il répéta la consultation pour plusieurs autres étudiants, les choisissant volontairement à des décennies de distance. A chaque fois, il découvrait que l'élève avait été installé en face de la même personne, du même âge et du sexe opposé, lors de ses consultations quotidiennes à la bibliothèque de Guernon.

Le commissaire, les mains palpitantes, éteignit l'ordinateur. La vaste salle de lecture résonnait de tout son silence guindé. Toujours assis au bureau de Caillois, il connecta son téléphone et appela cette fois le veilleur de nuit de la mairie de Guernon. Il eut un mal fou à convaincre l'homme de descendre aussitôt dans les archives afin de consulter les registres des mariages de Guernon.

Enfin, le gardien s'exécuta et l'officier put, par portable interposé, mener les consultations qu'il voulait effectuer. Niémans dictait les noms et le veilleur vérifiait. Le commissaire désirait savoir si les noms qu'il énonçait correspondaient bien à des personnes qui s'étaient mariées ensemble. A soixante-dix pour cent, Niémans tombait juste.

– C'est un jeu ou quoi ? bougonna le gardien.

Une fois vérifiés une vingtaine d'exemples, le commissaire abandonna et raccrocha.

Il boucla son registre et déguerpit.

A petites foulées, Niémans traversa le campus. Malgré lui, il chercha du regard les fenêtres de Fanny et ne les trouva pas. Sur les marches d'un des bâtiments, un groupe de journalistes semblait attendre. Partout ailleurs, des policiers en uniforme et des gendarmes sillonnaient les pelouses et les perrons des bâtiments.

Entre les plantons et les reporters, le commissaire préféra affronter les siens. Il franchit plusieurs barrages en exhibant sa carte. Il ne reconnut aucun visage. Il s'agissait sans doute des renforts venus de Grenoble.

Il pénétra dans le bâtiment administratif et accéda à un vaste hall trop éclairé, où des personnages au teint pâle, âgés pour la plupart, faisaient les cent pas. Probablement des professeurs, des docteurs, des savants. L'état d'alerte était général. Niémans les dépassa sans un coup d'œil et ne se préoccupa pas de leur regard appuyé.

Il monta jusqu'au dernier étage et se dirigea directement vers le bureau de Vincent Luyse, le recteur de l'université. Le policier traversa l'antichambre et arracha aux murs les portraits des jeunes sportifs médaillés de la faculté. Il ouvrit la porte sans frapper.

– Qu'est-ce que...

Le recteur se calma aussitôt qu'il reconnut le commissaire. D'un bref signe de tête, il congédia les ombres qui occupaient son bureau et s'adressa à Niémans :

– J'espère que vous avez du nouveau ! Nous sommes tous...

Le policier posa les cadres photographiques sur le bureau, puis sortit les fiches de son registre. Luyse s'agita.

– Vraiment, je...

– Attendez.

Niémans achevait de disposer ses cadres et ses fiches dans l'axe de vision du recteur. Il plaqua ses deux mains sur le bureau et demanda :

– Comparez ces fiches et les noms de vos champions : s'agit-il des mêmes familles ?

– Pardon ?

Niémans ajusta les feuilles face à son interlocuteur.

– Les hommes et les femmes de ces fiches se sont mariés ensemble. Je pense qu'ils appartiennent à la fameuse confrérie de l'université : ils doivent être professeurs, chercheurs, intellectuels... Regardez les noms et dites-moi s'il s'agit bien aussi, dans le détail, des parents ou des grands-parents de cette génération de surdoués qui raflent aujourd'hui toutes les médailles sportives...

Luyse saisit ses lunettes et baissa les yeux.

– Eh bien, oui, je reconnais la plupart de ces noms...

– Vous me confirmez que les enfants de ces couples disposent d'aptitudes exceptionnelles, à la fois intellectuelles et physiques ?

Les traits crispés de Luyse s'ouvrirent en un large sourire, comme malgré lui. Un putain de sourire de satisfaction vaniteuse que Niémans aurait voulu lui faire ravaler.

– Mais... oui, parfaitement. Cette nouvelle génération est très brillante. Croyez-moi, ces enfants vont tenir leurs promesses... D'ailleurs, nous avions déjà, lors de la génération précédente, quelques profils de ce type. Pour notre faculté, ces performances sont particulièrement...

En un éclair, Niémans comprit que ce n'était pas de la méfiance qu'il éprouvait vis-à-vis des intellectuels mais de la haine. Il les détestait au plus profond de sa chair. Il haïssait leur attitude prétentieuse et distanciée, leur aptitude à décrire, analyser, jauger la réalité, quelle qu'elle soit. Ces pauvres types entraient dans la vie comme on va au spectacle et en ressortaient toujours plus ou moins déçus, plus ou moins blasés. Pourtant, il le savait, on ne pouvait leur souhaiter ce qui leur était arrivé, à leur insu. On ne pouvait souhaiter ça à personne. Luyse achevait :

– Cette jeune génération va renforcer encore le prestige de notre université et...

Niémans, interrompant Luyse, replaça les fiches et les cadres dans son carton. Il cracha d'une voix sourde :

– Alors réjouissez-vous. Parce que ces noms vont encore faire beaucoup pour votre célébrité.

Le recteur lui lança un regard interloqué. L'officier ouvrit la bouche mais il se figea soudain : l'expression de Luyse trahissait la terreur. Le recteur murmura :

– Mais qu'avez-vous ? Vous... vous saignez ?

Niémans baissa les yeux et s'aperçut qu'une mare noire laquait la surface du bureau. La fièvre qui lui brûlait le crâne était en fait le sang de sa blessure qui s'était rouverte. Il chancela, fixa son propre visage dans la flaque sombre, lisse comme un vernis, et se demanda tout à coup s'il n'était pas en train de contempler le dernier reflet de la série des meurtres.

Il n'eut pas le temps de répondre à cette question. Une seconde plus tard, il gisait évanoui, sur les genoux, le visage plaqué sur le bureau. Tel un médaillon qu'on aurait frappé à son effigie, dans la glu obscure de son propre sang.

56

LUMIÈRE. Bourdonnement. Chaleur.

Pierre Niémans ne comprit pas aussitôt où il se trouvait. Puis il vit un visage auréolé d'un bonnet de papier. Une blouse blanche. Des néons. L'hôpital. Combien de temps avait-il passé ainsi, inanimé ? Et pourquoi cette faiblesse dans son corps, comme du liquide qu'on aurait substitué à ses membres, ses muscles, ses os ? Il voulut parler mais son effort mourut dans sa gorge. La fatigue le clouait au creux de son lit plastifié et bruissant.

– Il saigne beaucoup. Il faut faire l'hémostase de la temporale.

Une porte s'ouvrit. Des roues grincèrent. Des lampes trop blanches passèrent devant ses yeux. Une explosion aveuglante. Une giclée de lumière qui dilata ses pupilles. Une autre voix résonna :

– Commencez la transfusion.

Le policier entendit des cliquetis, sentit des matières froides lui frôler le corps. Il tourna la tête et aperçut des tuyaux, reliés à une lourde poche suspendue qui semblait respirer, sous l'effet d'un système d'air pressurisé.

Il allait donc dériver ici, dans l'inconscience et les odeurs aseptisées ? Couler dans cette lumière alors même qu'il possédait le mobile des meurtres ? Qu'il connaissait enfin le secret de cette série de crimes ? Les traits de son visage se crispèrent en un rictus. Soudain, une voix :

– Injectez le Diprivan, vingt centimètres cubes.

Niémans comprit et se redressa. Il saisit le poignet du

médecin qui brandissait déjà un bistouri électrique et souffla :

– Je ne veux pas d'anesthésie !

Le docteur semblait stupéfait.

– Pas d'anesthésie ? Mais... vous êtes ouvert en deux, mon vieux. Je dois vous recoudre.

Niémans trouva la force de murmurer :

– Locale... Je veux une anesthésie locale...

L'homme soupira et recula son siège dans un couinement de roulettes. Il s'adressa à l'anesthésiste :

– OK. Faites-lui plutôt une xylocaïne. La dose maximale. Allez jusqu'à quarante centimètres cubes.

Niémans se détendit. On le déplaça en face des lampes aux multiples facettes. Sa nuque reposait sur un appui-tête, de façon à ce que son crâne se dresse au plus près des lumières. On lui tourna le visage puis un champ de papier obstrua sa vue.

Le policier ferma les yeux. A mesure que le médecin et les infirmières s'affairaient autour de sa tempe, ses pensées perdaient en netteté. Son cœur ralentissait, sa tête ne le torturait plus. Un engourdissement semblait prêt à le submerger.

Le secret... Le secret des Caillois et des Sertys... Même cela devenait flottant, étrange, lointain... Le visage de Fanny se substitua à toute pensée... Son corps à la fois sombre, musclé et rond, doux comme des pierres volcaniques patinées par le feu, l'écume et le vent... Fanny... Ses visions, sous les parois de ses tempes, ressemblaient à des murmures, des froissements d'étoffes, des souffles d'elfes...

– Stop !

L'ordre avait résonné dans la salle d'opération. Tout s'arrêta.

Une main arracha le champ et Niémans découvrit dans le flot de lumière un diable à longues nattes qui agitait une carte tricolore sous le nez du médecin et des infirmières stupéfaits.

Karim Abdouf.

Niémans lança un coup d'œil sur sa droite : les tuyaux sombres couraient toujours sous sa peau, dans ses veines. Les élixirs de vie. Le suc des artères.

Le médecin brandit ses ciseaux :

– Ne touchez plus à ce flic, haleta Karim.

Le docteur s'immobilisa de nouveau. Abdouf s'approcha, scruta la blessure de Niémans, ficelée maintenant comme un rosbif. Le docteur haussa les épaules.

– Il faut bien que je coupe les fils...

Karim lança des coups d'œil méfiants aux alentours.

– Comment est-il ?

– Solide. Il a perdu beaucoup de sang, mais nous avons effectué une transfusion importante. Nous avons recousu les chairs. L'opération n'est pas tout à fait terminée et...

– Vous lui avez donné des trucs ?

– Des trucs ?

– Pour l'endormir ?

– Juste une anesthésie locale et...

– Trouvez-moi des amphèt'. Des excitants. Je dois le réveiller.

Karim braquait ses yeux sur Niémans mais s'adressait au docteur. Il ajouta :

– C'est une question de vie ou de mort.

Le médecin se leva et chercha dans des tiroirs extraplats des petites pilules sous plastique. Karim esquissa un sourire à l'attention de Niémans.

– Tenez, dit le médecin. Avec ça, il sera d'aplomb dans une demi-heure mais...

– Tirez-vous maintenant.

Le flic beur hurla à l'attention de la petite troupe en blouses blanches :

– Tirez-vous tous ! Je dois parler avec le commissaire.

Docteur et infirmières s'éclipsèrent.

Niémans sentit les aiguilles des transfusions s'extirper de son bras, entendit les champs de papier se froisser. Puis Karim lui tendit sa veste de fibre polaire rembrunie de sang.

Dans son autre main, il soupesait la poignée de pilules colorées.

– Vos amphèt', commissaire. (Bref sourire.) Une fois n'est pas coutume.

Mais Niémans ne riait pas. Il agrippa la veste de cuir de Karim et murmura, le visage livide :

– Karim... Je... je connais leur complot.

– Le complot ?

– Le complot de Sertys, de Caillois, de Chernecé. Le complot des rivières pourpres.

– QUOI ?

– Ils... ils échangent les bébés.

XII

57

Six heures du matin. Le paysage était noir, mouvant – irréel. La pluie avait repris de plus belle, comme pour astiquer une dernière fois la montagne avant la naissance du jour. Des colonnes translucides trouaient les ténèbres telles des mèches de verre.

Sous les frondaisons d'un immense conifère, Karim Abdouf et Pierre Niémans se tenaient face à face, l'un appuyé sur l'Audi, l'autre contre l'arbre. Ils étaient figés, concentrés, tendus à se rompre. Le flic beur observait le commissaire qui recouvrait progressivement ses forces, ou plutôt ses nerfs, sous l'effet des amphétamines. Il venait d'expliquer l'attaque meurtrière du 4×4. Mais Abdouf le pressait maintenant de lui révéler l'entière vérité.

Dans les entrelacs de l'averse, Pierre Niémans attaqua :

– Hier soir, je suis allé à l'institut des aveugles.

– Sur la piste d'Éric Joisneau, je sais. Qu'avez-vous trouvé ?

– Champelaz, le directeur, m'a expliqué qu'il soignait des enfants atteints d'affections héréditaires. Des enfants toujours issus des mêmes familles, celles de l'élite de l'université. Champelaz a commenté ainsi ce phénomène : cette communauté intellectuelle, à force d'isolement, a creusé dans son propre sang et provoqué un appauvrissement génétique. Les enfants qui naissent aujourd'hui sont destinés à devenir très brillants, très cultivés, mais leur corps est épuisé, tari. Au fil des générations, le sang de la fac s'est corrompu.

– Quel rapport avec l'enquête ?

– A priori aucun. Joisneau était allé là-bas à cause des affections oculaires, des maladies qui pouvaient avoir un rapport avec la mutilation des yeux. Mais ce n'était pas ça. Pas ça du tout.

» Lors de ma visite, Champelaz m'a signalé que cette communauté altérée génère également, depuis une vingtaine d'années, des étudiants physiquement très vigoureux. Des mômes intelligents, mais capables aussi de rafler toutes les médailles dans les championnats sportifs. Or, ce détail ne colle pas avec le reste du paysage. Comment la même confrérie peut-elle produire des lignées d'enfants tarés et des espèces de surhommes resplendissants ?

» Champelaz a enquêté sur l'origine de ces mômes surdoués. Il a consulté leur dossier médical à la maternité. Il a recherché leur origine, à travers les archives. Il a même consulté les fiches de naissance des parents, des grands-parents, en quête de signes, de particularités génétiques. Mais il n'a rien trouvé. Absolument rien.

– Et alors ?

– Cette histoire a connu un rebondissement, l'été dernier. Au mois de juillet, une banale étude dans les archives de l'hôpital a permis de retrouver des vieux papiers, oubliés dans les souterrains de l'ancienne bibliothèque. De quoi s'agissait-il ? Des fiches de naissance, qui concernaient justement les parents ou les grands-parents des gamins surdoués.

– Ce qui signifiait ?

– Que ces fiches avaient été éditées en double. Ou, plus vraisemblablement, que les documents consultés par Champelaz, dans les dossiers d'origine, étaient des faux, que les vraies fiches étaient celles qu'on venait de découvrir, cachées dans les cartons personnels du chef bibliothécaire de la fac : Étienne Caillois, le père de Rémy.

– Merde.

– Comme tu dis. En toute logique, Champelaz aurait dû alors aller comparer les fiches qu'il avait consultées et celles qui venaient d'être retrouvées. Mais il ne l'a pas fait. Par manque de temps. Par laxisme. Par peur aussi. De découvrir une vérité malsaine sur la communauté de Guernon. Moi, je l'ai fait.

– Qu'avez-vous découvert ?

– Les fiches officielles étaient des fausses. Étienne Caillois avait imité les écritures et changé à chaque fois un détail par rapport à l'original.

– Quel détail ?

– Toujours le même : le poids de l'enfant, son poids à la naissance. Afin que le chiffre corresponde aux autres pages du dossier, celles où les infirmières avaient noté le résultat des autres pesées, les jours suivants.

– Je ne comprends pas.

Niémans se pencha ; il parlait d'un ton sourd :

– Suis-moi bien, Karim. Étienne Caillois falsifiait les premières fiches pour dissimuler un fait inexplicable : sur ces documents, le poids du nouveau-né ne correspondait jamais à son poids du lendemain. Les nourrissons prenaient ou perdaient plusieurs centaines de grammes en une seule nuit.

» Je suis monté à la maternité et je me suis renseigné auprès d'un obstétricien. J'ai appris qu'il était impossible que les enfants évoluent à une telle vitesse. Alors, j'ai compris l'évidence : ce n'était pas le poids qui, en une nuit, changeait, mais l'enfant. C'est cette vérité stupéfiante que le père Caillois cherchait à dissimuler. Lui, ou plutôt son complice, le père Sertys, aide-soignant de nuit au CHRU de Guernon, intervertissait les enfants dans la salle de la maternité.

– Mais... pour quelle raison ?

Niémans grimaça un sourire. L'averse, charriée par le vent, lui picotait la face, comme un fouet de clous. Sa voix s'usait sur la dureté de ses certitudes :

– Pour régénérer une communauté épuisée, pour insuffler dans les rangs des intellectuels du sang neuf, puissant, vigoureux. La technique des Caillois et des Sertys était simple : ils remplaçaient certains bébés, issus de familles universitaires, par des enfants des montagnes, sélectionnés d'après le profil physique de leurs parents. De cette façon, des corps sains et vaillants intégraient d'un coup la société intellectuelle de Guernon. Du sang nouveau se diluait dans le sang ancien, dans le seul lieu où d'inaccessibles universitaires croisaient leur chemin avec d'obscurs paysans : la maternité. Une maternité qui brassait tous les mômes de la région et qui permettait ce trafic.

» Tel était le sens des propos mystérieux du cahier de Sertys : "Nous maîtrisons les rivières pourpres." Ces termes ne désignaient pas un livre ou un réseau hydrographique, mais le sang des habitants de Guernon. Les veines des enfants de la vallée. Les Caillois et les Sertys maîtrisent, de père en fils, le sang de leur ville. Ils pratiquent la manipulation génétique la plus simple qui soit : l'interversion des bébés.

» J'ai deviné alors que les Caillois et les Sertys poursuivaient un objectif plus précis : ils voulaient non seulement régénérer le sang précieux des professeurs mais aussi créer des êtres parfaits, des surhommes. Des êtres aussi beaux que ceux qui transpiraient sur les photographies des jeux Olympiques de Berlin que j'avais remarquées chez Caillois. Des êtres aussi intelligents que les chercheurs les plus célèbres de Guernon.

» J'ai compris que ces cinglés voulaient unir, précisément, les cerveaux de Guernon et les corps des villages de montagne, sceller les capacités cérébrales des professeurs et les aptitudes physiques des autochtones : cristalliers ou éleveurs. Si j'avais raison, ils avaient donc précisé leur système, au point d'organiser non seulement les naissances, mais aussi les unions, les mariages entre enfants élus.

Karim encaissait une à une ces informations qui semblaient trouver des résonances au fond de son silence. Le soliloque enfiévré de Niémans continua :

– Comment organiser ces rencontres ? Comment programmer ces mariages ? J'ai réfléchi aux boulots des Caillois et des Sertys, au mince pouvoir que ces tâches leur conféraient. Je savais que c'était à travers leurs rôles obscurs, modestes, qu'ils avaient pu achever leur grand projet. Souviens-toi de ces phrases gravées dans le cahier : « Nous sommes les maîtres, nous sommes les esclaves. Nous sommes partout, nous sommes nulle part. » Ces termes laissaient entendre que, malgré leur statut négligeable, et même grâce à lui, ces hommes avaient maîtrisé le destin de toute une région. Ils étaient des larbins. Mais ils étaient aussi des maîtres.

» Ainsi, les Sertys n'étaient que des aides-soignants obscurs, mais ils bouleversaient l'existence des enfants de la région en intervertissant les bébés. Et les Caillois, grâce à leur boulot, organisaient la suite du programme : l'aspect mariage. Mais comment ? Comment faisaient-ils pour organiser ces unions ?

» Je me suis souvenu des registres personnels des Caillois, à la bibliothèque. Nous avions vérifié là-dedans les livres consultés. Nous avions aussi étudié les noms des mômes qui avaient parcouru ces livres. Il n'y avait qu'une chose que nous n'avions pas examinée : les emplacements des lecteurs, les petits boxes vitrés où les mômes lisaient. J'ai foncé à la bibliothèque et comparé les listes de ces places avec les fiches de naissance falsifiées. Cela remontait à trente, quarante, cinquante ans, mais tout collait, au patronyme près.

» Les petits mômes échangés avaient toujours été placés, pendant leurs études, dans la salle de lecture, en face de la même personne – une personne du sexe opposé, issue des familles les plus brillantes du campus. J'ai alors vérifié à la mairie. Ça ne marchait pas à tous les coups, mais la plupart de ces couples, qui s'étaient connus à la bibliothèque, derrière les vitres des boxes, s'étaient ensuite mariés.

» J'avais donc vu juste. Les "maîtres", après avoir échangé les identités, organisaient avec soin les rencontres. Ils plaçaient en face des mômes intervertis – les enfants montagnards – des gosses à l'esprit remarquable, progéniture réelle des professeurs. Ils donnaient ainsi naissance à une fusion supérieure, unissant les « enfants-corps » aux « enfants-cerveau ». Et le processus a fonctionné, Karim : les champions de la fac ne sont autres que les enfants de ces couples programmés.

Abdouf ne commenta pas. Ses pensées semblaient se cristalliser, aussi pénétrantes que les épines de mélèzes qui se mêlaient à la pluie.

Niémans poursuivit :

– J'ai intégré ces éléments et peu à peu reconstitué le puzzle. J'ai compris que je marchais à cet instant, précisément, dans les traces du tueur, que l'anecdote des fiches retrouvées, qui avait fait l'objet d'articles dans les journaux régionaux, avait mis le feu à son cerveau. Il avait dû, comme moi, comparer les deux groupes de documents. Sans doute possédait-il déjà un doute sur les origines des « champions » de Guernon. Sans doute est-il lui-même un de ces champions. Une des créatures des cinglés.

» Il a alors deviné le principe de la conspiration. Il a suivi le fils du voleur de fiches, Rémy Caillois, et découvert les liens secrets qui existaient entre lui, Sertys et Chernecé... A mon avis, ce dernier n'était qu'une pièce rapportée, un médecin fêlé qui, en soignant les mômes aveugles, avait découvert la vérité et préféré rejoindre les manipulateurs plutôt que de les dénoncer. Bref, notre tueur les a repérés et a décidé de les sacrifier. Il a torturé sa première victime, Rémy Caillois, et appris toute l'histoire. Il s'est contenté ensuite de mutiler et de tuer les deux autres complices.

Karim se redressa. Tout son torse trépidait dans sa veste de cuir.

– Simplement parce qu'ils ont échangé des bébés ? Favorisé des mariages ?

– Il y a un dernier fait que tu ignores : les montagnards des villages alentour enregistrent une forte mortalité parmi leurs nouveau-nés. Un phénomène inexplicable, d'autant plus qu'encore une fois il s'agit de familles en pleine santé. Maintenant, je devine la raison de cette mortalité. Non seulement les Sertys échangeaient les bébés, mais ils étouffaient les nourrissons qu'ils faisaient passer pour les enfants de montagnards – en réalité des enfants d'intellectuels, de moindre envergure. De cette façon, ils étaient assurés que les couples des altitudes, privés de progéniture, engendreraient de nouveaux enfants et leur procureraient plus de sang neuf à injecter dans la vallée, parmi les rangs des intellectuels. Ces hommes étaient des fanatiques, Karim. Des malades, des tueurs, de père en fils, prêts à tout pour donner naissance à leur race supérieure.

Karim souffla, d'une voix éraillée :

– Si les meurtres répondent à une vengeance, pourquoi des mutilations aussi précises ?

– Elles possèdent une valeur symbolique. Elles visent à anéantir l'identité biologique des victimes, à détruire les signes de leur origine profonde. De la même façon, les corps ont été mis en scène de manière à ce que l'on découvre d'abord leur reflet, et non le corps lui-même. Une autre manière de dématérialiser les victimes, de les désincarner. Caillois, Sertys, Chernecé étaient des voleurs d'identité. Ils ont payé là où ils ont frappé. C'est une sorte de loi du talion.

Abdouf se leva et s'approcha de Niémans. Le vent chargé d'averse fouettait leurs visages fantomatiques. La condensation formait une brume blanchâtre autour de leur tête, crâne en brosse et osseux pour Niémans, longues nattes torsadées et détrempées pour Abdouf.

– Niémans, vous êtes un flic génial.

– Non, Karim. Parce que je tiens maintenant le mobile du tueur, mais toujours pas son identité.

Le Beur eut un rire sec, glacé.

– Moi, je connais cette identité.

– Quoi ?

– Tout colle désormais. Souvenez-vous de ma propre enquête : ces diables qui voulaient détruire le visage de Judith, parce qu'il constituait une preuve, une pièce à conviction. Les diables n'étaient autres qu'Étienne Caillois et René Sertys, les pères des victimes, et je sais pourquoi ils devaient absolument effacer le visage de Judith. Parce que ce visage pouvait trahir leur conspiration, révéler la nature des rivières pourpres et le principe de l'échange des bébés.

Ce fut au tour de Niémans d'être stupéfait :

– POURQUOI ?

– Parce que Judith Hérault avait une sœur jumelle, qu'ils avaient échangée.

58

CETTE fois, ce fut Karim qui parla. Ton grave, voix neutre, dans la pluie qui semblait maintenant reculer face aux prémices du jour. Ses dreadlocks se détachaient tels les tentacules d'une pieuvre, sur la corolle de l'aube.

– Vous dites que les conspirateurs sélectionnaient les enfants à retenir, en étudiant le profil de leurs parents. Ils cherchaient sans doute les êtres les plus forts, les plus agiles des versants. Ils cherchaient des fauves des cimes, des léopards des neiges. Alors ils ne pouvaient pas ne pas avoir repéré Fabienne et Sylvain Hérault, jeune couple vivant à Taverlay, dans les hauteurs du Pelvoux, à mille huit cents mètres d'altitude.

» Elle, un mètre quatre-vingts, colossale, magnifique. Une institutrice appliquée. Une pianiste virtuose. Silencieuse et gracile, puissante et poétique. Parole : Fabienne était déjà, en elle-même, une véritable créature ambivalente.

» J'ai beaucoup moins d'infos sur le mari, Sylvain. Il vivait exclusivement dans l'éther des sommets, à extirper de la roche des cristaux rares. Un véritable géant, lui aussi, qui n'hésitait pas à se colleter aux montagnes les plus rudes, les plus inaccessibles.

» Commissaire, si les conspirateurs devaient voler un seul môme, dans toute la région, alors ce devait être le gosse de ce couple spectaculaire, dont les gènes contenaient les secrets diaphanes des hautes cimes.

» Je suis sûr qu'ils attendaient avec avidité la naissance du gamin, tels de vrais vampires génétiques. Enfin, le 22 mai 1972, la nuit fatidique survient. Les Hérault arrivent au CHRU de Guernon ; la grande et belle jeune femme est prête à accoucher, d'un moment à l'autre. Au terme de sept mois seulement de grossesse. L'enfant sera prématuré mais, selon les sages-femmes, il n'y a là rien d'insurmontable.

» Pourtant, les événements ne se déroulent pas comme prévu. L'enfant est mal positionné. Un obstétricien intervient. Les bip-bip des appareils de surveillance virent au vertige. Il est deux heures du matin, le 23 mai. Bientôt, toubib et sage-femme ont le fin mot du chaos. Fabienne Hérault est en train d'accoucher non pas d'un môme mais de deux – deux jumelles homozygotes, serrées dans l'utérus telles deux amandes philippines.

» On anesthésie Fabienne. Le médecin pratique une césarienne et parvient à extraire les gosses. Deux petites filles, minuscules, scellées dans leur identité comme une parole d'homme dans son serment. Elles éprouvent des difficultés respiratoires. Elles sont prises en charge par un infirmier qui doit les emmener en couveuse, de toute urgence. Niémans, ces gants de latex, qui saisissent les gamines, je les vois comme si j'y étais. Putain. Parce que ces mains, ce sont celles de René Sertys, le père de Philippe.

» Le mec est totalement désorienté. Sa mission, cette nuit, c'était d'échanger l'enfant des Hérault, mais il ne pouvait prévoir qu'il y en aurait deux. Que faire ? Le salopard a des sueurs froides, tout en rinçant les deux mômes prématurées – de véritables chefs-d'œuvre, des condensés parfaits de sang neuf, pour le peuple nouveau de Guernon. Finalement, Sertys place les petites filles en couveuse et décide de n'en échanger qu'une seule. Personne n'a clairement distingué leur visage. Personne n'a pu voir, dans le bordel écarlate du bloc, si les deux gosses se ressemblaient ou non. Alors Sertys tente le coup. Il extirpe l'une des jumelles de l'incubateur et l'échange avec une petite fille, issue d'une famille de professeurs, dont l'allure correspond à peu près aux enfants Hérault : même taille, même groupe sanguin, même poids approximatif.

» Une certitude lui noue déjà l'estomac : il doit tuer cette enfant de substitution. Il doit la tuer, parce qu'il ne peut laisser vivre une fausse jumelle, qui n'aura absolument aucun point commun avec sa sœur. Il étouffe donc la gosse, puis appelle à grands cris pédiatres et infirmières. Il joue son rôle : la panique, le remords. Il ne comprend pas ce qui a pu se passer, vraiment il ne sait pas... Ni l'obstétricien ni les pédiatres n'émettent un avis clair. C'est encore une de ces morts subites, comme celles qui frappent mystérieusement les familles de montagnards depuis cinquante ans. Le personnel médical se console en songeant qu'une des deux enfants a survécu. Sertys jubile en profondeur : l'autre petite Hérault est désormais intégrée au clan de Guernon, à travers sa nouvelle famille d'adoption.

» Tout cela, Niémans, je l'imagine grâce à vos découvertes. Parce que la femme qui m'a parlé cette nuit, Fabienne Hérault, ignore tout, même aujourd'hui, du complot des cinglés. Et cette nuit-là, elle ne voit rien, n'entend rien ; elle est dans les vapes de l'anesthésie.

» Quand elle se réveille, le lendemain matin, on lui explique qu'elle a accouché de deux filles mais qu'une seule d'entre elles a survécu. Peut-on pleurer un être dont on ne soupçonnait même pas l'existence ? Fabienne accepte la nouvelle avec résignation – elle et son mari sont totalement déboussolés. Au bout d'une semaine, la femme est autorisée à sortir de l'hôpital et à emporter sa petite fille, qui s'est rapidement constituée en force de vie.

» Quelque part, dans l'hosto, René Sertys observe le couple qui s'éloigne. Ils tiennent dans leurs bras le double d'une enfant échangée, mais il sait que ce couple sauvage, vivant à cinquante kilomètres de là, n'aura jamais aucune raison de revenir à Guernon. Sertys, en laissant vivre cette deuxième enfant, a pris un risque, mais ce risque est minime. Il pense alors que le visage de la jumelle ne reviendra jamais trahir leur conspiration.

» Il a tort.

» Huit années plus tard, l'école de Taverlay, où Fabienne est institutrice, ferme ses portes. Or, la femme est mutée – ce sera le seul hasard de toute l'histoire – à Guernon même, dans la prestigieuse école Lamartine, l'établissement scolaire réservé aux enfants des professeurs de la faculté.

» C'est ainsi que Fabienne découvre un fait hallucinant, impossible. Dans la classe de CE2 intégrée par Judith, il y a une autre Judith. Une petite fille qui est la réplique exacte de son enfant. Passé la première surprise – le photographe de l'école a le temps de réaliser un portrait de la classe où les deux sosies sont visibles –, Fabienne analyse la situation. Il n'y a qu'une seule explication. Cette enfant identique, ce double, n'est autre que la sœur jumelle de Judith, qui a survécu à l'accouchement et qui a été, pour une raison mystérieuse, intervertie avec un autre nourrisson.

» L'institutrice se rend à la maternité et explique son cas. On l'accueille avec froideur et suspicion. Fabienne est une femme solide, pas le genre à se laisser intimider par qui que ce soit. Elle insulte les médecins, les traite de voleurs d'enfants, promet de revenir. Sans aucun doute, à cet instant, René Sertys assiste à la scène et saisit le danger. Mais Fabienne est déjà loin : elle a décidé de visiter la famille des professeurs, les soi-disant parents de sa seconde fille, les usurpateurs. Elle part en vélo, avec Judith, en direction du campus.

» Mais tout à coup, la terreur surgit. Alors que la nuit tombe, une voiture tente de les écraser. Fabienne et sa fille roulent dans l'ornière, à flanc de falaise. L'institutrice, dissimulée dans un ravin, son enfant dans les bras, aperçoit les tueurs. Des hommes jaillis de leur véhicule, fusil au poing. Terrée, hagarde, Fabienne ne comprend pas. Pourquoi ce déferlement soudain de violence ?

« Les assassins finissent par repartir, pensant sans doute que les deux femmes se sont tuées au fond du précipice. La même nuit, Fabienne rejoint son mari, à Taverlay, où il séjourne encore durant la semaine. Elle lui explique toute l'histoire. Elle conclut qu'il faut absolument prévenir les gendarmes. Sylvain n'est pas d'accord. Il veut régler lui-même ses comptes avec les salopards qui ont tenté de tuer sa femme et sa fille.

» Il s'empare d'un fusil, prend son vélo, redescend dans la vallée. Là, il retrouve les tueurs beaucoup plus tôt qu'il ne l'aurait souhaité. Parce que les assassins rôdent encore, le croisent sur une départementale et le percutent avec leur bagnole. Ils roulent plusieurs fois sur le corps et s'enfuient. Pendant ce temps, Fabienne s'est réfugiée dans l'église de Taverlay. Toute la nuit elle attend Sylvain. A l'aube, on lui apprend que son mari a été tué par un chauffard anonyme. L'institutrice comprend alors que ses enfants ont été victimes d'une manipulation et que les hommes qui ont éliminé son mari auront sa peau si elle ne fuit pas aussitôt.

» Pour elle et sa fille, la cavale commence.

» La suite, vous la connaissez. La fuite de la femme et de sa fillette, à Sarzac, à plus de trois cents kilomètres de Guernon. Leur nouvelle course, quand Étienne Caillois et René Sertys retrouvent leur trace, les efforts de Fabienne pour exorciser le visage de sa fille, persuadée qu'elle est victime d'une malédiction, puis l'accident de voiture qui coûtera finalement la vie à Judith.

» Depuis cette époque, la mère vit dans la prière. Elle a toujours oscillé entre plusieurs hypothèses. Mais la principale était que les parents d'adoption de sa seconde fille, personnalités puissantes et diaboliques de la faculté, avaient tramé toute cette histoire pour remplacer leur fille morte et qu'ils étaient prêts à les éliminer, elle et Judith, pour simplement ne pas perturber leur réalité à eux. La femme n'a jamais saisi la vérité : la nature de la réelle manipulation. Celle des conspirateurs qui ont cherché dans toute la France les deux femmes, craignant qu'elles ne révèlent leur machination terrifiante et que le visage de l'enfant ne serve de pièce à conviction.

» Maintenant, Niémans, nos deux enquêtes se rejoignent comme les deux rails de la mort. Votre hypothèse corrobore la mienne. Oui : le tueur a parcouru cet été les fiches volées. Oui : il a suivi Caillois, puis Sertys et Chernecé. Oui : il a découvert la manipulation et décidé de se venger de la plus sanglante des façons. Et ce tueur n'est autre que la sœur jumelle de Judith.

» Une jumelle homozygote qui a agi comme Judith l'aurait fait, parce qu'elle connaît maintenant la vérité sur sa propre origine. Voilà pourquoi elle utilise une corde de piano, pour rappeler les talents virtuoses de sa mère véritable. Voilà pourquoi elle sacrifie les manipulateurs dans les hauteurs des rocs, là même où son propre père arrachait les cristaux. Voilà pourquoi ses empreintes digitales ont pu être confondues avec celles de Judith elle-même... Nous cherchons sa sœur de sang, Niémans.

– Qui est-elle ? explosa Niémans. Sous quel nom a-t-elle grandi ?

– Je ne sais pas. La mère a refusé de me le donner. Mais je possède son visage.

– Son visage ?

– La photographie de Judith, âgée de onze ans. Donc le

visage de la meurtrière, puisqu'elles sont parfaitement identiques. Je pense qu'avec ce portrait, nous...

Niémans tremblait par saccades.

– Montre-le-moi. Vite.

Karim sortit la photographie et la lui tendit.

– C'est elle qui tue, commissaire. Elle venge sa sœur disparue. Elle venge son père assassiné. Elle venge les bébés étouffés, les familles manipulées, toutes ces générations trafiquées depuis... Niémans, ça ne va pas ?

Le cliché vibrait entre les doigts du commissaire qui observait le visage de l'enfant et serrait les dents à les faire éclater. Soudain, Karim comprit et se pencha vers lui. Il pressa son épaule.

– Bon Dieu, vous la connaissez ? C'est ça, vous la connaissez ?

Niémans laissa tomber la photographie dans la boue. Il paraissait dériver vers les confins de la folie pure. Sa voix, telle une corde brisée, retentit :

– Vivante. Nous devons la capturer vivante.

59

Les deux flics filèrent sous la pluie. Ils ne parlaient plus, respiraient à peine. Ils franchirent plusieurs barrages policiers ; les sentinelles de l'aube leur décochaient des regards suspicieux. Ni l'un ni l'autre n'émit l'idée de s'adjoindre à ce moment une escouade. Niémans était hors course, Karim n'était pas sur son territoire. Et pourtant, ils le savaient : c'était bien leur enquête. A eux, et à eux seuls.

Ils parvinrent sur le campus. Ils sillonnèrent les voies

d'asphalte, les surfaces d'herbes brillantes, puis stoppèrent et grimpèrent au dernier étage du bâtiment principal. Ils marchèrent d'un seul élan jusqu'au bout du couloir et frappèrent à la porte, plaqués l'un et l'autre de chaque côté du chambranle. Pas de réponse. Ils firent sauter les verrous et entrèrent dans l'appartement.

Niémans braquait son fusil à pompe Remington, chargé à bloc, qu'il était passé récupérer au poste central. Karim tenait son Glock, qu'il croisait contre son poignet, avec sa torche. Convergence des faisceaux, mort et lumière.

Personne.

Ils attaquaient une fouille rapide quand le pager de Niémans sonna. Il fallait rappeler Marc Costes, en toute urgence. Le commissaire téléphona aussitôt. Ses mains tremblaient toujours, des douleurs furieuses ravageaient son ventre. La voix du jeune toubib résonna :

– Niémans, je suis avec Barnes. Juste pour vous dire qu'on a retrouvé Sophie Caillois.

– Vivante ?

– Vivante, oui. Elle fuyait vers la Suisse par le train de...

– A-t-elle déclaré quelque chose ?

– Elle dit qu'elle est la prochaine victime. Et qu'elle connaît le tueur.

– A-t-elle donné son nom ?

– Elle ne veut parler qu'à vous, commissaire.

– Vous la gardez sous haute surveillance. Personne ne lui parle. Personne ne l'approche. Je serai au poste dans une heure.

– Dans une heure ? Vous... vous êtes sur une piste ?

– Salut.

– Attendez ! Abdouf est avec vous ?

Niémans lança le cellulaire au jeune lieutenant et reprit sa fouille hâtive. Karim se concentra sur la voix du docteur :

– J'ai la tonalité de la corde de piano, dit le légiste.

– Si bémol ?

– Comment le sais-tu ?

Karim ne répondit pas et raccrocha. Il regarda Niémans, qui le fixait derrière ses lunettes mouchetées de pluie.

– On ne trouvera rien ici, cracha celui-ci en marchant vers la porte. On fonce au gymnase. C'est son repaire.

La porte du gymnase, bâtiment isolé à l'une des extrémités du campus, ne résista pas une seconde. Les deux hommes y pénétrèrent en se déployant en arc de cercle. Karim tenait toujours son Glock au-dessus du rayon de sa torche. Niémans avait actionné lui aussi la lampe fixée sur son fusil, dans l'axe exact du canon.

Personne.

Ils enjambèrent les tapis de sol, passèrent sous les barres parallèles, scrutèrent les hauteurs noires où se balançaient anneaux et cordes à nœuds. Le silence, telle une morne carapace. L'odeur, sueur rance et caoutchouc vieilli. L'ombre, dardée de formes symétriques, de modules de bois, d'articulations de métal. Niémans trébucha sur un trampoline, Karim se tourna dans l'instant. Tension aiguë. Bref regard. Chacun des deux flics pouvait sentir l'angoisse de l'autre. Des étincelles à s'y frotter, comme des silex. Niémans chuchota :

– C'est ici. Je suis sûr que c'est ici.

Karim chercha encore des yeux puis focalisa sur les canalisations du chauffage. Il longea les tuyaux fixés au mur, écoutant le chuintement ténu de la chaudière. Il enjamba des haltères, des ballons de cuir et parvint à un entrelacs de barres graisseuses, appuyées à l'oblique, contre des tapis de mousse dressés le long du mur. Sans prendre la peine d'être discret, il abattit les tiges et arracha les tapis. Le « barrage » dissimulait la porte du local de la chaudière.

Il tira une seule balle dans l'orifice crénelé qui servait de serrure. La porte sauta de ses gonds, décochant une volée d'esquilles et de filaments de ferraille. Le flic acheva le passage en écrasant la paroi à coups de talon.

A l'intérieur, l'obscurité.

Il tendit le visage, ressortit aussitôt, livide. Les deux hommes s'engouffrèrent cette fois en un seul mouvement.

L'odeur cuivrée leur jaillit au visage.

Du sang.

Du sang sur les murs, sur les tuyaux de fonte, sur les disques de bronze posés au sol. Du sang par terre, épongé par des poignées de talc, résolu en flaques granuleuses et noirâtres. Du sang sur les parois bombées de la chaudière.

Les deux hommes n'avaient pas envie de vomir ; leur esprit était comme détaché de leur corps, suspendu dans une sorte d'effroi halluciné. Ils approchèrent, balayant le moindre détail avec leur torche. Entortillées autour des tuyaux, des cordes de piano brillaient. Des bidons d'essence reposaient par terre, bouchés avec des chiffons sanguinolents. Des barres d'haltères exhibaient des filaments de chair séchée, des croûtes brunes. Des cutters éraillés étaient agglutinés dans les mares pétrifiées d'hémoglobine.

A mesure qu'ils avançaient dans la petite pièce, les faisceaux des lampes tremblotaient, trahissant la peur qui battait leurs membres. Niémans repéra des objets colorés sous un banc. Il s'agenouilla. Des glacières. Il en attira une à lui et l'ouvrit. Sans prononcer un mot, il éclaira le fond à l'attention de Karim.

Des yeux.

Gélatineux et blanchâtres, scintillant d'une rosée cristallisée, dans un nid de glace.

Niémans tirait déjà une autre glacière, contenant cette fois des mains crispées, aux reflets bleuâtres. Les ongles étaient ternis de sang, les poignets marqués d'entailles. Le commissaire recula. Karim enserra ses épaules et gémit.

Ils savaient tous deux qu'ils n'étaient plus dans un local de chaufferie. Ils venaient de pénétrer dans le cerveau de la meurtrière. Dans son antre souverain – là où elle avait jugé bon de sacrifier les tueurs de bébés.

La voix de Karim, soudain trop aiguë, murmura :

– Elle s'est tirée. Loin de Guernon.

– Non, répliqua Niémans en se relevant. Il lui faut Sophie Caillois. C'est la dernière de la liste. Caillois vient d'arriver au poste central. Je suis certain qu'elle va l'apprendre – ou qu'elle le sait déjà – et s'y rendre.

– Avec les barrages routiers ? Elle ne pourra plus faire un pas sans être repérée et...

Karim s'arrêta net. Les deux hommes se regardèrent, leurs visages éclairés en contre-plongée par les lampes. A l'unisson, leurs lèvres murmurèrent :

– La rivière.

Tout se déroula aux abords du campus. Là même où le corps de Caillois avait été retrouvé. Là où la rivière s'apaisait en un petit lac avant de reprendre sa course vers la ville.

Les deux policiers arrivèrent à fond, dérapant sur les pentes d'herbe. Ils prirent celle dont le dernier virage donnait accès à la berge. Soudain, alors que Karim braquait le long de la paroi de pierre, ils aperçurent, dans la lueur des phares, une silhouette en ciré noir, frétillante de reflets, surmontée d'un petit sac à dos. Le visage se retourna et se pétrifia dans l'éclair blanchâtre. Karim reconnut le casque et le passe-montagne. La jeune femme détacha une embarcation rouge et gonflée, en forme de saucisse, et la rapprocha en tirant sur la corde, comme elle aurait fait avec une monture indisciplinée.

Niémans murmura :

– Tu ne tires pas. Tu ne t'approches pas. Je l'arrête seul.

Avant que Karim ait pu répondre, le commissaire s'était jeté dehors, dévalant les derniers mètres de la pente. Le jeune lieutenant pila, coupa le contact et braqua son regard. Dans l'éclaboussure des phares, il vit le flic qui courait à grandes enjambées, en hurlant :

– Fanny !

La jeune femme mettait un pied dans l'esquif. Niémans l'attrapa par le col et la tira à lui en un seul mouvement. Karim restait pétrifié, comme hypnotisé par ces deux silhouettes mêlées dans un ballet incompréhensible.

Il les vit s'enlacer – c'est du moins ce qu'il lui sembla. Il vit la femme rejeter la tête en arrière et se cambrer démesurément. Il vit Niémans se raidir, se voûter et dégainer. Un jet de sang déborda de ses lèvres et Karim comprit que la jeune femme venait de lui déchirer les entrailles d'un coup de cutter. Il perçut le bruit des détonations étouffées, le MR 73 de Niémans qui anéantissait sa proie, alors que ces deux êtres se tenaient toujours serrés dans un baiser de mort.

– NON !

Le cri de Karim s'étouffa dans sa gorge. Il courut arme au poing vers le couple qui chancelait au bord du lac. Il voulut crier une nouvelle fois. Il voulut accélérer, remonter le temps. Mais il ne put empêcher l'inévitable : Pierre Niémans et la femme tombèrent dans un bruissement glauque.

Il ne parvint au bord de l'eau que pour apercevoir les deux corps entraînés par le faible courant vers les confins. Formes souples et déliées, les cadavres enlacés dépassèrent bientôt les roches et disparurent dans la rivière qui se perdait vers la ville.

Le jeune flic resta immobile, hagard, à scruter le cours d'eau, à écouter le pétillement d'écume, qui murmurait derrière les rochers, au-delà du lac. Mais il sentit soudain, cauchemar qui ne finirait jamais, la lame d'un cutter qui lui piquait la gorge au point de lui entailler la chair.

Une main furtive passa sous son bras et s'empara de son Glock, glissé à gauche dans son baudrier.

– Je suis contente de te revoir, Karim.

La voix était douce. D'une douceur de petites pierres posées en cercle sur une sépulture. Karim, lentement, se retourna. Dans l'air atone, il reconnut aussitôt le visage ovale, le teint sombre, les yeux clairs, brouillés de larmes.

Il savait qu'il se trouvait devant Judith Hérault, le double parfait de la femme que Niémans avait appelée « Fanny ». La petite fille qu'il avait tant cherchée.

La petite fille devenue femme.

Bel et bien vivante.

60

– Nous étions deux, Karim. Nous avons toujours été deux.

Le flic dut s'y reprendre à plusieurs fois pour parler. Il murmura enfin :

– Raconte, Judith. Raconte-moi tout. Si je dois mourir, je veux savoir.

La jeune femme pleurait toujours, les deux mains serrées autour du Glock de Karim. Elle portait un ciré noir, un collant de plongée et un casque sombre vitrifié et ajouré, comme une main de laque posée sur sa tignasse virevoltante.

Sa voix s'éleva soudain, avec précipitation :

– A Sarzac, quand Maman a compris que les diables nous avaient retrouvées, elle a compris aussi qu'on n'en sortirait jamais... Que les diables seraient toujours à nos trousses et qu'ils finiraient par me tuer... Alors elle a eu une idée de génie... Elle s'est dit que la seule planque où ils n'iraient jamais me chercher, c'était dans l'ombre de ma sœur jumelle, Fanny Ferreira... Au cœur même de sa vie... Elle s'est dit qu'on devait vivre, ma frangine et moi, une seule existence, mais à deux, à l'insu de tous.

– Les autres parents étaient... de mèche ?

Judith éclata d'un léger rire, entre ses larmes.

– Mais non, imbécile... Fanny et moi, on avait eu le temps de se connaître, à la petite école Lamartine... On ne voulait plus se quitter... Alors ma petite sœur a tout de suite été d'accord... Nous allions vivre toutes les deux la vie d'une seule, dans le secret le plus total. Mais il fallait d'abord se débarrasser des tueurs, pour toujours. Il fallait les persuader que j'étais morte. Maman a tout mis en scène pour leur faire croire qu'on tentait de fuir de Sarzac... Alors qu'elle ne faisait que les guider vers son piège : l'accident de voiture...

Karim comprit que le piège avait fonctionné pour lui aussi, quatorze ans plus tard. Sa petite prétention de flic fulgurant lui claquait dans les doigts. S'il avait pu remonter, en quelques heures, la piste de Fabienne et de Judith Hérault, c'est simplement qu'il avait suivi un parcours fléché. Un parcours qui avait déjà servi à duper les vieux Caillois et Sertys, en 1982.

Judith poursuivait, comme si elle avait lu dans ses pensées :

– Maman vous a tous trompés. Tous ! Elle n'a jamais été une folle de Dieu... Elle n'a jamais cru à des diables... Elle n'a jamais voulu exorciser mon visage... Si elle a choisi une religieuse pour récupérer les photos, c'était pour qu'on repère mieux sa trace, tu piges ? Elle faisait semblant d'effacer notre piste, mais en réalité, elle creusait un sillon profond, évident, pour que les assassins nous suivent jusqu'à notre mise en scène finale... C'est pour ça aussi qu'elle a mis dans le coup Crozier, qui était aussi discret qu'un blindé dans un jardin anglais...

De nouveau Karim vit chaque indice, chaque détail qui lui avait permis de remonter la piste des deux femmes. Le toubib déchiré par le remords, le photographe corrompu, le prêtre saoulard, la sœur, le cracheur de feu, le vieux de l'autoroute... Tous ces personnages étaient les « cailloux blancs » de Fabienne Hérault. Les jalons qui devaient mener les pères Caillois et Sertys jusqu'au faux accident. Et qui avaient guidé Karim, en quelques heures, jusqu'à la station d'autoroute, point final du destin de Judith.

Karim tenta de se rebeller contre la manipulation :

– Caillois et Sertys n'ont pas suivi vos traces. Personne ne m'a parlé d'eux, durant mon enquête.

– Ils étaient plus discrets que toi ! Mais ils ont suivi notre piste. Et on a eu chaud, crois-moi... Parce que, quand on a monté l'accident, Caillois et Sertys nous avaient repérées, et ils allaient nous tuer.

– L'accident... Comment avez-vous fait ?

– Maman a mis plus d'un mois à le préparer. Surtout le coup de main pour fracasser la bagnole contre le mur et s'en sortir indemne...

– Mais... le... le corps ? Qui était-il ?

Judith eut un petit rire sardonique. Karim songea aux barres de fer ensanglantées, aux bidons d'essence, aux flaques d'hémoglobine. Il comprit que Fanny avait dû seulement soutenir sa sœur dans la vengeance, mais que la véritable tortionnaire, c'était elle, Judith. Une folle. Une furie à garrotter, qui avait dû aussi tenter de tuer Niémans sur le pont de béton.

– Maman lisait tous les journaux de la région : les faits divers, les accidents, les notices nécrologiques... Elle écumait les hôpitaux, les cimetières. Il lui fallait un corps qui corresponde à ma taille et à mon âge. La semaine précédant l'accident, elle a exhumé un enfant enterré à cent cinquante kilomètres de chez nous. Un petit garçon. C'était parfait. Maman avait déjà décidé de déclarer officiellement ma mort au nom de « Jude », pour achever sa stratégie du mensonge. Et de toute façon, elle allait écraser le corps à toute puissance. L'enfant ne serait plus reconnaissable. Pas même son sexe.

Elle eut un rire absurde, étranglé de sanglots, puis poursuivit :

– Karim, faut que tu le saches... Du vendredi au dimanche, nous avons vécu avec le corps dans la maison. Un petit garçon mort dans un accident de mobylette, déjà pas mal amoché. On l'a placé dans une baignoire pleine de glace. Et on a attendu.

Une question traversa l'esprit de Karim.

– Crozier vous a aidées ?

– Tout du long. Il était comme possédé par la beauté de

Maman. Et il pressentait que tout ce truc macabre, c'était pour notre bien. Alors, pendant deux jours, on a attendu. Dans notre petite maison de pierre. Maman jouait du piano. Elle jouait, jouait... Toujours la sonate de Chopin. Comme pour effacer ce cauchemar...

» Moi, je commençais à perdre la tête à cause de ce corps qui pourrissait dans la baignoire. Les lentilles de contact me faisaient mal aux yeux. Les touches de piano s'enfonçaient dans ma tête comme des clous. Mon cerveau éclatait, Karim... J'avais peur, tellement peur... Et puis, il y a eu la dernière épreuve...

– La... dernière épreuve ?

Judith, flamboyante de boucles et de fraîcheur, tendit brutalement son index dans un geste obscène. Un index surmonté d'un pansement.

– L'épreuve de la phalange. Tu dois savoir ça, petit flic : pour relever des empreintes digitales, les policiers utilisent toujours l'index de la main droite. Maman a sectionné ma phalange et l'a montée sur le doigt du cadavre, en s'aidant d'un pivot métallique, à l'intérieur des chairs. Ce n'était qu'une cicatrice de plus, sur une main couverte de sang et lacérée de partout. Maman l'avait tailladée exprès... Elle savait que ce détail passerait inaperçu dans l'ensemble des blessures. Et cette étape des empreintes était capitale, Karim. Pas pour les flics, le témoignage de Maman faisait foi. Mais pour les autres, les diables, qui possédaient peut-être mes empreintes, ou celles de Fanny, et qui allaient comparer avec leurs propres fiches... Maman m'a anesthésiée et opérée avec un couteau effilé. Je... je n'ai rien senti...

Le policier eut un flash. La main au pansement qui tenait son Glock, sous la pluie.

– Cette nuit, c'était toi ?

– Oui, petit sphinx, rit-elle. J'étais venue pour sacrifier Sophie Caillois, cette petite pute, folle amoureuse de son mec et qui n'a jamais osé dénoncer Rémy et les autres... J'aurais dû te tuer... (Des larmes éclaboussèrent ses paupières.) Si je l'avais fait, Fanny serait encore vivante... Mais je n'ai pas pu, pas pu...

Judith marqua un temps, papillotant des yeux sous son casque de cycliste. Puis elle reprit son chuchotement précipité :

– Aussitôt après l'accident, j'ai rejoint Fanny, à Guernon. Elle avait demandé à ses parents à vivre en internat, au dernier étage de l'école Lamartine... On n'avait que onze ans, mais on a pu vivre tout de suite à l'unisson... Je vivais sous les combles. J'étais déjà superdouée en alpinisme... Je rejoignais ma sœur, par les poutrelles, par les fenêtres... Une vraie araignée... Et personne ne m'a jamais aperçue...

» Les années ont passé. On se substituait dans toutes les situations, en cours, en famille, avec les copains, les copines. On partageait la nourriture, on échangeait les journées. On vivait exactement la même vie, mais à tour de rôle. Fanny, c'était l'intellectuelle : elle m'initiait aux livres, aux sciences, à la géologie. Moi, je lui apprenais l'alpinisme, la montagne, les rivières. A nous deux, on composait un personnage incroyable... Une espèce de dragon à deux têtes.

» Parfois, Maman venait nous voir, dans la montagne. Elle nous apportait des provisions. Elle ne nous parlait jamais de nos origines, ou des deux années vécues à Sarzac. Elle pensait que cette imposture était pour nous la seule façon de vivre heureuses... Mais moi, je n'avais pas oublié le passé. Je portais toujours sur moi une corde de piano. Et j'écoutais toujours la sonate en si bémol. La sonate du petit cadavre dans la baignoire... Quelquefois j'étais prise de fureurs sauvages... Rien qu'à serrer la corde de piano, je m'entaillais les doigts en profondeur. Je me souvenais alors de tout. De ma peur, à Sarzac, quand je jouais le rôle du petit garçon, des dimanches, près de Sète, où j'ai appris à cracher le feu, de la dernière nuit, où on m'a coupé le doigt.

» Maman n'a jamais voulu me donner le nom des tueurs, ces méchants qui nous poursuivaient et qui avaient écrasé mon père. Je lui faisais peur, même à elle... Je crois qu'elle avait compris que je tuerais, un jour ou l'autre, ces assassins... Ma vengeance n'attendait qu'une petite étincelle... Je regrette simplement que cette histoire de fiches soit apparue si tard, alors que les vieux Sertys et Caillois étaient déjà morts...

Judith se tut et braqua plus fermement son arme. Karim conservait le silence, et ce silence était une interrogation. Soudain, la jeune fille reprit en hurlant :

– Que veux-tu que je te dise d'autre ? Que Caillois a tout avoué, en nous suppliant ? Que leur dinguerie durait depuis des générations ? Qu'ils continuaient eux-mêmes à échanger les bébés ? Qu'ils comptaient nous marier, moi et Fanny, avec un de ces fins de race pourris de la fac ? Nous étions leurs créatures, Karim...

Judith se pencha.

– C'étaient des déments... Des fêlés sans retour, qui croyaient agir pour l'humanité en créant des souches génétiques parfaites... Caillois se prenait pour Dieu, avec son peuple en marche... Sertys, lui, élevait des rats par milliers dans l'entrepôt... Des rats qui représentaient la population de Guernon... Chaque rongeur portait le nom d'une famille, ça te dit quelque chose ? Tu comprends à quel point ils étaient givrés, ces salopards ? Et Chernecé complétait le tableau... Il disait que les iris du peuple supérieur brilleraient d'un éclat particulier, et qu'il serait la sentinelle absolue, au seuil du monde, celui qui brandirait à la face de l'humanité ces flambeaux en forme de pupilles...

Judith posa un genou au sol, le Glock toujours en direction de Karim, et baissa la voix.

– Avec Fanny, on leur a sacrément foutu les jetons, crois-moi... On a d'abord sacrifié le petit Caillois, le premier jour. Il nous fallait une vengeance à la hauteur de leur conspiration... Fanny a eu l'idée des mutilations biologiques... Elle disait qu'il fallait les détruire en profondeur, comme ils avaient détruit l'identité des enfants de Guernon... Elle disait aussi qu'il fallait éclater leur corps en plusieurs reflets, comme on casserait une carafe, avec plein d'éclats... Moi j'ai eu l'idée des lieux : l'eau, la glace, le verre. Et c'est moi qui ai fait le sale boulot... Qui ai fait parler le premier salopard, à coups de barre, de feu, de cutter...

» Ensuite, on a incrusté le corps dans la roche et on est allées tout bousiller dans l'entrepôt de Sertys... Puis on a gravé un message chez le bibliothécaire... Un message signé Judith, pour bien leur filer les chocottes à ces salauds, bien leur faire comprendre que le fantôme était de retour... Fanny et moi, on savait que les autres conspirateurs rappliqueraient à Sarzac pour vérifier ce qu'ils croyaient savoir depuis 1982 : que j'étais morte et enterrée dans ce bled de merde... Alors on est allées là-bas et on a vidé mon cercueil... On l'a rempli avec les os de rongeurs qu'on avait trouvés dans l'entrepôt – Sertys les gardait étiquetés, ce salopard de charognard fétichiste...

Judith éclata de rire, elle hurlait de nouveau :

– J'imagine leur gueule quand ils ont ouvert la boîte ! (Elle redevint grave aussitôt.) Il fallait qu'ils sachent, Karim... Il fallait qu'ils comprennent que le temps de la vengeance était venu, qu'ils allaient crever... Qu'ils allaient payer pour tout le mal qu'ils avaient fait à notre ville, à notre famille, à nous, les deux petites sœurs, et à moi, à moi, à moi...

Sa voix s'éteignit. Le jour décochait des lueurs de nacre.

Karim murmura :

– Et maintenant ? Que vas-tu faire ?

– Rejoindre Maman.

Le flic songea à la femme colossale entourée de ses housses et de ses étoffes bariolées. Il songea à Crozier, l'homme solitaire, qui avait dû la retrouver aux dernières heures de la nuit. Ces deux-là seraient bouclés, tôt ou tard.

– Il faut que je t'arrête, Judith.

La jeune fille ricana.

– M'arrêter ? Mais c'est moi qui tiens ton arme, petit sphinx ! Si tu bouges, je te tue.

Karim s'approcha et tenta de sourire.

– Tout est fini, Judith. Nous allons te soigner, nous...

Quand la jeune fille écrasa la détente, Karim avait déjà dégainé le Beretta qu'il portait toujours dans son dos, le Beretta qui lui avait permis de vaincre les skins, l'arme de la dernière chance.

Leurs balles se croisèrent et deux détonations résonnèrent dans l'aube. Karim ne fut pas touché mais Judith recula avec grâce. Comme portée par un rythme de danse, elle tituba quelques secondes, tandis que son torse se couvrait déjà de rouge.

La jeune femme lâcha l'automatique, esquissa quelques pas, puis bascula dans le vide. Karim crut voir passer un sourire sur son visage.

Il hurla soudain et se précipita au-dessus des rochers pour scruter le corps de Judith, la petite gosse qu'il avait aimée – il le savait maintenant – plus que tout au monde, durant vingt-quatre heures.

Il discerna la silhouette ensanglantée qui dérivait vers la rivière. Il regarda le corps s'éloigner, rejoindre ceux de Fanny Ferreira et de Pierre Niémans.

Au loin, déchirant le lit des montagnes, un soleil incandescent se levait.

Karim n'y prit garde.

Il ne voyait pas quel genre de soleil pouvait éclairer les ténèbres qui emprisonnaient son cœur.

Cet ouvrage a été achevé d'imprimer
sur Roto-Page
par l'Imprimerie Floch
à Mayenne
pour le compte de France Loisirs
en août 1998

*Cet ouvrage est imprimé
sur du papier sans bois et sans acide.*

N° d'édition : 30210. N° d'impression : 44061
Dépôt légal : août 1998

Imprimé en France